【増補新版】

世界文学を読みほどく

スタンダールからピンチョンまで

池澤夏樹

新潮選書

はじめに

これは二〇〇三年の九月に行われた京都大学文学部の夏期特殊講義の講義録である。七日間、午前と午後に分けて、計十四回の講義を行った。

ぼくは文学についてアカデミックな訓練をまったく受けていない。好きなものを勝手に読み、その中から抽出した原理のようなものと自分の体験を素材に、一種の変換操作を施して作品を生み出している創作者である。では、その原理のようなものを語ることはできないか。最初に京大から依頼の話があった時、まずそう考えた。しかし、改めて自分の中にあるものを精査してみると、それは原理としてまとめられるようなものではなかった。そこで具体に徹して、これまでに読んだものを学生たちと共に読み返す、という方針を立てた。

対象となるのは十九世紀と二十世紀の欧米の長篇小説十篇。夏休みの前にリストを公開して、なるべく目を通しておくことと伝えたが、それは受講の必須の条件ではなかった。文体を知るために数十ページ読み、あらすじを知るために集英社の『世界文学大事典』などを用いることを薦めた。

本書で使用したテクストは以下の十点である。

スタンダール／大岡昇平訳　パルムの僧院　上・下（新潮文庫）
トルストイ／木村浩訳　アンナ・カレーニナ　上・中・下（新潮文庫）
ドストエフスキー／原卓也訳　カラマーゾフの兄弟　上・中・下（新潮文庫）
メルヴィル／千石英世訳　白鯨　上・下（講談社文芸文庫）
ジョイス／丸谷才一・永川玲二・高松雄一訳　ユリシーズ　I・II・III（集英社）
マン／高橋義孝訳　魔の山　上・下（新潮文庫）
フォークナー／高橋正雄訳　アブサロム、アブサロム！　上・下（講談社文芸文庫）
トウェイン／加島祥造訳　ハックルベリ・フィンの冒険（ちくま文庫）
ガルシア＝マルケス／鼓直訳　百年の孤独（新潮社、２００６年版）
ピンチョン／志村正雄訳　競売ナンバー49の叫び（筑摩書房）

目次

本書は、２００５年に刊行された新潮選書『世界文学を読みほどく――スタンダールからピンチョンまで』に、「『国際ハーマン・メルヴィル会議』基調講演　メルヴィルとクウェスト、それにピンチョン」（初出＝「新潮」２０１６年１月号）を増補したものである。

世界文学を読みほどく

スタンダールからピンチョンまで【増補新版】

写真・田村邦男
（新潮社写真部）

第一回

九月十五日　月曜日　午前

総論―1

おはようございます。明日からなるべく前の方に坐って下さい。大きな声を出さなくてすむから。

夏休みの前に、できれば読んでおくようにと十冊のテキストのリストを出しましたが、積み上げて見たら、四十二センチあった。全部を精読する、完全にすべてが頭に入っているということを求めたわけではありませんが、どのくらい読みましたか。

この一週間でぼくが話すのは、「小説」という形式が、十九世紀に西欧である意味では完成して、「小説の幸福期」というのがあった。それから、それがだんだんに崩れて変わってきて、果たして小説はいま幸福なのか、あるいはその十九世紀に出来た形がどう変わってきたか、これからどうなるのか、ということです。

実作者の立場から言えば、この先どうなるんだろうという、今ぼくたち小説家が抱いている一種の不安、その辺りの話が主体になります。ぼくが挙げた十の作品について、必ずしも綿密な分析をしていくわけではありません。

全体の流れとしては、「スタンダールからピンチョンまでの、この二百年近い間で小説がどう変わったか」をあとづけてみて、それから、ではこの先はどうなるのか、その変化はいかなる理由によるかを、考えてみようと思っています。特に「この世界はどういうところで、自分たちはどこで生きているか」という世界観との関係で捉えていきたい。

ぼくは、小説というのは自分たちが生きているこの世界を表現するための道具の一つであって、世界が変われば小説は変わると思っています。

その一方で、世界は変わらない、世界というのは容れ物なんだから、変わらないという、素直な信仰がたぶんあると思うんです。実は、そうではないとぼくは考えている。世界観は変わりつつあるし、どんどん変わっていくものである。その辺が解明できれば、この連続講義は一応成功だな、と思っています。

授業の進め方としては、今日は少なくとも午前中は総論、午前中で終わらなければ、午後も総論をやります。

「小説とは何か」ということ。小説の起源。それからここまで発展してきた理由などを今日は話しましょう。

明日からは、十の作品を一回に一つずつ解析していきます。ストーリーの展開、主人公の設定、そして一番大事なのは、「どういう〈世界〉で事が起こっていくか」ということです。

ここに言う〈世界〉は、単なる舞台ではない。もっと積極的、能動的に作品に関わってくる「場」としての〈世界〉を、それぞれの作品について解析していきます。

それで明らかになった小説の変遷と今の姿から、では何がわかるか、ということを最後の締めくくりにしたいと思っています。日曜日の午後まで含めて全部で十四回。

最初にお断り、言い訳をしておきますと、文学部の授業、講義をするのは、ぼくはこれが初めてです。のみならず文学部の授業、講義を聴いたことが今まで一度もありません。大学に通っていた頃は理工学部でした。だから、うまく出来るかどうかとても不安です。なるべく協力してください。

文学の授業は実は、去年一度、やっぱり夏の集中講義でしたことがあります。イスタンブールの大学でトルコの学生たち相手に、「英語に翻訳をされた現代の日本文学を読む」というコースをやりました。でも、それは人数がずっと少なくて十人くらいで、しかも毎回テキストを皆で読むという形式が決まっていたものですから、何とかなると思ってスタートできたのです。

それでも、まさか今さら谷崎でも三島でもないから、ぼくより若い作家たちの作品とぼくの作品を読みました。具体的には、村上春樹さん、村上龍さん、よしもとばななさん、宮部みゆきさん、多和田葉子さんなどの作品を読んで、日本の今の姿を小説によって見るという授業でした。

例えば、非常に先端的である作家の作品として、宮部みゆきさんの『火車』(一九九二)。今の日本の社会のありかたと、そこから派生する悲劇を書いていますから、現在の日本の状況が非常によくわかる。何でこの主人公はこんな目に遭うのか、こういう犯罪を企てなければいけないのか、と説明をしていくうちに、トルコよりはもう一歩前に進んだ、もう一歩堕落した、日本の社会の姿が彼らに伝わる。だからむしろ、文学と同時に社会学的な講義と言えるものでした。
今回はだいぶ違うと思いますが、何とかやってみましょう。

小説はこの二百年、非常に繁栄してきたということが言えると思います。文学史から言えば、小説というのはもちろん非常に古い形式です。一番最初の小説は、紀元二世紀ぐらいのギリシャ・ローマ世界で書かれたものですが、それらはたぶん今から読んでもほぼ小説として認めうると思います。

具体的には、例えばギリシャだったら『ダフニスとクローエ』、素朴な、思春期を迎えた男の子と女の子の純愛の話。さまざま邪魔が入ってなかなか結ばれないけれど、最後には一緒になれるという話です。恋愛小説の基本パターンですが、これは『ダフニスとクローエ』の時に成立している。

恋愛小説を簡単に定義すると、お互いに好き合っている、恋をしている一組の男女がいて――一般的には男女。最近はそうでない例もありますけど――そのままで行けば二人はすぐに結ばれるのだけれど、それでは話にならないので途中に障害物を用意する。その障害物をいかに乗り越えて、最終的に結ばれるか、という過程を書くのが恋愛小説の基本です。

だから恋愛小説というのは冒険小説とよく似ていると言えます。目的地に至る途中でさまざまな邪魔が入る。それを排除しながら最後まで行く。パターンとして同じなんです。

しばらく前まで恋愛小説は、ある意味では安直に書けるものだった。なぜなら、その好き合った二人を邪魔する要素が社会にたくさんあったから。例えば身分が違う。貧富の差。戦争。それに病気——安直なのは白血病と肺病ですね。それから、連絡が悪くてなかなか逢えないということ。電話も携帯もない。手紙で何月何日にどこで逢いましょうと言って、そこまで出かけていく。途中さまざま邪魔が入って、その日その時間に行けない。そういうことでうまくいかない。

それが全部なくなってしまった現代において、恋愛小説を書くのはなかなか大変です。身分とか家柄とか、そういう社会的な邪魔の要素がない。いまや社会は非常に物分りが良くなってしまって、恋愛の邪魔をしない。むしろ後ろに回ってけしかける。だから切実なギリギリの恋愛のはずが、アッという間に成就してしまう。こういう時代には恋愛小説は大変難しい。

その辺は、林真理子さんなどを読んでもらうといいでしょう。

さて、話を元に戻しましょう。あまり厳密に論証せずに、こんなふうに雑談的に進めていきます。

恋愛小説の一番基本の形は、紀元二世紀頃に成立していた。お互いに好きだと思っている二人が、片方が攫われてしまったり、それから男の方が別の女性に誘惑をされてフラフラしたり、危機を幾つも重ねて、しばらくの間スリルとサスペンスの段階があって、最後にまた再会して、めでたしめでたしで終わるという形です。

もう一つ、今度はラテンの方、ローマの作品で例を挙げますと、『サチュリコン』という話があります。本当は十六巻ぐらいからなる相当長い長篇だったはずなのに、今残っているのは三巻分ぐらいしかありません。これは純愛物ではなくて、退廃的なローマの貴族たちの生活の様を皮肉を込めて書いた話です。そういう意味では『ダフニスとクローエ』よりずっと現代的な話で、よくもあの時代に、さまざまな小説の技法を使って、贅沢と堕落をここまで書き得たものだと感心します。今ある三巻がいきなり成立するはずはないんで、その背後に非常に多くの消えたテキストがあったんじゃないかと思わせるような完成ぶりです。

しかし残念なことに、『サチュリコン』が到達したものが、その後小説の伝統として受けつがれ発展してきたわけではありませんでした。『サチュリコン』は、むしろポツンと孤立した例としてあったという感じで、このあと小説は、さほどふるわないまま近代に至りました。

アジアで、例えば日本の『源氏物語』などの王朝小説とか、中国の——これはだいぶ後ですけど——、『紅楼夢《こうろうむ》』（十八世紀後半）とか、ぽつぽつ点在はしていた、ということはありますが。

小説が本当に盛んになって、文芸の基本形になったのは、ここ三百年ぐらいのことです。場所は西ヨーロッパ。市民社会が成立して、奥さんたちが暇を持て余す。それから識字率の向上。そして最も大事なことは印刷技術の進歩です。本というものが比較的安価に作られて、大量に売れるようになったことは大きかったと思います。

グーテンベルクによって活版印刷技術が確立したのが十五世紀半ばです。一番最初は聖書でした。それからすぐに実用書、医学書や技術書が印刷されるようになって、そのうち余裕が出てくると、遊びのための本、娯楽のための本が印刷される。それが広まる。本の売り買いが商売として成立する。やがて遅ればせに印税という制度が出来て、何とか作家が書くことで食べていけるようになる。

それで、小説が書物の形で流布し、こんなに読まれた、という事態が何百年か続いてきた。しかし、じゃあここまで来たらもう安泰かというと、そうではないかもしれない。ひょっとしたらこれは、この二、三百年の特異なケースであって、この先も同じことが続くとは限らない。

日本で言えば明らかに小説を読む人口は減っています。小説を読む人口と小説の本を買う人口はまた違うんだけど、日本で一番小説が売れたのは、たぶん一九六〇年代でしょうか。文学全集が異常に流行して、どこの家にもワンセットあったという時代でした。

戦後の混乱期が終わって、経済的に少し上向きになって、住む場所がきちんと確保された時です。住む場所ができると、本棚の一つぐらいは置いてみたくなる。本棚というのは空っぽではしょうがない。でも、一冊一冊買っていこうとすると、どれがいい本かわからない。セットになっていれば一気に本棚が埋まる。

これは非常に意地が悪い、まるで文学全集というものをインテリアの飾りとして買っていたような言いかただけど、実はそれに近かったのかもしれない。買った親の世代はあまり本は読まない。ゲーテだとかスタンダールとか言われても手が出ない。しかし買って並べておけば子供が読むかもしれないという、そういう一種の期待感もあって、みんなが本をよく買った時代でした。

文学全集だけではなく、あの頃は実際に新作の小説もよく売れて、だから小説家たちはずいぶん潤っていたと思います。また飾りとして格好いいばかりでなく実用性もある百科事典もよく売れました。

皆さん、いま本というものがどれぐらい売れているかわかりますか。ここ十年でまたガクッと売れなくなったんだけれど、小説、随筆などの文芸書の場合、十万部はとても多い方です。二万、三万でも相当なもので、ちょっと地味な企画はみんなもう数千部です。三千部でも企画が成立して、本が作られる。一億二千万人いるところで三千部です。

書物というのは実に特異な商品です。

まず作られる数が少ない。一点で最低千から二千。非常に多くても数百万。それが一つ。もう一つは代替がきかない。「村上春樹を買いに行ったけど、品切れだったから村上龍を買った」ということにはいかないんです。さらに、これが決定的なことですが、一人一回しか買わないということ。カップめんだったら毎日でも買います。経済学的にいえば、書籍というのは非常に特殊な、限定された売りにくい商品だと言えます。

これは私にとっては一生の宝です、という一冊の本が、例えば文庫で五百円だったりする。一生の宝が五百円で買える。買う側からすれば、うまく当たればお買い得。売る側からすれば、毎日一冊買って下さいと言いたいけど、そうはいかない。しかも、「ほんとに面白かったので友だちに貸しました」っていうことがある。あるいは「図書館で買ってもらいました」。いや、いいんですよ、読んで下されば。読むのが大事なんだから。

一番売れていた頃の、例えば平凡社のある百科事典は、全二十何巻、当時の値段で二十万円ぐらいのものが百万セット売れた。二十万のものが百万セット売れるというのは、家電業界的な数字で、出版界では普通ありえないことです。しかしそういう時代がかつて日本にあったということを、ここでは言っておきます。

その時代から比べると、本は買われなくなり、読まれなくなりました。特に小説は、ずいぶん減ったと思います。

しかしだからと言って、小説そのものが社会から消えたかというと、そうではないと思う。というのは、現代では、小説的なものの二次使用、三次使用が、広く深く存在しているからです。そしてそれらが、われわれの社会、個人個人の物の考えかたを規定している。小説の社会的機能という意味においては、事態は変わっていないと思います。

どういうことかと言うと、例えば小説の基本には「ストーリー性」があります。これがないと、現代の他のメディアは何も出来ない。テレビもドラマも映画も芝居も、基本的には、登場人物がいて舞台があったうえで、始まりがあって、事件が起こって、ある結論に至る。この、流れ、物の見かた、捉えかた。これを作ったのは小説なんです。小説のこういう二次使用は非常に日常的です。

例えば、いま日本のテレビ・コマーシャルはとても凝っていて面白い。レベルが高い。他の国だと単純な商品の連呼でしかないものに、非常にひねった表現を与えて楽しませます。なぜかと言うと、その三十秒のコマーシャルの中にきちんとストーリーが作り込んである。非常に短いけれど、基本は小説なんです。

ゲームもそうですね。『ファイナルファンタジー』『ドラゴンクエスト』などのロールプレイング・ゲーム。ある物を探し求めていて、途中で障害が色々と立ちはだかるのを退治して前に進む。一九五四~五五年に発表されて、大ヒットの映画にもなった、『ロード・オブ・ザ・リング(指輪物語)』に非常に似ていると思いませんか。このパターンのストーリー展開はまさに先ほどの『ダフニスとクローエ』以来のものであって、『ロード・オブ・ザ・リング』は今に応用できる基本形を作ったということなんじゃないか。

こんなふうに、小説は、現代社会の中でさまざまな使われかたをしています。ある意味で、小説が身をやつして俗な世界に降りてきて、奉仕させられているという気もする。最初に言ったように、「小説の幸福期」は去りつつあるのかもしれない。

では、こういう場合の話の常として、どこから小説が始まったかを考えましょう。

一般には小説の起源は、「神話」であると言われています。神話というのはつまり、神様たちの行状についての物語です。

ぼくは「ゴシップ」という概念もまた小説の起源に深く関わっていたのではないかと考えています。

ゴシップというのは、知人の身にこういうことが起こったという噂話です。AさんがBさんに会って、共通の友人であるCさんの身に起ったことを伝える。Bさんはそれを、やはりCさんを知っているDさんに話す。

こうしてゴシップは広まる。それ自体が持っている力で広まる。なぜかというと、人間は他人の身の上について非常に強い関心を持っているから。誰それの身に何かが起こったという話は、すごく魅力があるんです。これは特に注目すべき人間の性質だと思います。

「神話」と「ゴシップ」は互いに無関係ではなく、いわば通底しています。なぜなら、神様たちに関するゴシップが神話である、と考えられるから。

例えば『古事記』（七一二）にあるヤマトタケルの話。彼は非常に力の強い乱暴な王子で、父親も持て余している。こんな者を近くに置いておくと危ないと思うから、ひたすら遠方にいる敵を退治するために派遣する。ヤマトタケルは国の外まで行って、そこの有力者を殺して帰ってくる。で、一つ終わって戻ってくるとまた他へ行けと言われる。それを繰り返して、最終的には行った先で死ぬ。

そういうパターンの話が出来たとすると、これはつまり、ある神の物語であり英雄の物語であると同時に、英雄性によって直接面識のない人にも知られている、つまり「知人である」存在についてのゴシップになる。

ギリシャ神話でも同様です。例えば淫蕩な女神がいて、夫がいるのに他の神様と姦通をする。それに気がついた夫である神は、復讐のために彼ら二人が同衾しているところを、網で捕らえて他の神様たちに見せる。この夫は鍛冶の神へファイストス、妻は愛の女神のアフロディーテですね。

したがって、神話というのは神様に関するゴシップであるということができる。

ある人の身に何かが起こる。ある体験をして、それによってこう変わる。あるいはこういう思いをする。はなはだしい場合は死んでしまう。あるいは非常に嘆く。あるいは幸せになる。そしてこれらのことはすべて、その話を聞く人とは全く関係がない。だって他人の話なんですから。その結果は全然こちらに及ばない。しかしながら非常に強い関心を持って、人はそれに惹きつけられる。そしてこの、「他者への関心」というのが物語、小説の一番底にある駆動力、ドライブなのです。

この種の話はじょうずに組み立てられていると、読者はその話の中に入ってしまって、なかなか出て来られなくなる。その話を読んでいる間は、いったん普段の自分というものを止めたうえで、そちらの世界に入り、あたかもその世界の中の一人であるかのように、一喜一憂しながら話の展開を追いかける。これが物語を追う喜び、小説を読む楽しみです。

旅とは、一時的に自分が住んでいる場所を離れて他の場所に移動し、何かの体験をして帰ってくることである、としましょう。この移動は一時的です。移民ではない、本当の引越しでもない、難民になるのでもない。必ず帰ってくることが前提になったうえで、いったん家を離れる。そして何かの体験をして戻ってくる。

物語、小説の読書とよく似ています。本を読み始める。その段階で彼は実は家にはいなくなる。向こうの世界に行って、そこで何らかの体験をしたうえで、最終的には必ず帰ってくる。行きっ放しにはならない。

紀元二世紀に生まれた最初の素朴な小説は、人々を読むという旅に出させるために様々な技術を開発して、今に至ったのです。

神話はある意味でゴシップだと言いましたが、それが成立するのは、われわれ人間にとって無縁なところで起こっている場合であって、実は神様というのは大変恐ろしい存在です。とても刃向かえないほどの力を持って人間の運命に干渉してくる。ここでいう神様は、キリスト教、イスラム、ユダヤ教などの一神教の神様ではありません。ギリシャ神話的な、多神教的な、ある意味で非常に柄の大きな英雄としての神様です。世界を創ったかもしれない、世界を運営しているかもしれないけれども、個人の魂の中までは踏み込んでこない、そういう神様です。

だから彼らの「神話」には、先ほどのアフロディーテとヘファイストスの夫婦の話などに見るように、時として人間たちが笑いの対象として言いふらすような話もたくさんあります。しかしその一方で神様は怖い。気まぐれであり、我がままであり、聞く耳を持たない、人の運命を左右するという、そういう畏怖の思いで見ざるを得ない、神様本来の性格を、ギリシャの神様たちはちゃんと保っています。

例えば、ずっと祈りの対象であった、デーメテールという大地の女神、穀物の女神がいます。この方が力を振るってくださらないと、穀物は実りません。非常に重要なことです。

ポセイドンは海の神であり、地震の神であり、馬の神。たぶんもともと違う性格の神様だったのが、どこかで一柱《ひとはしら》にまとまったということのようです。ポセイドンの怒りによって帰るべき郷里へ帰れないままさまよう男オデュッセウスの話が『オデュッセイア』です。

この場合、ポセイドンという神様は明らかに英雄であるけれども、人間の、つまりいずれは死ぬべきものとしての、オデュッセウスという一個の人物の運命に、強引に、ある意味では無理無体に干渉する。そういう力を持っている。

自分の故郷に早く帰りたいと思っている男の思いと、それを邪魔する神様の意志。そこで起こるいくつもの冒険。この緊張関係、これだけの強い力があると、あれほどの面白い話が作れるということです。

神様の気まぐれな意志が人の運命を決めてしまう。これは他の神様が間に入ってとりなしてくれない限り、普通は変えようがない。

ギリシャ悲劇というのは、この神の力で成立しているんです。だからギリシャ悲劇の場合、「滅びる」と定められたものは必ず滅びる。途中、それについての嘆きの言葉はある。抵抗もある。他の要素が絡んでくることもある。しかし最終的には滅びる。そしてそれは、最初からわかっている。一直線です。

これがシェイクスピア（一五六四―一六一六）となると、例えば『ロミオとジュリエット』は悲劇ですけれど、途中で事故の要素が混じってくるということがあります。ジュリエットが特別な毒薬でしばらく死んだ状態になる。でもそれは四十二時間の後、生き返るはずである。ところがその情報が伝わらないまま、ロミオはジュリエットを見て死んでしまったと思って、本物の毒薬を飲んで自殺をする。で、ジュリエットは、死んでしまったロミオの傍らでやがて目を覚まし、その取り違えに気がついて短剣で自らを刺して死ぬ。情報伝達の誤りに由来する、ある意味では事故としての心中です。

それにしてもあの二人は若すぎた。あまりに幼い。その幼い性急さ故に、あの事件は確か数日間で終わっています。ものすごく速いんです。

三十年くらい前のレナード・ホワイティングとオリヴィア・ハッセー主演の『ロミオとジュリエット』の映画で、エリザベス朝の歌を真似て作った主題歌があるのですが、その中の一番のキーワードがインペチュアス impetuous という言葉でした。インペチュアスというのは、性急な、逸《はや》る思いが止まらない、という意味です。そういう若い恋の悲劇ですね。

この『ロミオとジュリエット』のように、神話でない後世の物語の場合は途中に事故、偶然の運命の要素が混じってきます。でも、ギリシャ悲劇にはそんなものはありません。最初から最後の破滅までただただ進むしかない。その何かやりきれなさ。運命というもの。そして、運命を決めるのは、背後にいる神様である。そういうことが、人生、人の世に起こり得るということを、神話は伝えているのです。

ここで少し実作者として雑談をします。

この一直線に滅びに至らざるをえない悲劇というのは、なかなか重苦しいものです。実はぼくが去年から書いてきた『静かな大地』という長い小説がたまたま今週発売になる（朝日新聞社刊）のですが、この話は最終的にどうしても悲劇に終わらざるをえない。他の結末はありえない話で、その意味でギリシャ悲劇に似ていると思っています。

これはぼくの祖先たちの物語です。ぼくの祖先はここ京都からそう遠くない淡路島から、明治の初期に北海道に入植して、日高で開拓に従事し、大きな牧場を造って一時は相当に栄えていたんですが、やがて没落する。栄えて没落するのは珍しいことではないし、北海道では二代、三代続いた家の方が少ないくらいなのですが、その祖先の話を、身内の話だけれど一度書こうと思っていたのです。

ただ、それだけではいささか軽いので、もう一つアイヌの話を絡めました。北海道のアイヌが江戸時代以来、いかにひどい目に遭ってきたか。これは一通り周知の事実ですが、それをぼくの祖先の運命とねじり合わせる形で、小説の中に持ち込んだのです。

最終的にその悲劇——主人公の死——で終わるというのは、実際ぼくの祖先がそういう結末を迎えたという事実があったからなんですが、作品の中ではその理由としてアイヌとの関わりあいを絡めた。

こうなると、これはもうギリシャ悲劇的に、最後には彼らが破滅する形で終わるしかない。アイヌを歴史的に扱ってハッピーエンディングのものがあったとすれば、それ自体が偽善です。歴史に対する不当な介入になると言ってもいい。なぜなら、悲劇は史実だからです。

それは、「アウシュビッツでユダヤ人の虐殺はなかった」、あるいは「南京の虐殺はほんの数百人だった」ということと一緒なのです。もし、それらの悲劇をなかったことにする、あるいはそれほど酷いことではなかったと言ってしまうと、われわれは未来に対して無責任な姿勢を取ることになる。そういう種類のことだと思います。

ポリティカル・コレクトネス（ＰＣ）という言葉があります。ここ二十年ぐらいアメリカで言われている言葉ですが、日本で一番わかりやすい言いかたをすると、「差別語問題」。つまり、「偏見、差別を助長するような表現を、なるべく避けましょう」が単純な言いかたとしてのPCです。

このPCは、往々にして単に言葉狩りに終わって、空回りして滑稽なことになる。「背が低い人」と言ってはいけないというのがアメリカにあって、PC的には「垂直方向に挑戦されている人」と言うのだそうです。

あるいは、スポークスマンやカメラマンではなくて、女性への差別をなくするためにスポークスパースンとカメラパースンにしなくてはならないとか。

日本では、ひたすらそれを言い換えだけですり抜けようとしてきました。言葉のレベルでしか考えず、背後にある思想に考えが至らないというのが、差別語問題全体に関わる基本の論争です。「部落」という言葉を使わなければ済むのか——京都でこの問題を持ち出すと、なんだかリアリティがあるんですけれど——、部落を集落と言い換えればいいのか。そうではないだろう。

ぼくが、祖先とアイヌの話を書きながら、形ばかりのハッピーエンドには出来なかったというところへ、話題を戻します。

ごく簡単な差別語問題から言えば、土人という言葉は今は使えない。しかしぼくはこの小説を連載中に朝日新聞の紙面で堂々と使いました。こういうコンテクストで使うんですから、使います、と。覚悟を決めて使って、結果は特に問題にならなかった。

つまり、当時土人と呼ばれた人を、今になって別な呼びかたをしたのでは、それ自体が誤魔化しになるし、差別になる。それでは問題の本質は捉えられないということです。

こういうやっかいなことを背負い込んだうえで、この話をずうっと書いてきて、最後は悲劇にならざるを得なかった。ぼくはこれまでいろいろな作品を書いてきましたが、根が楽天的ですから、だいたいが明るい終わりかたにすることが出来てきたんです。主人公が死ぬ場合でさえ、明るい死にかたをさせられた。けれど、『静かな大地』ではどうしてもそれが出来ませんでした。つまりそれは最初から許されていないことだからです。

これを書きながら、ギリシャ悲劇における、神様の我がままに人間が勝てないことへの「やるせなさ」というか「情けなさ」に近いものを感じました。歴史的な事実というのは、言ってみればギリシャの神様たちの我がままのようなものだと思うのです。振り返ってみても、後世の人間の力ではどうにもしようがない。なぜそういうことをしたのだと問いかけても、過去は返事をしてくれません。事実が厳然とあるだけです。

最終的にはその話を全部一般論にして、人間というものは、そういうことをするものである、そういう情けない存在である、非常に暗い、危ない、邪悪な要素を自分の中に持っているものである、と結論づけざるを得ないし、それを回避することはたぶん許されないだろうと思うのです。

そしてこのことを伝えるために、ぼくは、このギリシャ悲劇的な現実を一度書かなければいけなかった。つまり、ギリシャの昔も今も全く変わらない、人間の運命へ干渉してくるものがある、人間には避けようのない破滅という性質の悲劇が、存在するのだということ。二十一世紀に入った今の段階でも、この同じ原理で話を書くことが出来るということを、ぼくは『静かな大地』で示したかった。

変わるものがあり、変わらないものがある。その変わらないものを真ん中に据えて、変わっていく姿を添わせる。そうすると、重たい話が書ける。変わるものの話だけを書いていくと、風俗の小説になります。それはそれでいいんですけれど。

長野県知事でがんばっている田中康夫さんが二十五年くらい前に書いて非常に評判になった『なんとなく、クリスタル』が、変わるもののことだけを書いた小説の最たるものでしょう。彼は戦略的に意図的に、風俗の表面を書いた。そしていちいち出てくるキーワードに、あの頃にすれば先駆的にオタクっぽい注をつけた。ほんの狭い領域、ごく一部の若いお先っ走りの連中が騒いでいる物の名前をわざと出して、「今ここが先端ですよ」と指示して、敢えて軽薄に浅く書いて、それによって衝撃を与えた。

あの頃、この田中康夫っていうのは一個人の名前ではなくて、電通の中に作られたグループの名前じゃないかという説が、まことしやかに広まったものです。そういう意味ではとてもよく出来ていた。重たい文学、純文学の先生たちは「こんな薄っぺらなものが、小説と呼ばれていいのか」って憤然としてました。でもいいんです。小説というのは非常に許容範囲が広いものなのだと思います。たいていのものは何を入れてもかまわない。ただし面白くなければいけない。そこで苦労するわけですけれど。

明日話そうと思っていることを、少しだけ言っておきます。

今週ぼくが身を入れて話すはずの『カラマーゾフの兄弟』（一八八〇）は、ドストエフスキーの大長篇ですが、これは大変に面白い。

カート・ヴォネガット（一九二二―二〇〇七）という、一九五〇年代にデビューして、もっぱらヒッピーたち、オールタナティブな文化の担い手たち、フラワー・チルドレン――こういう歴史用語も覚えて下さい――たちの一種の教祖のような立場にあったアメリカの作家がいます。代表作は『スローターハウス５《ファイブ》』（一九六九）。

これもＰＣ的な問題なのですが、初訳の邦題は『屠殺場５号』でした。だけど「屠殺」という言葉が使えなくなって――今は食肉処理場と言います――、翻訳者は考えて、結局英語のままならいいというので「スローターハウス」になったのです。

彼のもう一つの代表作に『母なる夜』（一九六二）というのがあって、これはぼくが翻訳しました（白水社刊）。

この『スローターハウス５』の中に、「人生について知るべきことは、すべてフョードル・ドストエフスキーの『カラマーゾフの兄弟』の中にある、と彼はいうのだった。そしてこうつけ加えた、『だけどもう、それだけじゃ足りないんだ』」という言葉がある。

『カラマーゾフの兄弟』という作品は、人間の情熱について、理性について、信仰について――この三つのことを三兄弟それぞれが体現しているんですが――、およそありとあらゆる理屈が、議論が、思惑と主張が並んでいて、丁寧に最後まで読み終わると、「そうか、人間っていうのはこういうものなのか」と、希望と絶望の両方がちゃんと伝わるような仕掛けになっている、すごい話です。それが十九世紀に書かれた。

だから、カート・ヴォネガットの、「だけどもう、それだけじゃ足りないんだ」という二十世紀半ばの嘆きは確かによくわかる。違うものがいっぱい入ってきてしまったということです。

この場合も、変わるものと変わらないものが、微妙かつ明確に表れている例です。変わらないものがあって、でもどうしても変わるものもある。

過去の小説の中にすべての事例は書かれてしまった、だから、これ以上書かないでいいよね、ということにはならない。やっぱりぼくたち小説家は新しい話を書きますし、それから、同時代の作家たちが書いているものをお互いに読み合います。そして、世界の、社会の方が変わったところを何とか表現してやろうと工夫する。この変化は何なんだと格闘する。いま自分たちはどういう「場」に生きているのかを知るため、われわれは何者なのかを明らかにするために、小説は書きつづけられるのだと思います。


ギリシャ悲劇的なエンディング、どうにもしようがない終わりかたが、神様が自分を滅ぼすように決めたんだからそれは仕かたがなかったんだ、自分たちの力ではどうにもならなかったんだ、というのに対して、意地の悪い見かたをすれば、それは言い訳なんじゃないか、結果論なんじゃないかという考えも当然出てきます。たまたま失敗して身を滅ぼすことになったのを、大げさに神様のせいにしてるんじゃないか。

ギリシャの英雄というのは、ちょうど神様と人間の間ぐらいにあって、それだけ大きな人格を持っているものですから、その点を読者に納得させれば、その終りかたの必然性はうまく伝わる。つまり、いい加減な奴がとんでもない失敗をして滅びてしまうのは、むしろ喜劇だということです。その失敗の前に充分な努力がない。滅びの裏に充分な努力がない。つまらないことでドジをする。それはコメディにしかならない。

努力の裏付けがちゃんと読む者に伝わって、どうにもしようがないものだったんだということがわかった時に、それはきちんと悲劇になるんです。

例えば『オイディプス』。テーバイという国の王家に赤ん坊が生まれる。ところが予言者が「この赤ん坊はいずれ育ったら父親を殺して、母親と結婚するだろう」と予言をする。そのことはもう決まっている運命である、と。

父王ライオスはこの赤ん坊の踵《かかと》をブローチのピンで突いて傷つけ、召使いに「どこかへ連れて行って、捨てて来い」と命じます。召使いは赤ん坊を連れて田舎へ行って、そこにいた羊飼いに育ててくれるように頼む。結局この子は隣国コリントスの王に育てられる。

その子供は、少しびっこをひいているんですが、立派に成人する。そして、旅の途中で、たまたま父王に出会って、ちょっとした諍いから殺してしまう。自分の父親であることは知らない。そして都に行って、怪物スフィンクスを退治して王国を危機から救う。救った結果、その国の王妃と結婚することになる。その王妃が自分の実の母イオカステであることを彼は知らない。

何年かの後にその事実が現れる。ある意味では予言の通りだから、避けられない悲劇です。しかしある意味では、彼個人の運命、彼が自分で選択した運命です。自分は、父を殺し、母と結婚してしまった。この罪の意識によって、彼は最後に自分で自分の目をえぐって、荒野をさまよう旅に出る。

この場合はどうやったってコメディにはなりません。ここまでの話を全部最初からステップを踏んで話されれば、それが個人の力では避けようのない悲劇であること、彼が非常に誠実に生きようとしながら、行く先々の行き違いによって、あるいは神の干渉によって、悲劇の真ん中に入ってしまったことを、読む者、聞く者は納得します。

そういう形で悲劇は、確実に悲劇として読者に伝わる。それが充分でない場合は、単なる結果論じゃないかという批判を受けかねない。その辺りが、一つの話が物語として深みを持つか持たないかの違いになります。

ここまでぼくは、「物語」と「小説」という言葉をあまり区別しないで使ってきました。「物語」の方が古い言葉です。「小説」とは、物語が近代的に整備されてもっぱら書物の形になったものである、と、ここではまずそれぐらいゆるく定義しておきましょう。

では「物語」とは何か。他の国の言葉で「ストーリー story」とか「イストワール histoire」ということは一旦避けて、日本語の、「物語」といういい言葉を使って、しばらくことを進めてみたいと思います。

「物語」、物を語る。どういう意味なのか。まず「もの」とは何かです。日本語の語彙の中で、「物＝もの」と「事＝こと」、この二つは非常に基本的で重要で、あきらかに区別があるのに、その区別を説明しようとすると、なかなか難しい。

こういう基本的な語彙を、例えば外国人、日本語を知らない人に説明しようとしてみて下さい。これは言葉のトレーニングになります。つまり、いつも無意識に使っているために、明らかに状況に応じて使い分けているにもかかわらず、その根拠がなかなか説明できない。こういった説明を試みるのは、日本語というものを自分の中で客観化するためのよい訓練です。

こういうことは子供を育てるとわかります。子供から「これ、どういう意味」と聞かれて説明しようとする。言い換えてはいけない。言い換えるのではなく、その言葉の持つ元の意味に戻って、しかも子供に分かる範囲で説明しようとすると、非常に難しい。辞典に頼ろうとすると、辞典というのは意外にインチキであることがわかる。きちんと説明してない場合が多い。一番よくあるのは、Aを見ると「Bを見よ」って書いてあって、Bを見ると「Cを見よ」って書いてあって、Cを見ると「Aを見よ」って書いてある。グルッと回って元に戻ってしまう。これは、わかっている者同士でなければ結局わかりません。

その点、英和辞典、和英辞典というような外国語の辞典は楽です。ほぼそれに相当する言葉を見つけてくれればいいんですから。同国語内、同言語内の辞典というのは、実はなかなか難しいのです。

広辞苑によれば、「物＝形のある物体をはじめとして、存在の感知できる対象」「事＝意識・思考の対象のうち、具象的・空間的でなく、抽象的に考えられるもの」。どうも「物」の方が具体的で、「事」の方が抽象的であると、広辞苑は言います。

これでもいいですが、ぼくの考えでは、たぶん「物」の方が物質的、空間的で、「事」の方が現象的なんではないか。現象というのは時間軸が関わりますね。そういう違いもあるのではないかなという気がします。

「食べる物」というのは具体物です。「食べる事」というのは行為ですね。非常に大雑把に言えばそういう感じなんだけれど、しかし日常的に使えば使うほど、この二つは、なかなか微妙な差があって味がある一対です。

ともかく「物」というのは何かの対象である。人間が働きかける、その働きかけの対象が「物」であるとしましょう。認識論も含めて。

「物語」を「物」と「語」の二つの言葉に分けてみれば、「物」の方にはあまり重い意味はない。大事なのは「語る」方でしょう。「語ら」れる対象として「物」がある。何かについて「語る」ことが「物語」である。「何か」は、とりあえず括弧に入れておく、と。「語る」という行為に意味がある。

では「語る」とは何か。これまた広辞苑によれば、「筋のある一連の話をする」。ちょっと足りないなという気がするんだけど、まあそうでしょう。大事なのは「一連の話である」ということです。始まりがあって、途中があって、終りがある。そういう話をする。

それでは「話」とは何かというふうになると、だんだんわからなくなってしまう。では、こう言えばどうでしょう。「語る」とは、単に「話す」ということではない。それから伝える、ということでもない。言う、でもない。言ってみれば事件があって、その事件の主体たる人格がそこにいて、現象が起こって、変化(=時間)がある。それを一つのまとまりとして、他人に話す。それが「語り」である。

ゴシップの話の時に、「誰か知人の身の上に起こったこと」という言いかたをしました。「知人の身に起こる」。「起こる」というのは、始まりがあって、何か変化があって、結論、結果がある。そういう時間軸に沿った一つの現象です。そのもっぱら人の身の上に「起こった」ことを時間を追って話す、それが「物語」である。

ここで大事なのは「時間」です。人間には「時間の感覚」がある、と言うと、そんな当たり前のこと、ということになってしまいますので、例を挙げてみましょう。

例えばシマウマです。シマウマに時間の感覚があるか。たぶんないと思います。彼らには現在しかない。シマウマは「昨日何を食ったか」とは思い出さない。シマウマにあるのは、目前にある危険を回避すること。目前にある食物を摂取すること。それから発情期には、目前にある異性と交わること。これぐらいが生きていく上の基本原理です。

シマウマの頭にあるのは常に目前のことだけです。集団でいて、危機が迫ったら一番臆病な奴がまず逃げ出して、そうすると全部が逃げる。二、三頭がライオンの犠牲になるかも知れないけれど、あとは助かる。そこで忘れる。

アフリカの野生動物を撮った映像でよく見ますけど、一頭が捕まって殺されて食われている時、他の連中はもう安心だから、その近くで悠然と草を食《は》んでいる。その一頭に同情して涙を流しはしないし、食われている仲間を見ながらも、恐怖を感じてはいない。もう脅威は去っているから。なぜそうなのかと言えば、時間の感覚がないからです。「さっきこんな目に遭った。で、いずれはぼくもあんな目に遭うかもしれない」とは思わない。その辺がたぶん、シマウマの知性の限界。したがってシマウマには「物語」はない。

犬はどうでしょう。犬にはある程度の時間感覚があります。例えば昔飼われていた飼主と会うと、ちゃんと覚えていて喜んで飛びつく。その時犬の中には、「昔飼われていた人」という、「昔」という概念がたぶんあるのだと思います。今の飼主と違うことがわかるし、どっちが今餌をくれてるかもわかる。だけど「なつかしい」という感情も持つ。犬の場合、一種の時間の感覚があるのだろうということができると思います。

ちなみに、シマウマに過去はない、時間感覚がないと言いましたが、これは大脳が知覚するような個体レベルでの感覚という意味です。種《しゅ》全体としては、生まれて育って大人になって、子を産んでそれを育てて、やがて死ぬという、その時間軸の中において生きていることには違いないんだから、そういう意味では一個体としてでも、あるいはずうっと継続する種としてでも、無自覚的な時間の感覚といったらいいのか、つまり「時間」の中で暮らしている、生きていることには変わりはない。ただそれを大脳のレベルで、情報として認知したうえで、それを現在でない過去とか未来へ外挿《がいそう》する＝エクストラポレイト extrapolate する、外へ延ばしてみることができない。「今がこうだから、明日はこうであるだろう」とか、あるいは「今はこうだけど、昨日はこうであった。一年前はこうであった」と、その時点から先へ延ばしてみる想像力がない、ということです。

つまり時間感覚というのは、過去へ延ばすにしても、未来へ延ばすにしても、想像力の問題なのです。その力がシマウマにはない。犬には少しあるかもしれない。

ジャック・ロンドン（一八七六―一九一六）という、面白い冒険小説をいっぱい書いたアメリカの作家がいます。彼はゴールドラッシュ時代のアラスカに金《きん》を探しに行っていて、その時の体験を基にいくつかの話を書いているのですが、一番有名なのが『荒野の呼び声』と『白い牙』という話。どっちも犬の話、狼の話です。

『荒野の呼び声』の方は、犬が野生に戻る話で、『白い牙』の方が逆、オオカミが犬になっていく話だったと思います。読みやすくて面白い話です。

バックという『荒野の呼び声』の主人公の犬が、たき火のそばで夢見るように炎を見つめて寝そべっている時、「今まで食った物のことを考え、これから食うもののことを考えた」という一行があって、昔読んだ時、「うまいな」と思って、いかにも犬が考えそうなことだと思ったんです。だけど今思うと、ちょっとあれは無理じゃないかなという気がします。つまり犬というものは、昔食った物のことは考えないんじゃないか、それほどの知性はないんじゃないか。

いずれにしても「語る」ためには、時間の感覚、記憶、それから未来に向けた想像が必要である。想像というのはイマジネーションですね。

というところまで、午前中の話としておきましょう。
午後は一時半から始めましょう。ではまた後で。

第二回

九月十五日 月曜日 午後

総論―2

紙を配りました。アンケートです。専攻が決まっている方は、それを書いて下さい。それからぼくが挙げた十点の中で、特に力を入れて読んだ書名を書いて下さい。それとは別に、ここ一、二年でもっとも面白く読んだ小説があったらそれも書いて下さい。詩でも戯曲でもかまいませんが、一応小説中心で考えてみて下さい。これは、今日この授業の途中で回収します。

「物語」「小説」論のつづきです。

午後は、物語、小説というのは、どうしても主人公、つまり人間中心に考えがちである、しかし実際には、人が動く「場《ば》」の方もかなり重要なのだ、という話をします。

この一週間でぼくがお話ししようとしているのは、要するに人と世界の関係の話です。われわれは物語、小説によって、自分たちの世界観を表現しようとする。だからぼくたちの世界観自体が変われば、表現の仕かたや内容は変わっていく。もしも今、物語や小説そのものが非常に大きく変わろうとしているとするなら、――それがどう変わろうとしているかを、この一週間で見ていくわけですけど――その理由は、ぼくたちの目に映っている世界のありかたが変わっているからじゃないか。
例えば、十九世紀の前半にスタンダールが見ていたような世界のありかたと、今ぼくたちが見ている世界というのは違う。また、一九四五年に生まれたぼくが見ているような世界と、一九八〇年代になってから生まれた皆さんが見ている世界とずいぶん違う。世界像がこんなに速やかに変わるというのは、実に不思議なことですけれど、実際変わりつつあるんじゃないかと思います。そしてそれが、ここまで小説が変わってきている原因ではないのか、という結論に持っていきたいので、これから十の小説を論じながら、その主人公たちの性格、ふるまいを分析すると同時に、それが起こった「場」を見、どういう世界観で動いていたかを考える。そういうことがやはり大事になってきます。

そこで、「場」ないし「舞台」のことをちょっと考えましょう。

「場」とは何か。例によって広辞苑。「物事の行われる広いところ」、まあとりあえずこれでいいと思います。日本語の「ば」の語源は庭であるらしい、ということも付け添えておきます。

例えば宮殿があって、その前の広い空間で踊りをする。それをその宮殿の階《きざはし》の上から宮殿の主が見る。これがたぶん、「場」なんだろうと思います。京都御所の前にも広いスペースがありますね。

沖縄の首里城――首里城は中国式の宮殿なんですが――を考えると、比較的わかりやすいかもしれません。沖縄語では「場」は「Nā なあ」です。「遊び」は「あしび asibi」と言い、「遊《あし》び」というのは踊りや芝居のことなのですが、「遊び」をする場は「あしびなあ」と言うのです。

ある空間があって、そこで何かが行われる。この、「空間があって、そこで何かが行われる」というのが、一番歴然としているのは演劇です。

その空間のことを舞台といいます。舞台は「舞をする台」と書きます。台であるから普通は一段高くなっている。しかしそれは必然的なことではなくて、例えばギリシャやローマの円形劇場の場合は、舞台は平土間ですね。だいたい丸くて、その周辺に客席が円錐形に取り囲んでいる。アンフィテアトルと言います。その、人々の視線によって囲まれた何もない空間に、登場人物、俳優、踊り手、歌い手、あるいは演説者が現れて何かが始まる。

ピーター・ブルック（一九二五―　）という、イギリスで一番すぐれた演出家が書いた演劇論で、象徴的なタイトルのものがあります。『なにもない空間』（一九六八）。芝居はそこから始まる。いったん始まってしまうと、人は演者の方に目を奪われがちだが、実はその空間がなければ、その「場」がなければ、何も始まらない。


ここでちょっと、あえて実作者的な脱線をしてみます。

ぼくはいくつかの小説を書いてきましたが、初期の頃は――二十年のキャリアのうちの最初の十数年、だから比較的長い間ですが――、しばしば島を舞台にしました。「なぜいつも島を舞台にするんですか」と問われることがよくありました。その度に改めて「なぜだろう」と考えました。

理由の一つは簡単明快。島が好きで、頻繁に通っていたからです。太平洋のミクロネシアという、グアム島を中心に東西に広がる島々には実によく通って、一つ一つをよく知っていました。ぼくが一番最初に書いた長篇小説は『夏の朝の成層圏』（一九八四）ですが、最初はどこから手をつけたらいいのかわからないので、便法として、すでに書かれた小説をフレームとして使って、中身を入れ替えるということをやりました。具体的に言えば、『ロビンソン・クルーソー』（一七一九）の話を現代に持ってくる。

これは、べつにぼくだけの思いつきではなくて、『ロビンソン・クルーソー』というのは、さまざまな形で何度も書き直されています。例えばヨハン・ダーフィト・ヴィースの『スイスのロビンソン』（一八一二〜二七）という、家族で島に流れ着く話があります。アニメの『ふしぎな島のフローネ』の原型ですね。あるいはジュール・ヴェルヌの『十五少年漂流記』（一八八八）。イギリスのミュリエル・スパークにも『ロビンソン』（一九五八）という話があって、フランスのジャン・ジロドゥーという有名な劇作家には『シュザンヌと太平洋』（一九二一）という話がある。ゴールディングの『蠅の王』（一九五四）。それから、やはりフランスの長老の作家ミシェル・トゥルニエにも『フライデーあるいは太平洋の冥界』（一九六七）という本があります。

つまり『ロビンソン・クルーソー』はフレームとして使いやすい話なんですね。一人の男、ないしは女、あるいは一群の人々が無人島に流れ着いて、そこで何とか生活を立てていく。その過程で、では生活とは何か。今の世界、文明世界で人が生きるとはどういうことか。文明がなくなった場合に、どうしたら生きていかれるか。何のために生きるか。そういうことを煎じ詰めて考える、一つの思考実験の装置として島は有効なんです。

『ロビンソン・クルーソー』はその原型、アーキタイプを提供してくれた。したがって後の作家はみんなそれを使うことが出来る。ということを横目で見ながら、自分でもやってみようと思って島を使いました。

書いてみて気づいたのですが、島というのは舞台として使いやすい。なぜならば閉じているからです。入ってくる者と出て行く者がはっきりとわかる。閉じているということは、視線の届く範囲に全てがあるということですから。つまり、言ってみれば芝居の舞台と大変似ているのです。しかも無人島の場合は、最初は誰もいないわけだから、空っぽの舞台に人が登場するところから始められる。そういう、演劇的な方法が小説に応用しやすい。

その時からぼくには、まず「場」を準備する、「舞台」を用意するところから話を考えるという癖がつきました。男と女が不特定の町で出会うところからは、なかなか始められない。どうしても「人」よりも「場」が最初に現れる。そして「場」に気を取られながら書く。ずっと「場」ないし「舞台」のことを気にしながら、書いてきました。

これは小説の書き方として、基本に近いというか原始的というか、たぶん古いタイプなんだろうと思います。ただしその方が応用の幅が広い。

小説を作るときに、「人」と「場」というこの二つの重要な要素をそれぞれに分けて、意図的、意識的に考えるためには、島は役に立ちました。その後、子供向けの『南の島のティオ』も、千枚の長篇『マシアス・ギリの失脚』も、島を舞台にして書きました。

どの作品の時も最初にまず地図を書きました。実際に存在する島の場合もあるし、存在しない島を勝手に創ってしまう場合もありますが、いずれにしても地図を書く。そして地名をつけてしまう。そのあたりで物語の「場」の実在感がぼくの中でだんだん高まってくる。確かにその場所はある、という気がしてきて、そこに人が動き始める。そういう順序で小説を書いてきたので、他の作家たちに比べて、人よりも「場」の方に気持ちが入りやすいという癖がぼくにはあると思います。

それで、「場」という言いかたはあまりにもぶっきら棒なので、ついついこれを「世界」と呼びます。一つの世界があって、そこに人が行き来する。で、走ったり、跳んだり、転んだりして事が起こり始める。ただ、「世界」という言葉にはもう一つ、いわゆる「ザ・ワールド」、地球上にある、人の住むこの空間全部という意味もあります。

「世界」という言葉をぼくは使い過ぎるきらいはあります。「世界」という概念に対する思いが常に行き来しているので、フィクションにせよノンフィクションにせよ、自分の中の考えを整理して、パッケージして、出す時に、「世界」という言葉でまとめたいという気持ちが強いんですね。

昨日しみじみと反省してみたら、タイトルの中に「世界」という言葉が入った本を、ぼくは五冊書いています。『ブッキッシュな世界像』（一九八八）という文学論があって、『世界一しあわせなタバコの木。』（一九九七）という絵本があって、『すばらしい新世界』（二〇〇一）という小説があって、『この世界のぜんぶ』（二〇〇一）という詩集があって、『世界のために涙せよ』（二〇〇二）というメール・マガジンを集めたものがあります。もちろんそれぞれ全然違う作品ですが、これは行き過ぎだと思う。これ以上使わないようにしなきゃいけないと、深く反省したことでした。

『すばらしい新世界』はある小説のタイトルからの拝借です。『ブレイヴ・ニュー・ワールド』（一九三二）というオルダス・ハックスリ（一八九四―一九六三）の小説があります。ただし、「Brave New World」という言葉そのものは彼の発明ではなくて、シェイクスピアの『テンペスト』（一六一一～一二）に出てくる台詞です。

シェイクスピアが最後に書いたこの『テンペスト』という芝居の舞台はやはり島です。非常に舞台らしい舞台です。シェイクスピアの中でぼくはこれが一番好きで、ですからもう一つこの中からタイトルを盗んでいます。『骨は珊瑚、眼は真珠』（一九九五）。

ある人物――この場合は父親です――が海で溺死して、やがてその死体が海によって変えられる。つまり骨になる。それがさらに珊瑚や真珠に変わる。海による変化の力を受ける。その海による変化、シー・チェンジという言葉を、シェイクスピアはくっきり目立つように使っています。クォーテーション・マークをつけて "sea-change" と。

『テンペスト』という題は、「嵐」と訳されることがあります。島に昔流れ着いた親子がいて、そこへ別の船が来て難破して新しい人々が来る。本当は主人公である魔法使いプロスペローが難破させたのですが、それはともかく、島で出会った人間たちの間でいろいろ交渉があって、最終的にはみんな出て行く。ぼくが『テンペスト』をシェイクスピアの中で一番好きだというのは、この話の形と展開が好きなんだと思います。

作家はそれぞれに個性的であって、乱暴かつ我がままで、自分の中から出てくるものに忠実であろうとしながら、もがき苦しむんですが、ぼくは、「世界」「場」「舞台」の方に思いが行きやすい。この志向、創作の姿勢は、では、どこから来たのか。

各々の作家の「場」の概念の由来は様々だと思いますが、ぼくの場合は物理学かな、という気がしています。大学で物理を少し勉強したんです。京都大学でやろうと思ったら、いわゆる受験に際して大学側とちょっと意見が合わなかったので――つまり落ちたということですが――他に行きました。改めて京大の教室に入って、こうやって喋っていると、ちょっといい気持ちですね（笑）。

今の物理では「場」の概念は非常に大事です。今の物理じゃなくて、ニュートン力学でさえそうですが、特に量子力学になってから「場」という概念は非常に重要です。

量子力学は、要するに「場」と「素粒子」から成っている。その間の相互作用が世界全体の現象として記述されます。そこでは、「場」と「素粒子」はそれぞれ同等な資格を持っています。この場合の「場」は、単なるバックグラウンド、背景、空っぽな舞台ではなく、もっと積極的な性質を持っていて、それが「素粒子」の動きを規定している。

そういう関係を見ていると、そのような一種力学的な動きとして、人の動きをも読みたいという気持ちになる。世界、ある事件が起こる「場としての世界」は、とても大事であると思えてきます。

あるいは天文学でもいい。スペース、宇宙空間があります。そこに天体が浮かんでいて、その天体同士が、ニュートンの万有引力の法則によって――これは古典力学ですが――、お互いに影響し合いながら動いている。古典的な美しい図式です。この場合もスペースがあること、つまり天体が動き得る空間があることと、それからそこに天体があること。それが移動していること、が基本形です。それらの間の、天体の間の相互作用である重力は、実は「場」の力です。

また、スペースは光や電磁波を伝える。光ないし電磁波を伝えるというのは、光や電磁波の性質である以上に、「場」としての空間の性質である。

こういう論理展開が、ぼくの物の見方の土台に入っていると感じます。これは今も続いているかもしれない。

ただその一方で、逆のことも考えるんです。ぼくたちは実は文学を物理学や天文学に応用してるんじゃないか。文学的世界観で物理を造ってきたのではないか。物理の中に物語的世界を見てるんじゃないか。

日常生活でわれわれがある場所に行って、誰かに会って、何かをする。これはふるまいの基本です。人間でなくて動物だっていい。アミーバだっていい。アミーバが偽足を延ばしてズルズルと動いていって、食べ物を見つけてそれを体内に取り込む。あるいは、またズルズルと動いていったら白血球がいて、食べられてしまう。つまり空間＝場があって、移動があって、出会いがあって、結果が生じる。

これが生き物のふるまいの基本、また物語の基本であると同時に、天文学の基本でもあり、素粒子論、量子力学の基本でもあるとしたら、それは偶然の一致ではなくて、結局そういうふうに現象というものを認識しているわれわれが、同じフレームを使っているだけではないか。その最終的な成果が物語ではないのか。

というのは、科学の新しいニュースを聞いたりしていると、「いかに何でも話がうま過ぎる」と感じる例が多いからです。あまりに見事に説明出来てしまう。あまりに人間にとってわかりやすく、符合するようにできすぎていると思うわけです。

動物の種、植物の種は、それぞれ数十万、数百万とあります。あるいは化学物質の数は、これまた数十万、数百万、あるいはそれ以上の数字です。にもかかわらず、元素の数はせいぜい百しかない。その中で主要な働きをするものは、その半分もない。何か世界像全体が、その元素のレベルでいったんギューッと小さくくびれて、その後でまた広がっている感じがする。

素粒子論も元素と同じようにまとめたいと思って物理学の人たちは苦労をしているけれども、まだまとめきれない。

数十万、数百万のオーダーの存在と、百以下のレベルのものとが交互にあるというようなこのカラクリは、驚くべきものとして人間に理解されるけれども、一方ではなんとなく、そのまま「なるほど、それはそうだろうな」という気持ちで捉えられる。結局自分たちに理解できる形で世界を理解しようとする、それが人間の知性であり、知性の限界なのかもしれないと思うのです。

つまり、見える形でしか見えない、見られない。物語の構造と物理学的世界の構造は案外近いように見えるけれど、これは偶然の一致ではないと思うんです。なぜなら、人間が必死になって理解しようとして、その結果、人間という項目によって、遥か遠いはずのものが介在されて、繋がってしまったということなのだと思うから。

今、だんだん物理学は物語的になってきています。今の宇宙論で「人間原理」という不思議なものがあります。

「なぜわれわれはここにいて、こうやって宇宙を観測して、宇宙のありかたを理解できるのか?」

宇宙が始まってから百数十億年ですか。太陽系が造られて、そこに地球という惑星が太陽からちょうどいい位置に生まれた。ちょうどいい位置というのは、水が凍りもしなければ蒸発もしない、零度と百度の間の状態でほぼ保たれているという意味です。その位置に地球があって、そこでなぜか生命が発生して進化して今に至った。五百万年ばかり前に人間の祖先である猿人が登場して、その中からホモサピエンスが生まれて、文明を作った。その文明を作った人間たちが、宇宙全体を観測している。

宇宙ができる前、宇宙のありかたの可能性は無限にあったと考えてみましょう。ある係数が初期にちょっと違っていただけでも、宇宙は今のようにはたぶんならなかった。宇宙そのものとして育つこともなかったかもしれない。そういう初期の段階での偶然というのが幾つも幾つもあるわけです。にもかかわらず全てがうまくいって、人間がこれを観察できるところまで宇宙が進んできたのはなぜか。それはつまり、人間を宇宙に在らしめるためである、というのがその「人間原理」の一つです。

これはロジックの逆転です。科学とは完全に客観的なものであって、人間の立場なんか「考えていない」はずなのに、ここで突然原理が逆転して、いきなり、人間を在らしめるために宇宙は延々と努力してきたんだという解釈を放り込む。乱暴なことに。これが一番強烈な人間原理です。

もう一つは、宇宙は無数にあるかもしれないが、たまたま人間が生まれうる宇宙にわれわれはいて、他の宇宙は観測のしようがないんだから、あるともないとも言えない、というものです。この辺はもう、科学以前に形而上学の世界であって、「まあ、拝聴しておきましょう」としか言えませんけれども。

客観的に、具体的・物質的なその存在を物語として認識しようとするのが人間だとしたら、どうやったって人間は人間の考えのフレームの外へ出られない。まあ、それはそうですよ。いつになったってわれわれはわれわれなんだから。

これを一番わかりやすい、たぶん皆さんも知っているお伽話のエピソードでいうと、孫悟空のお釈迦様の掌の話になります。孫悟空が暴れていたずらばかりして困るので、お釈迦様が最後に出てきて、孫悟空を捕まえる。それでも「お前が釈迦か」と孫悟空は威張る。「しようがない奴だね。いくら威張ったって、お前は所詮ただの猿だ。私の掌から外へは出られない」とお釈迦様は言って、孫悟空を自分の掌にとんと乗せる。悟空は「てやんでぇ」などと言いながら、ひと飛びで十万八千里を行くという觔斗雲《きんとうん》に乗ってバーッと飛びます。延々と飛びます。もうこの辺で宇宙の果てに来たかなというぐらいまで飛ぶ。すると山が五つある。知ってますよね、この話。「そうか、あれが世界の果ての山だな。ともかくオレはここまで来たんだから、釈迦の掌どころじゃないんだぞ」と言いながら、「じゃあ、サインしておこう」と思って毛を一本抜いて筆に変えて、「斉天大聖ここに来たれり」と書いて、ついでにちょっと尿意をもよおしたんで、山の下の方へちょっとオシッコをして、「やったぁ！」と思ってまた觔斗雲に乗って帰ってくる。帰ってきてみると、「だから、私の掌の外へ出られないと言っただろう」と、お釈迦様が自分の掌を見せる。中指に孫悟空のサインがあって、その下からオシッコの臭《にお》いがする。さすがに孫悟空は参って、お釈迦様に捕まえられて、それで五行山の下に押し込められて五百年待つことになる。つまり孫悟空が空を飛ぶ速さより、釈迦の掌が広がる速さの方が速かったということです。なぜならば、釈迦の掌は概念として広がったのだから。

概念の速さは非常に速い。光より速い。宇宙全体について、「これはこうである」とある誰かが断言したら、その断言は瞬時にして宇宙全体に広がる。しかし、それは単に言葉の網でしかない。いずれにしても、どうしても人間の考えというものは、人間の外へは出ないものですから、宇宙を考えようが神様を考えようが、それは結局は物語の形を取ることになる。つまり「場」があって、そこに誰かが登場して、時間の経過とともに何か起こってある結果に至るという、この形を取らざるを得ない。

それでは、客観性とはどういうことか。

客観性というのは人間相互の間で成り立ちます。ぼくが言ったことをあなたたちが信じてくれたら、ぼくの言葉に一種の客観性が生じる。ぼく一人が信じてて、その範囲に止まるんだったら、それは主観的である。そして人類全体が信じるほどの客観性——これは科学でも相当怪しいんですが——、それでさえ人類の外に出るものではない。

まったく違う知性に会ったときに、お互いを認識し得るのだろうかという思弁的な問いがあります。互いが知的存在であるということさえ気がつかないまま、すれ違うんじゃないか。

SFの方では様々な形のこういう接触の話があります。エンカウンター、宇宙人と出遭った時の話はいくつもありますが、一番卑俗なのは、空飛ぶ円盤に招待してもらって、お茶飲んで帰ってきたというやつです。この場合は宇宙人を完全に人間と同じレベルに降ろしてしまっている。一番悲観的なのは、お互いに気がつかないまますれ違ってしまう話です。姿も見えない、もちろん話も出来ない。相手が生き物であることに気付かぬまますれ違うということだってありうる。しかし、それはもう互いにとっては存在しないも同じである。認識の限界ですね。

ここまで、物語、小説における「場」の重要性について、様々お話ししてきましたが、ここで話を基本――先ほどからぼくは基本という言葉を実によく使っています。最初の形に戻ってそこから考え直すことで、今いる自分を確かめたいという、そういう衝動がどうしても強いのです――に戻します。

午前中は、様々な神話のうちで、ギリシャ神話の中の「アフロディーテとヘファイストス」の話とか、『古事記』の「ヤマトタケル」とか、相当に物語として整備された例をいくつか挙げました。もっと戻りましょう。

物語、小説の基本の要件だけを備えた神話として、オーストラリアのアボリジニの人たちの話をしようと思います。

まず、地面があります。アボリジニの住んでいるところは、オーストラリアの真ん中の所ですから、砂漠に近い場所です。広い地面があります。地面というか、世界と言ってもいい。そこに地下からフッと英雄が一人現れる。主人公が現れる。そして、その主人公はその場所からずうっと旅をして歩いていく。途中で人間に出会う。彼はその人間にいろいろなことを教える。例えば、動物をたくさん捕るための儀式のやりかた。つまり祈りの仕かたです。あるいは子供が大人になる時の試練、イニシエーションの儀式のやりかた。それからまた彼はずうっと歩いていって、ある所で地面の下に消えてしまう。

アボリジニはさまざまな儀式、信仰を持っています。儀式や信仰には、その起源が何であるのか、いかなる形でその儀式を始めることになったか、という説明の物語や神話がいつもつきまといます。いわゆる縁起譚です。

日本の場合で言えば、例えば新嘗祭。天皇家にとって非常に重要な儀式ですね。その起源が何かというのは、文化人類学と歴史学、宗教学の非常に大きな課題になっています。基本的には農耕儀礼で、稲がたくさん実るようにというところから始まってるんだけど、最初はどういう形だったか。

儀式を行うだけで、別に学問の対象にしてはいない、儀式そのものを信じている人たちの場合でも、いつどういうことでその儀式が始まったかという、そのオリジンを問う形の神話は常につきまわる。

アボリジニの場合は、それが非常に単純明快な形で残っているわけです。英雄が一人ポンと現れて、すたすた歩いていって人間に出会って儀式の仕かたを教えて、すうっと消えてしまう。現れることについては、何の説明もない。一方でこの移動感が大事なわけです。「場」として、オーストラリアの地面がある。あの水の少ない砂漠のような広がりがある。そこを英雄がずっと歩く。なぜならば、彼らがそこで暮らしているから。自分たちが暮らしている、この世界についての説明が欲しいから。

余計なことを全部取り払って、生きることの基本に戻ってみて下さい。生きることの基本というのは、自分がそこにいて、地面の上に立っていて、食べるものを得て、伴侶を得て、子供を産む。そして自分が死ぬ。そういえば、最初は自分は生まれたんだった。自分の親というものがあったのだった……これぐらいの、ある意味では動物と違わない、植物とも違わない、それが生命の基本の形——植物は歩かないですけど——である。それをみんな認識している。わかっている。でもわかっているだけではなくて、人間というのはそれを説明したがるんです。どうしても説明したがる。

食べる物がないと人は死んでしまう。だからみんなで、オーストラリアの場合だったら、カンガルーを捕りに行く。あるいはワラビーを捕りに行く。魚を釣りに行く。木の実を探しに行く。なるべくたくさん捕れるよう、大きいのが捕れるように何かに祈る。

つまり、祈るという行為と獲物が得られるという結果の間に、因果関係があると信じてるわけでしょう。ライオンはそんなことはしません。しかし、人間はその間を想像力でつないで——午前中に「時間の感覚」と言いましたけど——、言ってみれば未来に投射して、例えば獲物を捕った仕草をすることが、明日実際獲物を捕る仕草に繋がるというふうな連想でその間を繋いで、獲物を捕る身振りだけをする。しかし、一人で想像をふくらませてそんな動作をすることは、実際には獲物は目の前にいないんだからバカみたいな話です。そこで、誰か、超越的な存在——神様でもいいですけれど——がそれを見ているはずだと考える。あるいは霊が、その祈りのための儀式をしている自分を見ていて、これを翌日の獲物と自分の出会いの場に応用してくれると思う。そういう信頼というか、信仰があるから、儀式に意味が生じ、祈りに意味が生じる。これはほとんど物語です。

午前中話した『静かな大地』の中に、アイヌの言い伝えが一つ出てきます。「明日から狩に行こうという時に、火の神様の前、いろりの前などでその話をしてはいけない。なぜなら、火の神様は大変告げ口が好きなので、『明日あいつがそっちの山に狩に行くよ』と動物たちに告げてしまうから」というタブーです。

この場合も、火の前で話すこととそれが翌日山の動物たちに伝わることが、原因と結果として認識されていて、それに介在するのが火の神様であるという説明が出来ている。

ということは逆に考えれば、例えば、ある時狩をしようと思って山に行った、全然獲物が捕れなかった、帰って女子供から「なに、空手で帰って来たの、ダメね」と言われて、自分が狩人として無能であるとは言いたくないから、「いやぁ、いろりの前で言っちゃったの、あれがまずかったんだよな」という言い訳をする、という具合に、この種の物語は応用ができる。

つまり、時間軸に沿ってある現象を未来の方へ延長して考えるとか、過去から似たような例を持ってきて当てはめるという、思考のパターンが人間にはあって、それが物語の基本原理であるということです。

アボリジニというのは、神話の祖型を維持している、非常に魅力的な人たちです。実はぼくは、先月オーストラリアに行って、実際に彼らの話を聴いたり、絵を見たりして来たんです。ああいう生きかたがあるものかと、感動しました。

彼らは文明を作りませんでした。すなわち都市を造らなかった。狩猟採集から先の効率のいい経済を持たなかった。農耕をしなかった。それ故に、農耕によって得られる物質的な文明観に束縛されなかったのです。

「文明」という言葉は何かと肯定的に使われますが、ぼくはそうでもないと思っています。あまり信用していません。あまりにも物に依存しているから。都市文明と言いますけど、これはトートロジーです。都市に依存しない文明はありません。

農村の文化はあります。漁村の文化もある。砂漠の狩猟採集だって文化はあります。しかし、文明はありません。文明というのはかならず都市から生じるものです。広い範囲から富を集めて、密度の高い生活を維持する。そこからある種の職業、専業で働く職人たちが生まれて、高度の細工物を作る。あるいは膨大な量の労働力を集中して、例えばピラミッドのような巨大な建造物を造る。それが文明の原理です。

それを非常に良いものであると思って、文明生活、すなわち都市生活を送っている人は得意になっています。しかしそれだけが生きかたではないし、それに囚われたために人の心はずいぶん荒れたという気がします。

アボリジニの場合はそうではなかった。彼らは農業に移行しなかったがために、文明を持たなかった。それは必ずしも、いわゆる「遅れている」ということではない。

何が言いたいかといえば、文学をやる時は、進歩史観をいったん捨てて下さい、ということです。ある物がより進歩して、これになった。あるいは、こちらの方が先へ進んでいる。そういう考え方は、たぶん文学にはありません。だから去年書かれた小説より、三千年近い昔に書かれた『イーリアス』や『オデュッセイア』の方が面白いということもありうるわけです。縦に並べて優劣はつけられない。

もちろん変化はしています。一つ前の段階からある変化を経た上で、今の段階になった、ということはある。変わってはいます。しかし、その変化は必ずしも全部よいものとは限らない。そんなに簡単なことではない。別のものに変わっただけであって、良くなったわけではない。文学に改良というものはないのです。

もう一つ戻って言えば、生物学がそうです。「進化」と言いますね。単純に「何々が進化して、何になった」と。最近は携帯電話なんかでも言うでしょう。あれは進化学というものを勝手に捻じ曲げた、都合のいい解釈です。進化は英語で言うとエヴォリューションですが、もともとエヴォルヴというのは、「めぐる」ということなのです。だからむしろ、もし字を当てるとしたら「進」ではなくて、「転」を当てて「転化」とでもすべきだった。

この間違いが一番露骨に出ているのが人類の誕生です。よく昔教科書などで見た図がありましたね。いちばん左にチンパンジーがいて、その次に猿人がいて、だんだん「進化」して、最後にホモサピエンスがきて、一直線に並んで右へ進んでいる図。あれは真っ赤な嘘です。そんな単純なものではない。

いくつもいくつも枝分かれして、絶滅した種がいっぱいあって、挙句の果て、いくつかがたまたま残って、中には直立して歩いているのもいる。この構図の方が本当なんです。あの一列の図だと人間が一番偉いように見えてしまう。価値観が付いてまわっている。これは全く科学的ではありません。

その先では、今度は人種ごとに分けて、優れた人種と劣った人種とか言いはじめる。あの種のバカバカしい、いわゆる「社会ダーウィニズム」という偏見の塊に気をつけて下さい。どんな場合でも、進化というのは進歩ではありません。一つ次の段階に違ったものが出てきたとして、それが条件に合っていれば栄えるし、増える。合っていなければ消える。そういう現象が起こっているだけです。どんな場合でも外界の条件との組み合わせで、増えるか消えるか決まる。

では、なぜ人間はこんなに栄えているか。今までにない戦略を取ったからです。自分で条件を作ってしまうという。

暑いと大変ぐったりして何も出来ない。でも夏でも勉強しなければいけない。じゃあ涼しいところを作って、たくさん勉強しよう。でも、暑いところでゴロゴロして、いい気持ちで昼寝をしている怠け者に、「寝てる方が楽だよ」と言われたらなんと返事をしますか。

進化学、勉強してください。なるべく偏見を取り去るために。優れている、劣っているという類いの偏見は、ほんとに根深くついてまわって、害をなしています。この点、新しい生物学は、実際に「正義」に役に立つとぼくは思っています。

例えば、某東京都知事が、中国からいろんな連中が密入国で入ってきて悪いことをしているのを見て、「あいつらには犯罪の遺伝子がある」という言いかたをする。犯罪のＤＮＡがある。これは通俗生物学の最悪の例です。人間の中に犯罪を促すようなＤＮＡはありません。全部環境の産物です。あるいは個人の心の選択の問題です。最初からそのＤＮＡを見つけ出して、その種の人たちを絶滅させる、あるいはどこかに追いやる、そうすれば平和な社会が来るというのは、実に単純な嘘です。ナチスがやったことです。

世の中一般に今言われているＤＮＡという言葉は、だいたい比喩です。それも良くない比喩です。人は自分の判断、自分の倫理観で道を選んで動いていく。それをその通俗生物学で誤魔化さないように。

ダーウィニズムというのは、一番悪く使われた科学です。例えば、いわゆる弱肉強食。自然淘汰。おのずから強いものは勝って、弱いものは滅びるという思想。強者の言い訳としてよく使われます。実際の生物界はそんなに簡単なものではありません。自然はそんなにお互い戦っていない。お互いに横を向いて、生態学的に調整し合って、共存しているのです。

話が随分ずれましたが、こういうことを全部まとめて、物語論に最終的に繋げていきます。「場」があって、そこに誰かが登場して、動いて、出会いがあって、結果がある。それが物語の基本形であるということを、今日は脱線をくりかえしながらも話してきました。

みんなが一番知ってる例をここでもう一つ挙げれば、「一寸法師」でしょうか。一寸法師が生まれます。彼は主人公であるが故に、最初から特別扱いをされるだけの資格を持っている。すごく小さい。その資格によってこの物語の中心に登場する。そして、お椀の舟に箸の櫂で川を渡って都に移動する。そこでお姫様に出会い、それから鬼に出会い、お姫様を救うために鬼をやっつける。そして本来の姿に戻って、お姫様と結婚する。

単純な話だけれど、様々な小説を頭に思い浮かべて重ね合わせてみると、多くの話がこのパターンだということがわかります。非常に大事なのは、一寸法師が生まれたところから都まで移動するという部分です。そのステップがなければ次の出会いがないわけですから。最初から出会っていたら、物語にはドラマチックな面がほとんどなくなってしまいます。移動することによって、一種の緊張感と期待感が生まれて、その成果として出会いがある。

あるいはもう少し品のない話。あんまり品がないんで、話そうか話すまいかと迷っていたんだけど、シベリアの民話です。

ある男が狩に行こうと弓矢を持ってどんどん行く。野原の真ん中で便意をもよおしたのでその場に排便する。それをそのままにして、もっと先に行こうとすると、後ろから「どうして自分の子を置いていくのよ」と声がする。振り向いて見ると、そこに綺麗な女が一人立っている。「じゃあ一緒に行こうか」と言って、その女を連れて家に帰って、その晩は一緒に寝て楽しいことをする。でも、朝日が覚めてみたら、彼はウンコだらけだった、というそれだけの話です。

こういう話は品がない分だけ笑う。例えば炉辺でこういう話が語られて、広がって、伝えられる。最初に誰それがいて、誰それが生まれて、どこそこに行って、何に出会って、で、最後にこうなった、という形の展開です。このパターンを外して物語を作るのは、まず不可能です。そして、その移動の部分に「場」「空間」が関わるのです。

というぐらいで、今日の話はここまでにしましょう。

さっきの新しい生物学の話に少し追加します。スティーヴン・J・グールド(一九四一―二〇〇二)という生物学者がいます。彼の本が一番面白いとぼくは思います。『パンダの親指』(一九八〇)とか『ニワトリの歯』(一九八三)とか、早川書房の文庫でたくさん出ています。残念ながら二〇〇二年に亡くなってしまいましたけれども、もし生物学の本を読もうと思うなら、まずグールドを読んで下さい。俗流進化論を撲滅するのに非常に力のあった人です。社会的な不正義、不公平、理不尽を、通俗生物学的な理由、言い訳で誤魔化してはいけない。ひと言で言えばそういうことを言った人です。

物語、小説は何にでも奉仕しますから、うっかりするとそういう悪しき理論を広げることになりかねない。午前中に話した、PC、ポリティカル・コレクトネス、いわゆる差別語問題みたいな底の浅い話とはまた別に、心しておくべきことだと思います。

この先ですが、明日からは、ぼくが挙げた十本の小説を、一つひとつ読み解いていきます。明日はとりあえず、古い方からいってスタンダール。トルストイとドストエフスキーまでは行けないでしょうけれど、そのぐらいの心積もりでいて下さい。ざっとあらすじが頭に入っているといいと思います。

それから、最終的な成績の問題。試験はしません。こういう講義で試験は意味がないから、レポートを書いてもらいます。二千字以上。それぐらいは書けるでしょう。どういうテーマにするかは、しばらくこの講義を進めてから、週末頃に言います。

九月十六日　火曜日　午前　第三回

スタンダール『パルムの僧院』

昨日は、アンケートをありがとう。皆さん色々読んでいらっしゃることがわかって、安心しました。最近の学生の教養について、さまざまな噂が飛び交っていて、文科系のある授業でプルーストという名前を出したら、後で「それは人の名前ですか」と聞かれたというような恐ろしい話をいっぱい聞いていたので、この教室に本を読む人たちがこれだけ集まっているのは、大変嬉しいことですね。

スタンダール（一七八三―一八四二）は十九世紀前半のフランスの作家です。

『パルムの僧院』（一八三八）。

スタンダールには、有名な『赤と黒』（一八三〇）をはじめ、『リュシヤン・ルーヴェン』（一八三四～三五）、『アンリ・ブリュラールの生涯』（一八三五～三六）など多くの作品がありますけれど、ぼくはこの『パルムの僧院』という話が格段に好きで、昔から何度も読んできました。

まず、タイトルになっている「パルムの僧院」ですが、これは話の一番最後にちょっと出てくるだけの場所で、作品全体を象徴的に表しているわけではない。最後に「パルムの僧院」に至るまでの物語、ということで、さほど意味の深いタイトルではありません。『アンナ・カレーニナ』がアンナ・カレーニナの物語であり、『カラマーゾフの兄弟』が、あの兄弟の物語であるというほどの意味はない、ということです。

『パルムの僧院』は、イタリアのパルム公国を舞台とした、一人の非常に魅力的な男の生涯の物語です。それにまた非常に魅力的な彼の叔母という女性の運命が、さまざまに絡み合う。ひと言で言ってしまえばそういうことになります。「非常に魅力的」。人の魅力というものが話全体を動かしてゆく力になっている小説です。

それからもう一つ、「幸福」という概念が、全体の真ん中にあるということがあります。登場人物たちは途中さまざまな不幸に見舞われるけれど、その不幸まで含めて彼らは幸福であるという印象がある。ストーリー全体が祝福されていると言ったらいいか、そこが面白いところです。

普通、小説というものは、なんらかの現実批判を含むものですが、『パルムの僧院』にはそれがほとんどない。もちろん、風刺的なところ、皮肉なところ、当てこすり等はさまざまに出てきます。しかし全体としては、主人公たちの生きかたが、作者によって強く肯定されている。つまりこれが人の理想の生きかたであると、スタンダールは考えたのではないか。生きかたは選択するものですが、人の生、la vie というものは、こんな風にもありうるのだと、作者自身が彼らの生きかたを褒め称えている、という印象をぼくは持ちます。

読み返すたびに、このふわっとした幸福感がこちらに伝わってくるし、乗り移ってくる。だから何度も読み返す。ストーリーは当然最後の最後までわかっているのだけれども、それでもまた読む。中村真一郎さん（一九一八―九七）は年に一度は読むと言っていました。

では、どうしたらそういう幸福感、祝福されている印象を醸しだすことが可能なのか。その辺を少しずつ解読していきたいと思います。


「幸福感」以外のこの小説の特徴をいくつか挙げてみましょう。

まず、この小説の登場人物が、表層的とは言わないまでも、作られた印象があるということがあります。奥行きがない、と言ってもいいかもしれない。

それから、話が展開する場――昨日だいぶ「場」とか「舞台」とか「世界」の話をしましたが――が、とても限定されているということがあります。パルム公国とその周辺、もっと言えばパルム大公の宮廷とその周辺が舞台です。

さらにもう一つ大事なことは、人々を動かしている力が、ある意味で限られているということです。

その力とは、まず「政治」。これは、今の大学で、政治学、ポリティカル・サイエンスというようなときの「政治」よりはもう少し古い、宮廷の政治です。宮廷の独裁的王権の下における政治の駆け引き、陰謀、足の引っ張り合い、さらには暗殺、そういうタイプの政治の力が、人々を動かしている。

それから、「個人個人の間で働く魅力」。個人の魅力の力が、登場人物たちを動かしている。個人の魅力は当然恋愛につながっていくわけですが、その恋愛がなんと政治を動かす力に発展してしまう。一人の非常に魅力的な、美しい、頭のいい、一緒に会話をしていて楽しい女がいて、彼女の魅力が国の政治を大きく左右するほどの力を持つ。

女が政治の場に女として登場して力を持ちうるという、民主主義の現代ではちょっとありえない、王制だからこその「政治」と「恋愛」の力の強さです。

この話を動かしている力はだいたいこの二つです。お金の話はしばしば出てきますが、お金は重要な要素ではありません。なぜなら彼らは一応貴族なので、それなりの収入源を持っているからです。思ったより少ないと嘆くことはありますが、食べていけないほど追い詰められたり、生活のために働かなければならない、というようなことはありません。

ですから、『パルムの僧院』は、そういう限られた「場」「世界」で、限られた「力」の駆け引きが行われる、一種の非常にゲーム的な要素を持った小説なのです。

物語がチェスの駒の動きのような展開をしていくなかで、「これはルール違反では？」というかなりはずれたことまでOKになっている。ルール違反かどうかは、個人個人の倫理観によります。

これほど限定されたフレームの中で人々が動いているのに、物語に魅力が生じるというのは、やはり作者の力です。スタンダールは、自分が書いている物語を全面的に信頼していたのだと思います。

普通、小説家は、書いている途中で疑いに苦しむものです。これは失敗作ではないか。駄作ではないか。駄作とまでは思わないとしても、ぼくは失敗作ということはよく考えますね。今回は失敗したんじゃないかって。そして、この先どうしよう、やっぱり駄目だから、ここで一旦捨てて書き直そう、このチャプターは捨てよう、いやこういうエピソードを足そう、というふうなことを考えて逡巡する。時にはその逡巡の中に囚われてしまって、出られなくなる。書いても書いても何だかうまくいかない気がする。そういう苦しい思いをするものです。

小説家の中には必ず一人批評家がいて、自分が書いたものをリアルタイムで批評する。この、小説家と批評家の間のディベート、時には論争、摑み合い、殴り合いの結果、最終的に作品が出てくる。

だから小説家を志して——この辺は商売の秘密を明かすことになるわけですが——、書こうと思って書き始めて、なんだかこれはつまらない、とても世に出すには値しないと思って引っ込める、というのは初心者が経験することです。この場合、小説家になりたい彼あるいは彼女の中で、小説家よりも批評家の方が強い。小説家になるためにはどこかでそれを乗り越えなくてはならない。小説家の方の腕力が強くなった時はじめて、ともかくこれでいいんだ、お前は黙っていろ、これで世に問うてみるんだと、批評家をねじ伏せることができる。そういう瞬間がきたら、作品は外に出ていく。

でも、その後もずっと、最初の作品が出た後だってもちろん、批評家は小説家の中で発言力を持っています。だから何か書こうとすると、「そんなつまんないの、今さら駄目だよ」とか「この女は全然魅力がないよ」とか、「そのテーマを持ち込んだら全部壊れるよ」という具合に、いろいろなことを言ってきます。それにめげずに書かなきゃいけない。

今の日本の作家たちの中で、内なる批評家の力が一番強いのは、たぶん丸谷才一さん（一九二五―二〇一二）でしょう。非常に優れた批評家です。したがって彼が提示している批評の基準、「小説とは何か」という見解は正しい。というよりも、大変役に立ちます。有難い。しかしその批評家の能力と、小説を次々に書く力とはちょっと違う。それかあらぬか、丸谷さんは十年に一本しか書きません。見事な運営だと思います。

話を元に戻します。この小説の登場人物を動かしている二つの力のうちの一つが「政治」であるというところですね。

スタンダールは『パルムの僧院』を、一八三八年の十一月四日から十二月二十六日の五十三日間という短い期間で、口述筆記で書き上げました。彼はイタリアの小さな町の領事の職についていたのですが、その時は長い休暇をもらってフランスに戻っていて――フランスとイタリアの関係というのは、スタンダールの人生にとって非常に大事なので、あとで説明します――、パリのコーマルタン街八番地にある建物で暮らしていました。そこで口述を書いてくれる人を雇って、一気にこれだけ喋った。後から多少は手を入れたのでしょうが、ほとんどはその時に出来あがってしまったわけです。つまり、途中でためらいがない。この話はもう最初から彼の頭の中に出来ていたということです。非常に珍しい幸福な執筆の例だと思います。

ぼくはあまり個人崇拝をしません。作品は作品、人は人と思っていて、作者の実像にはあまり入り込みたくない方なんですが、ちょうど二週間前にパリにいた時に、この授業のために『パルムの僧院』を読み終わったので、珍しく作品縁《ゆかり》の地、コーマルタン街八番地に行ってみようと思い、わざわざ地下鉄に乗って行ってきました。

あの街の建物は昔とそんなに変わっていない。新しい建物は造らない。

その建物の前に真鍮のプレートがあって、「この建物で何年の何月何日から何日まで、すなわち五十何日間掛けてスタンダールは『パルムの僧院』を書きました」と書いてありました。その下に「スタンダール友の会」とあってね。何か御利益があるわけじゃありませんが、ちょっと行ってみるのもいいもんです。

わざわざ訪ねたのには、個人崇拝ということばかりでなく、もう一つ理由がありました。ぼくは、昨日も少し触れた『静かな大地』という長い小説で苦労したのは、アイヌ問題という非常にポリティカルなテーマを持ち込んだためであるということを自覚していました。ずいぶん苦しい思いをしたのです。

このことが頭の隅にありながら、『パルムの僧院』を読んでいったら、「文学作品の中に政治を持ちこむのは、音楽会の最中にピストルを撃つようなものだ。なにか粗野だが、まったく無視することもできないものである」と書いてあるのを見つけた。野暮のきわみ、ぶち壊しということです。「そうなんだ」と思って、それをわざわざ書いてくれたスタンダールにお礼を言おうと思ったのです。ピストルを撃つと弾の行方が気になりますから。行ってみて、ちょっと会釈をして帰ってきました。

ただ、スタンダールが持ち込んだ「政治」というのは、非常にナイーブな宮廷内の争いごとにすぎないので、それが人々にとって悪であっても、あくまでも個人の性格に由来する悪というか、その程度のものでしかなかった。決して構造的なものではない。

二十一世紀のぼくらが抱えている政治の悪は、それに比べたらずっとサイズが大きくて深刻で、どうにもしようがないものです。イラクの問題、9・11、あるいはしばらく前であれば、文化大革命とか、ポル・ポトとか、アフリカ諸国の崩壊とか。比較すれば『パルムの僧院』の政治の悪は、言ってみれば可愛くて素朴な、子供っぽいものでしかない。それでもスタンダールは、政治を小説に持ち込むことの違和感を気にしていました。

フランスとイタリアの関係の話を少ししましょう。

スタンダールはフランスに生まれたけれども、子供の頃あまり幸せではありませんでした。一八〇〇年、十七歳の年にナポレオン遠征軍に参加してイタリアに行って、「なんと素晴らしいところだろう」と感激した。自分が場所を間違えて生まれたイタリア人ではないかとすら思ったらしい。イタリア的な物の考えかた、暮らしぶり、風俗が大変に好きになって、夢中になって、一生憧れつづけました。自分の墓碑銘もイタリア語で用意した、というぐらいの憧れかたでした。

ぼくはフランスはほんの少ししか知らないし、イタリアは全然知らないので、どうしてこういうことが起こりうるのかと想像してみるしかないのですが、人には生まれたところにそのまま馴染める人と、それがうまくいかなくて、いつも他のところに目がいっている人がいるということなのではないか、と思います。

スタンダールの場合は、イタリア的な生きかたが世界で一番素晴らしいと、最後まで信じて疑わなかった。イタリアの女が一番魅力的だといって、次から次へ憧れては恋を告白する。が、だいたい失敗する、しかしめげない、懲りない。幸せな人生です。

職は、軍属をやったり、ちょっとした官僚になったりして、何とか食べつないでいた。政府の偉い人から贔屓にしてもらって、職をもらう。そんなことをくりかえして一生を過ごした人で、決して派手に出世したわけではないけれど、とりあえず食べるのに困るほどのことにはならなくて、好きなことをして暮らした。悪い人生じゃないと思います。

フランスとイタリアの違いということで、一人思い出す人がいます。留学生としてフランスにいたのだけれど、ここは硬い、冷たい、気持ちが表し難い、と、どうしても違和感を感じてしまっていた。フランス語という言葉は自分には馴染まない、合わないと思いつづけていたのですが、その後イタリアに行ってみて即座に「ここだ！」と気がついて、もうすっかりイタリアに夢中になって、その後ずうっとイタリアを人生の主題にした日本人がいました。須賀敦子（一九二九―九八）という人です。

須賀さんは、イタリア語が身についた途端に、ワーッと人格が膨らむような感じがしたのだそうです。そこで、そのままイタリアにいて、イタリア人と結婚した。夫が亡くなった数年後、結局は日本に帰ってきたのですけれど。

須賀さんは、非常に優れたイタリア語使いだったようです。どういうことかというと、単にイタリアが好きで住んでいたから、堪能に言葉を使ったという意味ではなく、文学作品として読むに耐えうる立派なイタリア語を書くことができたということです。日本文学のイタリア語への翻訳をずいぶんしているのです。これはすごいことです。

そういう機会がいずれ皆さんに巡ってくる可能性もあると思うので、ちょっと脱線しますが、「翻訳」ということについて少しお話ししておきます。

翻訳をする。英語、フランス語、ドイツ語、などなどのものを日本語に訳す。何の能力が要るか。もちろん、英語、フランス語、ドイツ語が読めなければいけない。でもそれでは半分、あるいはそれ以下なのです。それを、日本語で書くことができないといけないのです。

日本語なら書ける、と、皆さん思っていると思います。ぼくらは翻訳書を読んで、訳の上手下手についていろいろ言います。時には元の言葉を知らないのに、「これは誤訳だ」などとも言う。ぼくは最近、「誤訳」という言葉をなるべく使わないようにしています。「誤訳」というのは、実際には「むしろこんな感じなのではないか」という曖昧な違和感に関わることに対して、あまりに断定的な言葉だから、よほど単純な間違いでなければ言えない。

もちろんよくない翻訳というのは様々あります。日本語として読んでいてつっかえる、引っかかる、流れていない。それからその人物に合った言葉遣いをしていない。それ以前に話が通じていないということもある。「ちょっと違うんじゃない。ここでこうなるはずがないでしょう」というところで、ある言いかたがされている。

例えば元の言葉が仮にチェコ語だとしましょう。チェコ語は知らない。しかし日本語訳を読むとどうしても引っかかる。そこで同じ話の英訳を読んでみると、そちらは思ったとおりの英文になっている。そうするとこのチェコ語からの日本語の訳は誤訳じゃないか。日本語でずうっと読んでいって引っかかったとしたらそれは、翻訳が何かおかしいということが多いと言えます。

なぜなら原作者は自分の国語で書いている。頭の中にロジカルに湧いてくるものを最も自在に使える言語で書いているのだから、そんな間違い——論理的に不自然な流れの文章を書く——をするはずがないのです。

実際にぼくは、申し訳ないと思いながら、そういう意地の悪い指摘を書評の中でしたことがあります。反論が来たら面白いと思ったけど、来ませんでした。

翻訳という仕事は、訳される言語の読解力と同時に、訳す先の言語の伎倆が問われるものなのです。ぼくも翻訳というと、他から日本語への翻訳しかしません。最近はあまりしなくなりましたが、かつては英語からのものはだいぶしましたし、ギリシャ語からの翻訳もいくつかしています。どの場合でも大事なのは日本語の方です。日本語がなめらかに流れれば、それはたぶん解釈としては大きく間違っていないと言っていいと思います。

では、逆の場合はどうか。日本語から他の国の言葉への翻訳ということです。ぼくは自分の作品でさえ英語に訳す能力はありません。アメリカ人、イギリス人に英訳してもらったのを読んでみれば、文体の差はなんとかわかりますし、歴然たる誤訳はわかります。しかし、本当の評価となると、ちょっと手に余るところがあります。自分の作品をどういう文体に訳せば一番いいんだろうというところまでは、わからない。

ですから、日本文学のイタリア語訳をたくさんしてあれだけ評価された須賀さんのイタリア語の能力は、本当にすごいものだったのだろうと想像するのです。フランス語とイタリア語の違いを実感したことを、自分の生涯にそこまで生かしたというのは、すごいことだと思うのです。

須賀敦子さんを例にしましたが、近代と現代の文学では、こんなふうに国境を越えた人たちがたくさんいます。スタンダールはその先駆でしょう。越えたけれども、結局最後まで彼はフランス語で書きました。彼がしたかったのは、イタリアという国、特にイタリアの人たちの生きかた、物の考えかた、愛しかたを、フランス人に見せてやる、教えてやるということだったのではないか。ヨーロッパ全体で見た場合、フランスはそう堅い国ではないんですけれどもね。

基本的にだいたい北に行くほど堅くなります。ドイツ人なんか本当にきちんとして杓子定規です。先日フランスを車で走っていたときに、速度規制を守るか守らないかという話になったのですが、スカンジナビアの人は本当にきちんと守ると同乗のフランス人が言う。街と街の間は百キロと決まっているからピタッとみんな百キロで走っている。街なかは六十キロというきまりなので、街に入るとピタッと六十キロに落ちる。気持ちがいいぐらいだそうです。統制が取れていると言えばそうだし、内なるファシズムとも言えるかもしれませんが。

これがフランスに行くと少し崩れます。「普通に来たら交差点もあるし二十分だけど、さっき十五分で来ちゃった」というようなことはよくある。それがイタリアへ行ったらもっと崩れるらしい。そういう順序からすれば、ヨーロッパの中ではフランスはそう堅い国ではないんです。ドイツからフランスへ行くと「ああ、ラテン系だ」って思いますしね。イタリアへ行くともっとそれが甚だしい。スタンダールにとってはその差が、非常に大事だったんだろうと思います。

スタンダールは、フランス人である自分とイタリア的なるものとの落差を利用して書いたと言えるでしょう。

この小説が醸す幸福感の理由を解明するについて、もう一つ挙げておきたい印象があります。この小説には、どこかにいつも作者の顔が見えている、そういうところがあると思うのです。小説における作者の位置、作者と読者の関係というのはなかなか難しくて、さまざまなケースがあります。しょっちゅうしゃしゃり出てきて説明したがる作者もいるし、完全に消えてしまって物語そのものを前へ前へ出すという作者もいて、本当にそれぞれなのですが、スタンダールという人は、語っている自分の姿もどこかで見せたいと思っていたフシがある。

皆さんは今、コンピュータを使っていると思いますが、最近の Word というソフトでは隅っこの方にイルカが出てくるでしょう？　わかりますか。邪魔だからぼくは消しちゃっていますが、隅にいてなんだかんだと出てきてお節介をする。ああいう感じで、隅の方にスタンダールさんがいるっていう感じが、ぼくはこの小説を読んでいるとするのです。

例えば、注をつけたがるというのがある。具体的にいうと、下巻の三一一頁。「伯爵が大公の前で、ラシにその朝署名された勅令に副署させたときの、ラシの憤怒《ふんぬ》を語るのはさぞおもしろいだろうが、事件がわれわれを追いたてる」

この「われわれ」というのは、読者と作者です。読者と作者という親しい仲があって、この二人が並んで説明を聞きながら、ここにある事件の展開を見ているという感じです。そしてこのすぐ後で、「伯爵は各判事の価値を論じ、数人の名を変えようと申し出た。しかし読者はおそらく、こういう訴訟手続上の詳細には、宮廷の陰謀と同様、少々飽きておいでであろう」と言って、話を先に進めている。

こういう風に出てきます。これは、スタンダールが、自分の人格、作家としての自分を、どこまで生で読者に伝えたいか、つまり直接取引きがしたいか、それを伝える姿勢の表れなのだと思います。

一方これを一切しない作者もいます。

ぼくはあまりしません。

文章の途中で作者が顔を出すという形で、一番古典的な例は司馬遷（前一四五？―前八六？）です。『史記』（前九一頃）では、歴史的記述の途中で、「太史公《たいしこう》曰く」と言って出てきて、自分の意見を述べる。もっと甚だしいのは司馬遼太郎さん（一九二三―九六）。彼の小説は半分以上エッセイだと言ってもいい。話の展開はそんなに複雑ではなくて、その途中の作者のおしゃべりが楽しいので、みんなが読む。時として小説の体裁を成してないぐらい、そっちの方が多い。そういうやりかたもあるということです。

スタンダールもその癖があります。

スタンダールの作品がわかりやすい、非常に明快な印象を与える理由の一つに、描写ではなくて記述が多い、ということがあると思います。批評家が言うのは、人物を説明する部分が多く、風景がほとんど出てこない、ということです。ある場面を、一旦時間を止めた感じでずうっと言葉で描写していくということが、ほとんどない。

説明というのは、だいたい人の心理の中に入っての説明です。ここでなぜ彼はこう思ったか、なぜこのふるまいに出たか、ということを、彼の心の中に踏み込んで、メカニカルに説明する。

例えば、非常に魅力のあるもう一人の主人公ジーナが、未亡人になってどうやって暮らしていくかということ。なにせチャーミングですから、お金持ちや貴族たちがみんな言い寄ってくる。それを突き放して、しばらくは貧しい暮らしをしようと彼女が思う場面で、なぜそう思ったかを説明する。ここでスタンダールがフランスの読者にむかって説明する——「イタリアでは貧乏は恥ずかしいことではないからだ」。フランスの場合はこれはちょっと格好悪いことだから、それは避けようとするだろう。しかし、イタリアの場合は気位の高い女性が最小限——と言ったって結構な暮らしなんですが——の暮らしをしていることは、恥ではない。むしろ一種の誇りの表明である、ということを説明する。こんなふうに、その時々の具体的な人の行動を、その心の中まで一旦入って説明するという場面や展開がとても多いのです。

この場合明らかなのは、「作者は全登場人物の心を知っている」という前提です。したがって自由自在に、この人からあの人へと中を見て回る。そして、その説明は比較的単純でわかりやすい。なぜなら、好きで好きでしかたない相手の心を説明しながら、何で自分はこういう動きが好きなのかを語るというスタンスだからです。つまり客観的ではないのです。

作者と主人公の関係は、さまざまありますが、少し意地の悪い言いかたになるけれど、スタンダールはいつも主人公に惚れているのだ、と思います。そしてこれは、ある意味では話を甘くしてしまいますが、小説の大きな魅力の一つになります。読んでいて心地よい理由の一つになります。

逆の例を挙げてみましょう。つまり作者が登場人物を全然愛してない場合。

ぼくが知っているのでそれが一番はっきりしていた作者は、『蠅の王』（一九五四）のウィリアム・ゴールディング（一九一一―九三）。『蠅の王』は、非常に暗い話です。昨日ぼくの最初の長篇小説『夏の朝の成層圏』に絡めて、ロビンソン・クルーソー物がたくさん書かれたと言いましたが、『蠅の王』もその一つです。

飛行機が無人島に不時着して、男の子たちがそこで暮らすことになる。本来の少年ロビンソン・クルーソーたちだったら、みんなで工夫して家を造って、食べる物を用意して、何とか助けが来るまで協力しあって生きのびるという話になります。『十五少年漂流記』ですね。

ところが『蠅の王』では、結局は争いから殺し合いになって、むちゃくちゃなことになってしまう。非常に哲学的で意味の深い、暗い人間性の奥の奥を追究するような、人というのは本来自分たちを幸福にする力がないんだと言わんばかりの話です。当然この話を書くにあたって、作者は主人公たちを愛していません。

あるいは、日本ではあまり知られていませんが、ジョン・ファウルズ（一九二六―二〇〇五）というイギリスの作家がいます。この人も登場人物を愛さないという点では、結構ひどいなとぼくは思っていました。ファウルズで一番世間に知られているのは、『コレクター』という一九六五年に映画になった作品です。テレンス・スタンプ主演。相手はサマンサ・エッガー。蝶々の採集をする男がいて、その男が女の子も採集——誘拐——して自分の家に連れてくる。賭けで儲けた大金で買ったずいぶん大きな家なんですが、そこに置いて、一所懸命愛そうとする。女の子は、「捕まえておいて愛するなんて、愛ってそうじゃないのよ」って、一所懸命説明するんだけど、彼にはわからない。人間の女の子にも蝶々と同じようにしか接することができない、そういう人間的欠陥のある相当頭のおかしい男が主人公の話です。

その後に出した『魔術師《メイガス》』という長い話があります。イギリスの若い男が学校教師の口に応じてギリシャの小さな島に行って、そこである大金持ちに散々に翻弄されるというふうな話ですが、ファウルズは実に登場人物を愛さない人だと思います。

話はとても面白く出来ているから読んでしまいますし、その哲学的意味合いもわかるんですけれど、ぼくはどうしても好きになれない。

ゴールディングやファウルズとは対照的に、スタンダールは、主人公たちにもう手放しで惚れ込んでいます。彼らを幸福にしてやりたいと願っている。彼自身の伝記を読めばわかりますが、スタンダールは非常に惚れっぽい男でした。自分の好きなタイプの人たちについて書きたいというそういう動機から、ひたすら小説を書いた、とぼくには読めます。

彼が基準とした価値は何か。それは情熱、パッションなんですね。つまり、イタリア人は奔放にふるまう、自分の心に正直に、ブレーキをかけずに思いのままにふるまって生きている、その点フランス人は自分を抑制してしまうから、そこが駄目なんだ、というのが、彼がこの小説でイタリア人の主人公たちに託して言いたかったことなのだろうと思います。

実際に彼自身、そういうふうにふるまって生きました。だから死んだ時にお墓に書いてくれって言ったのが、「生きた、書いた、愛した」という有名な文句だったわけです。

このぐらいが総論です。


では、ストーリーを話しましょう。読んでいる人は思い出しながら聴いて下さい。

主人公はファブリスという男の子です。時代はナポレオンがイタリアに攻め込んでしばらく後、という頃です。ナポレオンはやがて王政復古でフランスに戻り、エルバ島に流されて、という時期の話です。

ファブリス・デル・ドンゴ——デル・ドンゴというのだから、貴族の家の出身だということです——は北イタリアで生まれます。イタリアはまだ統一された一国ではなくて、小さな国がたくさん集まった、その全体が言語や文化や宗教でまとめられてイタリアであるという時代でした。

どうやらこのファブリスは、デル・ドンゴ夫妻の正式の子供ではなくて、不倫の子供であるらしい。というのは、その十数年前に、ナポレオンに率いられたフランス軍がイタリアへやってきて、彼らの館に何人かの将校が泊まったということがあった。そのうちの一人と夫人が仲良くなった結果ではないかと、うっすらと、しかしよくわかるように示してあります。つまり、主人公ファブリスは、イタリアとフランスの混血らしい。こういう特別な生まれかた、設定によって、彼は作者の祝福、別格の扱いを受けることになる。

最初に言ったようにこれは、二人の非常にチャーミングな人物の話です。一人はファブリス。そしてもう一人は彼の叔母、つまり彼の父の妹にあたるアンジェリーナとかジーナとか、あるいはピエトラネーラ伯爵夫人、あるいは後の名で言えば、サンセヴェリーナ公爵夫人と呼ばれる女性です。ここではジーナと呼びましょう。ジーナはファブリスよりももちろん相当年上です。

この二人がいつでも舞台にいて、そこだけ特別のスポットライトが当たっている。二人が動くたびにスポットライトは彼らを追いかける。二人を全体の展開の中心に置いて、スタンダールは書いていきます。

ジーナは実は、ファブリス、自分の甥に恋をしている。最初は甥っ子として可愛いと思っていたのに、それがもう少し違う気持ちに変わる。けれどなんといっても叔母であるし、まさか表立った恋ではないと自分でも思っている。それがついつい崩れる。最後まで肉体関係はありませんだけど、例えば嫉妬はあります。ファブリスが「趣味恋愛」――遊びとしてちょっと女優に言い寄ったりというようなこと――に走るぶんには非常に寛大なのですが、彼が本気で恋をしだすと、心穏やかでなくなる。邪魔をしに入る。大変に不思議な、ある意味では倒錯した心理の動きが、丹念に追われていきます。

スタンダールの有名な作品の一つに『恋愛論』(一八二二)というのがあります。一見客観的に、恋愛において人はいかにふるまうかということを述べていながら、実は全部彼の失恋の記録であるという、面白い本です。

『恋愛論』の中で一番有名なのは、「ザルツブルクの小枝」という比喩です。恋をしている人間は、その相手をさまざまな美点で飾り立てる。ザルツブルクというのは、オーストリアの都市の名ですが、塩山――ザルツブルクは塩の町という意味です――、岩塩が採れる場所です。岩塩坑の中に木の枝を放り込んでしばらく放って置くと、結晶作用が起こり、塩の結晶がいっぱいついて、キラキラと輝くようになる。まるでガラス細工か宝石細工のような枝が出来る。

彼はこの現象を知っていて、恋というのはそういうものである、他人から見ればごく何でもない一人の異性が、彼の心の中だけでは、全て美しいものと見えるようになる、することなすことが全部魅力に映るようになるものであると言った。そういう現象がこちらの心の中で起こる状態が恋であるということを、縷々と述べていて、これは説得力があります。みなさんもそれぞれ自分の体験に照らし合わせて考えてみて下さい。

その『恋愛論』の中で、スタンダールは恋愛を四つに分けていました。〈情熱恋愛〉〈趣味恋愛〉〈肉体的恋愛〉〈虚栄恋愛〉。詳しくは大岡昇平訳の文庫本（新潮文庫）を読んでみてください。面白いです。

この中で一番大事なのは、「趣味恋愛」と「情熱恋愛」の二つです。「趣味恋愛」というのは遊びとしての恋ですね。遊びとしてというのは、一つのゲームとして、つまり「靡くかどうか口説いてみよう」から始まって、最後までゲームの範囲に終始する。社交界での自分の評価を賭けての恋。本当の想いよりは、遊び心や自分の魅力を試したい気持ちなどが先に立っている恋が、「趣味恋愛」です。

ある時点まで、ファブリスが経験してるのは全部「趣味恋愛」です。彼は自分は本気になって恋を出来ない男なんだと思っている。ところがその彼が最後に全人生を賭けてしまう恋をする。冗談ではなくて本当に命も賭けてしまう恋、「情熱恋愛」に落ちます。

しかし、これは物語が大分進んでからの話です。ジーナとファブリスの関係を説明するために間を端折って言いました。

さて、ファブリスの生涯には二つの危機があります。どちらも逮捕され牢に入れられ命の危機にさらされるのです。

少し長くなりますが、その経緯を追っていきましょう。

一度目はまだ若い十六くらいの時です。イタリア人なのにフランスの英雄ナポレオンに夢中になって、家を抜け出して勝手にナポレオン軍に志願して戦争に参加します。そこでスパイと間違えられて三十三日間投獄され、あやうく銃殺になるところを看守の女房に助けられる。その後も勇ましい戦いの場には全く遭遇できず、あっちこっちへウロウロしながら、お金を盗《と》られたり、ちょっと怪我をしたりします。怪我をした時は、宿屋の女たちに非常に手厚く看護されたりする。ファブリスというのは、最初から限りなく魅力的な若者として設定されているので、行く先々でそういうことが起こる。あるいはそういう出来事を通じて、彼がどのぐらい魅力的な人物であったかを、作者はぼくらに伝えようとしているわけです。そういう体験をして、ファブリスはまた北イタリアに帰ってきます。

ところが当時のイタリアはオーストリアの支配下にあってナポレオンとは敵対してましたから、もしもナポレオン側について戦っていたことがバレてしまうととても危ない。そこで、パルムのすぐ近くの自分の家のある所を避けて、ナポリへ勉強に行きます。僧侶になろうと考えたのです。あの時代、僧侶になるということは世を捨てることではなくて、出世の一つの手段でした。あまり資産のない、あるいは位の高くない貴族の次男、三男は、軍人になるか僧侶になるかが身を立てる道だったのです。

『赤と黒』というスタンダールのもう一つの傑作があります。赤か黒かというのは、主人公のジュリアン・ソレルが、軍人の制服か僧侶の服か、どの道を行こうか迷っているところに由来するという説があるようです。

ファブリスはとりあえず僧として生きていこうとする。

一方ジーナは、非常に気性のサバサバして格好いい、男らしい、でも貧乏な、ピエトラネーラという貴族と結婚します。ところが彼はつまらない決闘で死んでしまって、未亡人になる。するとなにしろ魅力的な女性なわけですから、多くの男が憧れて言い寄ってくる。だけど彼女は誰とも特に深い仲にはならずにしばらくは未亡人という身分のままでいます。そのうちにだんだん年を取ってくる――といっても三十を過ぎるくらいのことですけれど。それで「これから先、私はどうしようか」と思っている時に、ある男に出会います。

彼は、モスカという名の伯爵で、パルム公国の総理大臣です。四十五で、自分は本当に年を取ったからなどと言っています。総理大臣といっても、この国はエルネスト四世という王様が支配している国です。その下の総理大臣で、一応彼は右寄りのポジション、王党派で通っています。自由主義に対しては批判的である立場を表明しています。

そのモスカと対抗しているのは、ラシという検察長官とラヴェルシ侯爵夫人などの一派ですが、王様はずるいから、この両方の勢力のバランスを保ってやっていこうとしています。その勢力の一方のトップであるモスカ伯爵、非常に頭がよくて人望のある、しかし若くはない人物とジーナは仲良くなります。仲良くなるといっても、そのますぐ結婚ではなく、愛人関係ということになります。

あの時代のイタリアの貴族の愛人関係というのは錯綜しています。あるところに形ばかりの夫婦がいて、妻は実は王様の愛人である。一方、夫はさる有能な伯爵の夫人の公認の愛人であるといった具合です。恋愛が、個人の魅力や愛情の問題以上に、政治的な意味を持っていた、政治の場です。だから妻に愛人がいることは、夫にとって恥でも何でもなくて、妻の愛人の位が高いというのは、むしろ何かにつけて有利なことであるというような時代でした。

ということは、愛人を選ぶ場合には、その結果どういう力関係が生ずるかというようなことを、まるでチェスで一手動かす時のように考えなければいけなかった。

ジーナはそういう意味でいろいろ考えた挙句、モスカの愛人になることにしたわけです。モスカはそのうち、ジーナが実は甥のファブリスに対して、通常ならざる愛を注いでいることを知るようになります。そして時として嫉妬をする。あるいはこの甥を可愛いと思って引き立てようともする。

こういう個人の恋愛の駆け引きの背後に、宮廷の中の政治的な駆け引きがいつもついて回っています。それぞれがお互いを失脚させようと狙い合っていて、それを王様はうまく利用しようとしています。

モスカについてパルムに入ったジーナは、宮廷においてその圧倒的な魅力によって多くの人々を自分の味方につける。女性の魅力が政治の非常に重大なリソースとして使われる、今から見たら不思議な時代と場所です。

日本で政治の話に女性の魅力が絡む話で思い出すのは、なんといっても『源氏物語』です。平安時代ですね。最近ではたぶんほとんどないことだと思います。

さて、そういうわけで彼女はパルムの宮廷で、相当な権力をふるうことになります。

そこへナポリで勉強したファブリスが帰ってくる。当面は下っ端の僧ですが、それでも魅力的な性格なので、娘たちに騒がれたりする。ところが「趣味恋愛」を重ねているうちに、はずみで人を殺してしまいます。正当防衛で、証人たちもいるのですが、殺した相手がよくなかった。なんていうこともない女を巡って女の情夫のならず者と争いになって、侮辱を感じてむきになって争っているうちに、たまたま殺してしまった。ところが、この事件をモスカ伯爵とジーナの政敵が利用する。ファブリスを逮捕させて牢に入れて、死刑にすると脅し、モスカとジーナの政治的な力を奪おうとするわけです。

ちなみにジーナはこの時には政略結婚をしていて、サンセヴェリーナ公爵夫人となっています。サンセヴェリーナ公爵はとても大金持ちで、年寄りで、勲章が欲しいという名誉欲が強くて、それを得るまでは死ぬに死ねないと思っていた。モスカはその名誉欲を満たしてやれる立場にいる。ジーナは金銭的には裕福とはいえない境遇にある。そこで取引きをして、形式的な結婚が成立する。公爵は望みの勲章を手に入れ、ジーナはサンセヴェリーナ公爵夫人という名と相当な資産を手に入れる。都合よくこの爺さんは死んでしまいます。したがってこの時期からあとジーナはこの名前で呼ばれます。そういうことがごく普通に行われていたのが当時の社会でした。

話を元に戻せば、ファブリスは逃亡し、欠席裁判の結果、死刑になるかもしれないことになる。ジーナは非常に慌てふためいて、大騒ぎを演じる。圧力をかける。どんな圧力か。一番簡単な圧力です。彼女は王様に「私はもう、この国にいる気がしなくなったから、他へまいります」と言う。それでみんなが大慌てになって、なだめにはいる。ジーナにそれくらいの魅力があったというのが、この話の鍵です。その後ファブリスは逮捕され牢屋に押し込められる。牢屋に入れてあるということは、当時の常識としては、いつでも毒殺できるということです。

この先でファブリスの身に一大転機が訪れます。この時点までは彼は「趣味恋愛」しかしたことがなくて、「俺はほんとに女に惚れることを知らないな」と思っていたわけです。ところが、塔の上にある牢獄の彼の部屋の窓から、牢獄を管理する一番偉い人、ファビオ・コンチという長官の家の窓がのぞけて、そのファビオの娘クレリアの顔が見える。ファブリスはこの娘に本気で惚れてしまうのです。

最初はほとんど話も出来ない。クレリアというのは身持ちの良いきちんとした娘で、窓越しに想いを告げられると、「そういう失礼なことをしないで下さい」と窓際に出て来なくなる。クレリアの姿を見るためだけに何日も待たなければいけない。障害がいくつもあるために、彼の想いはいよいよ募る。そこにいること、その牢獄にいること、閉じ込められていることを彼は幸福に思うようにすらなります。

その間、ジーナはなんとか彼を脱獄させようとさまざまな策を講じている。まずとにかく通信手段を確保しようとする。

通信手段の話はとても面白くて、ぼくはここが近代の始まりだと思っています。まず、クレリアとファブリスの間の通信手段。下に牢番たちがいるわけだから、まさか大声で話すわけにはいかない。そこでしばらく経つと、アルファベットを書いた紙のカードを用意して、一枚ずつ出して、一種の筆談をするという手法が使われます。

ジーナの方は近くには寄れないから、もっと遠くから連絡の手段を見つけようとして、明かりで合図をする。明かりの数でアルファベットの幾つ目の文字ということで伝えようとします。ところがファブリスがその合図に気づくのに百日以上かかる。そこでようやく通信が可能になる。

十九世紀のフランスと西ヨーロッパは、通信の分野で大きな発達を見ました。手紙以外のものが出てきたという意味では、現代的な通信の始まりと言っていいと思います。光で意思を伝えるというアイデアなど、スタンダールとしてはずいぶん新しいテクノロジーを使ったという気がします。

余談ですが、「通信の発達」ということで、『モンテクリスト伯』（一八四五）という、アレクサンドル・デュマ（一八〇二—七〇）の非常に面白い長篇小説を思い出しました。これは復讐の話で、エンターテインメント色の強い小説ですから、すいすいと楽しく読めるんですが、この中で、ある金持ちを失脚させようとして、「腕木信号機」というのを操作して情報操作をする場面があります。どういうのかと言うと、野原——フランスはだいたい平たいから、端から端まで見通すことができます——に一定の距離ごとに建てた風車のような塔に、中で紐を引っぱると操ることができる腕木をつけて、次々と情報を伝えていって通信をするという仕組みです。

例えば、どこそこで何の相場が上がった、下がったという、近代で一番大事な経済情報。その情報によって、こちらでは先物取引きをして、利益を得る。つまり、先に情報を握った方が利を得るという、現代とまったく同じ原理が、すでに十九世紀に実現していたということです。

情報操作、というのは、復讐のためにある金持ちを破産に追い込もうとして、腕木信号の途中にいる信号士を買収し、別の情報を流させるのです。AからBは見通しがきく、それからBからCも見通しがきく、でもAとCの間はきかないから、B一箇所だけ押さえてしまえば、その先はニセの情報が流れる、というわけです。

話を戻しましょう。ジーナは愛する甥のファブリスを脱獄させようとして、さまざまに工作をします。一方で、なんとか彼を無罪にして出そうという努力も——王様に対して圧力をかけるということです——もちろんします。しかしこれは、いろいろな事情が絡んで最終的にうまくいかない。それでやはり、脱獄させるしかないということになります。

この時に、王様が自分の言うことを聞いてくれなかったという恨みを、ジーナは忘れずずっと抱きつづけます。一つの伏線として覚えておいて下さい。

さて、当のファブリスは、それに対してどうするか。叔母が脱獄の準備を進めて「その日が来るのを待っていて下さい」と通信してくる。しかし彼自身は、クレリアの存在のために牢屋から出たくないと思っている。クレリアとはアルファベットのカードで話をするぐらいで、実際に逢うことができるわけでもありません。侍女たちが三十歩離れたところにいる、というような状況で、一度だけ逢ったことはあるけれど、その時も話をしただけです。

実はクレリアにはその時、父親が進めている結婚話がありました。彼女は父親を非常に愛している、親孝行な娘です。そしてその父親は、ジーナとモスカの敵側の陣営に属している。父親に忠実にあろうとすれば、恋しいファブリスにとって不利なことをしなければならない。自分の恋心に従えば、父親を裏切ることになる。つまり、親に対する想いと恋する相手に対する想いが心の中で対立する。したがって、この感情を恋と認めるか認めないかということにさえ彼女は苦しむ。大好きな相手、夢中になっているファブリスであるけれども、その言いなりになってはいけないと彼女は考える。自分を抑える力が強い女性です。

しかしその一方クレリアは、このまま牢の中にいたらファブリスはいずれ毒殺されてしまうから、彼を何とか外へ出したいとは思っている。そのためにジーナと協力するつもりにもなる。ところがファブリスは出たくないと言う。「あなたの顔を見られないんだったら、他に行ってもしかたがない」と駄々をこねるわけです。しかし結局なんとか説得して、こっそり運び込んだロープで彼を塔から下に降ろして逃がします。

ジーナは喜び、彼を連れてパルムの外へ出、安全な場所まで逃げて一緒に暮らします。ところが彼は魂が抜けたようで、全く幸せに見えない。ジーナは、自分の愛する甥がなぜそんなふうになってしまったかという理由をようやく覚って、その恋の相手がクレリアであることを知ります。牢屋の中と外ではどちらが幸福か。恋が膨らんで、ファブリスの幸福感はひっくり返ってしまっています。彼が最終的にとった行動は自首でした。外にいてもしかたがない、もう一度牢屋に入れてほしいと言って、すたすたとパルムに戻ってしまったのです。

そして愛しいクレリアに「またあなたに逢いたくて戻ってきた」という。彼女は「そんな、とんでもない」と言いながら、今度は本当に毒殺の危機が迫ったため、阻止するために彼の牢に行きます。毒の入った食べ物がすでにそこへ届いている。「もう食べたの」という彼女の問いに、ファブリスは嘘をついて「食べた」と言う。その時初めてクレリアは長い間抑えていた自分の本心を解き放つことができて、情熱に駆られて、彼に身を任せます。その後でファブリスは、「実はまだ食べてないんだ。嘘をついてごめん」と白状するわけですが、彼女は怒らず、愛する相手が死なないことを喜びます。

一方ジーナは、彼を再び助け出すために、もう一度政治的な圧力をかけたり、あらゆる工作をする。そして最終的に彼は無罪放免されるのですが、今度はクレリアが窮地に立ちます。というのは、ファブリスの脱獄のために、父親に阿片を一服盛って眠らせるということをしてしまったわけです。その呵責の念から、彼女は、父親の言うとおりの相手と結婚をして二度とファブリスの顔は見ない、という誓いを聖母マリアに立てるのです。ただし、顔を見ないというのは、闇の中なら逢えるということです。

他方、宮廷内の政治取引き、陰謀は続いています。ファブリスの出獄に同意しなかった王様に対して恨みを持ちつづけたジーナは、ファブリスが牢を出た後で、王様を暗殺してしまいます。政治的な駆け引きとしてということではなく、個人的な感情、すなわち、自分の思いを知りながらそれを無視した相手に対する深い憤りから、暗殺を実行する。そしてそれがバレそうになると、今度は新しい王になった前王の息子エルネスト五世が自分に夢中であることを利用して、証拠書類を暖炉で燃やさせる。

このように、この物語の中で、ある局面で事を決めるのは、いつでも彼女の女としての魅力です。そういうことが起こりえた時代であり、場所であったということですね。

ファブリスとクレリアとは密かな愛人関係になります。密かな、というのは、例えばモスカ伯爵とジーナの場合のような公然たる愛人関係、政治的な意味での愛人関係ではなくて、密かな闇の中でしか逢わない、誰も知らない愛人関係、ということです。何度かその誓いを破って、昼の光の中で彼女は彼を見てしまうんですけれども。二人は、一時期の幸福を得ます。

やがてクレリアが子供を産む。ここでスタンダールは自ら話の中に登場して、世間は知らないけれど、実はクレリアが産んだ子がファブリスの子であるということを、ファブリスは知っていたという形で伝える。

この先の話は比較的急転直下に進んで、速やかに終りに近づきます。ファブリスは、自分の息子が他人を父親として育つことにどうしても我慢出来ないと言って、その子を誘拐する。ところが誘拐した子供は病気で死んでしまう。クレリアは、自分が聖母マリアの誓いを破ってファブリスの顔を直接見たのがいけない、ましてその子を誘拐させてファブリスとともに育てようとしたのが間違いであったと、非常に深く心を傷つけて、他界します。

ファブリスはその時、すでに非常に位の高い僧侶になっています。今のロックスターのような人気で、彼のお説教を聴きにたくさんの女たちが集まる、みんなが彼に夢中になっている、というような社会的ポジションにいるわけですが、クレリアの死を機に身を引いて、最後はパルムの僧院、小さな修道院に引っ込みます。そして、そこで静かに暮らして、まもなく亡くなる。二人とも非常に若くして死にます。そういう形で、この話は終わります。

小説というのは、組み立てだけでは、本当はよくはわからないものです。人々の魅力をスタンダールがどう書いているか。彼自身がそれをどう受け止めてきたか。これは、実際に読まなくてはわかりません。

今回の十作の全てについて言えるのは、それぞれの意味合いにおいて、読む努力には見返りがあるとぼくが保証できることです。なかでも『パルムの僧院』は、一度読んでこの世界を知ると、その後一生ずっとついてくる作品だと思います。

この作品は、最初にも述べたように、「場」とか「舞台」とか「世界」ということでは、パルムという小さな王国の、それも宮廷とその周辺に限定されています。そして、そこで働く力学は、政治的な駆け引きや陰謀と、あとは恋の魅力、これだけに限定されています。そう考えてみると、単純なルールで組み立てられた話であると言えます。

その限りにおいて、魅力がある。その限りにおいて、スタンダール自身は主人公たちのふるまいに何の疑いも抱いていない。最初から「限定」したうえで、疑わしい要素を排除したうえで作った物語ということです。だからこんなに隅々まで整合性があって、読む者を立ち止まらせることなく、なめらかに最後まで連れていく。

小説には読者に対して疑問を突きつけて、「ちょっと待てよ」と考えさせる仕掛けの話もたくさんあります。むしろそれが目的という作品は多い。だけどスタンダールはそうではない。最後まで一瞬の疑いもなくついてこられる物語に作ってある。

考えてみれば、ジーナ——アンジェリーナ＝コルネリア＝イゾタ・ヴァルセラ・デル・ドンゴ・サンセヴェリーナ公爵夫人という長い名前なんですよ——が国王を暗殺するというのは、普通の倫理観に照らし合わせたら実はとんでもないことです。しかしそれは冷血の殺人ではなくて、情熱の果て、憤りの果ての殺人である。しかも、男の場合なら決闘で剣で殺すところを、女だから毒殺です。この「限定」の中ではそれも許される、というように、読者が疑いを抱かないように作ってあるのです。

それから、叔母と甥の恋というのも、読者の倫理観に反する恋、不倫ギリギリです。近親相姦になるかならないか、というあたりの設定も、最後まで読者が立ち止まることなく走り抜けられるように、なめらかに作ってある。同時にギリギリの設定だからこそ、話をドライブする力、物語を駆動する力として強い効果を発揮するわけです。

最初にも言いましたが、スタンダールはこの物語を、非常に自信を持って、最初から最後まで疑うことなく書いたのだと思います。
非常に幸福な、読者と作者と登場人物の関係があるということを覚えておいて下さい。

さあ、これが十冊の出発点です。

九月十六日 火曜日 午後 第四回

トルストイ『アンナ・カレーニナ』

こうして皆さんの前に立って、さて「こんにちは」って言ったものでしょうか。

この間、南フランスのある町で勉強している日本人の方と会って、日本語の挨拶の話をしたんです。フランスではお店に入って店員さんの顔を見たらまず「ボンジュール」と言うのだそうですが、日本に帰ってきた時いつもの癖で、コンビニのお姉さんに「こんにちは」って言ったら、お姉さんがびっくりして引いちゃったのだそうです。「普通日本では、そういう声のかけかたはしないもんですよね」って苦笑していました。

そのことを思い出して、朝、ぼくはここで「おはよう」って言うべきかなとか、先生は偉いんだから、そういうことは言わない方がいいかなとか考えたものだから、今また迷っている（笑）。

さて、午後は『アンナ・カレーニナ』（一八七五～七七）。テキストにした新潮文庫版では、上・中・下全三巻、長篇です。

作者は、「19世紀ロシア文学を代表する巨匠」と本のカバーに紹介されている、レフ・トルストイ（一八二八―一九一〇）。

ところが困ったことに、今回何十年かぶりで読み返してみたら、ぼくはこの話が全然好きではないことがわかった。もちろん、最後まで読みましたけれど。そこで、「何で好きじゃないんだろう」という疑問を論の中心に据えていくことになるという、いささか変則的な内容になります。今朝のスタンダールのようなわけにはいかないことを、承知しておいてください。

この作品が、アンナ・カレーニナという人妻が、若い男性と恋仲になって、やがて家を出てしばらく一緒に暮らすうちに、全てがうまくいかなくなって、最後に汽車に飛び込んで自殺をする、という話であることは、誰でも知っています。

この筋立てがいけないということではないのです。もちろんこれでかまわない。押しも押されもせぬ大作であり、世界文学のスタンダードであり、文学全集の目玉であり、ロシア文学の傑作といったら、トルストイでは『戦争と平和』(一八六五〜六九)と共に名前が挙がる作品です。では、読んでいて、何がこんなにぼくにとって合わないと感じてしまうのだろう。

中原中也の詩に、「ドスちゃん、トルちゃん」という言葉が出てくるんですが、もちろんドストエフスキーとトルストイのことです。そのぐらい日本人はこの二人が好きで、昔からよく読まれてきた。それは本当によくわかっているのだけれど、どうも好きになれない。

今度読み返して気づいたことがあります。それは、この小説が正にメロドラマだということ。この「メロドラマ」が何を意味するかはゆっくり説明しますが、ぼくにとっては何かが過剰で、それに違和感をおぼえたのだと思います。作者自身の姿勢ということかもしれない。ズレを感じてしまった。

一方で、書かれたのが一八七七年、百二十年以上も経っているにもかかわらず、とても現代的な話であることには感心しました。人々の心の動き、あるいは自分のふるまいに対する説明のつけかた、周囲の受け取りかた。今の話として何の違和感もありません。つまり、われわれは今このように行動をしているし、このように自分たちを説明している。

アンナ・カレーニナの身に起こったことは、現在の三十代、四十代の女性の身に起こってもおかしくないし、そのままテレビドラマにすることもできるだろうと思います。読んでいると、主人公たちの少し大げさな、感情過多の台詞回しの背後に、淡々としたナレーションの声が聞こえるような気がする。たぶん作者自身の声でしょう。

ですから、今の日本の普通の小説を読み慣れた読者にとっては、いくつかのルールを身につければ大変わかりやすい小説であると言えます。いくつかのルール、というのは、要するに時代の違いです。つまり、今は電化製品がすることを、小説の中では召使いがするとか、タクシーを拾うのではなく辻馬車を停めるとか、そういうことです。それから、農奴制という制度がまだ影を落としていた社会の雰囲気の違いということもあります。これもまた今の南北問題と重なっているのかもしれない。

しかし、少なくともこの話の主たる登場人物である貴族たち、あるいは社会の上の方に所属する人たちの暮らしは、召使い以外のところでは、今の普通の市民の暮らしとほとんど同じであると感じられるはずです。この質感の共通性は、とても強い。

話の展開のスピード、という点から言えば、今の感覚からすると確かに遅い。描写はくどいし、人々の動きは、肉体的な動きも精神的な動きもずっとおっとりしている。けれどそれはつまり、馬車の速度と自動車の速度の違いであり、手紙と電話の速度の違いであるだけで、圧縮すると今と同じになってしまうと思います。現代の話として映像化するのに何の矛盾もないと思います。

なるべく具体的にストーリーに沿っていきます。

まず、一番有名なのは書き出しですね。

「幸福な家庭はすべて互いに似かよったものであり、不幸な家庭はどこもその不幸のおもむきが異なっているものである」

つまり、幸福というのは全てが満たされた状態である、何かが欠けると不幸になる、欠けるべき要素はたくさんあるから、そのうちの何が欠けているかで、不幸の様相は異なる、ということです。

この言いかた自体、ずいぶん事を軽く見ています。あるいは人間というものを舐めてかかった、いささか安直な、しかし大変に気が利いた――いかにも「ふむふむ、なるほど」と言って、自分の身に重ねて見てしまいそうな――書き出しですね。あんまり褒めてないか（笑）。

では書き出しの次の「オブロンスキー家ではなにもかも混乱してしまっていた」という部分。ここから具体的にこの家の不幸の話が展開されますが、何が不幸なのかというと、一家の主が住込みの家庭教師と不倫の状態にあって、それは彼女が外に出たことによって一応終わっているのだけれど、妻にバレてしまった、というだけのことです。混乱のきわみは明らかだけど、不幸というほどのことかと、外から見ると思ってしまう。しかし妻にすれば非常な不幸なので、彼女は、とんでもない話、許せない、とギャアギャア騒ぎ立てる。夫の方はといえば「バレちゃって、まずい」とは思っているけれども、妻ほど深刻ではない。たとえば、こういうふうに自分に対して弁明を口にする。

「三十四歳の美丈夫で惚《ほ》れっぽいこの自分が、ふたりの死んだ子供を数えれば七人の子持ちで、夫より一つしか若くない妻に魅力を感じていないからといって、後悔する気にはなれなかった。ただ妻の目をもっとうまくごまかすことができなかったことだけを後悔していた」

これはコメディです。悲劇だと思っているのは妻だけで、当の夫はそうは思っていない。ただ、とりあえず困ったな、と思っている。こういうコミカルな場面から始まります。

オブロンスキーというこの夫は、要するに軽薄なんですね。軽薄であることが、読者にはっきり伝わるように書いてある。自分が家庭教師といい仲になったことを友達に白状し、「困ったことになった。女房が怒ってるんだ」と言いながら、なぜそういうことになったかという理由を友達に説明します。

一応それぞれの頁を教えてあげましょう。ぼくはこの作品については、自分がなぜこの話が好きでないかを説明するために、比較的多めに朗読をしようと思っています。

書き出しはいいですね。次の「三十四歳の美丈夫」のくだりは上巻一〇頁。それから少し先まで いって一〇四頁のところで、彼は友達を相手に自分の立場を説明、あるいは弁明するのです。――一〇四頁までずうっとこの問題を引きずっているわけです。

「きみにもわかってほしいんだが、その女は、優しくて、かわいくて、愛すべき人間なんだ。しかも、貧しくて、身寄りがないのに、なにもかも犠牲にしてきてくれたんだ。それをいまさら、もうできてしまったからといって、きみ、おっぽりだすなんてことができるかね？　まあ、かりに、家庭生活を破壊しないために別れるとしてもだよ、——これは妻ではなくて、その恋人とです——その女をかわいそうに思ったり、力になってやったり、慰めてやったりしちゃいけないって法があるかね？」

全然反省していません。最後までこういう人物です。

妻は一つしか年下ではないうえに七人も子供を産んでいるから容色が衰えている。そして妻の地位は安泰であるべきだと信じきっているから、怒りまくっている。その一方で、この事態をどう解決すればいいかとも考えてはいる。

いかにもメロドラマであると見える一つの理由は、作者が登場人物全員の心の中を完全に掌握していると信じていることによると思います。つまり、登場人物を人形を糸で動かすように動かしている、そして一番問題なのは、その手つきが見えてしまう、ということです。不幸な巡り合わせの役、あるいは笑われてもしかたがない滑稽な役に対して、その役割に適切な台詞やふるまいを配っているのがわかる。作者の目からは全部がすっかり見えるという前提で、話が進んでいく。

午前中お話ししたスタンダールの場合も作者は登場人物の心の中をぜんぶ知っている。そのうえで彼とトルストイが違うのは、スタンダールは登場人物と同じ地平に立っているのに対して、トルストイは登場人物を上から冷ややかに見ているという点だと思います。だからスタンダールは登場人物を操作しているようには見えない。

また、作者というのは、必ずしも登場人物全部の、その瞬間瞬間の心の動きが追えるわけではないだろうと、ぼくは考えます。ぼくは出来ません。少なくとも一つのチャプターの中で、ある人物からの見かたと反対側の人物からの見かたを、両方書くというのは、ぼくはしません。つまり、その時々中心になっている一人の背後にぼくがいる、という構図と言ったらいいでしょうか。ここにいる誰かと向こうにいる誰かの会話を書く時に、ぼくはこちらの人物の背後にいる。こちらの人の心の動きはぼくにはわかる。あちら側はわからない。

普通の会話の場合、ぼくがぼくとしてこうやって話をしている時、皆さんがぼくの話を聴きながら何を思っているかは、ぼくにはわからない。「だいたい、こんなもんだろう」と思って話してはいるけれど、全然見当違いかもしれない。

作家として「ここで一人の男が、若い人たちに向かって喋った」と書くときはどうか。男の発した言葉について、あるいは男がその言葉を発するに至った考えについては書けるけれども、若い人たち側の心の中に踏み込んでは書けない。

作者にどこまでの権限があるのか。どこまでの権限を認めると話は面白くなるか。これは作家ごとに違うと思います。いわゆる「神様の立場」として全部を見通してしまって、ここでこうなった、そこで彼はこう考えたのでこう思った、しかし彼女はそれに対してこう受け止めたのでこういう返事をした、というふうに全部説明してしまうのは、親切だという考えかたと、野暮ったいという考えかたと二つあると思います。

会話の形で外に出てきた以上のことは記述できないと考える作家、あるいはそういう技法もあります。誰かが口に出して言わないかぎり、書けない。つまり聞き手ないし記録者でしかない。登場人物の心の中に入れない。このやりかたの欠点は、内心の声が聴けないことです。人はその思うこと全部を言葉にするわけではありません。たとえ独白でも言わないことがあるのに、すべてが聞こえたということにしないと、話が進行しなくなるというのはどうだろう。

いささかの脱線をします。

何がフィクションで何がノンフィクションかという議論をちょうどこの間しました。ベルリンであった、この一年で発表された世界中のルポルタージュ文学の中から優れた作品を選ぶという賞の選考会の場での話です。日本では、ノンフィクションとルポルタージュはちょっとニュアンスが違いますけれど、フィクションと、ノンフィクションおよびルポルタージュの違いと定義のことなどをさんざん議論したわけです。

エイドリアン・ニコル・ルブラン Adrian Nicole LeBlanc というアメリカ人女性が書いた『ランダム・ファミリー Random Family』という作品が候補として挙がってきていたのですが、ぼくはその作品を、ルポルタージュと呼んでいいのか、と疑問を呈しました。

アメリカの場合、ルポルタージュやノンフィクションが擬似フィクションになりやすいのです。『ランダム・ファミリー』は、ブロンクスのプエルトリコ系移民の貧しい一家の十年間の歴史を、作者がその一家に入り込んで話を聞いて書き上げたもので、十年間の取材に基づいて書かれたわけだから当然フィクションではない。ルポルタージュと考えるのが普通です。だけど彼女は、あたかも常に、いかなる場所にでも存在しうる見えない聞き手であるかのように書いた。「いかなる場所に」っていうのは、心の中も含めてです。だから、その家族の中の誰それっていう女の子が、誰それという男の子を好きになって、その時に彼女が心の中で思ったことまで書いてあります。ぼくはこの部分はフィクションではないかと考えた。

この場合作者は、オムニプレゼントでインヴィジブル、つまりどこにでも存在できて取材される側には見えない存在です。これは神様です。神様の立場に立って書くのだとしたら、その作品はどうしたってフィクションになります。

例えば、登場人物の一人が補導されて、施設に収容された。その間作者はその人物には会えない。にもかかわらず、施設の中で起こったことおよびその時の彼女の心境を非常に精密に書いている。それは後から取材して聴いたのだというのですが、果たしてその人物は、思ったことを全部正直に話しただろうか、作者は書かれていること全部を聴きえたのだろうか、という疑問をもたざるを得ない。もうこれはフィクションではないのか。

あるいはその十年間の出入りで、作者の存在がこの一家に影響を与えはしなかったのか。観察者が観察対象に影響を与えてはいけないんです。

物理学に、「ハイゼンベルクの不確定性原理」というのがあります。観測する行為が観測される系に影響を与えてしまう場合には、厳密な観測は不可能である、ということです。具体的に言うと、ある素粒子があって、この素粒子の位置と速度を正確に観測しようとする。そのためには光を当てるなど、何か外から働きかけなければならない。ところが、その外からの働きかけがその素粒子の位置ないし速度を変えてしまう。したがって、観測は不可能であるという原理です。

最初これは、単なる物理学的詭弁、あるいは逆説なのではないかと思われたのですが、そうではなくて、これはもう物のありかた全てに通じることだと考えられるようになりました。存在そのものがそれだけの不確定要素を含んでいる、存在というのはそういうものである、と結論せざるを得ない。観測の限界というものがある、ということです。

『ランダム・ファミリー』の対象になっている家庭は、貧しくて混乱している家庭です。子供たちはドラッグの売買で稼いだり、やたらに妊娠しちゃったり、家出したり、施設に収容されたりしている。そこにこれだけきちんとした社会的立場のある人がしょっちゅう来て取材をしていたら、彼らは彼女に相談事を持ちかけはしないだろうか。そこで答えを返せば、どういう結果になるか。彼女がいない場合とは違ってこないか。取材対象に働きかけることにはならないか。

アメリカでは、ノンフィクションがフィクションらしい形で書かれる例はいくつもあります。一番有名なのは、小説家トルーマン・カポーティ（一九二四―八四）が一九六五年に書いた『冷血』です。

一九五九年にカンザスの農場主一家四人が惨殺される事件が起こった。カポーティは即座に駆けつけて、現場で容疑者の若者二人に話を聞くことができた。その後もずっと裁判を追いかけたりして、殺人事件がどういう経緯で起こって、背景にどういう事実があったかを調べあげていきます。そしてその結果をフィクションの文体で書きました。『冷血』は「ノンフィクション・ノベル」という新しい作品形態として大変評判になりましたが、このやりかたが、アメリカではある意味ではスタンダードになってしまっているようです。

その後のアメリカのノンフィクション作家でよく知られているのは、トム・ウルフ（一九三一―　）。彼の作品で一番有名なのは、アポロ計画の時の宇宙飛行士の訓練の様子を描いた一九七九年の『ザ・ライト・スタッフ』。それから八〇年代の風俗を描いた『虚栄のかがり火』（一九八七）という作品もあります。両方とも映画になりました。トム・ウルフは、アメリカのノンフィクション界ではビッグ・ネームですが、彼もフィクションとノンフィクションの間で書いているのです。

もう一つ前の時代でいえば、ヒューバート・セルビー・ジュニア（一九二八―二〇〇四）の『ブルックリン最終出口』（一九六四）という作品があります。これもフィクションともノンフィクションとも言える作品です。アメリカにはこのように、ノンフィクションとしての素材をフィクションにしてもいいんだという流れが連綿とあります。

さて、話を戻して、全体の筋を見ていきましょう。

先ほど紹介したように、話は夫の浮気で混乱してるオブロンスキーの家から始まります。が、ほどなくこの混乱は収まります。この軽薄な浮気夫の妹であるアンナ・カレーニナが登場して、両者の間を取りなすからです。妻の方も怒ってはいるけれどもいい加減に疲れてきていて、何とか矛の収めどころを探していた。信頼できる仲介者が欲しいと思っていた。夫の方もいつまでも女房が怒っているので困っていた。当然和解は成立します。

アンナは、サンクトペテルブルグからモスクワへ来る汽車で登場するのですが、その汽車が着いたところで、ヴロンスキーという若くてカッコいい青年士官と一瞬出逢う。その時はお互いに、「あれは誰かな」と思ったくらいで、何もなく別れてしまいます。

ヴロンスキーは、アンナに逢うまでは、オブロンスキーの浮気に怒った妻の末妹の、キチイという十八歳の娘に求婚しようと思っていました。キチイはたぶんヴロンスキーは自分に求婚するだろうと考えている。ところが彼女にはもう一人求婚者がいて、これはリョーヴィン――これまでの翻訳はレーヴィンと言ってたんですが、この木村浩さんの訳ではリョーヴィンになっている――という農場主です。そういう状態から話は始まっています。ちなみに、オブロンスキーは貴族、官僚で、ヴロンスキーは将校、アンナはカレーニンというずっと年上の地位の高い官僚の若い妻で、子供が一人いるという設定です。

最初にモスクワ駅で見た時に、ヴロンスキーはアンナ・カレーニナという美しい人妻にクラッとしてしまいました。心に留めて、気になってしかたがない。アンナもヴロンスキーに対して同じような気持ちをいだきます。この辺りの人間の動かしかたがうまいと言えば本当にうまいし、あざといと言えば相当あざとい。まさにメロドラマです。

そのうち大きな舞踏会があって、そこで二人は再会し、ヴロンスキーとアンナは周囲の目も忘れて踊りまくる。お互いの気持ちを踊るという形で、自分たちに向けてと同時に周囲に向けても公表してしまうことになる。実際には恋はまだ始まっていないけれども、互いに夢中であって、愛人同士になりたいという意思を、はっきり表明してしまう。

その舞踏会の場にはキチイも居合わせていて、彼女はヴロンスキーは自分に求婚してくれると思っていたから、非常に落胆して病気になり、その後、静養のためにドイツの湯治場に家族で行ってしまう。

一方、農場主のリョーヴィンはキチイに惚れていて、こういう女性が妻になってくれるといいと思っていた。しかし、自分は都会に住む官僚ではないし、田舎で農場を経営して——小作人をたくさん使っている領主なんですが——いるにすぎない。田舎で労働することには価値があると信じているし、自分にはそういう暮らしが向いていると思っているが、こういう自分のところには都会に住むキチイは来てくれないだろう、と煩悶している。そして気持ちを打ち明けて、やっぱり受け付けられなくて、すごすごと田舎に戻る。

その先は少しかいつまんで話します。

まずヴロンスキーとアンナ。最初に言ったように、二人は結局のところ愛人同士になります。アンナは人妻ですから当然すったもんだというのが延々あって、ここもまさにメロドラマです。彼女は息子をおいて家を出てヴロンスキーと一緒に暮らすようになる。しかし、どうしても本当の愛に至らない。ヴロンスキーが他に女を作ってるんじゃないかという猜疑心に駆られて、その猜疑心によってひたすら追い詰められていって、最後には自殺をする。

かたや真面目な田舎の農場主であるリョーヴィンは、結局キチイと結婚することができて、田舎で非常に健全な良い生活を送って、玉のような赤ちゃんが生まれる。

まとめて言ってしまうと、これだけです。トルストイはいかにもスペクタクラーな場面作りがうまい。細部の描写、場面の作りかた、盛り立てかた。それは上手なものだと改めて思いました。

例えば話の初めの方で、キチイを登場させるのに、彼はスケート場を使います。「あの子はスケート場に行って遊んでいます」とオブロンスキーに聞いたリョーヴィンが彼女に逢うためにわざわざスケート場へ行く。そこで溌剌とスケートで遊んでいる彼女の姿を見る。

最初にこの話はとても現代的であると言いましたが、この辺りはほとんど現代の――二十世紀末から二十一世紀初頭の、例えば日本のような、いわば先進国の国々の人の日常――と同じですね。スケート場でもいいし、三十年前だったらボウリング場？　今ならディズニーランドでしょうか。とにかく、そういう場所で若い二人が会う。彼らは、自分たちの暮らしの価値、便利さ、提供されるもの、食べる物、豊かさに対して何の疑いも抱いていません。自分たちがそういう暮らしができる立場の人間であることは当然だと思っている。それから、それを供給している社会のシステムに対して疑いを抱いていない。これは今のわれわれと全く同じであると思えます。

一方今、暮らしの外側には少し黒い雲が立ち込めはじめていて、そのことを人々は知っています。例えば環境問題。南北問題。テロリズム。今のわれわれは、この世界には色々な大きな政治的なトラブルがあるということを、ある程度意識しています。こういう問題は、この十九世紀後半という時代には、まだありませんでした。

でも、その頃のロシアの人々の前には、ロシアという国をどうするかという問題が大きく横たわっていた、ということはあります。西側諸国に対する強烈なコンプレックスとナショナリズム。それから農奴制という、非人間的な古い制度を抱えてきた歴史の歪みとその解決法の模索。それからロシア正教と自由主義、あるいは無神論的哲学との関係。そういう問題を抱えてはいた。

でも、基本的には存在とか生きかた自体を深く疑ってはいない。この辺りがやっぱり、今と似ている、そのままぼくらの今の世界観と重なるところが多いんじゃないかと思うのです。

オブロンスキーがリョーヴィンと食事をする場面がありました。当時の風俗がきちんと描かれているからとても面白い。大きな街で、男だけで食事に行って、どんな物をどう食べるかというところ。この時は牡蠣を食べる。二人で三十ばかり、一人十五個だからちょっと多い。それから野菜の根の入ったスープ。濃いソースのかかったヒラメ。ローストビーフ。去勢した鶏の料理。それから果物はロシアだから生はないから、缶詰でいいことにする。食前にシャンパンを一本飲んで、食事の時はシャブリを一本空ける。贅沢だけどありえなくはない。この感じは今と変わらないと思います。

つまり、このぐらいの物を出すレストランが、十九世紀後半のロシアの都会では特別のものではなかったということですね。ロシアはヨーロッパ全体では一番東の田舎の国ですけれど、そこへちゃんとシャブリが届いている。シャンパンもある。この料理は二十六ルーブルとちょっとだった。心づけを付けて、一人十四ルーブル。一ルーブル千円として、一人当たり一万四千円は高いかな。でもこれだけ食べてるから……。一ルーブル五百円として、一人七千円と換算してはちょっと安すぎるかもしれない。いずれにしても、田舎から出てきたリョーヴィンにすれば相当な出費であって、やっぱり都会は高いなぁと思いながら払っている。

こうやってお金を日本円に換算して考えてみると、今と変わらないということがよくわかると思います。ちょっと贅沢なものを食べて、それに対してちょっと頑張って払うという感覚。つまり、市民生活というものはこの時期にすでにもう、今のようなパターンになって完成していたわけです。

同じ時代、幕末の頃、日本人はまだこういうことを知らなかったかな、どうだろう。でも、江戸時代から町には料理屋は色々あったし、たくさん食べて酒を飲めば、このぐらいの値ごろ感はあったかもしれません。

こんなふうに場面場面を作って守り立てていく。当時としては、国の中でも裕福な、条件のいい家に生まれて、ある程度出世をした人たちが享受していたような生活を見せる。その作りかたがうまい。

この後大きな場面としては競馬があります。ヴロンスキーが自分の馬で参加して大失敗をする。馬を死なせるような目に遭わせたうえに、大恥をかくという屈辱的な場面です。大勢見物人が集まって、みんなで楽しみに待っている大きなイベントというのは、もちろん今でもありえますが、こういう場面の盛り上げた描きかたもうまい。

では、十九世紀後半のロシアと、今の違いは何かと言えば、こういう生活を享受できる人の数が格段に増えたということでしょう。原理的には国全体に広がったと言ってもいい。実際には今だって田舎で地味に静かに暮らしている人々の方がずっと多いのでしょうが、それでも相当な広範囲にまでそういう都会的で豊かな生活が可能になった。少なくとも身分の差などでそれが許されないということはない。お金さえ持っていけば、どの店でも贅沢な食事ができる、というところまで広がったのが、ここ百五十年の人類の進歩であります。その程度のものだと言ってしまえばそうですが。

さてここからは、作者がどのように登場人物の中に入っていくかを見ながら、具体的にもう少し読んでみましょう。

舞踏会で、アンナとヴロンスキーが踊っているのをキチイが見ている場面。ここは本当に映像的と言ってもいい。踊っている二人をずうっとカメラが追いかけていく。合間にカット・バックして、非常に不安そうな、不満そうなショックを受けた顔でジーッと見ているキチイの顔がアップになる。

映画の手法で言えば、トルストイはクローズアップを使い過ぎです。だから品がなくなる。一番わかりやすい画面の作りかたです。相手を見てある思いを顔に出している顔のアップ。それを受けて驚いている顔のアップ。切り返しを繰り返す。いくらでもできる。それで全部説明したつもりにはなるのだけれど、これは何の奥行きもありません。あまり悪口を言うのもいけないんだけど（笑）。

ヴロンスキーはキチイとワルツを幾度か踊る。その後キチイは次のマズルカをヴロンスキーと踊るのを心待ちにしながら、別の退屈な青年の相手をしている。この辺のカメラ・ワークを詳しく説明すると、キチイはアンナの顔が非常に輝いていることに気がつきます。まずアンナの顔を見る。上巻の二〇三頁です。

「ここでまた、いきなり、まったく新しい、想像もできなかったアンナを見いだした。キチイはアンナの中に、自分でもよく覚えのある、相手に対する勝利に酔っている表情を見てとった。アンナが自分でつくりだした歓喜の酒に酔いしれているのが、手にとるように見えた。その気持を知り、その兆候《きざし》を知っているキチイは、それを今アンナの中に認めたのである——そのひとみの中にふるえ燃えあがる輝きを、思わず唇《くちびる》をゆがめる幸福と興奮のほほえみを、そのしぐさにあふれる、見る目も優美で、正確で、軽やかな風情を」

これはメロドラマの文体ですね。

「《相手はだれかしら？》キチイは自問した。《みんなかしら、それとも、だれかひとりの方かしら？》と考えているうちに、彼女はその相手がヴロンスキーであることに気がついて、非常なショックを受ける。じゃあ、ヴロンスキーはどういう顔をしていたか。

「いまや彼は、アンナのほうへ向くたびに、まるでその前にひれ伏すように、心もち首をかがめ、その目の中には、服従と畏怖《いふ》の色だけが読みとれた。《私は自分を恥ずかしめたいのではありません》そのたびに彼のまなざしは語っていた。《ただ自分を救いたいのですが、どうしたらいいかわからないでいるのです》」

つまりアンナもヴロンスキーも、相手の魅力に対して完全なお手上げ状態にあった。トルストイはそれをこういうふうに、こちらがこう、あちらはこう、と、大変ヴィジュアルに表現する。それを積み重ねていって、話全体を組み立てる。この種の文体は入りやすいし、心を動かされやすいし、好きになるととても好きになる。言ってみれば「トルストイ節」です。そういううまさがあります。

しかし、好きでないとなるとこれが鼻につくんですね。

ぼくは似たような思いを三島由紀夫（一九二五―七〇）に対して持ったことがあります。三島も嫌いなんです。好きな人がいたら、ごめんなさい。彼の、全部わかっているという、あのポジションからの書きかたがどうしても鼻について、楽しく読めない。日本語で読もうとすると、途中で嫌になってしまう。それでも、十代ではそれがまだよくわかっていなかったし、一通り読みましたから一応頭には入っています。しかしその後読み返そうとするたび、なにか嫌な感じになって止まってしまう。

ある時、『午後の曳航』（一九六三）――少年が仲間と一緒に、未亡人である自分の母親の愛人である船乗りを殺す話。最初に猫を殺して実験をするのだったと思います――の英訳が出たので、英語ならいいかと思って読み始めたら、とてもいい翻訳で、三島の文体がちゃんと英語になっていた。それで、やっぱり挫折しました。

世の中には自分に合わない作家というものがあるのだから、無駄な抵抗は止《や》めましょう、ということですね。小説というのは決して義務で読むわけじゃない。われわれは好き勝手に、好きな物を読めばいいのです。それが読書なんですから。

『アンナ・カレーニナ』には三島に対するほどの拒絶感はないので、もう少し読みます。

アンナとヴロンスキーが舞踏会でそういう表情をしてしまって、その場にいた全員に気持ちを知られてしまう。しかし、今と十九世紀後半の違いで、その後そんなにすぐに先には進みません。住んでいる町も違うわけで、さしあたって二人は別れます。

キチイは絶望の底に沈む。ヴロンスキーはアンナに対する自分の気持ちをどう伝えていいかわからない。アンナの方もまだもちろんためらっている。この場合次に進むためには、何かの形で二人をもう一度逢わせなきゃいけない。その再会の場面をどう設定するか。

トルストイは、偶然性の高い出逢いを用意します。

汽車に乗って移動するその停車場で、二人は再会します。上巻二五三頁です。

「アンナはたっぷり空気を吸うために、もう一度大きく息をついた。それから列車の鉄柱につかまって車内にはいろうと、マフの中からもう片手を出したとたんに、軍外套をまとったひとりの男が、すぐそばに現われて、ゆらめくランプの光をさえぎった。アンナがふとそちらへ顔を向けると、そこにヴロンスキーの顔を認めた。相手は帽子のひさしへ手をあてて、会釈《えしやく》すると、なにかご用は、なにかお役に立つことはありませんか、とたずねた」

その男に声をかけられる前に、アンナはヴロンスキーの顔を認めています。

「アンナはかなり長いあいだ、なんとも答えないで、じっと相手の顔に見入っていた」

こういう逢いかたによって次の場面を作っていくわけです。作者自身が運命を全部握っている。作者が思うとおりに話を進めているという気がすると、設定には説得力がなくなる。お話の都合でこうなったという印象に興醒めしてしまう。

作者が登場人物を思うがままに振りまわしているという感じ、作者の思うとおりに非常に恣意的に動かしているという感じ、ご都合主義、身勝手だという印象を読者に与えてはいけないと思うのです。

「偶然の出逢い」も、一つの作品で一回までならいいとぼくは思います。二回以上使うと、「ちょっとそれはずるいよ」という気がする。だけどそれをやる人もいます。ポール・オースター（一九四七— ）も偶然の出逢いが好きで、しょっちゅう使います。ありえないだろうと思うんだけど、逢ってしまったんだから仕方がないと作者は言うわけです。「まあ、それはそうだけど。でもね」と、ぶつぶつ言いながら、こちらは引っ込むことになる。それでもぼくはオースターが好きなのですが。

「偶然の出逢い」をあまり使い過ぎると、背後に何かの意志を設定せざるを得なくなります。でも、神様がそういうふうに動かしているんだとしてしまうと、話の意味が全部変わってしまう。登場人物の努力の価値が下がって、とても虚しい、見かたによってはバカバカしいことになる。難しいところです。運命にはそれなりに説得力がなければいけない。

昨日はギリシャ悲劇の話をしましたが、ギリシャの芝居では、非常に混乱した状況を最後に救わざるを得ない場合に、この手法はよく使われました。〈デウス・エクス・マキーナ deus ex machina〉と言います。「機械仕掛けの神様」という意味です。何がなんだかわからなくなってゴチャゴチャになったところへ、つまり作者の手ではどうにもしようがなくなってしまったところへ、上から神様が降りてくる。「私は神様である。あんたはこうしなさい。あなたはこうしなさい。はい、万事解決」と終わらせる。〈デウス・エクス・マキーナ〉はもっとも安直なエンディングという意味です。ストーリーの途中で偶然を持ち込むのは、それに近いところがあると思います。

この「偶然」ということから、現代という時代のことを少し考えてみましょう。

この連続講義でとりあげる作品で現代が書かれている小説と言えば、トマス・ピンチョン（一九三七―　）の『競売ナンバー49の叫び』です。あの話の場合は、それが偶然なのか陰謀なのか、という疑問が話の中心にあります。

今日はあまり詳しく話しませんが、実は現代というのは、そういう時代なのです。あることがあるところで起こった。それは偶然なのか。どこまでそれが必然性によって裏づけられていたか。それが全ての問題の中心になる。

例えば9・11。二機の旅客機がワールド・トレード・センターのツイン・タワーに衝突した。その結果あの建物が崩壊して三千名近くが死んだ。これは、オサマ・ビンラディンの側から見れば全て必然。彼が仕切って、準備して、そのように手配して進めたんだから、必然です。

しかしそれだけで全部が説明しきれるか。不充分ではないか。説得力が足りないのではないか。反対側からもそれを誘う動きがあったんじゃないか。橋というのは両端から造って、真ん中で合うものです。一方からだけで反対側に届かせるのは大変です。そう考えると、つまりアメリカ政府の側にも何らかの陰謀があったのではないかという疑いが、当然生じる。しかし、現代ではこの種の疑いは決して徹底的には解明されません。J・F・ケネディ暗殺事件を思い出して下さい。疑いのままずっと残って、どこか定まらない印象のままに行くのが現代です。そういう意味で世界観そのものが揺らいでいるというか、輪郭がぼやけている。

それに比べると、例えば今朝のスタンダールの場合は、あらゆるところにピントが合って、くっきりとしていて、陰と日向が分かれていて、何の曖昧な部分もない。そのためには、「場」が限定されていて、ルールが決まっていて、働く力が多くない、そういう単純化がなされていなければならないわけですが、少なくともあの頃までは、単純化された世界像で人は満足していた。そういう世界観が可能な時代だったわけです。

しかし今は、そんな単純化された世界像に沿って小説を書くと、あまりにも作り物めいてしまいます。われわれが実際に見ている世界があまりに謎と陰謀と疑惑に満ちているから、それが小説の中にも染み込んでこざるを得ないのが現代なのです。


トルストイに話を戻しましょう。彼が人気があるのは、そのお説教癖のせいだとも言えると思います。「人間は誠実に、純潔を保って、よく働いて暮らさなければいけない」という単純な道徳的なメッセージが、実は広く受け入れられているのがその理由だと思う。しかもそこに神様の、宗教的な匂いがあまりしない。キリスト教の匂いがないわけではないですけれども、決して表面に出てこない。これはある時期まで、日本で言えば白樺派の頃まで、なかなか人気のあるお説教でした。しかし、では彼自身はどうだったか、と言うとちょっと考えこんでしまうところではあります。作品に安易に作者を見ていいか、いけないかという時に、ぼくはあまり見たくない、作品を読めばたくさん、とは思っていますが。

『アンナ・カレーニナ』は、不倫に走った人妻が最後に汽車に飛び込んで、自殺を遂げる話です。しかも汽車に轢かれると無惨な姿になることは、物語の初めの頃、ヴロンスキーとアンナが最初に出会った場面で、ヴロンスキーが凄惨な轢死体を目撃するという形で書いてあるのです。最初に仕込みがしてある。「汽車で死ぬというのは、こういうことだ」と陰惨な轢死体を見せたうえで、話を最後まで持っていって、同じ状況にヒロインを落とし込む。これはあざといとぼくは思います。

不倫に走った人妻は結局こういう目に遭うというメッセージと、田舎で誠実に働いている農場主はいい妻を貰えて子供は幸せになるというメッセージ。単純過ぎます。しかもこのよく働く農場主は明らかにトルストイ自身を想起させる。

この先はゴシップです。トルストイは実際にはそんなにいい領主ではなかったらしい。自分の性欲にふりまわされて散々な目に遭って、周囲も傷つけて、とても評判の悪い人でした。モスクワに屋敷があって、田舎に自分の領地がある。しばしば馬車で行き来するわけですが、その途中の村ごとに彼の私生児がいたという噂があるほどでした。自分自身の性欲をいかに制御するかということで、散々苦労をした人でした。

その結果が、こういう一種勧善懲悪のお説教になってしまった。ある意味では振幅の大きな、非常に波乱に満ちた人生であったのでしょう。お金はたくさんあったから、自分の財産をさまざまな教育事業にどんどん投入した。度を過ぎて奥さんにたしなめられて、奥さんと不和にもなった。

決して平凡な人物ではありませんでした。そこに非常な魅力を感じることも出来るでしょう。ただぼくはどうも、彼と一緒にご飯を食べるのは遠慮したいな、という気がしてしまいます。同じように破綻した人格でも、ぼくはドストエフスキーの方が好きですね。この人は女狂いじゃなくて博打中毒です。カジノで見境もなくお金を賭けて、散々借金を作る。借金を返すために必死で書いて、それが大傑作になる。そこがすごいところです。賭博で一文なしになって出版社に借りた金を返すために、例えば『罪と罰』(一八六六)を書いた。そういう方へ自分の破綻を持っていく。

というわけで、好きでない理由を明らかにするのに、このぐらいの手間がかかってしまったわけです。嫌いだから読まないということではなく、読んだうえで、何が違うのか、解析していけばこういうことになるという一例でした。

何度も言ったようにメロドラマであり、通俗的で、誰にもわかりやすくて、結論がきちんとしている。つまりこれこそが大衆小説です。『アンナ・カレーニナ』のような小説を、言ってみれば縮小再生産しながら大衆化して、今のこの映画やテレビドラマまで含めた小説的なるものの盛況に至ったわけで、そういう意味では現代のメディアはトルストイには大変恩義があるんだと思います。

ただ、このレベルで止まっていては、この先には決して行けない。人間というのはもう少し奥行きがあり、深みがあるものではないか、その魂の暗さを覗きこむ思いもするべきものではないか。アンナの自殺は悲惨だし、彼女としては悩みに悩んだ挙句なんでしょうけれども、ぼくはいま一つ彼女に共感できないのです。

ちなみに、風俗で今と少し違うなと思ったのは、アンナは非常な美人であると、たくさんの形容詞を重ね重ねて表現してありますが、比較的太りぎみだったという形容もあるのです。それが当時の流行だったのか、トルストイの好みだったのか、ずいぶんふっくらした感じで書いてありました。どうでもいいことだけれども（笑）。

夫との生活に耐えられず、人妻が浮気をして、煩悶した挙句に自殺をするという傑作がもう一つあります。『ボヴァリー夫人』（一八五七）。こちらの方は面白いのですけれど、今回はたまたま入れませんでした。

九月十七日 水曜日 午前 第五回

ドストエフスキー『カラマーゾフの兄弟』

さて、今日の最初は、フョードル・ドストエフスキー（一八二一―八一）の『カラマーゾフの兄弟』（一八八〇）です。昨日『アンナ・カレーニナ』をあまり好きではないと言いましたが、今日は大丈夫。ぼくがとても好きな話です。

最初にタイトルの話を少し。『カラマーゾフの兄弟』というのがこの作品のタイトルとして通っているわけですが、カラマーゾフはこの一家の名字なんだから、「の」の字はつかないはずだという説がある。

例えば大佛次郎の『宗方姉妹』という小説がありますし、谷崎の『細雪』は、英語の翻訳のタイトルは、『ザ・マキオカ・シスターズ』です。普通「の」はつかない。『カラマーゾフ兄弟』でいいのではないか、なぜ「の」の字が入ったかという疑問があります。

これはこれから話をしていくうちにわかることですが、カラマーゾフという名字自体に非常に意味があるのです。ロシア語での深い意味については江川卓さんの『謎とき「カラマーゾフの兄弟」』（新潮社）という優れた研究書に譲りますけれども、カラマーゾフの一族であることに、重大な意味がある。彼らは、あのカラマーゾフの一人なんだ、と人から言われている。カラマーゾフの一族の一人であるという点を強調するには、「の」の字がついた方がいいということになったと、ぼくは考えます。

ただ日本語の本のタイトルには、「の」の字がつきやすいということはある。今回の十作をみても、『パルムの僧院』『カラマーゾフの兄弟』『魔の山』『ハックルベリ・フィンの冒険』『百年の孤独』『競売ナンバー49の叫び』と、六つについている。幼い子供を本棚の前で遊ばせておくと、まず「の」の字を覚えます。これは日本語の癖みたいなものです。

ついでに明日取り上げる『魔の山』というタイトルは少しもったいぶりすぎた堅い言いかたで、元の意味は「魔法の山」ぐらいの、もう少し童話っぽいものらしい。つまり悪魔の魔や魔物の魔ではなくて、マジックの魔であるから、「魔の山」というのは少しズレてはいないか。英語だと「マジック・マウンテン」です。ドイツ語の「ツァウベルベルク Zauberberg」の「ツァウベル」も魔法に近い「不思議な」という感じです。モーツァルトの『魔笛』の原題が「ツァウベルフリョート Zauberflöte」でしたか。あれも「魔法の笛」というくらいの意味ですね。ですから、『魔の山』も「不思議な山」まではないけれど、「魔法の山」ぐらいが本来の意味に近いものだったのではないかと思います。それにしても「の」はつくわけですけどね。

『カラマーゾフ』の場合、日本語として口で言う時に、「の」があった方が語調がいいということもあるでしょう。「カラマーゾフ兄弟」より発音しやすい。

カラマーゾフ家のその強烈な特徴とは何かということについては、おいおい話していきます。

この作品は、昨日読んだ『アンナ・カレーニナ』と比べると、非常に複雑な、構成要素の多い、ある意味では混乱した話です。色々なものをあれもこれもと盛り込み過ぎた話と言ってもいい。文庫本で約二千頁という長さだけれど、その量感以上に質的なものが非常にギューッと詰まっていて、読み解くのが大変で、疲れるほどの話です。それでもまだドストエフスキーは「言い足りない」という気持ちがあったのではないか、とぼくは思っています。彼の中には言いたいことがまだまだあって、なんとかここまで圧縮して入れたという感じがする。そういう、いわば持ち重りのする話です。

では一体何がそんなに入っているか。重要な構成要素を挙げてみましょう。

まずは〈情欲〉。好色な人々とか、淫蕩な生活とか、そういうことが何度か出てきます。ここでの情欲というのは単なる性欲ではなくて、もう少し精神性を帯びている。したがってその分だけ始末の悪い、痴情的な肉体の欲望。快楽への意志。それと自分でもコントロールしきれない野放図さ。つまり自分を制御しきれない、感情の方が理性よりも強い、そういう思いが滾《たぎ》っているような人たちが登場します。

カラマーゾフ家に属している人間は全部で五名出てきます。すべて男です。三兄弟プラスアルファとその父。話の展開の上で、いかにもその情欲に突き動かされていて、どうにもしようがなくなっているのは、父と長男の二人と見えます。

三兄弟にはそれぞれに性格が割りふられています。

一番上のドミートリイ、愛称で言えばミーチャは、これはまさに情欲の塊。衝動の塊。その場、その場でやりたい放題突っ走ってしまって、一見抑制がきかない。その中にひどくナイーブな純真なものがチラッと見える時がある。急にスーッと冷めるように、おとなしい自分に戻ってしまうことがある。それも含めて考えると、とても不安定な性格であると言えます。ただし、そのためか彼はとても魅力がある。性格破綻者に近いんだけれども、でもみなにとても好かれる。

父親は彼に輪をかけた好色漢で、だらしのない男で、金に汚くて、息子たちを可愛がる気持はかけらもない。この小説は、言ってみれば父親と長男が一人の色っぽい女を争う話です。情欲、そういう情動が一番基本筋にあるという話ですから、この〈情欲〉の部分は当然強調されます。

二番目のイワンという息子は、冷静で非常に知性の勝った、自分をしっかり制御している人物のように見えます。少なくとも学問は一番あるし、詩を書いたりもする。また、無神論者です。「神がいないとした方が、人間は幸福になれる」という、そういう理屈を自分の中に用意している、哲学的な無神論者です。

一番下のアレクセイ、愛称アリョーシャ。この一番若いアリョーシャの動きを追う形で、話は進行します。彼は大変敬虔なクリスチャン、ロシア正教の信徒で、修道院に出入りしている。この話が始まった段階では、修道院で寝泊りしています。ロシア正教の僧として本格的に勉強しているというわけではないけれども、言ってみれば修道院の熱烈なファンとして出入りしている。そして修道院のファンである以上に、ゾシマという、修道院を率いている長老の個人的なファンであって、いつも彼の身辺にいて世話をしたり話を聴いたりしています。しかし、そのゾシマは、この話のときにはもう死の直前にあります。まだ元気で、話をしたり、説教したり、人々の相談に乗ったりはしていますけれど、しかし死が近いと言われている。

それからもう一人、スメルジャコフという召使いが出てきます。非常に陰気なねじくれた性格の人物に見えて、巷の噂では、兄弟の父であるフョードルの私生児であるらしい。リザヴェータという、少し知能の低い乞食女がかつていて、町の中をうろうろしてみんなの施しを受け、ある意味では愛され、ある意味では軽蔑されていた。その女が産んだ子がスメルジャコフで、その父親はフョードルではないかという噂があって、これは小説の中では肯定も否定もされていない。フョードル自身は、「身におぼえがない」と言っているけれど、その言葉が信じられるかどうか。スメルジャコフは身分としては召使いですが、料理の腕前がとてもいいので、もっぱら料理を担当しています。

これがカラマーゾフの五人です。このカラマーゾフという一家の血には、どうにもしようがない好色なものがあって、淫蕩なものがあって、それに突き動かされるような生きかたをしていると言われている。それと同時に、非常に純真な、厚い雲の間にポッと青空が見えるようにスカーッと抜けた、ひどく素直な瞬間、敬虔な一面もある。これら全部含めてカラマーゾフだと自他共に認めています。

普通に読んでいくと、父親と長男、フョードルとミーチャだけが情欲の塊のように見えるけれど、実はイワンにもアリョーシャにもそれはあるんじゃないか。スメルジャコフにも、それが裏返された、あるいは隠された形であるんじゃないか。そう考えれば、実は全員がカラマーゾフという特殊な性格を帯び、特殊な刻印をされた男たちであるということになります。

自分の中にある衝動、情動、欲望。これは自分を前へ前へ突き動かそうとする、ある意味では生命力と呼んでいい力です。この己れに忠実で強過ぎる生命力をどう扱うか、どう抑えるか。あるいは抑えていいのか、いけないのか。こういう議論がこの作品の中心にあります。

それから、人間を幸福に導くのに、信仰は役に立つか立たないか、という議論。この二つの議論が、話全体の中心にドンと置いてある。

カラマーゾフ家の中には、さまざまな議論やら言い争い、口論が渦を巻いていて、さらにそれを支えたり、促したり、遮ったりする人々がぐるりと周囲を取り囲んでいる。したがって、この話の中の人間の配置は、ドーナツ状に存在する周辺グループと真ん中のカラマーゾフの五人、そんな形で捉えるのがいいと思います。大変に長くて複雑で凝った話なので、最初に見取り図を頭に置いておいたほうが、たぶん読みやすい。

一昨日すでにちょっとだけ触れたことですけれど、アメリカで六〇年代から八〇年代にかけて人気があったカート・ヴォネガットという作家の、『スローターハウス5』という作品の中に「人生について知るべきことは、すべてフョードル・ドストエフスキーの『カラマーゾフの兄弟』の中にある、……『だけどもう、それだけじゃ足りないんだ』という台詞が出てきて、これはぼくの考えでもほとんどその通りだということを、ここでもう一度いっておきます。

『カラマーゾフ』を読んでいなければ話にならないとまでは言わないけれども、生きるとはどういうことか、ということを考えるのには、とても役に立つと思います。十九世紀から二十世紀にかけてという時代に、「生きているということを徹底的に味わい尽くす」という貪欲な姿勢で生きる、しかもその貪欲さを何らかの倫理でコントロールしながら生きる、というのはどういうことなのかを考えるのに、ものすごく役に立つ。役に立つ、というと功利主義的に聞こえますが、面白くてためになるっていう意味では、本当によく出来た話です。

さて、この話の議論の中心は、〈情欲とその制御〉〈信仰〉と言いましたが、もう一つ言えば〈ロシア〉というテーマが大きく横たわっています。

トルストイの時にも少し触れましたけれど、ロシアはずっと、西ヨーロッパに対して強いコンプレックスを持っていました。遅れてきた国である。革命が済んでいない。まだ皇帝の支配下にある。全体としてインテリが少なく教育レベルが低い。それから、この小説が書かれた時点で言えば、農奴制がついこの間――一八六一年――まであったということ。西ヨーロッパに始まった啓蒙思想からすれば、農奴制というのは人道に反するとんでもない制度で、それをつい先日まで引きずっていた後進国という強いコンプレックスがあったわけです。

このロシアを一体どうすればいいのかという問題で、インテリたちは散々議論をする。ところが同時に、インテリたちは「どうせインテリというのは、お茶を飲んで喋っているばかりで、何をする力もない」と自嘲気味に思っている。そういう無力感がある。

その一方でインテリたちには、ロシアにはあの民衆がいる、彼らの信仰がある、という民衆への信頼感があります。特にドストエフスキーはそれが強い。

アリョーシャが憧れている修道院の長老ゾシマは、非常に徳の高い僧であるわけですが、最終的にはロシアを解放するのは、フランス革命のような力による革命ではなくて、民衆への信頼だと言います。これが、宗教的指導者であり、最もロシア臭い、土に近い匂いのする人物が口にするロシアの未来像であるわけです。

それから、『カラマーゾフ』には〈笑い〉という要素が実は大きい。『アンナ・カレーニナ』にはほとんど笑いは出てきませんが、この『カラマーゾフ』には非常にたくさん出てきます。それも微笑などではなくて、爆発的な哄笑のような笑いかた。それにヒステリックな、止まらないような笑い。

それから、ドンチャン騒ぎ、大盤振る舞い。この要素については、〈カーニバル〉という言葉を使って説明した、ロシアの文芸学者バフチン(一八九五―一九七五)のドストエフスキー論が有名です。今日は詳しくは言いませんけれども、頭に留めておくべき名前とテーマです。

バフチンは本当はジョイスの中のカーニバル的な大騒ぎについて書きたかったのだけれど、政治的理由で出来なかったので、とりあえずドストエフスキーでやってみたらしい。いずれにしても文学の中で――あるいは日常生活の中でもそうですが――、〈カーニバル〉、つまり一時的にハメを外して徹底的に大騒ぎをし、普段の鬱屈を解放したり、季節の区切りを確定したり、という要素は、とても大事です。そういう文化人類学的なものを文学にまで取り込んだのが、この『カラマーゾフ』の中の大騒ぎであるというのです。

議論が白熱して、理屈のための理屈の応酬に陥って、あるいは言いたい放題になって、何がなんだかわからなくなってしまう。そこでともかく酒と食い物をいっぱい用意して、田舎の村に乗り込んで、みんなに「さあ、食べろ、飲め」「ジプシー呼んできて、踊らせろ」と、大騒ぎを演じる。こういうことは単に小説を面白くするための飾りとしてではなくて、人が生きていくための重要な要素としてあるんだという、そういう意味で挿入された〈笑い〉と〈カーニバル〉。これは『カラマーゾフ』を読む時に無視できないものです。

さらにもう一つ、『カラマーゾフ』では、〈子供たち〉が大きな役割で登場します。ついまたトルストイと比べてしまいますが、トルストイには子供たちはほとんど出てきません。『アンナ・カレーニナ』で言えば、アンナの子供がチラッと登場はしますが、ほとんど人格がない。母親に愛されるべき存在という記号的なものでしかありません。ちなみにスタンダールにも子供はほとんど出てきません。

子供に対する姿勢を持っている作家と、持っていない作家がいます。一般的にアメリカ文学には子供の要素は大きい。明後日マーク・トウェインの話をする時に言うと思いますけれども、アメリカの場合、国全体がどこか幼児的とまでは言わないまでも、少年的な要素をたっぷり持った国であって幼い。したがってアメリカ文学にとって少年、少女の像というのは、大変意味深いものがあります。

が、ロシアの場合はそうではない。他を考えてもあまり子供たちは登場しないのですが、ドストエフスキー、特に『カラマーゾフ』では、子供たちの役割は大変に大きいのです。それは、人間がいかに穢れているか、堕落しているか、救いがたいか、社会を改善するのがいかに困難であるかを、ドストエフスキーはずっと考えながらやってきて、そんな中で最終的に絶望に陥らない、ペシミストにならないために次の世代に期待するしかない、という意味かもしれないと、ぼくは思っています。

というのも、この『カラマーゾフの兄弟』は、彼の最後の作品だからです。もちろん書いている時は最後になるなどとは思っていなかっただろうけれども、最後の作品になってしまった。ですから、最晩年の作品であるわけです。これを書き終わってまもなく、彼は死にました。本当はこの話には、同じぐらいのサイズの続篇が書かれるはずだったらしいのですが、書かれずじまいでした。

彼らとは別に、〈子供たち〉、具体的には、コーリャという大変魅力のある男の子が出てきて、彼の仲間の十二歳から十四、五歳の子供たちが出てきます。それから、話の中でとても大事な役割を果たすイリューシャという男の子。もう一人、リーズという少女が出てきます。少しからだがわるいのですが、そのことを盾にとってコケティッシュにふるまうという、あの年頃に特有のふるまいをする。彼女も大変よく書けていて、とても魅力があります。彼女はアリョーシャを慕っています。

登場人物たちの話の中でも、「自分が子供だった頃」というのが、何度も登場します。少年期というものがとても深い意味を持っていると、ドストエフスキーはこの話の中でずいぶん強調しています。

もう一つ、現代に繋がる構成上の強い牽引装置として、〈推理小説〉〈ミステリ〉である、という要素があります。

これは殺人事件の話です。ある時点で父親のフョードルが殺される。犯人がわからない。周辺の状況から見ると、長男のミーチャが犯人であるらしく思われる。いかにもそう思えるような状況が暴露される。例えば以前にミーチャは父親を「ぶっ殺してやる」と何回も公言していた。現場から血まみれで逃げ出す姿が見られている。しかもその前にミーチャは金策に走り回っていたのに、父親が殺されたその夜の後、大金を持っていて、それを——さっきのカーニバル的な方法で——散財しようとしていた。つまり金目当ての殺人という動機がある。状況証拠からすると、いかにも彼が犯人らしく思えるのです。

しかしその犯罪の瞬間、その一時間か二時間を作者は書かない。話をずっと進めていって、ミーチャが父親のところへ行き、何分か後に出てくる場面が描かれる。それから、彼がグリゴーリイというカラマーゾフ家の召使いの老人を金属の棒で殴って、血まみれで昏倒させ、逃げるという場面があります。だけど彼が家の中で父親を殺した場面、あるいはそうしなかった場面はないまま、そこは空白にしたままで作者は話を先に進める。だから読者としては、本当にミーチャが犯人なんだろうか、それとも別に犯人がいるんだろうか、という謎を抱えたまま、先へ、先へ、答えを欲しがって読んでいく。これはもうすっかり推理小説です。

それで結局、真犯人が別にいることが明らかになる。あっ、言っちゃった(笑)。推理小説の場合は、犯人を言ってはいけないですけれど、ここは文学の講義だからいいことにしましょう。

ミステリの場合、あるいは結末でどんでん返しが用意してある話の場合、書評ではそこは書きません。少くともぼくは書きません。文庫本の解説の場合——これは職業的なテクニックの問題ですが——、解説でどうしてもその尻尾を明かしたいという時は、「この先は結末が明かしてあるから、本文を読み終わらない人は読んではいけません」と、断わってから書きます。これは読者の新鮮な喜びを奪わないための配慮です。たまにさっさと名前を書いてしまう奴もいます。こっちが読者である時は、殴ってやろうかと思いますね。

というわけで、ごめんなさいですけれど、この場合はしようがない。弁解するわけではありませんが、ミーチャが犯人でないとわかったからといって、この長い長い小説の価値はたぶん三パーセントぐらいしか減らないと思う。そのかわりその三パーセントを補う分だけの魅力を、ここで解説しますから、我慢してください（笑）。

この小説のミステリとしての仕掛けは、とてもうまく出来ています。つまり、その意味でもこの話は先駆的なのです。言ってみれば、二十世紀になってから書かれたミステリは、『カラマーゾフの兄弟』の長い長い議論や何かを全部省いてしまって、ストーリーの骨格だけ残したものだと言っていいかもしれない。

それで、犯人が読者にとってある程度明らかになる、あるいはそれを関係者たちが――例えば敬虔なクリスチャンである一番下のアリョーシャが――信じるようになったところで、今度は裁判の場面が始まります。それも非常に詳しい。ですからこれは、〈裁判小説〉とも言えるのです。ミステリ、探偵小説、推理小説などのサブジャンルとして、裁判小説というのがあります。昔テレビのシリーズがあったのですが、「ペリー・メイスン」は知らないでしょうね。〈裁判小説〉というのは、非常に優れた弁護士が、裁判の席上で、誰が真犯人であるかを明らかにするというパターンの話です。

裁判では関係者一同が集まる。容疑者がいて、検事がいて、証人がいて、弁護士がいて、裁判官がいる。陪審員もいる。その中に真犯人がいる場合、容疑者を中心に証言が組み立てられていく中で、弁護士が矛盾を突いて、「実はこの時にここにいてこの行為をしたのは、彼ではなくて、あなたではないんですか」と真犯人を指さす、そういうドラマチックな場面が構成できる。これが裁判小説です。

ただし、『カラマーゾフ』の場合、読者はアリョーシャとともにすでに真犯人を知っているので、その真相が裁判で明らかになるかならないか、という別の興味で裁判の場面を読むことになるのですけれど。

それから、さらにもう一つ、スタイルとしての特徴を挙げておきましょう。非常にたくさんの要素が詰まっている話だと言いましたけれど、長篇小説の書きかたとしては、ピッチがとても速いのです。語り急いでいる感じと言ったらいいでしょうか。つまり、言いたいことがたくさんあって、急いで言わないと間に合わないという風です。

これはドストエフスキー自身が急いでいるからではなくて、アリョーシャという少年から青年になったばかりの人物が非常によく動き回っているから、たぶんそういう印象になるのだと思います。自分の兄と父が一人の女を争って、そこに別の女も絡んでくる。そこへ二番目の兄もやってきて、みんなが大議論をしている。そしてアリョーシャもその時々に、選択や判断や意思表示を迫られる。そういう濃密な事態に対して、彼は必死で反応して、事態を追いかけ、推理し、思索します。話の中でアリョーシャがあっちへ行ったり、こっちへ行ったり、ほんとによく走り回る。言ってみれば、彼が必死で走るのを作者はペンと紙を持って追いかけながら書いている、というふうなスピード感です。

実際議論は長い。みなが延々と喋っている。ロシア人はよく喋る。寡黙という美徳は知らない。喋りまくって、喋り倒す。議論が空回りに思えることすらある。ともかく言葉の量が多くて、そして速い。このスピード感、みんなの中から何かが溢れてくる感じ、これはとても強烈です。つぃぼくも相当早口で喋っていますね（笑）。


ストーリーを少し追ってみましょう。複雑怪奇です。

まず一番最初に一家の歴史が説明されます。

この父親に、現在なぜ息子が三人と息子らしき者が一人いるか。この三人の息子は、父親の二度にわたる結婚の結果生まれています。つまり妻が二人いた。この二人の妻と、どうにもだらしない好色で身勝手なフョードルという男の結婚と離婚のいきさつ。子供たちは生まれたけれど、ほとんど親は手を出さず、ほっぽり出していて、グリゴーリイという召使いの夫婦が育てたという事情。ここはいかにもゴシップ風の文体ですね。

そして、一番上のミーチャは一旦軍隊に入って、親からせびる金で遊び暮らし、二番目のイワンは勉強に首都に行っている、一番下のアリョーシャは家に残っているが、ほとんど修道院で暮らしている、というふうな現状が語られます。

ミーチャにはカテリーナという許嫁がいる。これがまた恐ろしく気の強い、美人であるけれども始末の悪い知的な女性です。もちろん知的であることと始末が悪いのは関係ありません（笑）。カテリーナは後になって相当重要な役割を果たします。

それから、グルーシェニカという、若い、性的魅力の塊のような美女が出てきます。「男たちを手玉に取るような女」と、周囲から見られている女性です。

フョードル、父親は、このグルーシェニカに夢中になっていて、自分が持っている相当な額の財産を、「結婚してくれたらお前に全部渡す、どうせ自分はそう長くはないんだから」と言って一所懸命言い寄っている。自分の家まで来てくれたら──ということは、一夜を共にしてくれたら──、三千ルーブルを入れて「わが天使グルーシェニカへ。来る気になったら」と書いた封筒を用意してある、と言って、彼女が来るのを夜ごと待っている。

ところが、この同じ女に対して淫蕩の長男ミーチャも同じように熱を上げていて、そんなことさせるもんかと、阻止しようと待っている。すごいことですよね。

この状況を、何とかしなきゃいけないというので、一家で話し合いをすることになる。しかし、自分たちだけで話したのでは、口論のあげく摑み合いになるのがわかっているので、それを修道院ですることにして、アリョーシャが尊敬する長老ゾシマの前に関係者一同が集まるのですが、それでも議論は結局散々破綻します。フョードルがふざけ散らして、言いたい放題を言って、自分の天邪鬼《あまのじゃく》で野放図な性格を明らかにするようなことを言うわけです。ゾシマはそれを優しくなだめる。「他ならぬゾシマ様の前で、なんていうことを言うんだ」とその場に居合わせたほかの僧たちは眉をひそめます。この一件で一家の雰囲気が読者に伝わります。

それから、スメルジャコフの、括弧つき四番目の息子の出生の話が、過去の話として読者に伝えられます。

ここで少し、この物語全体に対する作者の位置を申し上げておきますと、作者はほぼ全知全能です。しかし、全知全能であるけれど、この事件が起きた町のどこかに住んでいて、どこにでも出入りできる誰か、見えない誰かであるような書きかたをしています。つまり、上から見おろしているのではなくて、同じレベル、目の高さで、例えばアリョーシャが走っていくと、その後をスーッとついていってその場面を目撃するというような感じです。視点が決して神ではない、上からの視線ではなくて、同じ地面の上の視線があるように読める。しかしもちろん、登場人物たちにとっては透明人間であり、いかなる場所にも行けるし、同時に二箇所にも身を置ける。だけど、人々の心の中には入らない。つまり神ではないわけで、そこが好ましいとぼくは思います。

とりあえずみんなの発言を記録したうえで、解釈を加えることはする。そのくらいの超能力を持った作者。時として読者に直接に語りかけることもします。しかし、登場人物の心の中まで入って、したり顔で解説するということはしない。つまり、こいつはこの先何を言いだすかわからないと思いながら、アリョーシャの顔をじっと見ているような姿勢。

トルストイに比べるとここは大きな違いです。トルストイは最初から最後まで全部自分の手の内にあるという前提で話を進めているフシがあると昨日言いましたが、ドストエフスキーの場合はそうではない。

ドストエフスキー作品における語り手の位置というのは、結構問題になるんですが、『悪霊』（一八七一〜七二）という小説の場合も、明らかに事件が起きた街に住む市民の一人です。噂話を聞いて、という建前でありながら、どこにでも出入りしています。『カラマーゾフ』の場合は、その仲がもう一歩親密な感じの、しかしやはり無名の語り手が設定されているといってもいいかもしれない。

ストーリーに話を戻します。

スメルジャコフの出生が語られた後、今度はミーチャの過去の話になります。彼の遊蕩ぶり、自分の遺産の取り分を先によこせと言って父親から金を引き出しては、それを遊びに使っていたということ。なぜ金をよこせと言うかというと、自分の母親の財産をお前は取ったじゃないか、それは本来は自分のものだというのが論拠です。

ミーチャの母親と、フョードルは決して円満でない別れかたをしたのです。あまりの放蕩ぶりにたまらなくなって逃げ出したんでしょうね。

イワンとアリョーシャの母親は、ミーチャの母親とは違います。ミーチャの母親はアデライーダという女性。イワンとアリョーシャの母親はソフィヤという女性。アデライーダは貴族の出で非常に気が強く、ソフィヤはそれほどでもない。いずれにしてもどちらの妻の場合も不幸な結婚だったわけです。フョードルはまったくしようがない男なのです。

ミーチャはそうやって父親から金を引き出しては遊んでいたわけですが、ある時金が無くなったので帰ってきます。そして、最後の六千ルーブルを手にした時に、ある事件に遭います。

後に彼の許嫁になるカテリーナに出会うのです。彼女はその時女学校を卒業したばかりでした。軍人である父親が、公金を横領していることがバレかけていて、何月何日までにその預っているはずのお金を耳を揃えて軍に返さなければ告発すると言われ、進退きわまっている。

実はこのスキャンダルのことをミーチャは事前に知っていて、いざとなったら自分のところへ来れば金を用立てるとカテリーナに伝えてあった。だから、その金を返せなくて父親が自殺未遂をした時に、カテリーナは、見ず知らずに近いミーチャのところへ行って、「もしわたくしがこちらへ……自分でいただきにあがれば、四千五百ルーブルくださるとか。わたくし、参りました……お金をください……」と言うのです。最初にきっかけを作ったのはミーチャだけれども、ともかく彼女は自ら彼のところへ行って、自分の肉体と交換に金を貸してくれと言う。謹厳実直にしてインテリである女性が、見るからに放蕩者のミーチャにそう申し込む。

するとここがミーチャという男の不思議なところなのですが、淫蕩、好色、女には目がないはずなのに――先ほどポカーンと青空が抜けるとぼくは言いましたけど――その時に突然いつもとちがって、カテリーナに金を渡してそのまま帰らせるのです。「このことは秘密にしよう」と言って。人に知られるのは、カテリーナにとって非常に屈辱です。だからミーチャは人に言わないと言って金を貸す。

父親はしばらくして失意のうちに亡くなり、やがて他の筋からカテリーナは遺産を相続することになって、もちろんミーチャにはお金を返します。彼女はプチブルの一家を構える若い独身女性として町にいることになる。ミーチャにはそういう過去があったのです。この辺の矛盾した性格がミーチャであり、彼の魅力でもある。

次の場面で、彼は父親と直接対決をします。相当きつい言葉が飛び交う。グルーシェニカをどうするかという話です。

それから次に、今度は女二人が対決します。グルーシェニカとカテリーナです。何を争うかといえば、形の上ではミーチャを争うのです。

グルーシェニカは、ある年を取った金貸しの囲われ者として暮らしていて、それでみんなに軽蔑されているところがあるけれども、だからといって、身持ちが悪いわけではない。「自分の貞操の値段をよく知っている」という言いかたをしてもいいかもしれない。大変に堅実な、非常に勘の鋭い、したたかな女です。

ミーチャは彼女に夢中になっていて、一緒に逃げようと誘っている。そのための金を用意するとも言っている。しかしミーチャは、カテリーナの許嫁でもあるのです。肉体を投げ出すという事件の後で、二人は婚約をしていたわけです。ただこの婚約関係は、本当の愛情があってのものではないということを当人たちは知っています。カテリーナは心からミーチャを愛していると言っているけれども、実はそうではないのではないか。だけど彼女は意地でもそれを認めない。やがてアリョーシャはカテリーナに「あなたは、自分の気位と誇りから婚約しただけではないか」と言う。

グルーシェニカとカテリーナの対決。カテリーナはそこで、「ミーチャのことはおいておいて、せっかく女同士出逢えたんだから、仲良くしましょう」と言って一種の和解を申し出ます。「じゃあ、私がまずあなたの手に口づけをします」「お互いそうやって姉妹になりましょう」と口づけをする。これは礼儀としての口づけです。ところがその後でグルーシェニカが、口づけを返すのを「いやなこった」と言うのです。それでカテリーナがヒステリーを起こして大騒ぎになる。大変に奔放で、どうにもしようがない性格の女たちです。

その前にアリョーシャは父親としみじみ話をします。イワンもその場にいて、信仰の話が出ます。有名な場面です。父親がイワンに「神はあるのか」と言うと「神はありません」。「アリョーシカ、神はあるか？」「神はあります」、「イワン、悪魔はあるんだな？」「悪魔もいません」と。そういうやりとりがあって、父親は「どうもイワンのほうが正しそうだな」と信仰を否定するようなことを言います。

その次の場面、ここで子供たちが登場します。街の中で一人の子供が、何人もの男の子たちにいじめられている。石をぶつけられているんです。それを見たアリョーシャが「君たちそんなことをして駄目じゃないか。ほんとうに怪我をさせちゃう」と割って入ると、いじめられていた子供の方が、むしろむきになって石を投げていることが明らかになって、その石がアリョーシャに当たってちょっと怪我をする。子供たちが「あいつはあんたをねらったんだ。だってあんたはカラマーゾフだものね」と言うので、その男の子イリューシャをたしなめると、むしろ突っかかってきて、アリョーシャの指にひどく噛みついて、血が出るほどの怪我をさせて、そのまま泣きながら行ってしまう。

アリョーシャは怒る前に唖然としてしまうわけです。カラマーゾフ家の一員である自分に対して、腹を立てているようである。何があったんだろうと思いながら、そのまま彼はリーズのところに行って傷の治療をしてもらう。

その後でアリョーシャは、その子の家に、カテリーナから渡してくれと言われた施しのお金を持って、訪れることになります。イリューシャの一家は、大変貧しい。家の中に病人や身体の不自由な人が多くて、父親スネギリョフは稼ぎが足りなくて、非常な困窮状態にあることがひと目で見て取れるのです。そこの家の息子がイリューシャ。

そこに行くまでにアリョーシャは、その一週間前に、自分のもうどうしようもない兄のミーチャが、イリューシャの父親であるスネギリョフを公衆の面前でほとんど理由もないのにひどい目にあわせて、散々に侮辱して、それが街で噂になったということを、遅ればせに知ります。イリューシャがカラマーゾフに対して、深い恨みを抱いていた理由がそれで初めてわかる。彼は兄に代わって謝罪をして、そのうえでカテリーナからの施しの金を渡そうとするんだけれど、スネギリョフは憤然として突っ返します。「貧乏人には貧乏人の誇りがある」と言わんばかりに。この辺りは、アリョーシャに対して非常に卑屈な、迎合的な口の利きかたをしながら、最後にいきなり態度が反抗に変わるという、スネギリョフのふたひねりぐらいした性格が描かれます。

その次に、イワンとスメルジャコフの会話があります。

話がずっと昔に戻って、長老のゾシマの若い頃の話が出てきます。彼がなぜキリスト教の僧に、ロシア正教の僧になろうとしたかという、若い頃のエピソードが語られて、それに耳を傾けるうちに、いったんわれわれ読者の興味はゾシマに移る。ところがその果てに彼が死んだことが伝えられるのです。ゾシマはそもそも死が近いと言われていたわけですが、いよいよその死の場面で、ゾシマはアリョーシャに、「死ぬ前にもう一つお前に話すことがあるから、お前が帰ってくるまで死なない」と言います。そしてアリョーシャと話をした後で死にます。

この辺りから〈信仰〉という主題が強く出てきます。

ゾシマの死骸が意外に速やかに腐敗して、悪い臭《にお》いが立ち込めるという事件が語られる。聖者の場合、しばしば奇跡として、亡くなってからもまったく身体が腐らなかった、あたかも生きているが如くであった、という例が過去に多く伝えられていたので、誰もがそれを期待していたのですが、痩せこけて骨しかないゾシマの身体が、速やかに腐敗して悪臭を放った。これはアリョーシャにとって非常なショックです。

カトリックの思想では「奇跡」が非常に重要な位置を占めています。「奇跡」というのは、足が不自由で動けない者の足に触れたら立ちあがって歩いたとか、その種のことです。神聖なものをそうでないものから区別することを「聖別」と言います。判定会議で聖別されると、「聖者」として認定される。その聖別の判断材料として重要な鍵が「奇跡」なのです。判定会議では、その奇跡の真偽の判定をするために、一方にはそれを推薦する者がいて、もう一方でそれを阻止しようと反対意見を述べる弁士がいる、という仕組みになっています。この反対意見を述べる側は「悪魔の弁護人《デヴィルズ・アドヴォケイト》」と呼ばれます。

ドストエフスキーは実はカトリックが大嫌いなんです。カトリックに対する反発はとても強かった。ロシア正教とカトリックは、同じキリスト教でも違うということです。その議論も散々出てきますけれど、この部分にはそういう宗教的なバックグラウンドがあるのです。

崇拝していたゾシマの死体が腐って臭う。アリョーシャは絶望して、修道院を出ます。そしてグルーシェニカのところに行く。その時に彼女のところにアリョーシャが行くちゃんとした理由もあるのですが、とにかくこの場面では二人が話すことが一番大事なことです。この場面で二人はお互いを理解するのです。

アリョーシャは、グルーシェニカの圧倒的な女の魅力に対して性欲を感じない、彼は免疫を持っている、という設定になっています。本当はそうではないのかもしれないという深い読みもあるんですが。したがって、グルーシェニカに対して、まるで姉に接するような言葉遣いをする。それにグルーシェニカは感動します。そして、自分はいろいろ悪く言われているけれど、そうではないという話をします。その中に「一本の葱」という、話が出てきます。

あるところに、ほんとうにしようのない悪い女がいて、年を取って死んでしまった。それでも神様は、彼女を地獄に落すのはしのびないから、何とか天国に呼んでやりたいと思って、一生の間に何か一つくらいはいいことをしなかったかと、天使に調べさせる。一度だけ彼女は、乞食に出会った時に、畑に植えてあった一本の葱を抜いて乞食にやったことがある、それだけが唯一の善行ですと天使は報告する。それで充分、その葱によって天国に上げてやろうと、神様はおっしゃる。――どこかで聞いた話でしょ――そこで彼女に向かって天使は、「じゃあこれに摑まって天国へいらっしゃい」と葱を差し出す。彼女はそれに摑まる。すると周りにいた亡者たちが、自分も連れていってくれと言ってしがみつく。そうするとその女は「あたしだけなんだよ。葱が切れちゃうじゃないか」と蹴落す。その瞬間に葱が切れる。

芥川の『蜘蛛の糸』ですね。元になる説話がどこにあったかぼくは今調べていないけれど、たぶんどこかにあるんでしょう。

こういうなかなか興味深い話が話されているところへ、グルーシェニカの前の恋人から連絡が入ります。彼女はこのポーランド人の男が忘れられなくて、それを心の中に秘めたままで、年を取った金貸しの囲い者になっていた。内心「あの人が呼んでくれさえしたら、すぐにも駆けつける」と思っていたのですが、何かの理由で離れていたその男から、今モークロエという近くの村まで帰ってきている、待っているから来い、という連絡がある。それで彼女はそこへ一散に走っていく。馬車を用意して行ってしまう。

その一方、話はミーチャの方に振られます。ミーチャはなぜか必死でお金を作ろうとしていて、「三千ルーブルなきゃ大変なんだ」と言いながら、みんなに金を借りる算段をしては断られている。何のための三千ルーブルかというと、カテリーナから預って、これを郵便局から書留で送ってくれと言われたお金を、実は勝手に使ってしまった。カテリーナの父と同じように預った金を使い込んだわけです。

何をしたかというと、しばらく前、シャンパンやらワインやら、高級な食べ物を山ほど馬車に積んで、グルーシェニカが走っていったあのモークロエ村に行って、村中に大盤振る舞いをして、ジプシーを呼んで踊って大騒ぎをした。それを返さないと男としての面子《メンツ》が立たないというので、金策に走り回っている。

　父親のところに三千ルーブルありましたね。グルーシェニカが来てくれたら渡す、と言って封筒に用意した三千ルーブル。

　ミーチャはお金が作れない。その一方、彼はグルーシェニカが父のところへ行ったのではないかと疑って、確かめるために父のところへ行く。ここで話が一旦途切れて、しばらくすると父親が死んでいる、というわけです。

　ミーチャは父親の部屋から出ていこうとしていて、グリゴーリイという年取った召使いがするのを銅の杵で殴って怪我をさせて、殺してしまったかもしれないと思いながら、血まみれになって逃げる。その時、なぜかお金を持っている。馬車を用意させて、食料品店で大量の食べ物と酒を積み込んで、モークロエに行く。グルーシェニカの後を追っていくわけです。

　そこでまた前と同じようにドンチャン騒ぎをする。グルーシェニカとその前の恋人のポーランド人もいる。ポーランド人が大した奴じゃなかったことをグルーシェニカはその時見抜いていて、むしろミーチャと仲良くしようとしている。こういう一夜の大パーティがあって、その未明彼は、父親殺しの容疑で逮捕されます。

　ミーチャは取調べを受けます。その過程で、われわれ読者はどういう状況でフョードルが殺されたかを少しずつ知っていきます。それとさっき読んだばかりのミーチャのふるまい——父親のところから血まみれになって出てきて、その後でお金を持っていたこと——を全部重ね合わせると、いかにも彼が犯人であるかのように思われる。

そこで、もう一度アリョーシャと少年たちに話が戻ります。アリョーシャは子供たちとずいぶん仲良くなっていて、みんなに慕われている。そこで、イリューシャが重い病気で、もうこの先長くないということが明らかにされる。子供なのに死を迎えかけている。

その次、今度はイワンです。イワンとスメルジャコフが非常に意味の深い会話をします。そしてその後でイワンは悪魔に会います。自分の部屋に戻っているところへ悪魔が登場して、イワンは精神的に混乱します。悪魔が登場するということは、悪魔の存在を否定しようがなくなるということで、悪魔が否定できなければ、神も認めざるを得ない、ということです。そういう状況でイワンは非常に混乱するのです。それで、ある会話が悪魔との間で行われる。その後で、スメルジャコフが自殺したことが伝わります。

そして裁判をやって、結果が出て……この先はあまり言わないでおきましょう。

そして一番最後の場面。また少年たちです。イリューシャが亡くなって、そのお葬式の場面です。アリョーシャと十二、三人の少年たちが、死んだ友だちを悼みながら、自分たちはもっといい未来を作ろうと誓う。そういう場面で終わります。

このぐらい頭に入っていると読みやすいはずです。退屈なところは飛ばしてもいいから、ぜひ読んでみて下さい。

今このあらすじを話した中で、実は一番重要な場面を、ぼくはわざと省きました。『カラマーゾフの兄弟』の話になると、みんなが、あれはすごいよ、あれで突然目の前が開けたような気がした、という場面。一般に「大審問官」と呼ばれている場面です。

その大審問官の話というのが、この新潮文庫版のテキストでいうと、上巻の最後のところです。第二部第五編の三、四、五。ここではイワンとアリョーシャが話をします。アリョーシャがイワンと逢って話をしたいと思って捜していると、イワンは《都》という名前の料理屋にいる。そこで兄弟二人で食事をしながら話をする。兄弟ですが、この二人は幼い頃から別々にいて、実はそんなに行き来があったわけではない。親しくはないけれども、お互いに充分な愛情を持っていることが、むしろここで明らかにされます。

ミーチャもアリョーシャを非常に可愛がっている。イワンも可愛がっている。父親のフョードルもアリョーシャだけは可愛いと言っている。そういう意味では、彼はたった一人祝福された息子であり、弟である。

そこで兄弟はめずらしくじっくりと話をします。具体的には相当激烈な議論です。つまり無神論者のイワンとしては、アリョーシャをゾシマに取られたくない。信仰の場に渡したくない、自分の持っている哲学の方へ呼び戻したい、と思っている。

そこでそういう議論を吹っかける。「キリスト教にどれほどの力があるか」という問いかけをする。例えば彼は、自分はしばらく前からこういうコレクションをしているんだと言って、ある種のエピソードをさまざまな本や新聞、雑誌から集めていることを話します。どういう話かというと、「子供たちの受難」の実例です。いじめられている子供、ひどい目に遭った子供、殺された子供、そういう話だけをイワンは集めてきた。

例えば、これは当時のロシアで本当にあったことなのですが、非常に知的で裕福な家庭であるにもかかわらず、父親と母親が自分の子供を散々にいじめて虐待しているというケースがあって、その怯えている子供の姿が詳しく書かれている記事がある。あるいは昔の歴史の中の話ですけれども、農奴の子供が石を投げて自分の猟犬に怪我をさせたのを怒った領主が、その子供を裸にして走らせて、後ろから猟犬をけしかけて、全員が見ている前で殺した、という事件があった。

こういう「子供たちの受難」の実例を具体的にいくつも話した後、例えば子供を猟犬に殺させたような領主というのは、銃殺されてもいいと思わないかと、イワンはアリョーシャに訊きます。アリョーシャは思わず、「銃殺です！」と言ってしまう。クリスチャンとしては、そんなことは言ってはいけないことを、つい口にしてしまう。そのすぐあとに「ばかなことを言ってしまいましたけど、でも……」と言いかけるのだけど、「そのでもってのが問題なんだよ……」と、またイワンに遮られる。

「この世の中をよくするために、みんなが幸福で暮らすために、そういう子供たちの受難が必要なんだとしたら、自分はそんなものはいらない」とイワンは言います。「大人はもう穢れている、さんざん悪いことをしている。大人はしようがない。大人が救われないのはかまわない。でもなぜ子供は救われないいんだ。子供の涙は、誰が償うんだ」強烈な問いかけです。その部分を読みましょう。

「アリョーシャ、俺は神を冒瀆《ぼうとく》してるわけじゃないいんだよ！　やがて天上のもの、地下のものすべてが一つの賞讃の声に融け合い、生あるもの、かつて生をうけたものすべてが『主よ、あなたは正しい。なぜなら、あなたの道が開けたからだ！』と叫ぶとき、この宇宙の感動がどんなものになるはずか、俺にはよくわかる。母親が犬どもにわが子を食い殺させた迫害者と抱き合って、三人が涙とともに声を揃えて『主よ、あなたは正しい』と讃《たた》えるとき、もちろん、認識の栄光が訪れて、すべてが解明されることだろう。しかし、ここでまたコンマが入るんだ。そんなことを俺は認めるわけにいかないんだよ。だから、この地上にいる間に、俺は自分なりの手を打とうと思っているんだ。わかるかい、アリョーシャ、そりゃことによると、俺自身がその瞬間まで生き永らえるなり、その瞬間を見るためによみがえるなりしたとき、わが子の迫害者と抱擁し合っている母親を眺めながら、この俺自身までみんなといっしょに『主よ、あなたは正しい！』と叫ぶようなことが本当に起るかもしれない、でも俺はそのときに叫びたくないんだよ。まだ時間のあるうちに、俺は急いで自己を防衛しておいて、そんな最高の調和なんぞ全面的に拒否するんだ。そんな調和は、小さな拳で自分の胸をたたきながら、臭い便所の中で償われぬ涙を流して《神さま》に祈った、あの痛めつけられた子供一人の涙にさえ値しないよ！　なぜ値しないかといえば、あの子の涙が償われずじまいだったからさ。あの涙は当然償われなけりゃならない、それでなければ調和もありえないはずじゃないか」（上巻・六一五―六一六頁）。

そして、

「もし子供たちの苦しみが、真理を買うのに必要な苦痛の総額の足し前にされたのだとしたら、俺はあらかじめ断わっておくけど、どんな真理だってそんなべらぼうな値段はしないよ」

つまりイワンは、子供を救えない、子供の受難を止められない、その涙を償えないんだったら、キリスト教に価値はない、自分は神の存在を認めることはできない、とクリスチャンであるアリョーシャに、議論を吹っかけるのです。

アリョーシャは非常に動揺しながらも、「だけどたった一人だけその涙を償ってくれる人がいる。それがキリストだ」と言います。つまり「キリスト一人にすがることによって、世の中の不幸は全部相殺して、みんなが和解し合うその最後の審判の、最後の至福の瞬間に至れる」と言う。彼にはただ一人の罪なき人、キリストへの信仰がある。

それに対してイワンはこう言います。「俺はいつだったか、そう一年くらい前に、叙事詩を一つ作ったんだよ。もし、あと十分くらい付き合ってくれるんなら、そいつを話したいんだけどな」。アリョーシャは「大いに聞きたいですね」と答える。するとイワンは、「俺の叙事詩は『大審問官』という表題でね。下らぬ作品だけど、お前にはぜひきかせたいんだよ」といって話をはじめます。この後が有名な「大審問官」の章です。

異端審問は中世のスペインで最も厳しかった。異端審問とは、正しくない信仰を広めようとしている者を見つけ出しては、「悪魔の手先」といって次から次へ火あぶりにする、という宗教裁判です。インクィジション Inquisition。カトリックが最も血まみれになった時代ですね。その中世のスペインで、キリストが再び現れる。町を歩いていると、なぜか人々は彼がキリストであることに気がついてすがる。病気の者が寄ってきて「お救いください」と手を差し伸べると、奇跡が起こって救われる。足の萎えた者が立ちあがって歩く。みんなが感動して、「ホサナ！」――主を讃える言葉です――と口々に言いながらだんだん人数が増えて歩いていく。

そこにたまたま異端審問でも一番の強硬派である大審問官が通りかかって、キリストに気がつく。そして兵隊を送って彼を捕まえさせ、一対一で対決する。大審問官はキリストに、「何のためにまた出てきたんだ」と厳しく問いかける。「もうお前は必要ない。私たちはお前なしでやってきた。制度を作ってこうやって維持してきた」。

大審問官が一方的に喋る。それをキリストは黙って聴いている。

最終的に大審問官が言うのは、ここは読んでいただきたいんですが、「人間は自由に耐えられない」「人間は結局は、自由よりパンを求めてしまう」ということです。

キリストの「荒野における三つの試錬」というものがあります。キリストが荒野で修行をしている時に、悪魔が現れて三つの問いかけをする。

まず、「神の息子ならば、そこにある石をパンに変えてみろ」。キリストは、「人はパンのみにて生きるにあらず」と答えます。人はパンによってではなくて、神の言葉によって生きるんだと言って断る。

次に悪魔はキリストを、高い高い神殿のてっぺんまで連れていって、「神の子なら、ここから飛び降りてみろ。天使が支えてくれるだろう」と言う。キリストはこれも「神を試みてはいけない」と言って断る。

三番目に「もし私と契約をするんだったら、地上の全ての宝、全ての権威をお前にやろう」と言う。キリストはそれも断る。

三番目の問いかけには別な話がありますね。ファウスト伝説。ファウストはそう言ってきた悪魔と契約をして、地上の喜びを味わって——具体的には若い女と仲良くなって——、それから名声を得て、金を得る。しかし契約の終りの時期がきたときに、いかに救われるかという話です。悪魔との契約による地上の栄光というのは古いテーマです。

これをまた持ち出して、大審問官は言います。「人はパンではなくて、神の言葉で生きるというけれども、そのためには人は自分の自由意志を持っていなければならない。自分で選んだのでなければいけない。そうでないと信仰の意味がない。ところが普通の人間には、その自由に耐えうるだけの力がない。だからその代わり教会が権威を以て——ということは、自由を束縛して——、魂の救いを保証してやる。自由を捨てる、教会に服従をする、言うことを聞く。その代わり魂の救いを保証するという契約のシステムを組み立ててやってきたのに、いまさらおまえが出てきて、再び人間に自由を与えられてたまるか。その結果、人間がより幸せになると思うか。人間というのはしょせん弱くて駄目なものだから、自由を担うだけの力はない」と言う。そして「したがって、私はお前を明日火あぶりにする」と言いわたします。

キリストは立ちあがって、実に穏やかな顔で近づいて、大審問官の唇に軽く口づけをして、一種のショックを与えます。その口づけの意味というのは、「あなたの言うことは全部わかっている。人間は自由に耐えられるものではない。それでも私は今も必要とされている。だからやってきたのだ」ということです。

大審問官はそこで、一種の心の動きを覚えて、火あぶりにせずに彼を逃がします。自ら扉を開け「出て行け、二度と戻って来るな」と。そこでキリストは消える。

「大審問官」はこういう話です。人間は自由意志に値しない、自由意志を担うだけの力がない、パンで釣ればなんでもしてしまう、所詮その程度のものだっていうニヒリズムの無神論が、非常に説得力のある形で展開される。

これが『カラマーゾフの兄弟』の中で、多くの読者にとって一番強烈に残る部分です。揺さぶりをかけられる。ある意味では、二十世紀に入ってからのキリスト教の凋落を予言するような議論です。

この先に、例えば「実存主義」という考え方があります。サルトル（一九〇五―八〇）は「人間は生まれつき自由という刑に科せられている。刑罰を受けている。生まれた時から自由であるという重みを、先天的にちょうど原罪のように背負わされている」という言いかたをしています。キルケゴール（一八一三―五五）を経てサルトルに至って形ができた実存主義というのは、一番簡単に言ってしまうとこういうことです。

人は何かを選ばなければ一歩も先へ進めない。慣習に従って人と同じようにして選んでいれば楽でいいけれど、自由意志というものをしっかり立てて、自分の選択に自分で責任を取ろうとすると、非常な困難が生じます。

パンの方はどうか。結局人はパンだけを求めて右往左往するようになってしまいました。今の時代に引きつけて考えれば、全てはパンの話です。商品の話であり、お金の話であり、安楽な暮らしの話であって、魂の救済の話はほとんど聞こえてきません。こういう時代だから、いきなり百三、四十年前に戻って、ドストエフスキーが書いた話に飛び込むと、改めて自分たちはどこまで来てしまったか、ということがわかってショックなんですね。

昔ローマ時代に、「パンとサーカス」という言いかたがありました。民衆を思い通りに動かすには、パンとサーカスがあればいい。これは支配者の側からの言葉ですね。食べる物を充分に与えて、それから適当な娯楽——サーカスであったり、あるいは人と獣、あるいは人同士が殺し合うグラディエーターの試合——があれば、民衆はそれだけで満足して、文句を言わない。パンや遊びが足りないと、革命を起こす。今もって通用する真理であるところが、情けないと言いましょうか。

ゾシマは「ロシアの民衆への信頼が、最終的にロシアを救うだろう」と言っていた。この時の民衆というのは、非常に素朴に働いて、食べて、愛情深く子供を育てて、神にすがる、ある意味で単純化された理想の民衆の姿です。

ゾシマは修道院で、いろいろな相談事を持ちかけてくる人々一人一人の話を、実際に聞いて、導きを与えていました。そういうことを通じて、民衆は信頼できる、社会の上層部は乱れている、濁っているかもしれないけれど、民衆は信頼できるというふうに考えていた。

これはトルストイにもあったことですが、当時のロシアのインテリたちには大衆コンプレックスがありました。あるいはその頃までは、本当に信頼に値する民衆がいたのかもしれない。

今、ぼくは大衆を信頼しません。一つは、大衆がプチブル化して、あまりにも「パンとサーカス」ばかりに終始するようになってしまったことと、それから二十世紀も特に後半になって、おそらくドストエフスキーが考えていなかった、大衆を操作する技術が非常に発達したということがあるからです。教会もある意味では、一般信徒に安定した一種の幸福を授けるためのシステムだったかもしれない。少なくとも大審問官は、教会はそういうものと信じて、機能させていました。大衆操作と呼んでいいかどうかはわからないですけれど、「導き」であるとは言っていた。同じような仕事を今やっているのは広告代理店です。大衆を操作する。大衆を思い通りに動かす。そしてパンを正しく配る。正しく、すなわち最も効率よく。美味しくないパンを美味しそうに見せて配る。それだけで日常生活全てが満ち足りているような幻想、幻覚等を作りあげる。

政治で言えば、無能政治家はどうするか。国外に敵を作ります。敵が攻めてくる。国内が団結しなければ負けてしまう。みんな頑張ろうと言うと、どんな無能な政治家でもしばらく寿命が延びます。まあ、具体例は、ここ二、三年、太平洋の両岸を見て考えて下さい。

こういう人の心の動かしかたの技術は発達しました。そして理念はなくなりました。教会には神がいて、聖書があって、人々の魂を扱っていた。今その人々を動かすためのシステムは魂のことを言いません。パンのことだけです。

さきほどぼくは、『カラマーゾフの兄弟』は、ドストエフスキーが死ななければ続篇が書かれたはずだと言いました。どんな話になるのか。アリョーシャの話です。最後、死んだイリューシャのお墓の場面、お葬式の場面で終りと言いましたけれど、アリョーシャはそこで少年たち、若い友人たちに囲まれています。慕われています。明らかにキリストのイメージですね。

ということは、アリョーシャ自身がこの後、平凡な市民となって幸せに一生を終えるはずがないことが示唆されている。アリョーシャはやがてリーズと彼女自身が予言したとおり結婚します。

しかしその結婚生活はうまくいかなくて、彼は一人で首都に行って、さまざまな思想活動に従事した挙句、最終的にはロシアの皇帝を暗殺する。あるいは暗殺しようとして死刑になる、という話を考えていたようです。

そういう形でなければロシアは救われない、というのが最後にドストエフスキーが考えていたことかもしれません。

ちなみに作者ドストエフスキーが死んだ一か月後に、皇帝は本当に暗殺されました。そういう時代でした。

今日は、ここまでが長かったので、この講義全体のテーマである、この作品と世界との関係については、言わないでおきます。しかし、『カラマーゾフの兄弟』を成立させている世界は、われわれが今生きているこの世界と非常に近い。情欲、信仰、無神論と哲学、それから自由の問題。パンとサーカスのことも含めて、今の時代と非常に重なるところが多い。その上で別の要素が加わったのが今だとすれば、これはまさに現代の小説としても読むことができます。思想的なリアリズムとして一つ一つ機能しています。

これに比べると、例えば昨日のスタンダールの『パルムの僧院』は一種のおとぎ話でした。『アンナ・カレーニナ』は、ぼくに言わせればいささか卑俗です。話全体が俗の方に寄り過ぎています。しかし、『カラマーゾフの兄弟』は、今のわれわれの話として読める。

おそらく今のわれわれと世界観の相当部分を共有する、そういう立場で書かれているからで、先見の明があるというか、これが人間にとっての永遠に近い重大な課題なのか、ということを思わせる小説です。

第六回

九月十七日 水曜日 午後

メルヴィル『白鯨』

午後はハーマン・メルヴィル(一八一九—九一)の『白鯨』を読みましょう。これは十九世紀半ば、一八五一年に発表された作品ですが、非常に現代的な話なので、話すべきことは多い。最初に、またタイトルの表記について。昔からこの話は『白鯨』という名前で日本では呼ばれていますが、英語の原題は"Moby-Dick"。「モービ・ディック」というのは、鯨のあだ名です。世界中に一頭しかいない、固有名詞としてあだ名がついた鯨がいた。白い、目立つ、年を経て、大きくて、邪悪で、強い、そういう鯨です。現実に〈モカディック〉と呼ばれた伝説的な鯨はいたらしくて、それを少し変えてメルヴィルは使ったんだと言われてます。

問題はこの千石英世さんの訳の日本語のタイトルの表記。『白鯨 モービィ・ディック』。「モービィ・ディック」と「ビ」の次に小さい「ィ」がついています。これはぼくは嫌いです。日本の文科省を含めて関係者は、つまらないことはやたら規制したがるくせに、きちんとしたオーソグラフィー、正書法を確定しようとしない。オーソグラフィーというのは、表記の仕かたを決めるルールです。つまりぼくが言いたいのは、「モービ・ディック」か「モービー・ディック」、書きかたは、本来の日本語だったらこのどちらかだということです。

では、三つめのこの新しい、小さい「ィ」がついているのは、なぜだめなのか。「ビ」という字は本来母音「イ」を含んでいます。それにもう一遍小さい「ィ」を付けると発音はどう変わるか。そういうことは何も決めずに使われている。そう考えると、この「ィ」は事実上存在の意味がない。

外来語を日本語に移すときのルールはさまざまありますが、それらがどういうルールに則っているか、実は誰も知りません。誰も決めてないからです。なんとなく始まって、正確にいえば十何年か前から広告業界――今日は広告業界の悪口が多いですけど――から始まって、広まってしまった。

一番みんなが知ってるのは、車の名前です。スバルですか、「レガシィ」。普通だったら「ー」で済ませるところを、小さな「ィ」をつけて、要するに格好をつけた。違いを発音してみて下さいって言っても、スバルの人はきっとできません。

こういうふうに、目先の無意味な目的のために言葉を弄ぶことを、ぼくは好きではない。というわけで、千石英世さんの訳は良いのですが、タイトルの表記だけは気に入らなかった。この講義では「モービ・ディック」としましょう。

鯨の話です。

この話は、これまで読んできた小説とまるで印象が違います。ひと言で言えば、「現代的」です。出版されたのは、『アンナ・カレーニナ』や『カラマーゾフの兄弟』より二、三十年前になるんだけれど、しかし実際にはこれが一番ポスト・モダン的です。

スタンダールから始まって、これで四つ目になりますが、どの話についてもぼくは、「今読む意味がある」「今読む価値がある」「今に繋がっている」という点を強調してきました。これは無理に誇張したのではもちろんなくて、スタンダールから後のものは皆どこかで現代に繋がっている、特に『カラマーゾフの兄弟』が、非常に深く繋がっているというのは、まぎれもない事実だからです。

この『モービ・ディック』の場合は、内容において、あるいは思想的に、人間論として繋がっていると言う以上に、形において繋がっているということが言えます。前三作よりもこの作品のほうが「今の」小説であり、それから何よりも「今の」われわれの世界観なのです。

その意味で言うと、『モービ・ディック』は、書かれるのが早すぎた。現に書かれてからしばらくはほとんど評判になりませんでした。

メルヴィルは流行作家だった時期もあった人ですが、この作品は評判にならなかった。失敗作、「何か気まぐれに書いた妙なもの」という評価の方が強かったと思います。ですから読まれはじめたのは二十世紀になってからです。十九世紀には新しすぎる作品でした。

ストーリーはある意味では単純明快です。まず最初に語り手が登場する。イシュメールという男です。彼はちょっと心が疲れていて、何をする気にもなれない、本気で自分の人生に取り組む気がしないので、しばらく休暇を取ろうと思う。ところが、休暇といっても遊んで暮すような金はない。世界旅行をしてはみたいけれど、物見遊山で行くような資産はない。そこで捕鯨船に乗ることにする。捕鯨船に乗れば働かなきゃいけないけれど、船に乗って世界のあちこちに行くという点では、金持ちの休暇と変わらない、と、負け惜しみの理由をつけて捕鯨船に乗ります。

そのうえ、当然下っ端ですから、船の前の方に乗せられる。船というのは後ろの方が地位が高いのです。特に捕鯨船の場合は、操舵席その他は後ろの方にありますから、上級船員が船の後ろの方に、そして下級になればなるほど前の方にいることになる。寝る場所も下っ端は前甲板の下です。

それなのに彼は、船というのは前に進むものだから、前にいる人間の方が新鮮な空気を吸える、後ろにいる船長たちは、自分たちの吸った中古の空気を吸っているんだから、こっちの方が偉いんだ、などというようなことを言っている。口の減らない男です。

捕鯨船に乗るためにまずナンタケットに行きます。ナンタケットというのは、ボストンからすぐのところにある島で、当時は捕鯨基地でした。捕鯨船は皆ここから出ていく。ナンタケットまで行けば、水夫募集の情報を得られるだろうと思ったわけです。そして、「ピークオッド」という名前の船に乗り組むことにします。

船乗りの契約の話が出てきます。例えば「三百分の一」という契約だと、一回の捕鯨の航海で上がった収益の三百分の一がその人に渡るという契約で、もちろん地位が高ければ高いほどたくさんのお金がもらえる。そういう出来高払い、要するに捕れた鯨の数によって給料が決まる契約で船に乗る。ただし、船に乗っている間は食べる物は支給されますから、戻った時にはいくばくかのお金が手元に残るはずです。

このような枠組みの提示までが、この小説におけるイシュメールの役割であって、この後彼の姿は、物語全体の中でほとんど消えてしまいます。語り手として登場はしますが、決して何かをするわけではない。船に乗っていて船の上のことを報告するだけの、いわば読者に派遣された報告者のようなポジションに縮小されます。

そして、これから先は、ひたすら鯨の話、捕鯨の話になります。その細部が、ストーリーとは別に、肥大して、増殖して、全体の図柄が見えにくくなるほどになっている。ここのところが、ぼくが「ポストモダン」と呼ぶ理由です。

さきほども言いましたように、ストーリーは単純明快です。

ピークオッドの船長エイハブは、昔この伝説的な邪悪で大きな白い鯨、モービ・ディックに出会って、捕まえるのに失敗して、逆に船を潰されて沈められ、片脚を噛み切られてしまっています。エイハブ船長の片脚は義足です。

片脚が義足である水夫。文学史でもう一人有名なのは、『宝島』のジョン・シルバーですね。これは余談。

エイハブ船長は、自分の脚を食ってしまった鯨に報復をしたい。もう一度見つけて、捕まえて脂を絞ってしまいたい。そう考えています。そういう私的な欲望を秘めながら、彼はピークオッドを海に繰り出すわけです。

ですから最終的には、「エイハブがモービ・ディックに出遭ってこれを殺す」という結末が、この航海全体の遥か遠くの方に用意されているということになります。最後に話がそこへ行けばいいということです。そこで作者としては、ずうっと書いていって、書いていって、書くべきことがなくなったところで、モービ・ディックと出遭わせればいいのです。

つまり、頭に、イシュメールが船に乗るところ、それからエイハブにもう一遍モービ・ディックを捕まえるという野望があるというところを書く。そして尻尾で、エイハブとモービ・ディックの対決を書く。この間、何をどれくらい書いて埋めるかは自由、書きたい放題ということです。したがって、ストーリーの説明はこれ以上はしません。『カラマーゾフ』に比べるとずっと楽ですね（笑）。

それでは、その真ん中の部分に何が書いてあるのか。ずうっと鯨の話です。鯨の種類、鯨という言葉の語源、鯨の生態、解剖学、捕る時の技術、その他諸々、ありとあらゆる鯨学。それから捕鯨船の航海の詳細。いかなる人間が乗っていて、それぞれいかなるポジションについていて、どういう役割か。実際にいかにして鯨を見つけるか。見つけたらどうやって追いかけて、捕まえて、母船まで運んで、最終的な処理をするか。そこから始まって、人類にとって鯨とは何かを哲学的に問う。具体的な応用例から、形而上学的な意味、旧約聖書に出てくる「ヨナの話」も出てきます。

ちなみにヨナの話というのは、こういう話です。ある時ヨナは神様に、邪悪な人々の住む町ニネヴェに行って、悔い改めなければこの町はいずれ滅びる、という預言を告げてこい、と言われるのだけれど、伝えるのが恐ろしくて、海まで行って船に乗って逃げ出す。ところが、その船が嵐に遭って難破しかかる。すると乗っていた人々が、なぜこんなことになったのか、犯人をくじで探そうとします。くじは見事ヨナにあたって、彼は「エホバを逃れている身ですから、嵐は私のせいです」と告白して、自らを海に放り込むように言う。海に落ちた彼は大きな魚に呑まれます。そしてその魚の腹の中でヨナはこれまでになく真剣に神に語りかけます。背いたのにもかかわらず、命を助けてくれたことを感謝し、これから命じられたことをやるつもりだと。すると魚はヨナを陸に吐き出します。ヨナはニネヴェへ行って、預言をして……と話は続いていくのですが、この話で何か思い出しませんか？「ピノキオ」。ピノキオは途中で鯨に呑まれて、鯨の腹の中で火を焚いたりするけれど、あの元になった話です。また、これについては丸谷才一さんの『エホバの顔を避けて』（一九六〇）という小説がとてもおもしろい。

さて、『モービ・ディック』には、鯨に関することはすみからすみまで、鯨学と呼べるものすべてが書き尽くされている。鯨学とは、例えば鯨をキーワードにした博物学、思想史、文化史、経済史、というようなものです。そしてそれぞれに、ちょっと捻った、意地の悪い、拗ねた解釈や意見が添えられている。この文章は非常に魅力があります。エッセイの文章として非常にうまい。

これは小説です。にもかかわらず、エイハブの復讐という全体を通すストーリーによって小説の体裁が整ってはいるものの、この容器の中に詰め込まれているのは、実はむしろエッセイに近い内容の文章が圧倒的に多い。そしてその部分が、一八五一年から後のわれわれが生きているこの現実の世界のありかたと、実は大変に深く関わっているのです。

どういうことか。それはまず、この作品が、今なら通用する言いかたをすれば、グローバルな小説であるということです。これをメルヴィルは百五十年以上も前に書いてしまった。

何がグローバルなのか。今のグローバルな経済の一番大きな特徴は、地球全体から資源を集めて加工して、それをまた地球全体に売るという、この経済規模ですね。

鯨は世界の海に散っている。この頃の捕鯨の目的は油です。これを捕りに行く。実際の消費地はアメリカであったかもしれません。この他に副産物はいくつか残しましたけど、ひたすら鯨油を捕りに行く。肉はどうしたか。保存のしようがないから捨てていました。そういう罰当たりな捕鯨をしていた連中が、日本に向かって今ごろ「鯨捕るの止めましょう」なんて言うから、腹が立つんです。これは文化的ナショナリズムの意見ですが。

世界中の海を走り回って鯨を捕る。捕鯨は一大産業でした。だからアメリカは国をあげて力を入れた。その捕鯨船に石炭と水を供給する基地が欲しいために、例えば日本に開国を迫ったのです。このように全部が繋がっている。

しかも、捕れる限りを捕って絶滅に追い込む寸前までこの産業を進めてしまうという点でも、これはグローバリゼーションの先走りであり、典型です。この辺は何かあまりにも話が符合するという感じですね。

それからもう一つ。これはアメリカという若い国の、膨張主義の一つの象徴であるということです。「ピークオッド Pequod」という船の名前は、アメリカ大陸に渡った白人が、一六三七年に絶滅に追い込んだインディアンの部族の名前ピークオット Pequot からつけたものと思われる。その後さまざまなインディアン、今の言いかたをすれば、ネイティブ・ピープルは殺され、数を無理やり減らされ、病気を移され、居留地に追い込まれ、西へ追い立てられてその結果、極端に数を減らしました。もう、いまさら言うまでもない。言うまでもないけれど、そういう話を公然と言えるようになったのも、実はここ二、三十年です。

インディアンというのは、かつての映画の中では騎兵隊に殺されるために出てきました。彼らは残虐非道で、開拓者の一家を襲って皆殺しにして、火をつけて逃げていく。その後を騎兵隊が追いかけていって復讐する。インディアンはついこの間まで、そういう存在としか思われてなかった。これは文学よりも映画の方がわかりやすい。ジョン・ウェインは、最後まで事態をインディアンの側から見るような映画は作れませんでした。

『小さな巨人』『ソルジャー・ブルー』、それから一九九〇年の『ダンス・ウィズ・ウルブズ』、いわゆる西部劇の歴史を辿れば、このインディアン像の変遷については無数の例がありますし、DVDを二十枚ぐらい借りてきて全部ていねいに観れば、論文が一本書けます。

そのような、アメリカ大陸における白人による先住民弾圧、虐殺の歴史の最初にあったのが、ピークオットという部族の名前です。

ではモービ・ディックはなぜ白いのか。白人の象徴なんじゃないか。そして、エイハブはピークオットという絶滅されたインディアンの名前のついた船に乗って、復讐の機会を探す。脚を食いちぎられたというのは、先住民たちが受けた受難のことを言っているんじゃないか、という解釈もあります。どこまで本当か、確かなところはわかりません。

それも成り立ちうる、とぼくは思います。なぜならば、このピークオッドに乗っている人々、上級船員は白人ですけれども、その下の階級となると大変に多民族的、多人種的な構成なのです。何年も船に乗って航海しながら働くというのは、労働環境としては決してよくないから、特に下っ端の働き手として雇われる人たちは、白人でない方が多かったのです。

実際に当時の捕鯨がどんな手順でなされる仕事だったのかということを少しお話ししましょう。捕鯨船団というのは大きな母船が一隻あって、キャッチャー・ボートという小さな舟がたくさん用意されている。そのキャッチャー・ボートが機動力によって、鯨を追い詰めて捕る。キャッチャー・ボートに乗っていて、鯨に向かって銛《もり》（ハープーン）を打つのが、ハープーナーという職種。一番派手な大事な仕事です。ピークオッドにはこのハープーナーが何人か乗っているんですが、そのうちの一人、イシュメールと一番仲良くなるクイークェグという男は、南太平洋のどこかの小島の大首長の王子です。

他の銛打ち、タシュテゴは、アメリカ・インディアンですし、ダグーはアフリカ生まれの黒人、フェダラーはペルシャかインドの出身です。つまり、ハープーナー、銛打ちという、捕鯨という仕事の中で最も重要で最も誇り高いパートを受け持っているのは、全員白人じゃない。中にはインディアンも入っている。そうすると、非白人による白い鯨の追いかけの話、というメタファーは当然成立する。

上巻の四一五頁、四〇章に、水夫たちみんなが歌を歌う場面があります。乗組員の人種がいかに多岐にわたっているかということがわかる。ナンタケット、オランダ、フランス、アイスランド、マルタ島、シシリー島、ロングアイランド——これはアメリカ東部ですね——、アゾレス島、中国、マン島、ラシュカールというインドの町。タヒチ、ポルトガル、デンマーク、イギリス、スペイン、サンチアゴ、ベルファスト。世界の様々な所から集まった水夫が乗り組んでいるのが、この当時の捕鯨船というものです。ピークオッドという捕鯨船一隻が、そのまま世界全体の民族構成の縮図になっているのです。

ただしピークオッド号は、エイハブをはじめとした白人たちによって操縦されています。ちなみに一等航海士はスターバックという名前です。ぼくはこの作品はずいぶん好きで読んでいたので、あのコーヒー店が流行り始めた頃、すぐに名前を覚えた（笑）。

作品の構造の話に移りましょう。

先ほど鯨に関する全てが書き尽くされている、と言いましたが、これが一番大事なことなのですが、『モービ・ディック』という作品をひと言で言えば、百科事典的である、ということになります。

『パルムの僧院』は、お伽話的な物語で、あるいは宮廷の陰謀という、ある意味でわれわれ人間が昔から知っている話の構造をなぞっていました。

『アンナ・カレーニナ』は、今の通俗小説の原型です。中心にヒロインがいて、彼女の運命を辿ります。派生する人物は多いけれども、基本構造をなぞったら、アンナ・カレーニナという一人の女の半生を辿って終りまで行く、それだけです。

『カラマーゾフの兄弟』は、一つの殺人事件の解析です。まず殺人事件があり、それに関与した人々の性格、お互いの関係、時間の経過によって起こった小さな事件の数々とその因果関係、そして結論。こういう構造の上に作者の思想が載っている話です。

ところが『モービ・ディック』は、これらとはまったく違う組立ての小説なのです。基本的に真ん中にドンとあるのは、鯨の百科事典。この場合の百科事典というのは、鯨についてのことだけを集めた鯨百科ということではなく、鯨をキーワードとして森羅万象を全部書いてしまおうという、非常に不思議な意図から生まれた百科事典です。

この『モービ・ディック』という小説が描いてる世界は、構造的である以上に羅列的なのです。十八章で書かれたことが、十九章の前提として絶対そこになければならないということがない。チャプターによっては入れ替えても大丈夫。A、B、CをB、C、Aにしたってかまわないかもしれない。言ってみれば、一つ一つのチャプターがストーリー全体の流れに対して直角に立っているのです。

これが『モービ・ディック』の新しすぎた点です。当時の読者は、なぜこんなに鯨のことを詳しく読まなきゃいけないのか、なぜこんなに話の流れにとってどうでもいいようなことばかりが延々と書いてあるのか、結局こいつは何を言いたいんだ、と思ったでしょう。面白さがわからなかった。

メルヴィルが書きたかったのは、世界の構造は、そもそも項目の羅列である、世界というのは、一人の神から派生したディレクトリ、樹木状の構成をしているものではない、頂点から細部に至るためのカラクリをとっているのでは決してない、ということだと思います。世界は個々の項目の羅列から成り立っていて、それらの間には関係性が深いものと深くないものがある。そして、全体を統一するディレクトリはない。あるいはその統率力は弱い。

この見かた自体が非常に新しいものでした。要するに『モービ・ディック』は、あるいはメルヴィルが見ている世界は、一個の――本当はこの言葉を日曜日まで使いたくなかったのですが、『モービ・ディック』をもう一度読み返すと、やはりあまりにもピタリとくるので使ってしまえば――データベースなんです。

データベースであるということは、全部を見なくてもいいということです。必要な部分を引き出せばいい。データベースを端から全部読むのは、それはそうとう馬鹿な人です。百科事典を最初から最後まで読むという趣味がありますけど、それは趣味でやることであって、百科事典を全部読んでも京都大学には入れません。それは知的体系へのアプローチの仕かたとしてまるで違うことだから。データベースというのは読破するものではない。必要な部分を参照するものです。

たぶんメルヴィルがこんなに長いものを書いて実証したかったのは、世界はデータベースであるということだろうと、二〇〇三年になれば言えます。けれど、データベースという言葉ができて世に普及するまでに、メルヴィルは百五十年待たなければいけなかった。

これだけのことを言ってしまうと、『モービ・ディック』について言うことはもうほとんどない。そのぐらいのキーポイントがここにあるとぼくは考えます。

それでもまだ二時十分だから、終わるわけにいかないから、もう少し話をします（笑）。

ここに掲げられた項目の一つ一つをぼくが説明していくのは、百科事典を通読するようなナンセンスだと思うので、これ以上はもうあまり詳しくは解説しません。

ただ、二、三、印象に残ったところについて補足します。

まず、鯨という言葉について。英語では whale（ホエール）、その他各語についても、最初の方に詳しい語源の研究がありますけれども、みんなどこかに回転するという意味があります。

生きている鯨を、海で見たことがある方はいらっしゃいますか。テレビの映像ではありますね。鯨が海から背中の一部を見せながら泳ぐとき、必ず前から後ろへ、順に一部が見え隠れしながら動いていく。背中を出しつづけては泳がない。前から後ろにくるりと回るような動きが見える。この見えかたが、語源になったらしい。

ぼくは一度だけ水の中で鯨を見たことがあります。場所はカリブ海、ザトウクジラを見るために行ったのですが、エンジンの音を嫌がって逃げることがあるから、モーターボートであるところまで行って、あとはゴムボートで漕いで近づくんです。仲間がゴムボートで漕いでクジラを捜しにいっていて、ぼくがたまたまモーターボートに残って待っている時でした。何日間待ってもなかなか会えなかった彼だったのですが、ヒョイと見たら、少し先の水中に何か黒いものが見える。ぼくはそこにあったマスクを取って、きちんとつける暇もないので、顔にただ押し当てて手で押さえたまま飛び込んで、水の中でじっとしていたんです。すると、クジラがやってきて、目の前をスーッと通って向こうへ行った。悠然と動いているけれども、なにせ大きいので結構速かった。追いかけて泳ぐなんてとんでもない。我を忘れて見ていたら、気がついたら息が苦しくなった。シュノーケルをくわえていなかったんです（笑）。慌ててくわえて息をして、夢中になって、鯨がすっかり見えなくなるまで見ていました。

それから、ピークオッドの取った針路ということ。ピークオットというのは、絶滅に追い込まれたインディアンの部族の名前だと先ほど言いましたが、アメリカ史、アメリカ文学をやっていらっしゃる方は、当然知っているキーワードとして、マニフェスト・ディスティニー manifest destiny、「明白な運命」という言葉があります。アメリカ大陸に上陸した白人は、東海岸から領土を広め、先住民の抵抗を排除しながら西へ西へ向かって進んで行きました。抵抗するインディアンを殺して追い散らしながら西へ進んで、途中何度かインディアンと「白人はここまで、この先はインディアンの土地」というように協定を結びますが、十年もしないうち無視して、また先へ出る。それをくりかえしてついに西海岸まで到達する。この西への動きを、白人たちは「マニフェスト・ディスティニー」と呼びました。「明白な運命」、言いかえれば、「神に与えられた使命」。

インディアンを殲滅してその土地を奪って、そこで牧場を開き、やがて農場を開く。これは自分たちに与えられた使命であるという、アメリカ的思い上がりをそのまま表現したのが、この言葉です。「Westward ho!　いざ西へ」というのもありました。

それに対して、このピークオッドという船は東へ向かいます。港を出た時はホーン岬を回って太平洋に出るつもりだったはずが、なぜか東に向かって喜望峰を回って、インド洋を抜けてから、太平洋に入ります。なぜ西ではないのかという理由は、アメリカの膨張の流れに逆らうものだという見かたもあるし、もう西が終わったから次は東だという、新たなる征服欲だという見かたもある。

では、それによって世界は征服され得るのか。されません。世界中の鯨を捕り尽くすことは、少なくともこの時代には出来なかったし、イシュメールのこのひたすらなる鯨学の研究は、最終的に終わりに至らない。その時点ではまだこの世界は有限ではなかった。世界は有限だ、自分たちはそれを全部知り尽くした、という誇りを、エイハブは持つことは出来なかったのです。しかし実際はその時期はほとんど目前に迫っていたのですけれどね。

近代文学から話を始めたから、世界の有限と無限についての話題は、ここまで出てきませんでしたが、ある時期まで世界は無限でした。例えば空は、一九六〇年代までは、ある意味で無限という捉えかたをされていた。いかに汚れた煙を出しても、煙はどこかへ行ってしまう。空気全部を汚すなんてことはできるはずがない。あるいは、海はこんなに広くてあんなにたくさんの水が無限にあるのだから、汚れたものを流しても全部どこかへ行ってしまう。無限だから大丈夫、と人は信じていました。

それが常識だったのです。コロンブスの前、地球は限りなく広がっていて、それ全部を認識することは人間には出来ないと考えられていました。コロンブスが新大陸を発見した後でも、まだ知られてない部分、未知の部分、認識されない土地——当時の言いかた、ラテン語でいえば、「terra incognita（テラ・インコグニタ）」——は、まだ残っているとみんな信じていた。

ところが最後に、オーストラリアが大きな大きな島であることが明らかになった。探検家はここで、もうこの地球の上には大きな大陸はない、自分たちは知るべき地理を全部知ってしまった、ということがわかった。

その後は大陸の中に向けての探検史です。アフリカ大陸の奥の方はどうなっているのか。ナイル河という、砂漠を延々と流れてきてしかも途切れることのない不思議な河の、一番最初のところはどうなっているのか。エジプトにもスーダン北部にも雨は降らないんです。この水はどこから来るのか？　そこで水源を探して探検に行く。そういう作業が延々と、特にイギリス人によって続けられて、十九世紀半ばにはそれも明らかになりました。ヴィクトリア湖が見つかり、そのほとりに「月の山脈」というのが見つかった。

オーストラリアの内陸部もずっと謎でした。いろいろな探検家が入っていって、結局出てこなかった人もたくさんいます。

しかし、結局はわかってしまった。こうして地球が有限になっていきます。未知の土地に住んでいる謎の人々、未知の人種……どこも最後に文化人類学者が行って調査されて、みなほとんど知られてしまった。世界中どこでもみんなコカ・コーラを飲むようになりました。

そして最後に、例えば海、空、オゾン層という、いくらでもあるはずのものも実は有限である、ということがわかった。とにかく今あるだけのものを使ってやっていくしかないという認識。これがたぶん人間の認知する一番新しい世界像でしょう。

『モービ・ディック』はそこに至ってはいないけれども、相当にそれに近いところまで行っていると思います。そういう意味で、ものすごく新しい、と言えると思うのです。

さて、もう一つ説明しないでおいた重要な問題があります。エイハブはなぜそんなにモービ・

ディックを目の敵にするのか。この先はキリスト教の中の宗派同士の意見の違いの話なので、ぼくはあまり詳しくはありません。ただエイハブにとって神というのは、すがるべき慈愛に満ちた存在ではない。キリストが登場して仲立ちをしてくれた後の和らいだ神ではなくて、旧約聖書的な、ある意味で恐ろしい、人間に対して非常に厳しい神です。

メルヴィルは確か母親がオランダ系で、キリスト教の中でもカルヴィニズムなんですね。カルヴィンの思想にはこの契約的な厳しい神のイメージが濃くあった。それを引き継いだのかもしれません。

あるいは、裏返しのキリスト教にエイハブは拠っていたかもしれない、という説もあるようです。つまり、神が人間を造ったのは悪意からである、わざと不完全なものを作り、そのうえで無理難題を吹っかけたりして、人間を苦しめるのが神である、という考えかた。あるいは知恵を授けてその神の軛《くびき》から救ってくれた「エデンの蛇」は解放者だったという、まるっきり裏返したキリスト教です。それがギリシャのグノーシス主義と繋がって、裏キリスト教のようなものになり、強調された旧約の神のようなものとなるのです。そこでは神は、むしろ対決すべき相手として見えている、それがエイハブの神学であるらしい。

あとは雑談にしましょう。

ケルンとメルヴィルの話。ケルンは、オーデコロンのコロンで、ドイツの西、フランスに近いところにある町です。では、なぜその化粧用の薄い香水、つまりオードトワレより濃くてパーフユームより薄いのが「ケルンの水＝オーデコロン」と呼ばれるのかというと、昔からあそこでは、香料で匂いをつけて水で割ったアルコールが産物として有名だったのです。

今は流行っていない、だいぶ古い〈４７１１〉っていうブランドのオーデコロンがあります。これはまさにケルンの町で作られているもので、４７１１というのは何かというと、家の番地なんですね。ドイツ人はそんなに大きな数の番地は使いにくいからつけないのですが、ナポレオンの軍隊が来た時に、ケルンの町の住所を作り直して、ストリートにずっと番号を振っていったら、ちょうどそのオーデコロンを作っていた辺りが４７１１になった。そこで「フランス人はバカだなぁ」という気持ちで４７１１という名前のオーデコロンを作ったというのですね。

そもそものヨーロッパ式の番地のつけ方というのは、まずストリートに名前を付けます。それから番号をふる。偶数と奇数を道の両側に振り分けて付ける。ですからストリートの名前を知っていたら、その番号の所に自動的に行けます。ストリートの名前と都市の市街図と索引が一緒になった地図は、必ずどこの町にもあります。これが一冊あったら迷うことはない。タクシーに乗って、何街《ストリート》の何番地といったらピタリと連れていってくれる。それが住所というものです。日本ではこれが出来ません。

日本の住居表示というのは、郵便屋さんに便利に出来ているんです。番号の付けかたが、街区をグルッと回るようについている。郵便物を番号順に並べて、その順のまま持っていって配ればいい。タクシーで住所を言っても、京都ならともかく、東京ではピタッと行けることはまずありません。数字から場所がピンポイントできない。

それはともかく、メルヴィルは若い頃ケルンに行って、この町が非常に気に入ったらしい。『モービ・ディック』の中にもケルンの街のことが二回か三回出てきます。ケルンの人々は郷土愛から、ケルンが出てくる小説を全部集めたコレクションを作っているのですが、その中でメルヴィルは一番高いところに飾って置いてある、ということです。

もう一つは、この『モービ・ディック』を全部朗読するという話です。

ドイツ人は朗読が非常に好きです。朗読会をやるというと人が集まります。ぼくがやってさえ集まったんだから、嘘じゃない。朗読に対しては異常なほどの情熱を傾けます。プルースト（一八七一——一九二二）の『失われた時を求めて』（一九一三〜二七）の全朗読集CD二十二枚を、セットで売っているほどです（笑）。

ラジオには朗読用の局があって、いつも何か読んでいます。自動車を走らせながら、渋滞の中で朗読を聴く。

二〇〇一年、『モービ・ディック』の刊行百五十周年の年、ケルンの人々はライン川に大きな艀《はしけ》を浮かべて、それに「ピークオッド」と名前をつけて、そのうえで三十何時間もかけて、全篇を朗読しました。さすがに読み手は一人ではなかったと思いますが。ということはつまり、その種の催しに聴衆が集まるということです。変な人たちですね（笑）。

ただ、朗読というのは魅力のあるものだから、日本でも少し広まってもいいかなと思っています。でも、こんなに講義で長く喋った後で朗読してもとても舌が回らないから、今日は止めましょう。

九月十八日 木曜日 午前

第七回 ジョイス『ユリシーズ』

今回はアイルランドの作家、ジェイムズ・ジョイス（一八八二―一九四一）の『ユリシーズ』（一九二二）。

なにしろ大きな話で、本も重たいので大変です。

『ユリシーズ』は、これまで読んできた作品の中で一番読みにくいかもしれない。作者は、素人の読者のことをあまり考えていません。文学の研究者だけを相手に書いたとは言わないけれども、非常にスレた小説読み、むしろ「小説を解読する」という姿勢で読むような読者が喜ぶような話です。スラッと読んで面白い、感動する、役に立つ、人生の指針になるというようなものではないという言いかたもできる。大変な話です。

なぜ大変かというと、『モービ・ディック』の時にも密度の話をしたと思いますが、このサイズ、七百頁近いのを三冊、二千頁も費やして、入れられるだけを入れてある。それでもなお入れたいものがたくさんあるから、密度を高めて、二重、三重に押し込んである。読む方としては、それをバラして、一つ一つ意味を辿り直して、背後にある知識と思想の体系に思いを馳せながら、読まなければならない。

もちろんすごく面白い。研究、言いかえれば、謎解きの一種として取り組むとすれば、これは止《や》められないぐらい面白い。「ご趣味は」と訊かれて、競馬とか囲碁という代わりに、「『ユリシーズ』の解読をちょっと」とかいうと……?? (笑)

ある一つの文学作品に入れ込むというのは、読みかたの究極の姿としてありまして、今日本では『源氏物語』を読むというのが相当流行っています。いくつも現代語訳が出ているし、読書会のたぐいも開かれている。それから宮沢賢治もあいかわらずよく読まれている。こちらの場合は、宮沢賢治を道義的に聖者の如く祭りあげて、仰ぐという姿勢がいささか強いのがちょっと気になりますが、しかしともかくよく読まれています。

それから、これは日本だけに限ったことではなくて、一時期中国で、総論の時にちょっと話した『紅楼夢《こうろうむ》』を読むという趣味があったらしい。『紅楼夢』に熱を上げて、ひたすら読んだり、その登場人物のリストを作ったり、年譜を作ったり、そうやって遊ぶことがあったそうです。そういうことが知識人の間で流行って、それを「紅癖」と呼んだとか。

二十世紀に入ってから、一番丁寧に解析的に読まれたのがこの『ユリシーズ』と、プルーストの『失われた時を求めて』という、長い長い話です。どちらも新しい、非常に読みやすいいい訳が、ここ数年で出ました。なぜかどちらも集英社です。とても熱心な編集者がいたのです。

では、なぜ『ユリシーズ』と『失われた時を求めて』であるか。なぜジョイスとプルーストであるか。プルーストは大変だし、ぼくもさほど詳しくないので今回は省きましたけれども、この二つがセットにして扱われる、論じられることが多いというのは、二十世紀文学史の一つの常識です。

最初の総論で、小説の起源の話をしました。一般には神話であるといわれているけれど、それに対してゴシップというものもあるだろうと言いました。いずれにしても小説にとってはこの二つの概念がとても大事。「神話」と「ゴシップ」という概念を、それぞれ究めたのがこの二つの小説です。

神話の系譜を最後まで突き詰めて、神話的なるものを小説として徹底的に展開すると『ユリシーズ』になる。

一方、十九世紀末から二十世紀初頭のフランスの上流階級の人たちの間のゴシップを、非常に精密に書いて、それぞれの心の動きを辿って、延々と仕上げると『失われた時を求めて』になる。

そう考えると、小説は、その起源から始まって、ずうっと形を変えながら――進歩とはいわないことにしましょう――複雑化していき、時代と共に歩んで、小説はここまでできるという、力の限りを尽くした二つの例が、『ユリシーズ』と『失われた時を求めて』であると言えると思います。そういう意味で、この二作は大変に重視されているのです。しかし読みやすくはない。それでもプルーストはゴシップですから、丁寧に人の名前を頭に入れながら読み進めれば読めるし、面白い。

しかし『ユリシーズ』の方は、それだけではちょっと済まない部分があります。

なぜそんなに難しくなるのか。ジョイスが意地悪だとか、わざとペダンティックだとか、難解ぶっているというわけではありません。それは「神話」というものを深く辿ると、どうしても人の深層心理、われわれの意識のもう一つ下にある意識に入っていくことになるからです。そして個人の意識の底にあるのは、「集団の意識」です。

これはぼくなりの比喩だから、どこまで賛同が得られるかわからないけれど、言ってみればぼくたちは、集団の意識、あるいは集団の無意識という地下水から、それぞれ自分の井戸を経由して、水を汲み上げて使っているのではないか。自分は非常に個性的で、自分個人の考えだけで、自分なりの判断をして、事を決めて生きているんだと言っても、実はそれは全て、われわれ人類の今までの体験の中に何か先例やパターンがある。個性、個性と言ったって知れている。だから、例えばある物が流行すると、みんながそれを追いかける。意識の深い底で共通するものにどこかでつながっていると、みんなが飛びつく。今の日本の流行はいささか行きすぎだとぼくは思いますけれど、それにしても、人というのはそんなに孤絶してはいない。

その深い意識の中まで入っていく道具として、昔から人は神話を使ってきました。つまり人の考えや行動のパターンにはアーキタイプ、原型があって、その原型を物語風にまとめたものが、神話である。

原型を探るものとしては、もう一つ、夢があります。人はそれぞれ個性的な夢を見ているつもりで、「こんな夢を見た。自分はどうしたんだろう」と思うけれど、それは何か人間の夢の大きな――さっき地下水と言いましたが――水脈か貯水池みたいなものがあって、そこから汲み上げているのではないか。したがって夢を分析していくと、人の心理の構造がわかる。言うまでもなく、フロイトやユングの精神分析の考え方です。精神分析においては、夢は大変大事ですし、神話的思考も大事です。

総論で話した『オイディプス』。父を殺して母と結婚するだろうという予言に怯えながら、それを実現することになってしまう男の話ですが、確かフロイトが書いていたと思うのだけど、そのままの夢を見た男がいるのです。その男は確か三十代になっているんだけれども、まだ親から精神的に自立できない。最近は珍しくないですけれどね。父親を突き落として、母親に抱かれる夢を見た、これはどういう意味なんだろうって、いささかの不安とともにフロイトのところを訪ねた男の例があった。

つまり、ギリシャ神話の中のオイディプスの話は、人が親から離れて自立しようとする時の、精神的な反発と自立の不安感を、何かの形で表現している、ということです。そういう人の深い心理の反映としての神話を考える時、しかしそのまま書いたのでは今に繋がらない、あるいは子供向けの話にしかならない。そこにもう一つ工夫が必要である。神話の側から『ユリシーズ』というこの小説をみると、そういうことになります。

では、具体的にどういう工夫をしたか。

この二十世紀の神話の中心的登場人物は三名です。

まず、スティーヴン・ディーダラスという二十二歳の、文学を志す青年。これはその年頃の作者ジョイスを相当反映していると言えます。それからディーダラスと血縁は何もない、レオポルド・ブルームという三十八歳の男。彼はしがない新聞の広告取りです。花形の新聞記者や論説委員ではなくて広告取りです。広告の仕事は新聞にとってとても大事だから、しがないと言ってはいけないのですが、しかし前世紀初頭のダブリンで、地方新聞の広告取りというのは、やはり派手な華やかな仕事ではない。

三人目はブルームの妻であるモリーという三十三歳の女性です。この人はセミプロの歌手で、この話が扱う一日には家にいるけれど、時々地方や海外に巡業に行って歌うこともあります。

この三人がギリシャ神話の『オデュッセイア』の主要な三人の人物、オデュッセウスと息子のテレマコス、それからオデュッセウスの妻であるペネロペイアの三人と重ねられます。これが基本的なアイディアです。『オデュッセイア』では、オデュッセウスは、トロイ戦争が終わったら早速国に帰って妻と家庭生活を再開したいと思っているのですが、ポセイドンという、海と馬と地震の神様が些細なことから非常に怒っていて、オデュッセウスが家に帰るのをことごとく邪魔をする。その邪魔を排除して、何とか二十年後に家に辿りつくまでのオデュッセウスの放浪の話が『オデュッセイア』の本筋です。息子のテレマコスは途中まで父を迎えにいく。お互いに捜しあってうまく見つけて、家に帰ってきます。

『ユリシーズ』の中で、スティーヴン・ディーダラスは、ブルームの息子格です。ブルームとスティーヴン・ディーダラスは親子でも何でもありませんが、しかし、一種、父親と息子のような淡い関係を、二人は感じ取っている。感じてはいますが、おぼろなものです。テレマコスに当たるスティーヴンは、やはりダブリンの街の中をうろうろして、レオポルド・ブルームとある種の意気投合をして、最後にブルームはディーダラスを家に連れて帰ります。そしてモリーに引き合わせる。

神話のペネロペイアは、限りなく忠実な妻として、夫の留守を守っています。言うまでもなくオデュッセウスは、アガメムノンと一緒になってトロイへ戦争に行っているので、その留守の間ペネロペイアは息子を育てながらじっと家で待っている。彼女は非常な美女ですから、留守をいいことにいろんな男が言い寄ってくるのを、全部はねつけている。孤閨を守っている。つまり貞淑の極みの妻である。

しかしながらこの『ユリシーズ』のモリーは、夫とはセックスのない状態がもう十年も続いています。そういう意味では逆の設定になっている。

筋を言ってしまえばこれだけです。そういうことが一九〇四年の六月十六日という、一日の中で起こる仕掛けになっています。六月十六日の朝から夜中までという、非常にかぎられた時間に起こります。

この日の内にスティーヴン・ディーダラスはいろいろなことをする。レオポルド・ブルームもいろいろなことをする。モリーは家にいて、外にはほとんど出なかった。途中で男が来て、寝床に入って交わって、彼が帰っていって、夜中に夫が若者を一人連れて帰ってくる。これで全部です。

これだけのことの中に、さっき言ったような神話的な人の心の動き、それからヨーロッパ全部の思想の動き、言葉、それからアイルランドという非常に特別な国——ヨーロッパの一番隅っこにあって、隣のイギリスにずっといじめられてきて、アイルランド語という言葉もほとんど失ってしまった——の苦しさ、それからそれゆえのアイルランド人のひねくれかた、そこからいかに脱却するかというインテリたちの不毛な議論、ナショナリズム等々が、ぎっしりと詰まっています。

それから、もう一つ大きなアイディアがあります。十八章から成っている小説ですが、各章ごとに文体が違うのです。その違いというのはちょっとやそっとではなくて、一章ごとに文体をそっくり変えて進みます。特に十章から後が甚だしい。

例えば十三章「ナウシカア」は、非常に甘ったるいご婦人向けのロマンス。ハーレクインよりもっとぬるくて長い。「ハーレクイン・ロマンス」ってわかりますか。わからなかったら本屋へ行って一冊買って下さい。決まりきったパターンで、読み終われば一応は満足して、しかし後に何も残らないという、ポテトチップスみたいな小説です。

十七章は「イタケ」。教義問答の形式をとった章です。教義問答というのは、カトリックの学校などで、神父さんが若い信徒にカトリックの信仰の本質のところを教えるために、問答の形式でいろんなことを問いかけては、返事をさせる、という一種の口頭試問です。

十八章「ペネロペイア」は最初から最後まで、モリーの心に浮かぶ言葉、連想で次々と繋がっていく言葉だけが、句読点なしで綴られています。

あるいは延々たる文学論争が展開される章がいくつか。シェイクスピア自身とハムレットの関係などを、インテリたちが論じているのが九章「スキュレとカリュブディス」。街角で人々が歩いたり、立ち止まったり、話したりということを観察した、短い文章の羅列の十一章「セイレン」。それから酒場でみんなが喋ったり喧嘩したりしている内容を書きとめながら、間にそれをパロディにして言っている奴がいる、という十二章「キュクロプス」。

あるいは英文学史を最初の『ベーオウルフ』――古英語の頭韻詩による英雄伝。日本でいえば『古事記』という感じです――から現代に至るまでの、さまざまな文学作品の文体のパロディで綴った章。これが十四章「太陽神の牛」。

このように、およそありとあらゆる文学的な手法を駆使して、凝りに凝って、各章ごとに違う文体で書きあげています。

さらにもう一つ重要な特徴は、重大なところがわざと隠してあるということ。こんなにボリュームがあって、ある意味で書き尽くしている、出し尽くしている作品なのかと思うと、実は書いていないことがいっぱいあるのです。なぜここはポンと抜けてるんだろうと気づく。考えてもこれは最終的に結論は出ません。学者たちやみんなが、いろいろ憶測するんだけれども、でもわからないことが残る仕掛けになっている。

三人の人間の一日の動きを追っている話なのですから、ここからここまで彼はあそこで何をしていた、その時彼女はこうしていた、一方彼はここで誰と誰に会った、というふうに、きちんと時間表を作ろうと思えば作れます。もちろん、実際に書かれている部分については、はっきりしている。しかしすぽんと抜けている部分があって、そこについては何の手がかりもない。そこは別にいいんだよ、と作者に言われればいいんですけれどもね。

例えばスティーヴンはヘインズとマリガンという友人と、昼の十二時半に酒場で逢うという約束をしています。しかし、その時間に彼は別の人間と一緒に、別の酒場へ行っている。その後二時に国立図書館の一室で「ハムレット論」を展開し（九章）、三時にベッドフォード通りの本屋でディリーと立ち話をしているところが出てくる（十章）けれど、その後夜の十時のホリス通りの産婦人科病院に登場する（十四章）までの七時間、彼が何をしていたかはわからない。見ていくとわかるのは、作者が全部を書こうとはしていないということです。先走りしてしまうと、この辺がこの講義全体のテーマであるところの、世界像とフィクションの関係に関わってきますね。

小説が成立するには「登場人物」と「場」が必要で、「場」というのは人物自身と同じぐらい大事だと、ぼくはずっと言ってきました。いくつかの作品については、その「場」と「登場人物」の関係を見てきました。

先走り、ということでは、昨日の『モービ・ディック』がそうだとぼくは言いました。メルヴィルは、いわば「ディレクトリ」という考え方を先取りして、鯨という言葉をキーワードに、世界を全部書き尽くそうとし、あるいは書き尽くしたつもりになっていたのではないか。もうこれ以上長くは書けないというところまで書いて、論ずるべきものをほぼ論じ尽くしたうえで、最後にピークオッド号をモービ・ディックに沈めさせる、という閉じかたをしていました。メルヴィルはあの作品を書いた時、世界は全部書き尽くせる、世界は有限である、と思っていたのだと思います。

ところがジョイスはもうそうは思っていないのです。どんなに書いても書いても、終わるはずがないと知っている。それに、世界全部を見て取ることはできない、地理的に世界を全てわかったとしても、神話的な深み、すなわち人の心の奥は、書ききれない。それどころか、一日にある街で起こっていることの全てすら書ききれない。ジョイスはこう思っていたのです。つまり、ダブリンのたった一日を、たった三人の人物の目から見てどんなに丹念に書いたとしても、それはもちろん全部ではない。心のひだの一つ一つを辿っていったとしても、全部書ききることは到底できない、ということです。

例えば、十八章のモリーの内的独白。いささか不眠症の気味がある彼女が夜寝床に入ってから眠るまでの間、Ⅲ巻の四百五十五頁から五百六十三頁まで、ほぼ百頁にわたって延々と独白しつづけて、そのうちだんだんと眠りにつく、というものですが、それだって彼女のほんの一部です。約束事として、これで彼女が思ったことは全てと言っているけれども、人の思い、人の知恵、ふるまい、細部を辿れば世界は無限です。

ここでまた、いささか理科的な比喩を持ちだしますが、プラスティックと木の違いをどう説明したらいいか。いろいろな言いかたがありますが、いちばん明快なのは顕微鏡を使うことです。プラスティックを顕微鏡で見たらツルッとして何もありません。木の場合は、本来の生きていた木の細胞の構造が見えてきます。さらに拡大すれば、その内部構造が見えてくる。つまり拡大すればするほど、細部には構造がある。どこかで止まってはいない。どこまで行っても解析が可能で、最後に分子から分子に行く。一方プラスティックというのは、一つの物質で出来ていますから、内部構造はありません。ずうっとベタに同じ構造が続いて、最後に分子が出てくるだけです。途中がない。構造がない。

自然物には、拡大しても、拡大しても、細部があります。人工物にはそれがない。人の心も町も、それから地球も自然物です。したがって細部に分け入ったらきりがない。ですから、いかにたった一日のこと、たった一つの都市、たった三人の登場人物の視点と言っても、それは書ききれない。おそらくジョイスはそう考えたのだと思います。そして、書けるかぎり書いてみようと考えたのでしょう。

書けるかぎり書くためにジョイスがしたことは、その限られた時間にあったことをベタに全部記述するのではなくて、その要所要所で立ち止まっては深みに入るということです。表面だけを書いていても全部にはならない。ではどこまで深みに入るか。入りだせばこれがまたきりがない。そういう両方の要請の間で引き裂かれながら、とにかく一人の作家の頭と、有限の執筆時間で書けるかぎりを書く、ということを試みた。

『ユリシーズ』の中でたぶん一番なるほどと思わせるのは、最後十八章のモリーの独白だろうと思います。読めるかなあ、と思いますが、ちょっとやってみましょう。

これは英語の場合は、パンクチュエーションがありません。コンマもピリオドもないまま、延々と単語が続いています。全百何頁で、ピリオドが二つだったかな。それを日本語にする時も、点も丸もつけていないから、非常に読みにくいんですけれども、だからどこから始めてもいいということですね。

「スケート場へ行きたがったりたばこのけむりを鼻から出してみたりしみこんだ匂いがぷんぷんしたあの子のジャケツの下のボタンをつけてやるのにボタンのいとをかみきったときねえあたしにはそうそうかくしごとはできないわよでもいまになってみればつくろいはよせばよかったそれ

もあの子が着ているままであああするとわかれなくちゃならなくなるこの前こさえたプラムプディングもまっ2つにわれたっけほらだからこのとおりになっている迷しんだなんていくら言ったってあたしのこのみから言うとあの子はちょっと口かずがおおすぎるよお母さんのブラウスは胸があきすぎてるなんてあたしに言うのはなべが湯わかしにおしりが黒いと言うようなものそれにあたしはあの子にそんなふうに窓わくに足をのっけて見せびらかしちゃだ目だよみんながとおるのになんて言わなくちゃならない」（III巻・五二三―五二四頁）

これで一頁の半分ぐらいです。こういう具合に延々と続きます。その中にいきなりぐーんと深いものがちらっとだけ見えて、すっとまた消える。

ジョイスが、小説をどう超えようとしたか、小説という器で一体何ができるか、どうギリギリまで試みようとしたのか、ということを、この部分の朗読で少しでもみなさんに伝わればいいなと思います。

だいたい人が喋るということはどういうことか。ぼくは今ここでこうやってしたり顔で喋っていますけれど、それはどういうことなのか。頭の中に何かが浮かんで、それはまだセンテンスの形を取っていなくて、ぼんやりした意想、形にならない考えの元のようなものが、つまり料理でいえば材料に当たるものが、いくつかパパパッと浮かんで、それが繋がれて、単語が選ばれ、文法的整備を経て、センテンスの形に整えられ、口から出る。その「考えの元のようなもの」って何なのか。いかにしてわれわれはそれを組み立てて、センテンスにして発語しているのか。あるいは書いているのか。

モリーは誰に向かって喋っているのでもない、独白ですから、心の中に浮かんだ言葉を次々に発しているのです。しかし、心の中は本当に言葉で統御されているのか。一瞬名詞として浮かんで、動詞が来てくれる前に消えてしまうもの。あるいは視覚的なイメージでしかないもの、名前がつかないまま消えてしまうものも多いはずで、言葉にもならない、モリーのこの方法でさえ書ききれないものもあるでしょう。だけどそれはまあ、しかたがない。たぶんその辺が小説の限界、紙に書いた文字で表現されるものの限界であるとして、ジョイスはある程度で妥協したといえますね。

『ユリシーズ』は、普通の小説に比べると、耳で聞く要素も大変に多い。文章語だけでなくて、人々が話し合っている口語——会話そのままを書き取った部分も多いし、駄洒落、歌の歌詞、そういうものが大変多い。しかしそれは、文字にしてしまっていいのかどうか。

モリーの内的独白の話から始めたので、ここで少しその表記、記述の問題、それから翻訳に関わる問題を考えてみたいと思います。

このモリーがひたすら独りで喋っている部分は、実はこれは書かれたものだということは明らかです。というのは、例えば綴りが少し間違っているということがあります。モリーはけっしてインテリではない。なかなか魅力ある三十三歳の女で、歌手であって、相当な肥満体で、まあ男好き。夫との仲は性的には冷えているけれども、離婚なんて言葉が出るような仲ではない。そういう女の普通の考えの独白ですから、この訳では自分のことを「あたし」と呼びます。彼女の考えを文字にする時に、つまり誰かがそれを聞き取ってタイプしているのであれば、そのタイプしている誰かの知的レベルに合わせて綴りなど正しくなるはずなんだけど、しかしここには少しずつ綴りの間違いなどが出てきて、それによって、実はモリーの知的レベルが表現されようとしている。

この問題はなかなか難しい。耳で聞いたことを、文字で表現しなければいけない。原文の英語においてさえ、例えばこのモリーの独白の部分というのは、彼女の心の中の声が普通の英語に「翻訳」されて書かれているということになる。

英語のテキストを日本語に翻訳するという、もう一つのステップを経た時、何が残って何が消えるかと考えると、少しわかります。例を出します。

一番最初の、スティーヴン・ディーダラスが朝起きたところです。彼が友人と一緒に住んでいる家は、海岸沿いの妙な塔みたいな建物です。朝飯の時に友人が濃い紅茶を淹れながら、小唄の中のグローガン婆さんのことを口にする。

When I makes tea I makes tea.
And when I makes water, I makes water.

『ユリシーズ』は大変品がないところがあって、下品なばっちい話がたくさん出てきます。これもその一つ。

さらにこの後にこう続く。

Not in the same pot.

「同じポットでやってほしくないネ」って。ティー・ポットは知っていますね。チェンバー・ポット chamber pot というのは、昔、夜中に用を足すために部屋ごとに寝室に置いてあった「おまる」です。「おまる」でお茶は淹れませんね。非常に下品なことを言葉遊びとして言う。pot という言葉にまったく違う意味が二つあるから成り立つジョークです。『ユリシーズ』には、こういうジョーク、こういう品のない無駄口、駄洒落のたぐいが山ほど入っています。でもそれは、単に品のない遊びというだけではなくて、連想ゲームとして、心理の奥の方を摑んでいく、そういう技術の一つなのです。

言葉というのは、ぼくらはこうやって喋ったり、あるいは文章に書いたり、ついついそれだけが使いかただと思っているけれど、もっともっと様々な使いかたがある。

諺は言技《ことわざ》です。「言葉のワザ」です。諺というのは、ある状況をごく短いひと言でピタッと言いあてることによって、その状況をみんなに知らしめる、あるいは緊張を和らげる、別の見かたを提案する、そういう技術です。だから、例えば人に悪戯を仕かけようとして失敗すると、「人を呪わば穴二つ」と言って、そのひと言で状況を締めくくる。そういうものとして発達しました。

この種の諺の起源と応用については、日本では柳田国男（一八七五―一九六二）のとてもよい論がありました。
そういう連想システムで繫がっている心の深い部分まですくい取ろうとすると、どうしたって品のないところも出てくる。これは、大変に翻訳者が困るところで、最初から放棄せざるを得ない。

この先はしばらく日本語を論じます。なぜ日本語で駄洒落が成立しにくいか。『ユリシーズ』の後でジョイスが更に言葉に凝って書いた『フィネガンズ・ウェイク』という作品の中にこういう言葉が出てきます。

collideorscape

万華鏡を下敷きにした造語です。万華鏡はカレイドスコープ kaleidoscope といいますね。語源をたどれば kalos が美しい、eidos が形、scope は見るということ。それをちょっとひねって、「コライダスケイプ」という言葉を勝手に作る。ジョイスはよく言葉を作りました。collide はぶつかる、衝突するということです。それと escape がつながる。そこに landscape や cloudscape などの -scape も重なってくる。耳で聞いたところでは万華鏡とほとんど同じ響きになる。微細な破片が飛び交って、ぶつかり、きらきらと光って、散ってゆく、その光景。

アルファベットだとこのぐらいのことはすぐできます。見ればすぐ元が分かる、見るたびに人は当然元の言葉を頭の中で発音します。

日本語で難しいのは、特に明治以降、漢字を使った二文字の熟語を非常にたくさん作ったために、同音異義語がやたらにあるということです。聴いた人は、そのままでは意味を受け取れません。必ずその話のコンテクストを推測して、それで「この言葉だな」というふうに、当てはめていかなければいけない。実に複雑な、手間のかかる危なっかしいことをしているのが、われわれ日本人の今の言語生活です。

例えば「セイコウした」と聞く。「セイコウ」の字が色々浮かびます。誰と誰がどこで、あるいは、誰がどの分野で、というのがつけばわかる。しかしそれがなくて、ただその「セイコウ」という響きだけが耳に入ってきたときは、決めかねる。逆に言えば、その同音異義語を使ったシャレというのは、底が浅くてあまり効果がない。衝撃の力が少ない。

では、大和言葉、漢語でないほうでやればいいかというと、これが語彙が非常に足りない。日本語というのは、あるところまでは大和言葉でやってきて、そこで漢字というものが入ってきたために、特に文語的状況では、漢字に非常に大きく頼るようになった。その点で、大和言葉の本来の造語能力を放棄してしまった。特に明治以降はそれが甚だしい。識字率が高まるというのは、みんなが漢字を読めるようになるということで、さらにそちらばかりに走ってしまった。漢語を並べればなんとなく文章らしいものになるけれど、耳で聴いたらわからない。つまり洒落にならない言葉なんです。使いにくい。にもかかわらずそのまま使っている。今の日本語は、最初からそういうハンディキャップを抱えている。

響きの言葉遊びで一番うまくいった例を紹介します。読みますので、耳で聞いて意味を浮かべて下さい。これはわかるはずです。

はかかった
ばかはかかった
たかかった

はかかんだ
ばかはかかんだ
かたかった

はがかけた
ばかはがかけた
がったがた

はかなんで
ばかはかなくなった
なんまいだ

谷川俊太郎さんの詩です。全部わかりました？　わかりましたね。

目で見ればわかるように、漢字二字の熟語は入っていません。「馬鹿」のような漢字でも書ける言葉はいくつかあるけれども、基本的には大和言葉です。だから成り立っているんです。

これは谷川俊太郎という天才的な詩人にして初めてできた珍しい例で、なかなかこんなにうまくはいかない。だけど英語の場合、このぐらいのことはいくらでもできるのです。しかもジョイスは、英語だけじゃなくておよそヨーロッパのありとあらゆる言葉を勝手に持ちこんできては、どんどん変えて使いました。アルファベットだとできるのです。したがって、これを翻訳するのはとても難しい。時として、完全に見当違いな訳で済ませてしまう。すり替えることがあります。

午後やろうと思っている『魔の山』のある日本語訳の中に、たまたまこういう例がありました。非常に教養のない、ある女性が出てきて、しょっちゅう言葉を言いまちがえる。あんまりしょっちゅうなので、みんなの顰蹙を買う。例えば「短刀」と言おうとして、彼女「短刃」と言う。これでは洒落になってない。字の間違いであって、発音の間違いじゃない。なんと読むのでしょう。「たんじん」としか読めない。「たんとう」を「たんじん」とは絶対に言いません。もしもどうしても訳すのだったら、小刀という大和言葉のほうにして、「小だかな」とか「小がたたな」とかにすれば、きちんとは知らない言葉を教養ありげに使う間違いとなる。しかし逆に今度は、大和言葉で喋るのには教養は要らないということがある。先の「短刃」は知らない言葉を背伸びして使っているからおかしいのです。日本人における教養というのは漢字だから、漢字の「刀」を「刃」にするしかなかった。

川柳に「失念と云へば立派なものわすれ」というのがあります。「ものわすれ」という大和言葉も「失念」と漢字にすると教養ありげに見えるということです。

昔ある男が京都大学で学んで、大学院に進んだ。そこで、田舎に帰っておばあちゃんに、「あと何年かまた大学で勉強するようにしたよ」って言ったら、おばあちゃんが、「大変だねえ、お前みたいになってもまだ知らない字があるんだねぇ」と言った（笑）。漢字を覚えることが勉強だという思いが、昔から日本人の間にずっとあった。したがって、「小刀」を「小だかな」にしても駄目なんですね。このあたりの、日本語という言葉の限界は、意外に意識されていません。

大和言葉に語彙が足りないというのは、われわれが文章を書いている時に、漢字の使い分けに苦労をする一つの理由です。大和言葉には、「see」と「look at」の区別、「hear」と「listen to」の区別がない。それを、少なくとも文字の上で区別しようと思ったら、漢字を当てるしかない。

例えば「とる」というごく日常的な動詞に対しては、たぶん当てられる漢字が七つ八つすぐに出てきますね。どの「とる」であるか。また「とる」を和英辞典で引けば、英語の対応語がいくつも出てくる。

大和言葉は、歴史上のある時点から、語彙を分化させなかったということです。新しい語彙を作る作業をさぼって、その代わりそれを全部漢字に任せてきたのが日本語なのです。

さらにいえば、漢字はもともとはこれほど単純な発音ではなかった。漢字というのは字であるとともに、一個一個がワード、単語ですから、それ自体意味を持っている。中国語には四つの声調があるから同音の字は少ない。同じ「べん」という字でも、四種類に発音を仕分ける。ぼくは出来ません——誰か中国語ができる方はいますか？　残念——つまり、フラットなのと、上がるのと下がるのと、それから上がって下がるのとがある、だったかな。だから本家の中国では同音異義語が非常に少ない。その四つの区別をなくして一つにまとめてしまうから、日本語ではまぎらわしい同音語がいくらでも増えてしまうということになるわけです。

紙に書くときには、文字を見られるわけですからかまわない。耳で聴く時に困る。だけど、何となく済ませてきた。そのために払った努力、生じた誤解の数々はあるはずなのですが、みんなあまり意識していないし、気にしていない。しかも漢字信仰が非常に強いがために、明治以降、西洋から入ってくる概念は、とりあえず漢字に置きかえてわかったつもりになってしまった。

しかしその置きかえが本当に正しいのかどうか。最近ぼくが気がついて文章にも書いた例があります。それは「権利」という言葉です。英語なら「right（ライト）」、これは「権利」であるとともに「正しい」という意味の言葉です。しかし「利」の字に正しいという意味はない。もしもこれが「権理」、「利益」の「利」でなく、「理屈」の「理」、「ことわり」という字を使っていたら、われわれは権利を要求する時に、これほど物欲しげな、後ろめたい気持ちにならないで済んだんじゃないか。「理」には、正しい、という意味が含まれています。要求することによって得られる物質的な物の方を強調するから、利益の「利」になってしまう。「権利」という言葉自体に、何か物を欲しがるという印象がついてまわる。その先に、このごろの日本人は権利ばかり主張して、義務をしないからいけないとお説教する年寄りが出てくる、ということになる。挙句の果てに国民の権利ばかり書いてある憲法がいけないなどと無知なことを言い出す。憲法というのは国民の権利と国の義務を書くものなのです。

本来は要求して当然のものが「right＝権利」です。要求することが正しいものが「権利」です。最初に漢字の当てはめかたをずらしてしまって、元の意味に戻らないまま使っているために、何か社会全体にまで歪《ゆが》みが生じている。

『ユリシーズ』の文体の話からここまで言葉の話に踏み込めるというのは、いかに『ユリシーズ』が言葉に依存して、言葉そのものを精いっぱいこき使おうと思って、そういう姿勢で作られているかということですね。

この時間は概説であって講読ではないので、テキストの中にはそんなに踏み込みません。ぼくが話したことを入口として、中へ入りたいと思った人は各自思うとおりやって下さい。

しかし周辺から固めていく、ということはあります。なぜこの話は読まれるべきであるか、その理由をぼくはもう少し述べましょう。ときには内容に踏み込みます。ときにはさっきのように朗読もします。二十一世紀の始まりの今これから、この世界で知的に生きていくためには、これを読んだという体験があると、その先役に立つし、面白くなるとも思うからです。

悪筆を承知で、今日はだいぶ黒板を使っていますね。

隠れたものについて論じることが、はたして口頭でできるのかどうか。ぼくが喋って使っている言葉、特に漢語の一つ一つを、皆さんがパッと頭の中に思い浮かべることができるか。それが気になっています。少人数の講義、みんながテキストを目の前に置いて数名、あるいはせいぜい十名くらいで、一つ一つ読んでいく、ということならできる。そうではなくて、こういう形でテキストを持たずに、つまり話し言葉にここまで依存してなお抽象的な論を展開できるかどうか、いささか危ぶみながらこの連続講義を始めました。それで、ここ『ユリシーズ』に至って、ついに黒板に字を書かざるを得ない状況になりました。

でもジョイスもまた、書かれた文字を利用しながら、話された言葉について何かを伝えようとしています。文字という道具は絶対必須なのです。

昨日、ドイツ人は朗読がやたらに好きだという話をしましたが、『ユリシーズ』の朗読があるのか聞いてみたいですね。難しいと思います。特に、英語だけではないさまざまな国の言葉が流れこんでいる部分。基本的には英語だけれども、スティーヴン・ディーダラスは文学志望のインテリで、他の国の言葉もできる。聞きかじったものを使う。例えばフランス語があったらちょっと使ってみて、しかも耳で聴いたその連想を大事にして、連想でどこまでも飛んでいってしまう。

ポリグロットとか、マルチリンガルという言葉があります。いずれも幾つもの言葉を使うという意味です。あるいは「エクソフォニー」という言葉が、最近多和田葉子さんが出した『エクソフォニー　―母国語の外へ出る旅』(二〇〇三)に使われています。彼女は二つの言語を駆使して書く作家・詩人ですね。

これはまた日本語の、あるいは今の日本人の、一つのハンディキャップなのですが、われわれは日本語以外の言葉を身につけるのにも苦労をしがちです。つまり、他の言葉に対する敷居がとても高くて、またぐのが容易でない。ヨーロッパはお互い言葉が似てますから、違う言語を学ぶといっても、さほど苦労はしていないように見えます。彼らはけっこう大変だと言うけれど、日本語から他へ行くのの比ではない。

「日本語ってどういう言葉？」って聞かれたときに、中国語との関係を説明して、漢字のことを話すのがいいと思います。漢字を使わない人たちは、漢字には大変みんな関心がありますからね。中国と文字は共通する、と説明する。中国人が書いた文字を日本人は読めるし、日本人が書く文字も、中国の人はまあ読める。しかし文法と本来の語彙からいえば、フランス語とアラビア語ぐらい違うというと、みんな愕然とするんです。隣国だから、イタリア語とフランス語の関係かなと思っていると違う。まるで違う系統の言葉です。しかし文字は読める。これは本当に説明しがたい。

つまり、フォネティック phonetic、表音文字であり、イディオグラム idiogram、表意文字でもあるという漢字の特性。同じ字をまったく違う発音で読むというのは、ヨーロッパ系言語の人にはわからないですね。意味に文字を当てるというのもわからない。彼らは文字は音に当てるものだと思っている。これをちゃんと説明するのに、だいたい紙か黒板と一時間の講義が必要です。そういう立場、どの言葉からも遠いところにいるわれわれ日本人であるから、最初の外国語はものすごく難しい。

その上、島国である日本というのは閉じた国です。しかも国の中でほぼ同じ文化を押し広げて一色に染めてしまった。つまりバラエティがない。方言の撲滅にひたすら走った。小学校と軍隊でいわゆる標準語をしっかり教えて、一国一言語がほぼ徹底している。もちろんまだ方言はありますけれど、これだけテレビが文化的力を持っていると、速やかに駆逐されていくことでしょう。次の世代はもう年寄りの言っている言葉がわからない。ぼくが住んでいる沖縄の場合は本当にそうなんです。

日本人は、一つの国には一つの言葉と、思い込んでいるところがある。「フォリン・ランゲージ foreign language」を「外国語」と訳します。なぜ「国」の字がつくのか。外国の言葉だから。でも、「フォリン」は、「国」とは限らない。それでも国の概念がどうしてもついてまわる。「母国語」というでしょう。母国という国はあります。人はだいたいそこの言葉を最初に覚えます。しかしそれが一つとは限らない。本来これに当たる英語は「mother tongue（マザー・タン）」、「mother language（マザー・ランゲージ）」、「母語」です。母親から教わる言葉。赤ん坊として生活の中で最初に覚える言葉です。でもそれがその人の国の公用語であるとはかぎらない例が、実は多いという状況に、われわれ日本人はなかなか思い至らない。母国語と母語は異なる場合がある。

ぼくの体験を少しお話ししましょう。昔、アテネの大学の予科で、現代ギリシャ語を勉強していた時、ケニア人の友達が二人できました。彼ら同士は英語で話しているんです。それで「君たちはなんで自分たちの言葉で話さないの」って訊いたら、住んでいた地域が違うから言葉が全然違うんだと言う。ケニアの中には言葉が五、六十はあって、お互い通じない、植民者として入ってきたイギリス人が共通の言葉を持ってきた、一緒に話すには英語しかないのだ、と。こういう場合、母国語という言葉には何の意味もないわけです。

しかし、これが実は世界の一般的な言葉の状況であるわけです。言葉は流動的です。そして人間は、少し知的な活動を広げようと思ったら、やはりよその国の言葉を覚えた方がいい。

この夏、ぼくはある会議でヨーロッパに行って、全部で十名の仲間と議論をしていました。二日間、朝の十時から夜八時までガンガンに議論をして、その後でまた飯を食べにいってまた喋る。基本的には英語です。ぼくは英語で話しました。でもその場で飛び交ったのは、英語、ドイツ語、フランス語、スペイン語、ロシア語、ちょっとだけ現代ギリシャ語、これぐらいは普通に、それぞれその辺で話をしています。トルコ人が一人いたのですが、フランス暮らしが長くて、フランス語を上手に話す。英語はあまり上手でない。だから自分の意見を言う時に、だんだんに盛りあがってくると英語では間に合わなくなって、フランス語で話しはじめる。何人かフランス語ができない人間が混じっているから、彼の隣にいるフランス語が話せる奴が「また、しょうがないな」と言いながら通訳する。これがヨーロッパの知的な場での普通の状況です。

そこに楊《ヤン》という中国人が一人いました。ぼくと彼は筆談をする。英語でも話せるんですよ。でも例えば、「君、ヤンてどういう字のヤン?」って訊くと彼は「この楊です」と書く。フルネームは「楊小濱」、だからぼくが、「これは日本語のハマという字です」と説明して、「日本語風に発音すると、ヨウショウヒンさんですね」と教える。ぼくも自分の名前を漢字で書いて、彼は中国語の発音を教えてくれる。ぼくと彼だったから、中国の文字を使ってこういうことができたわけです。ヨーロッパ系の人たちにはなかなか難しいですが、それでも中国語を少し知っている人が二人いました。

これがヨーロッパの言語状況ですから、約一世紀前の『ユリシーズ』の中でいささか違う国の言葉が出てきても、何の不思議もない。

ところで、ヨーロッパ系の言葉は基本形が同じだから、よく似ています。例えば、「豚」と「青」はこんなふうです。

［豚］ pork（英）― porc（仏）― puerco（スペイン）
［青］ blue（英）― bleu（仏）― Blau（ドイツ）

まず豚。英語でポーク、フランス語でポール、スペイン語でプエルコ。似ているでしょう。ただし英語には「pig（ピッグ）」という言葉と「swine（スワイン）」という別の言葉があります。「スワイン」はゲルマン系で、そのままドイツ語の「Schweine（シュバイン）」に繋がります。「このブタ野郎」なんていう時に「スワイン」を使う。「ピッグ」も使う。でも絶対ポークは使わない。ポークは、豚肉、食べる対象の場合だけです。なぜなら元がフランス語だから。ノルマン人が入ってきた時に、食卓に出てきたのがポールです。ノルマン人はフランス語を使っていたというわけです。その召使いとして豚を育てていたのはアングロサクソンの方で、彼らは生きた豚をピッグ、あるいはスワインと呼んでいた。

牛もそうですね。「ox（オックス）」か「cow（カウ）」であるけれども、食べる時は「beef（ビーフ）」になる。ビーフの語源はフランス語の「bœuf（ブフ）」でしょう。つまり、食卓に出てくる時に名前が変わるということが、イギリスの場合はノルマンコンクェスト Norman Conquest、十一世紀のノルマン人のイギリス征服の結果生じた。ラテン系の言葉では、ポールないしプエルコ、あるいはイタリア語ならポルコ（porco）と、みんな共通している。ですからフランス語を知っていると、イタリア語とスペイン語、ポルトガル語はある程度わかる。そのぐらいの距離の言葉だから学ぶのも楽です。

ヨーロッパ人同士が英語で話す時、「ちょっと待って、これは英語で何て言うんだっけ」と言って、フランス語の表現を口にすると、「ああ、それはこうだよ」って誰かが教えてくれる。そういうことを、しょっちゅうやっているわけです。そういう言語生活をしていることを知ると、

『ユリシーズ』はなるほどと思います。日本人の言語感では歯が立たない、とてもかなわない、と思う。

ジョイスは、アイルランドに生まれながら、結局あの国を出てヨーロッパ中を転々とさまよって、しかもその途中で英語の教師をしていました。例えばスイスやイタリアで英語の教師をしながら、頭の中は英語とアイルランド語で考えている。話す相手の各国のインテリたちは、それぞれの国の言葉で喋る。まことに多言語的状況を生きていました。

物語、小説で一番大切なのは、「場」、「世界」と「登場人物」であると言ってきましたが、『ユリシーズ』の中の「ペルソナ＝登場人物の人格」のこと、それから「ストーリーの展開の仕かた」のことを、少し補足しておきましょう。

登場人物の関係でいえば、さっきだいぶ話した空白部分があるということがポイントですが、主要登場人物三人の周辺に、数えあげれば百人以上の人たちが登場します。彼らの間の会話や交

際が語られ、それをきっかけに遥か深い人類全体の記憶までが引き出されて、次々変形されて提示される。ヨーロッパ精神史の全部が、何かの形で関与している、参加しているといった様相です。もちろんそれは、『モービ・ディック』と同じように百科事典的であり、羅列的です。

様々な色の材質の石を集めてきて首飾りを作る、それを繋ぐ糸として三人の登場人物がいる、というふうに考えて下さい。だからこの『ユリシーズ』の場合も、例えばスタンダールにおけるようには、ストーリー、物語の流れは最も大事なものではない、ということです。

もちろんストーリーは大事です。ストーリーは時間の経過であり、過去の思い出しと未来への予想であり、それが物語というものの基本構造だと言いましたけれど、『ユリシーズ』にもその要素はもちろん充分あります。

ストーリーを読者が読むときに気になる「謎」のことに触れておきます。昨日の『カラマーゾフの兄弟』で話したように、「謎」は非常に大事です。『ユリシーズ』の中の一番大きな謎は、なぜモリーは不倫をし、自分の家の、自分と夫が寝るべッドに他の男を受け入れて、そこでセックスをするのか、なぜそのようなふるまいを彼女はするのか。そして、なぜ夫であるレオポルド・ブルームはそれを認めて、むしろ奨励しているのか、ということですが、最後まで答えはないのです。しかし、なぜかそういう形になっている夫婦なんです。そのあたりがストーリーであり謎であり、読ませる駆動力になっていますけれども、しかしこれは、『ユリシーズ』全体の中では決して大きい部分ではない。それだけを取り出して、『ユリシーズ』の説明をしたら、たぶんそれは非常に何かが足りない説明になると思います。

彼らの生活は、それ以外の部分がかぎりなく肥大して、増殖してしまっているのです。それでも一応、話は朝から始まって、夜で終わっている。時間軸には沿っている。時間軸に沿って進んでいきながら、中心のパーソナリティーが代わっていく。スティーヴン・ディーダラスを追いかけていくと、ここからはレオポルド・ブルームになる、そしてこの部分はモリー、あるいはそのうちの二人が会っている場面がある、といった具合です。

三人が会うのは一番最後の、夜の場面だけです。話は時間軸に沿って進みながら、深く沈んでしまったり、あるいは高く上がったり、横へズレたり、様々な運動をしています。戻ってきて次へ行ったりもする。それが一九〇四年六月十六日であり、ダブリンであり、この三人である。「時」と「場所」と「人」、この三つの基本要素です。

言葉は精いっぱい使われていますが、全体としては、ぼくは静かな小説だと思います。『カラマーゾフの兄弟』と比べるとよくそれがわかります。『カラマーゾフ』では、スピード感のことをいいました。アリョーシャが若者特有の積極性というか、性急さによって、常に走っているのを、作者が一所懸命追いかけるといった印象の、展開の速さ。それから登場人物みんなが激しい感情を抱いていて、やたらに興奮して騒ぎまわる。挙句の果てに人まで殺す。

それに比べると、ずっと静かです。しかしそこに、騒々しいものとしての駄洒落、地口、歌、議論——自分たちの運命を巡る議論ではなくて、もう少し抽象的な、離れたものを巡る議論だから、決して激するところまでいかないんだけれども——、そういうものがたくさん流れこんでくる。

言ってみれば、ドストエフスキーの場合は、激烈な感情によってようやく引き出せたような真理、みんながんがんに熱くなってようやく出てきた人間性についての真理が、『ユリシーズ』の場合は、「言葉」という触媒を使ったために、比較的低い温度でも析出――これはもう文書語ですね――した、そういうカラクリになっています。

どうもぼくは、こうやって話していること自体が、だんだん雑然として、雑談と脱線が多くなって、細部が増殖して、次第に体裁を失って、つまり、この講義そのものが最初月曜日から始まって日曜日に至るまでに、次第に『ユリシーズ』化し、『白鯨』化するのではないかと危惧しています。今日は相当ひどかったね。

九月十八日 木曜日　午後　第八回

マン『魔の山』

午後は『魔の山』です。著者はトーマス・マン（一八七五―一九五五）。

書かれたのは一九二四年のドイツ。第一次世界大戦でドイツが負けて、ヴェルサイユ条約で押さえこまれて、ワイマール体制下の時代に書かれた作品ということになります。

ご承知でしょうが、まず、ドイツというのが、当時のヨーロッパの中でなかなか問題のある国だったと言わなければなりません。今はともかく、かつてのドイツにはいくつかのコンプレックスがついて回っていました。

まず、後進国である、というコンプレックス。というのは、国家としての統一が隣国フランスに比べるとかなり遅かったのです。小さな国が乱立していて、それが大雑把にドイツ・オーストリア圏を構成していた時期が長くて、国としてまとまるのが遅かった。この点はイタリアに似ています。先日読んだ『パルムの僧院』は、イタリアがまだバラバラだった時期の「パルム」という小さな公国を舞台にした話だったわけですが、ドイツの場合も長らくイタリアに近い状態だった。

これは、ぼくらが常識的に知っている町を考えるとよくわかります。フランスだとまずパリがあって、それからマルセイユがあって、リヨンがあって、それ以外にトゥールーズなどもありますけれど、大きな町と小さな町の差が大きい。つまり中央集権的である。ともかくもパリ、そしてその他という感じ。

ところがドイツは、どこかで名前を聞いたことがあるような小さな町がやたら多い。例えばワイマール。ゲーテの住んでいた実に小さな町ですが、「ワイマール憲法」というのがありますね。あるいはハイデルベルグ、マグデブルグ、みなそこそこ有名、という町が非常にたくさんあります。つまりセンターがないのです。

今、首都はベルリンになっているけれど、パリがフランスの中心であり、東京が日本の中心であるような意味では、ベルリンは中心ではない。フランクフルトは大きいし、ミュンヘンも大きい。ビジネスだとデュッセルドルフですか。ちなみに旧西ドイツの首都だったボンは、実は大変小さな町です。要するに地方分権的な構造の国家なのです。そしてそれは、統一が遅くて、地方に小さな国がたくさんある状態が長かったからではないかとぼくは考えています。

では、ドイツとイタリアではどこが違うか。それは、ローマがあるかないか、というところですね。とにかくローマというのは延々と古代からローマですから、これは最初からサイズが違う。

それからもう一つのコンプレックスの原因。その位置から「中間の国だ」という意識があるということです。つまり東と西の中間、ということです。遥か東にロシアがあって、ロシアとドイツの間にポーランドその他の東ヨーロッパがある。西はといえば、フランスそしてイギリスという強国である。ヨーロッパの真ん中といえば真ん中ではあるけれど、中央であることは必ずしもピークではなくて、むしろ二つの勢力の間に挟まれた場所であるという意識。ロシア的なるものとフランス的なるものの両方と常に対峙して、自分らしさを保ってこなければいけなかったのがドイツなのです。

さらに、第一次世界大戦でひどい負けかたをして、その後賠償その他でいじめられた。

ぼくは一九四五年、第二次世界大戦終戦の年の生まれです。ぼくが生まれて一か月と一週間と一日して戦争が終わりました。したがって戦争を覚えているわけではない。しかし第二次世界大戦の後の、戦後の雰囲気というのはよく覚えているし、それが、言ってみればぼくが初めて得た世界像ですね。そういう世代です。

第二次世界大戦というのは、日本にとってとても大変なことでした。しかし第一次世界大戦では、日本はほとんど影響を受けていない。それどころか、わずかな戦いで大きなものを手に入れた。ドイツだった青島《チンタオ》あたりを形ばかり攻めて、漁夫の利で南洋諸島、今でいうミクロネシアを、国際連盟の委任統治領という形で預かって自分のものにした。委任統治領というのは、その場所の文化的な発展を手伝ってやらなければいけないという前提で戦勝国が統治を任される敗戦国の領地のことですが、事実上、日本はここを軍事基地化していった。第一次世界大戦は経済的効果もあったし、日本にとっては有難い戦争でした。

しかし、ヨーロッパの人々にとって、衝撃という意味では、第一次世界大戦の方が大きかったかもしれない。だいたい最初の方が衝撃が大きいものです。こんなふうに世界全部を巻き込む戦争というのが本当に起こりうるし、自分たちはそれで死ぬんだということをしみじみと知った。

特にイギリスの知識人にとって、第一次世界大戦のショックというのは大きかった。一世代が丸々なくなってしまったのです。みんな従軍して、みんな帰ってこなかった。ここでみんな、というのはつまり、ケンブリッジ、オックスフォードのインテリたちです。一世代抜けてしまったのです。フランスについてならばマルタン・デュ・ガール（一八八一―一九五八）の『チボー家の人々』（一九二二～四〇）が大戦とインテリの関係をよく描いています。

世界は文明の側から崩れていくということを思い知った、ヨーロッパにとってはそういう戦争です。

ましてやドイツは負けました。この先どうしたらいいのかと途方に暮れたと思います。非常に優れたワイマール憲法を作って、民主主義の極みのような状態を実現したけれども、長くは続かず、ナチスが出てくる。

そのナチス台頭前の、大戦と大戦の中間の時期に、この『魔の山』は成立しました。トーマス・マンは、ある時期まではむしろドイツ主義者で、民族主義的な考えでした。とにかくドイツを何とかしなければいけないという思いが強かった。それがナチスの台頭を見るうちに少しずつ変化して、国際主義になっていった。やがてアメリカへ亡命して、ナチスと対決する形で著作をしながら暮らしました。

もちろん名声はありましたけれど、祖国ドイツを背負いながら書きつづけた、なかなかつらい人生を送った人です。ですから、彼の思想的な変遷は、トーマス・マン研究の一つの大きなテーマです。

トーマス・マンは、貿易で有名なハンザ同盟に属するリューベックという北の港町で、没落しつつあるブルジョア階級、貿易商の子に生まれました。

日本の作家で、やはり港町の没落しつつある廻船問屋の息子に生まれた人がいます。堀田善衞（一九一八―九八）という人です。富山県の伏木《ふしき》という町で生れています。今は高岡の一部になっていますが。トーマス・マンとは直接は関係ないけれど、外に向けて開けていた独特の世界観は、廻船問屋の息子の目であるかなという気がして、何か通じるものを感じますね。堀田さんは亡くなって久しいですが、ぼくは大変尊敬していました。

さて、『魔の山』ですが、まず「教養小説」ということを説明しなければいけません。この言葉は、中身と日本語の訳語とが相当ズレていて、ドイツ語で「ビルドゥングスロマン Bildungsroman」のことです。ビルドゥングというのは、英語のビルディングで、つまり何かを作り上げるという意味です。ですから、教養小説なんて言わないで、「形成小説」とか「成長小説」と呼んだ方がいいと思いますね。

では、何を作るかというと、一人の人格を作り上げる、ということです。ある若者が、さまざまなことを学んで一人前になるまでを追いかけて、その成長の過程を書く。ドイツ文学に特有の用語です。なぜか他ではあまり使いません。一番典型的なのが、ゲーテ（一七四九―一八三二）の『ヴィルヘルム・マイスター』、これは「修業時代＝レールヤーレ Lehrjahre」（一七九五～九六）と「遍歴時代＝ヴァンダーヤーレ Wanderjahre」（一八二九）の二つに分かれています。まさに、ヴィルヘルム・マイスターという一人の青年が、いかにして一人前になろうとして努力をしたか、そしてどう変わっていったかを、追いかけて綴った小説です。

社会と人間の幸福感には矛盾があって、たとえ平和な社会でも必ずしも人は幸福ではない。社会は人にとって幸福な場所ではないということがわかっている。それを前提にして、一人の若者が育っていく途中では、その矛盾と衝突することを当然予想しなければいけない。そのうえで十全なる人格が形成できるかできないか。最初からそういう課題を背負い込んだ、なかなか荷の重い文学の形式です。総論はこの辺までにしましょう。

『魔の山』の主人公は、ハンス・カストルプといいます。話の最初では二十四歳です。リューベックのすぐ隣のハンブルグで、やはり船に関わる仕事をしている、なかなかの名家の出の青年です。本人は文学的な趣味など全くなくて、船関係のエンジニア、造船技師を志望しています。大学での勉強が終わって、これから実務に就こうという年頃の青年です。話の途中で、しばしば作者によって、単純で、しかしなかなか狡猾な青年と呼ばれます。ですが最初はやっぱり、一種白紙の状態、素直な青年です。

そのハンスが、スイスの山の上にあるサナトリウムで療養中の、いとこのヨーアヒム・ツィームセンのお見舞いにいこうと汽車に乗るところから、話は始まります。

サナトリウムというのは、結核の治療のための特別の施設です。半分は病院ですが、病人にとってはそこで暮らすことの方が大事である。つまり、治療法として空気がよいところで規則正しく暮らす。栄養のある物を食べて安静状態を保ち、あるいは適度な運動をして規則正しく暮らす。それが結核を治すのに一番いいと思われていた。特効薬がまだなかった時代です。ストレプトマイシンもパス（パラアミノサリチル酸の略）もなかった。

わかりますか。戦後の日本にこの二つがアメリカから結核の治療薬として入ってきて、驚異的な効果を見せた。つまり、それまでの日本では、結核は非常につらい病気で、結核で死ぬ人が本当に多かったのです。日本で一番有名なサナトリウムは、東京の清瀬にありました。「清瀬」という地名だけで、結核という言葉が浮かんだ。病人同士ではちょっと業界風に、テーベーと言ったりしてましたね。結核は tuberculosis（トゥベルキュロシス）、最初の子音二つ、t、bをドイツ語風に読むとテーベーとなります。そういう言葉が普通の人たちの耳に入るぐらい、知られた病気でした。恐ろしい病気でした。

いとこのヨーアヒムは軍人です。いかにもきちんとした謹厳実直な青年将校です。ハンスはハンブルグから汽車に乗って、どんどんどんどん南に下って、同時にだんだん標高が高くなってスイスに入り、何度か汽車を乗り換えてそのサナトリウムに近いダヴォス村の駅に着きます。そこから馬車で「ベルクホーフ」という名前のそのサナトリウムに向かいます。お見舞いかたがた、三週間だけ滞在する予定でした。一種の休暇です。

馬車がベルクホーフに着いて、その施設に入る。そこからがサナトリウムの中の雰囲気の描写になり、食べる物、他の患者たちなどの様子が綿密に描写されます。

トーマス・マンはとてもしつこい文体の持ち主で、くどい、長い、説明が行きとどきすぎている、いささか疲れる、という印象はみんなが持つでしょう。

例えばスキーの話。ハンスがある時スキーをします。

「ハンス・カストルプは本通りの専門店で一組のスマートなスキーを買い求めた。淡褐色のラックを塗った上質のとねりこ材で、立派な革のビンディングがつき、先端は尖《とが》って上に反《そ》っていた」（下巻・二五九頁）

スキーっていうのは普通、先端が尖っていて上に反っていますよね。それに、だいたいスマートです。これは本当に小さな例ですが、一事が万事で、彼はすべて言葉にしなければ気がすまない性質なのです。

タバコというものがいかに美味しいものであるか、いかに心を静めて、静めることによって逆に精神の活力を引き出すかということが、この調子で縷々としつこく説明しているところがあります。それを読んだのはぼくがタバコを止めて二週間目の時でした（笑）。「そうだったよなぁ」と思いました。結果はわかりますよね。この小説には、気をつけないとそういう危ないところがあります。

さて、ハンスが着いたサナトリウムですが、今のわれわれが知っている言葉でここの雰囲気を説明すれば、「リゾート」です。患者たちは大変に贅沢に暮らしています。日本の結核の患者たちは、清瀬で、自分で七輪でお粥を炊いて食べたりしながら、何もない畳の部屋でじっと寒さに耐えて病気が去ってくれるのを待っていた。ヨーロッパの――ブルジョアではありますが――実力というもの、彼我の豊かさのレベルの違いを、戦後みんな『魔の山』を読んで思い知った。これはそういう小説です。これならば結核になるのも悪くないと思う。

　実際どのくらい贅沢だったか、ちょっと昼ごはんの場面を読んでみましょう。

「昼食は調理もすぐれ、分量もたいへんなものだった。滋養に富んだスープも加えて六品はでた。魚料理のあとには、添え物のついたこってりとした肉料理、つぎに特製の野菜料理と鳥の丸焼、味の点では昨晩のに劣らないプディング、最後がチーズと果物だった。どの鉢《はち》も二回ずつ回された。――そのたびごとに七つの食卓の人たちは、皿に山と盛ってこれを平らげた。――食堂全体は狼《おおかみ》のような食欲に支配されていた」（上巻・一六一頁）

　というふうな、信じられないような食事を一日五回（朝飯が二回、昼食、昼寝後の軽食、夕食）。よくみんなコロコロに太らないものだと思います。太っていたのかもしれませんし、あるいは太るのが間に合わないほど、体内から結核菌が身体を食べていたのかもしれない。いずれにしても、各寝室の雰囲気、大きな食堂、建物全体、それからスイスの山の上という立地、すべてがリゾートです。

　ハンス・カストルプは「自分の場合は病気になって来たのではなくて、いとこの見舞いに来たんです」と、みんなに自己紹介をして、三週間の滞在をスタートします。食事は、食堂の大きなテーブルでみんなと食べますから、自然と食事仲間ができる。そこで、サナトリウムの雰囲気をだんだん知っていきます。

　そしてある日、何となく熱っぽいなと感じる。「風邪をひいたみたいです」と言うと、みんなが「それは怪しい、危ない、風邪ではないかもしれない」とからかう。「まさか」とハンスは言うけれど、念のため、ここにせっかくいるのだから、きちんとここ風の生活をしなさいと言われる。一日四回は体温を測って、その後午後は安静にして、外気浴をする。外気浴というのは、毛布で身体を包んで外でじっとしているのです。「きちんと病人と同じようにしなくては駄目です」と言われて、ハンスは真似事でしてみる。それで体温計で熱を測ってみると、意外に熱がある。それで医者のところへ行って、「風邪をひきました」といって調べてもらうと、なんと結核なんです。そこで、もうしばらくいようと言うと、みんながパチパチと拍手をしてくれて、仲間に入れてもらう。それから彼は結局七年間いつくことになります。帰れなくなってしまった。

その途中でいとこのヨーアヒムは結核が悪化して死にます。七年の間に、本当に様々なことがあります。

最初に「教養小説」であると言いましたが、ハンスとヨーアヒムはここにいる間に人間として成熟していくわけです。といっても人間は放っておいても成熟しません。周囲に教師たちがいるから成長するのです。教養小説であると同時に、これは教育の小説であるということも言えるかもしれません。同じサナトリウムの患者たちがみんな、教師として彼らに何かを教える。

例えばセテムブリーニというイタリア人がいます。彼は人文主義者、あるいは民主主義を信じる啓蒙派です。それに対してナフタというユダヤ人がいます。彼は神秘主義的なユダヤ思想の持ち主で、どちらかというと政治は独裁であるほうが人間にとっていいと信じている。この二人は最後の最後まで論敵です。二人はそれぞれにハンス・カストルプを自分の側の陣営に取り込もうとします。

似たような話を昨日『カラマーゾフの兄弟』の時にしました。若くて純真で敬虔なアリョーシャを、修道院の長であるゾシマと、アリョーシャの兄であるイワンがある意味で奪い合う。ゾシマにはそのつもりはないかもしれないけれど、イワンは「お前は俺にとって大切な人間だから、お前を手放したくないし、ゾシマ長老なんぞに引き渡しはしないぜ」とはっきり言う。これもまた教育の戦いですね。

似たようなことが、このハンスをめぐって、人文主義者とユダヤ的神秘主義者の間で行われることになります。

それから、若い男が主人公となるとどうしても恋の問題が出てきます。ぼくは今回読み返してみて、政治思想についての争い以上に、実は恋の問題が『魔の山』においては大きいのだなということを感じました。昔読んだ時は子供だったので、どうも色恋のことがわからなかったらしい。

ハンス・カストルプの恋の対象は、クラウディア・ショーシャという、ロシア人の女性です。では、彼女はなぜロシア人なのか。それは先ほども言ったようにドイツが中間の国だからです。神秘的で魅力あるもの、捉えがたい魅力は、東から来る、というふうにロシアを意識していた。一方ロシア自身にとってロシアというのは重荷でした。これまでもお話ししたように、ロシアそのものの後進性をいかにするか、ロシアのインテリたちは延々と議論をしながら、どこにも結論を見出せないでいた。しかし、ドイツから見たロシアには別の魅力があったのです。それが例えばこのクラウディア・ショーシャという一人の女性です。

では、そのハンスにとって魅力的に映った彼女はどんなふうななりであったかというと、どこか投げやりでだらしがなくて、グニャッとしてるというのかな、しかし捉えどころのない魅力をたたえていた。

彼女はみなが食事をしていると必ず遅れてくる。みんなが食べ終わる頃遅れて食堂に入ってきて、ドアを「がたん、ぴしゃん」と閉めて、自分の席へ行く。後ろでそのドアを閉めるすごい音がするから、ハンスは「うるさいな、まったく。誰だろう」と思って振りかえる。するともうその時には彼女はドアのところにはいなくて、姿を見ることはできない。二度目か三度目にようやく姿を見ることができる。

その出会いから始まって、ハンスはクラウディアのことが気になってしかたがなくなる。「あれはどういう人ですか」と隣りのおばさんに尋ねると「あのテーブルは上流ロシア人の席で、あの人はロシア人よ」と教えてくれる。ロシア人の中に上流下流と、身分の違いがあるわけです。ロシアの偉い官僚の奥さんかなんかだろうけれど、発病したからここへ来ていると説明される。

ハンスは、子供の頃にちょっと出逢って、なぜか非常に魅力を感じたクラスメートの少年のことを思い出します。ヒッペという名前の少年に、ハンスは淡い想いを抱いていた。ある時「鉛筆をちょっと貸してくれない」とヒッペに言うと、「いいよ」って貸してくれて、しばらく喋ったことがあった。それだけでもう本当に嬉しくて、そのことをずっと覚えているのです。そのヒッペ君の顔つきに彼女が非常に似ていることに、ハンスは気がつきます。

ところが、意外にこの「リゾート」の雰囲気は礼儀正しくて、男が女の患者にそう簡単に声をかけるわけにいかない。三週間ずっと気にしながら何となく声をかけずじまいでいて、せいぜい郵便物を受け取る時にちょっと触れ合って「失礼《パルドン》」という彼女の声を聞くことぐらいしかできなかった。でもすごく気になっている。遠慮深い憧れを抱く、賛美者という状態でいつづけて、結局ハンスが彼女と本当に話をするのは、ずいぶん経ってからです。

これだけの厚みで二冊分の長い話ですけれども、ハンスの病気がわかる最初の三週間で上巻の半分まで、つまり全体の四分の一を使い、その後の七か月間で全体の二分の一、上巻が終わる。そして、残りの半分、下巻で六年五か月をやってしまうという時間配分です。つまり、最初の方が非常に綿密で細かくて、ハンスにとってこのベルクホーフというサナトリウムの生活が、当たり前のものになってしまって、古顔になるにつれてだんだん、だんだんスピードが速くなっていくわけです。時間の価値が薄れていく。ですから、最初の一日は非常に大事です。

これはわれわれが新しい環境に飛び込んだときによく体験する時間の感覚ですね。最初は全部のものを認知していかなければならないから、時がゆっくりと流れていく。

例えば大学の入学式からの一週間は大変です。何もかも新しく覚えなくちゃならない。先生たちの顔、友達の顔、いろいろなシステム、ご飯を食べるところ……。外界に対して自分を開いた、密度の濃い時間を過ごします。ところが慣れてくるにつれて、それが希薄になってきて、別のことに気持ちがいくようになる。日々は機械的に流れる。それと同じことが、このサナトリウムに見舞客として訪れたハンスにも起こったわけです。初めの方が濃密で、次第に薄れていく。

クラウディア・ショーシャとの関係は、最初のころは、ハンスの方はともかく気にしてしょっちゅう見ているのだけれど、向こうはあまり相手にしてくれないということが続きます。クラウディアはハンスの視線には気がついてはいるけれど、だからといってどうともしない。「まあ、あの坊やは可愛いわね」と距離をおいた見かたしかしてもらえない。

教養小説、すなわち形成小説、ということからいえば、ハンス・カストルプにとって、このクラウディア・ショーシャという女性は、女性原理と、それからエロティシズムを学ばせてくれる非常に重要な存在です。

このサナトリウムは、「リゾート」であるから世間から隔離されてるわけです。ここにいるのはみんな当時は難病の結核の患者です。当然日常に「死」の雰囲気が立ちこめている。彼らはある意味で異常に陽気です。いやにはしゃいでいる。元気そうにふるまっているけれど、一日の大半は実は寝ているわけです。夜寝るだけじゃなくて昼間も水平になっていることを強いられる。

そして「死」の雰囲気がずっとつきまとっている。例えば、ハンスが泊まる部屋。最初に着いて泊まる部屋は、一昨日誰かが死んだ部屋だと言われる。仲間たちを見ていても、一人また一人と欠けていく。そしてまた新しい顔が入ってくる。

いとこヨーアヒムも死にます。彼はサナトリウムにずっといて死ぬのではなくて、「ほんのしばらくでも軍務に戻ってから死にたい」といって山を降りる。もうどうにもしようがない状態になって戻ってきて死にます。その他にも、いろいろな人々が死んでいきます。死の雰囲気が濃い。

そして、「死」が濃い場所では「エロス」も濃いのです。人間の精神にとって、エロスとタナトス、性の原理と死の原理はいつも対《つい》になっています。この辺はそれこそフロイトかユングを見て下さい。これだけタナトスの色の濃いところではエロスも強い。ですから、患者同士の恋愛は、どうも非常に盛んに行われているらしい。ゴシップが飛び交います。「あの人は夕べ、誰それの部屋からこっそり出てきたわよ」というような話が、しばしば囁《ささや》かれる。

その中でハンスは、非常にきちんと、謹厳実直に暮らしています。その支えはこのクラウディアに対する気持ちです。しかし彼女は相手にしない。年が違う。三十二歳と二十四歳です。坊やだとしか思っていない。

それで、サナトリウム全体で一晩大騒ぎしようという催しの晩に、彼は初めて彼女に接近して、自分の気持ちを一所懸命伝えます。半分はからかわれながら。その時やっと発した言葉が「君は鉛筆を持っていないかしら」っていうひと言で、これは昔彼が、憧れていたヒッペに対したときと同じことです。

ハンスは一晩中かけて、自分の気持ちをクラウディアに伝える。最後の最後、夜が終わるときに、彼女は、「もう、今日はお終い」と言って部屋に帰ろうとしながら振りむいて、「私ノ鉛筆、忘レナイデ返シニキテネ」とフランス語で言って、彼を部屋に誘うのです。そこでとうとうハンスは、彼女と一晩を共にすることができるわけです。しかしその翌日、クラウディアはロシアへ帰ってしまいます。そういうギリギリの晩であったので、彼は思いを遂げることができたと言えるでしょう。

サナトリウムでハンスを取り巻く教師たちは、クラウディアのエロティシズムと、それからセテムブリーニの人文主義、ナフタのユダヤ的神秘主義、この三つが大きなものだった、と先ほど言いました。

この、一人の未熟なる若者に何人もの師が何かを授けるという形式で、東アジアのわれわれの文化の中で一番有名なのは善財童子です。華厳経の中の話で、善財童子という若者が悟りを得ようと思って、次々に師を訪れる。そうして何かを教えてもらって、また次に行く。最後に普賢菩薩に出会って、最後の悟りを得る。この師が全部で五十三人。東海道五十三次はここに由来するという説があるようです。

それとほぼ似たようなことが、小説のこの『魔の山』の中でも起こる。ただ、善財童子は移動しますが、ハンスは移動しません。山の上で彼に対して、何人もの師が働きかけるわけです。

そういう形を通じてトーマス・マンは何を伝えたかったか。

たぶん思想として一番大事な部分は、セテムブリーニとナフタの議論です。ヨーロッパとはいかなる場所であるか。啓蒙主義的な開かれたものと、神秘主義的な閉じたもの、この二つの間のどこに道を求めるべきか。セテムブリーニはイタリア人、ナフタはユダヤ人です。そして最後に、ペーペルコルンというオランダ人が登場します。彼は、議論を超えた、生きることそのものへの大いなる肯定者です。

このように、様々な国から様々な思想やイズムを体現する人物が、スイスに集まって議論をする。それら全体がヨーロッパである。もうドイツ云々ではないんです。ハンスはドイツ人だけれども、ドイツがどうなのかではなくて、ヨーロッパとはどういう場所で、いかなる思想に導かれているかということが論じられる。いわば、中立国スイスの山で、ドイツ人ハンスを前に「ヨーロッパ」のプレゼンテーションが行われたということです。

去年の夏、ぼくはヨーロッパの何箇所かで講演をして、その時に外から見て、例えば今の日本から見て、EUができて相当なまとまりが生じてきたヨーロッパは、どう見えるかという話をしました。

EU、欧州連合とは何か。去年のヨーロッパで非常に体感したのは、その一月から使われ出したユーロというお金です。国境ごとに通貨を換えなくて済む。これはなかなか驚くべきことです。それでなくても十年ぐらい前から、ヨーロッパ内での移動については、パスポートを見せることはほとんどなくなっていた。EUの外へ出る時はもちろんチェックするけれど、中で動くかぎりは見もしない。もちろん関税もかからない。そういうことが実現していて、なるほどこれがEUかと思っていたんですが、去年のヨーロッパはその印象がいよいよ強かった。

やはりお金というものの影響力です。ユーロ（EURO）。フランスだとユーホ、ドイツだとオイロ、ギリシャ語だとエヴロ。ちょっとずつ国ごとに発音は違うのだけれど、つづりは同じです。実際には紙幣は全部共通で、硬貨の方は国ごとに造っていいことになっている。表は同じでも裏面は国ごとのデザインになっている。ギリシャで受け取ったお釣りが、ポルトガルの硬貨だったりする。それももちろん通用する。

では、なぜヨーロッパはまとまったか。

講演でぼくは、八十年ほど前に書かれた『魔の山』という、ヨーロッパ像を一種の思考実験として行なった小説を思い出しました、という話をしました。つまり、「ヨーロッパ」思想とは何か、「ヨーロッパ」とは何かというプレゼンテーションが、『魔の山』では行われた、と。

『魔の山』の頃はまだ、非常に思弁的な、理念的な形でしかなかったのが、戦後しばらくして「ヨーロッパ」は具体的にまとまるべきではないかという流れが出てきた。あるいは、この小説のように、スイスの山の中で勝手にやっていた議論をもう少し本気でやるべきではないか、「ヨーロッパ」はどっちで行くか、個々の国ではなくて、「ヨーロッパ」というものがどう動くべきかを、議論し始めた。

なぜか。一つにはもちろんアメリカの存在がその理由です。アメリカという非常に大きな、政治的、経済的かつ軍事的な国が世界全体をリードしている。はたしてその後についていっていいのか。対抗するにしても、ドイツ、フランス、イタリアの個々のサイズではかなわない。じゃあまとまろう、という動きが、まず経済から始まります。ヨーロッパ経済共同体（EEC）です。それが他の分野にまで少しずつ手を広げて、統一的な部分を強めて、そして、ついにユーロが成立するところまでいった。

しかしまだ万歳ではない。そんなものに取り込まれるのは嫌だという意見も当然あるからです。大きなユニットと小さなユニットの両方のどちらに属するかは、いつだって難しい問題です。小さなユニットの中で独自性を発揮している方が自分たちらしい。個性がある。幸福である。これも本当のことです。

しかし、小さいままでは呑みこまれてしまう。そうしたら、個の幸福どころではない。大きい枠を作って仮に所属するという考えもあるじゃないかというのが、EUの基本思想です。この辺は、日本の市町村合併とか道州制を巡る論議もそうですが、政治のユニットのサイズの問題として面白いところです。

ヨーロッパの主要な国、少なくともドイツ、フランス、イタリアあたりは、やっぱりまとまった方がいいと思って、そちらの方向へ動きました。しかしイギリスはそう簡単にはいかない。イギリスは島国で大陸に属さないですし、それ以上にアメリカとの間にアングロサクソンの絆が強い。イギリスはEUには入っていますけど、ユーロは使っていません。

数日前にスウェーデンで、ユーロを導入するかしないかの国民投票がありました。最終的に彼らは拒否した。つまり、今はローカルであるほうが有利である、そちらの価値を守りたいという思いのほうがスウェーデンではまだ強かったということです。また、スイスはEUに入っていません。

EUに入り、ユーロを使うことが何も全部いいというわけではありません。しかし、より大きなヨーロッパ圏を想定することによって、協力体制を強めるという考えかたはたぶん間違っていないだろうとぼくは思います。そして、ヨーロッパの個々の国の違いというのは、そういうふうにしても残るようなものであると考えるのと同時に、アメリカに対して、ある部分では彼らは互いに手を結ぶべきだと思います。

一番最初に通貨統一のアイディアを出したのは、フランスのある経済人です。彼は思考実験ではなくて、具体的な実証をしてみました。

百フランの金を持ってヨーロッパを一回りして帰ってきたらどうなるか、というのをやってみたのです。具体的にはその日の通貨の相場を全部調べて、百フランが一回の換金でどれだけ減っていくかを考えました。フランスからドイツへ行って、ドイツからイタリアへ行って、イタリアからスペインに行って、ポルトガルに行って、イギリスに行って、帰ってくる。それぐらい回ると、百フランは換金のたびに目減りして、フランスに戻った時には半分になっている。形式的な交換でお金が減っていく。これは非常に無駄ではないか。これをゼロにしたら、ヨーロッパはその分だけ実質的な強い経済を持つ、というふうな説得から、彼は始めたのです。

驚くべきは、第二次世界大戦であそこまで徹底的に戦い合ったフランスとドイツが、今手を結んでいるということです。あの戦いぶりは、日本と中国、日本と朝鮮・韓国と、同じようにすさまじいものでした。その二国が最近では足並みを揃えているのです。

特にイラク戦争の前には、あの二国が頑として反対してアメリカに楯突いて、そこにロシアが同調して安保理で突っ張ったために、アメリカは国連を巻き込んでの戦争ができなかった。

そういう意味で、ヨーロッパの統一は一つの強い力として働き始めているし、ユーロという通貨は、自分の市場を形成して、世界通貨として通用しているわけです。

そういうこと全部の始まりが『魔の山』にあったというのは言いすぎですけれど、しかしそういう読みかたもできる話だとは思います。というのは、ここ五百年ほど、世界の文明のありかたを導いてきたのは西ヨーロッパの人々だからです。あるいはそこから波及したアメリカの人々。

いわゆる大航海時代以降の時期についていえば、それ以外の地域はあまり振るわなかった。イスラム圏、インド、東南アジア、東アジア（中国と日本）、南北アメリカにあった文明……インドは、ムガール帝国が衰退してイギリスの植民地化が徹底してからは、あまり元気がない。中国文明は、清あたりまででひとまず終ります。清朝末期、中国は力を失って、あとはバラバラです。今また取り戻しつつあるのかも知れないけれども。日本は、もともとが中国文明の小さな衛星国ですから、サイズからいっても、所詮たいしたことない。南北アメリカにあった文明、アステカ、マヤ、インカは、スペイン人によって簡単に滅ぼされた。

こう考えてくると、この五百年をリードしてきたのは、やはり西ヨーロッパです。その理由がどこにあるのかは様々な議論があります。科学の発達だとか、産業革命だとか、キリスト教が正しいからだとか、いろんなことが言われますが、結果論で言えば、彼らは力を持っていたということです。積極的、攻撃的に世界を植民地化して、そこの富を吸い上げるシステムを作った。そうやって富と力で世界をリードしてきたヨーロッパが、自分たちが生み出したアメリカに首位の座を奪われて、逆に自分たちの争いをアメリカに助けてもらう。第二次世界大戦はそういう戦争でした。

話を『魔の山』に戻します。

第一次世界大戦が終わって焼け野原になったドイツにあって、今後はドイツだけを考えていては駄目なんだ、ヨーロッパ全体を視野に入れたものの考え方をしなければ、という思いがトーマス・マンにはあったと思います。それを『魔の山』というサナトリウム小説、教養小説の形で書いたわけです。

トーマス・マンがこの話を書くきっかけになったのは、妻が肺カタルになって、実際にダヴォスのサナトリウムに入ったからだそうです。幸い奥さんはしばらくで治って帰ってきて、その時のサナトリウム体験が彼の中に残った。それでその「場」を使って、思想全部の総ざらえをしよう、ヨーロッパとは何かをもう一遍考え直そうとしたのです。

だから当然イタリアがまず入ってくる。イタリアはラテン系の国々の代表としてです。それからオランダが出てくる。それからロシアはもちろん出てくる。ユダヤ人も出てくる。そして主人公はドイツ人である。そういう形で一種の見取図を作った。そう思って読むとわかりやすいけれど、ある意味でこの並べ方は一種露骨すぎるとも言えます。また、この小説にはフランスという、ヨーロッパで最も重要な国が欠けている。ベルクホーフにはフランス人がほとんどいないんですね。もっともフランス語はよく使われます。ハンスとクラウディアがフランス語で話すのは、それが二人に共通の言葉だったからで、だいたいロシアでは上流階級はみなフランス語で喋った。これはトルストイを読むとわかります。

クラウディア・ショーシャがハンスと一夜を共にした翌日去ってしまった後、何が起こるか。彼女はしばらく経ってから、なんと恋人を連れて帰ってくる。この恋人というのは相当な年配のオランダ人で、おそらくアジアにあるオランダの植民地でお金を作ったブルジョアです。大変泰然自若とした人物で、けっして弁が立つわけではないけれど、その存在自体が周囲の人々を非常に魅了する。ペーペルコルンという名の人物です。

生きるということをそっくり認めてしまう、受け入れる。いろんなことがあるけれども、生きるというのはそれ自体でよろしい、という悠然たる態度。大いなる肯定とでも言いましょうか、そういう姿勢の体現者。だから彼は言葉に依存しない。ただそこにいて朝からジンを飲んだり、タバコを吸ったり、愉快に喋っていたりすることでもう充分満ち足りている、そういう人物を連れてクラウディアは帰ってくるのです。ハンスにとっては大変にショックですが、手の出しようがありません。

ただ、ペーペルコルンとクラウディアの恋人関係がどのぐらい具体的なのかは、彼があまりに悠然としているのでよくわかりません。

少し話は戻りますが、ハンスと一夜を共にした後クラウディアが山を降りる前に、ハンスは彼女にねだってある記念品をもらいます。写真です。「写真ちょうだい」という感じでもらう。この写真が、場所が場所だけに、レントゲン写真なんですよ。ただしフィルムではなく胸のポケットに入るくらいのガラス板。ヌードの極みというか、骨まで見えているわけですから（笑）。ハンスはそれを大事にしている。代りに彼女にあげた彼のレントゲン写真は、もちろん彼女はどこかになくしてしまうんですが、彼はしっかり持っているのですね。

ハンスはサナトリウムに結局七年いました。長い歳月です。クラウディアとのこと以外にも、いろいろなことが起きます。最初の方で前景にあった人々が、次第にバックに退いていったりもします。

ハンス自身に起こったことで、一番神秘的でドラマティックなのは、吹雪の中で迷ったことです。さっき少し読んだとおり、彼はスキーを手に入れて、それをずいぶん楽しんで、技術を身につけたつもりで山に行く。そして吹雪に巻き込まれて、吹雪の中でさまざまな幻想を見てさまよって、死ぬかというような思いをして——その吹雪の場面が三十頁ほど続くんですが——、ようやく脱け出すことができて、何ということなくフッと日が暮れかかったサナトリウムに帰ってくるというところがあります。危機ではあったけれど、自分一人の体験なので終ってしまうと実感がない。これはなかなかいい場面です。

それから後半の方でおかしなエピソードとして、患者たちの間で、交霊術というか、霊媒を使って霊的な声を呼び出して聴くというのが流行る、というのがあります。今でもあるかな。日本でも昔よく子供たちがやったのはコックリさんですね。知ってますか。英語ではコックリさんをウィジャボードという。英語圏でも同じことがあるのです。それをもう少し凝った形でやると、部屋を暗くして霊媒の口から言葉が漏れるとか、目の前の机が持ちあがるとか、その種の神秘主義的な実験が行われる。インチキであるかないか、いつも議論になります。

この種の一種怪しい神秘主義はヨーロッパ人も好きです。例えばマダム・ブラヴァツキー（一八三一—九一）という有名な人がいました。そういうことが患者仲間の間でいきなり大流行してしまって、ハンスは冷たい目で見ているのだけれど、教養のあまりない人たちは、それで大騒ぎをした、ということがありました。

最後の最後に、人文主義者、啓蒙的な民主派のセテムブリーニと、ユダヤ的神秘主義のナフタとの間の議論が非常に白熱して、彼らは普段は抑制した論客なんですけれど、めずらしく侮辱的な言葉が飛び交って、決闘をしようということになる。そして、本当にピストルを持ち出して決闘をして、ある結果に至る。つまり、思想の闘いに武器が出てくるという、古い幽霊が甦るような恐ろしい結果を導くことになるわけです。

この辺りで主要な話はほぼ終りです。そして、第一次世界大戦が勃発します。それが一九一四年、ハンスが山の中に入ってから七年目のことです。

そこで、ハンスは病気が治ったわけではないけれども、自分は戦争に参加すると言って山を降りていきます。そしてこの長い話の最後の場面は、戦場で大砲の煙、硝煙が渦巻く向うへ消えていくハンスの後ろ姿なのです。

彼が戦争で死ぬのか結核で死ぬのか、あるいはまたスイスの山へ戻るのか、健康なエンジニアとして船を造り始めるのか、それはわかりません。しかし、いずれにしても、ぼくたちは彼の後ろ姿を見送って、この話は終わる。

非常に面白いけれども、実際に読むのにはいささかの忍耐を要します。

ただこれは、ここで話す話全部について言えることで、美味しい果物は皮が厚いというか、殻が硬いというか、そうそうすぐには食べられません。何とかその皮に切れ目を入れようと思って、ぼくはこうやって話しているのですから、そのつもりで立ち向かって下さい。

九月十九日 金曜日 午前 第九回

フォークナー『アブサロム、アブサロム！』

今朝は『アブサロム、アブサロム！』（一九三六）です。

ウィリアム・フォークナー（一八九七―一九六二）という人は、非常にローカルな書きかたをしました。アメリカの南部、ミシシッピー州で生まれ育って、最後までミシシッピーを拠点にして仕事をし、「ミシシッピー州のある町」という設定で、自分のほとんどの小説の舞台となる架空の町を勝手に創りました。実際には彼が住んでいたオクスフォードという町がモデルなのですが、「ジェファソン」という町を創って、町ばかりか、さらにそれを取り巻くカウンティー、郡までも創ってしまいました。そしてもっぱらその架空の、だけど非常にリアルな場所「ヨクナパトーファ郡」を舞台にした話を書き続けるという、そういう意味では相当変わった姿勢、強烈な地域性を持った作家でした。

このジェファソンの歴史を、最初から今まで辿るような形で書かれた一連の小説全体は、「ヨクナパトーファ・サーガ」と呼ばれています。具体的にはそこに住んだ様々な人々、起こった事件、家族の隆盛と没落――だいたい没落の方です――のことが、独特の濃密な文体で描かれています。

似たような例として、バルザック（一七九九―一八五〇）がパリを舞台に書いた一連の小説があります。この両方に共通するのは、登場人物がしばしばあっちの話こっちの話に出てきて、それらの話を全部繋げると、その地域の、ある非常に大きな肖像が描かれる。話の一つ一つがその扱う範囲を超えて、繋がっていく。それによって濃い地域性が出る。

でももちろん、話の一つずつにも特徴があって、均質ではない。つまり、長い物語をチョキチョキ切って出したという印象は全くない。一つ一つまるで違います。しかし、「ここに出てきたこいつは、あっ、知ってるぞ。これあっちの話でチラッと出てきたあいつだ」というふうに、あちこちの部分部分が重なり合うようなことがしばしばあります。

フォークナーは、ジェファソンの地図も作ってしまいました。この『アブサロム、アブサロム！』では、下巻の二六四―二六五頁に載っています。実に簡単なアメリカ的な町。要するに縦の道があって、横の道があって、斜めの道が三本あって、遠くに川があって、そこに様々な建物や場所があって、その横に話に登場するエピソードがみんな書いてある。そういう地図です。そしてそれらのエピソードは、この作品の中のものとはかぎらないのです。別の話のあそこで出てきたあれは、ここです、というものも書き込んである。

総論でも言いましたが、ぼくもよく地図を作ります。特に島の話の場合、勝手に実際には無い島を造って、地名を付けて、人口その他をおおよそ決めて、ということをするのだけれども、同じ島を二つ以上の長篇で使ったことは今のところありません。長篇一つと短篇一つまでですね。

フォークナーはこのジェファソンという町にほとんど住んでいたかの如くです。実際に彼が住んでいた町がモデルですから、住んでいたというのも間違いではないんだけれども。

それから、この話ばかりでなく、彼の話には一家の没落の話が多い。成り上がるところはだいたいあんまり面白くないんです。没落しかけていろいろジタバタもがく。それでも崩れていく。他人の目から見ればこの時期が一番面白い。

『アブサロム、アブサロム！』は、トマス・サトペンという主人公を中心にした話です。複雑なので、人物の関係図を見ながら話していきましょう。（二四三頁図）

複雑というよりも、要するにトマス・サトペンという男が、あっちこっちでやたらに子供を産ませたということですね。正規の結婚もあり、そうでないのもある。そういうところから全部が始まる話です。

一人の、非常に野心的な男が一家を興して、大きな屋敷を構えて、たくさんの黒人奴隷を使って成り上がる。それが、昔行なったあることをきっかけに崩れ始めて、彼が作ったものが全て消えていく。この長い過程を、非常に複雑な話法で伝えていくのです。

この講座の一つの軸は、「登場人物」と「舞台」、「世界」、「場」の関係ということですが、この話の場合、「場」は他のどの作品よりきちんと限定されています。島を舞台にすると話が限定されて書きやすいという話をしたけれども、そういう意味ではこの話も地理的に限定されています。

当然その「場」はジェファソンであり、その他の地名はチラホラと挙がりますけれど、具体的ではありません。ミシシッピー州立大学が出てきたり、ハイチという国がチラッと話の中に出てきたり、そういうことはありますが、大事なことはすべてこのジェファソンとその周辺で起こる。

そしてこの舞台は、過去に向かって開かれています。時間的な広がりがある昔のことが次から次へと押し寄せて、今を突き動かす。

フォークナーの小説は、「あらすじ」に圧縮できません。「あらすじ」はない、「あらすじ」というものをまとめられる立場の人間はいない、という考え方に貫かれています。人間の歴史は──この場合、一家の歴史ですけれど──全て主観の絡んだ見かたしかできないのだから、その主観の絡んだ見かたを積み重ねて、全体像を描くしかない。人間の人生は客観視できない、人生の局面は主観でしか語れない、という態度に徹しています。

したがって、トマス・サトペンという男の一生を描くこの物語は、二重三重のナラティヴを重ねて作られる。そこのところが面白い。

まず基本的には、直接この一家とは関わりのない、クェンティンという学生が、この一家のことを友達に語る、というスタイルになっています。クェンティンはこの町の出身です。彼の祖父が、サトペンのほぼ唯一の親しい友達であったので、父親からトマス・サトペンのことをいろいろ聞いた、という設定です。

クェンティンの情報源はもう一つあります。図にローザという名前があります。サトペンの妻のエレンの妹。このローザが最晩年になってから、クェンティンを呼び寄せて、自分の目から見たサトペン一家の話を語るのです。

したがって、自分の父に聞いたサトペンの話、それからローザに聞いたサトペンの話が彼の中に両方ある。この二つは溶け合わない。なぜならば、父の見かたとローザの見かたは違うから。

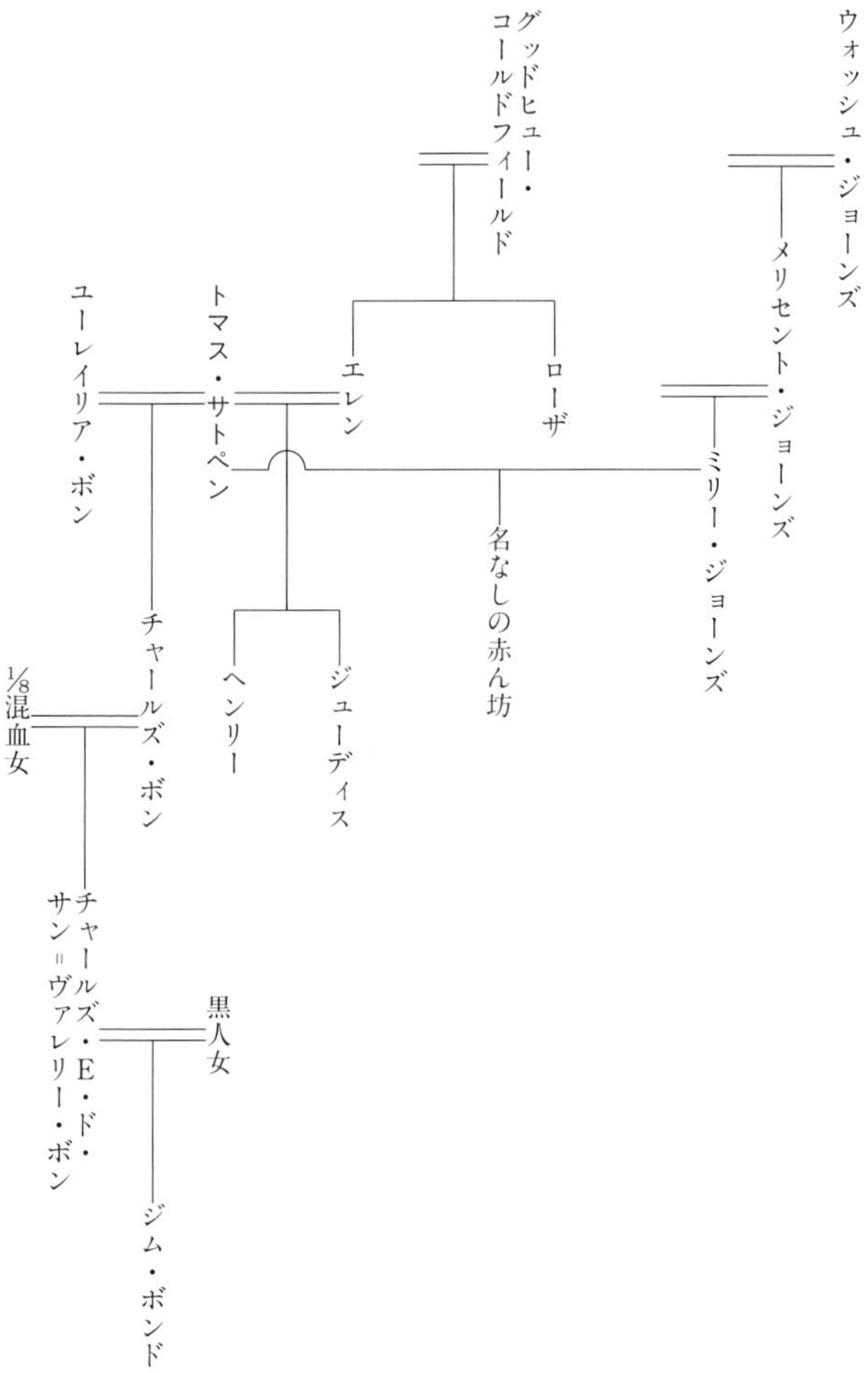
ウォッシュ・ジョーンズ
メリセント・ジョーンズ
ミリー・ジョーンズ
グッドヒュー・コールドフィールド
ローザ
名なしの赤ん坊
エレン
ジューディス
トマス・サトペン
ヘンリー
ユーレイリア・ボン
チャールズ・ボン
1/8混血女
チャールズ・E・ド・サン＝ヴァレリー・ボン
黒人女
ジム・ボンド

両方を並べながら、この一族の複雑きわまる、罪と穢れに満ちた歴史を、友達に向かって話す。この友達はカナダ人で、シュリーヴといいます。彼は「南部」という土地のことを全然知らない。ひたすら好奇心で聞いていて、時々口を挟む。

これが基本的なナラティヴです。もちろん、例えばそのローザの言葉が直接話法で引かれる場面も多くあります。しかし、クェンティンの頭脳を介して、一度解釈された上で、シュリーヴに語られるところも多くあります。

ですから、読者は混乱しがちなのですが、なぜそんなに複雑な語りかたをするかと言えば、そうしなければ語れないものがあるからです。最終的に言いきってしまえば、アメリカの南部、それもディープサウスの人々の物の考えかた、コンプレックス、欲望は、そうしなければ伝えられない、とフォークナーは考えて、延々とこの話を書いた。ですから『アブサロム、アブサロム！』は、アメリカ文学ですけれども、それ以上に南部の話なのです。

では、その「南部」とはどんな場所か。

奴隷制というあの制度によって栄え、その倫理的問題を突かれて、そこから崩れていった地域。南北戦争で負けた後、十九世紀後半のしばらくは、南部の人々は何をする気力もなくなって、ただ坐ってひたすら昔を偲ぶだけだった。そういう時期の南部、一八三〇年代から最後一九〇九年の南部が、この話には書かれているのです。

トマス・サトペンが黒人奴隷を二十人連れて、ジェファソンに現れる。それが一八三三年です。ほぼこの時期から、彼が死ぬ一八六九年までが主要な話。あとは後日談が延々と続いて、この話全部が語られている「現在」が一九〇九年というわけです。数十年前のある一家の歴史を、一九〇九年という時点になって論じるという形をとった物語なのです。

フォークナーの魅力の一つは、強烈な文章です。南部の雰囲気を力強く伝える。しつこい、大変に細かく計算された見事な文体です。迷路を辿るような、非常に手間のかかる、決してスピードの上げようのない文体です。文章を楽しむという点では、これは『百年の孤独』と同じぐらい面白い。ですから、なるべく丁寧にゆっくり、端折らずに読んで下さい。

「あらすじ」はないと言いましたが、少し話の流れを追ってみましょう。

一番最初の場面は、九月の午後です。

「風もなく暑くて物うく死んだような長い九月の午後の、二時すこし過ぎ」、クエンティンが、ローザ・コールドフィールドというおばあさんに呼びつけられて、彼女の家でその午後いっぱい、延々と長い昔話を聞かされます。

では、そのおばあさんはどんな姿か。この、具体的な姿が浮かぶような書きかたがやっぱり大事ですね。

「そしてクエンティンの向かい側には、ミス・コールドフィールドが、姉のためか、父のためか、それとも夫ではない男のためか、だれのためかわからなかったが、もう四十三年間も着つづけてきた永遠の黒い喪服をまとって、背のまっすぐな椅子にまっすぐ背中をのばして坐っており、その椅子は彼女には高すぎたので、彼女の両脚は、まるで脛の骨とくるぶしが鉄でできてでもいるように、まっすぐ硬直して垂れさがり、子供の足のようにいら立ちながらもどうしようもなくじっとしているみたいに、床から完全に浮いていた」（上巻・七―八頁）

この形容の積み重ね。一つの名詞のように形容詞、形容句をひたすら積みあげて具体化していくのです。

そしてこのように、全体としてフォークナーの文体は大変ヴィジュアルです。具体的な、目に見える形での描写が多い。クエンティンは、こういうおばあさんから話を聞き始めるのです。

話の始まりは、一八三三年六月のある日曜日の朝。非常にはっきりしています。

その日何が起こったかというと、トマス・サトペンが黒人奴隷を連れてジェファソンに現われるのです。彼はそっと住み着いて、しばらく何かゴソゴソしていたかと思うと、チカソー・インディアンのとてもいい土地を、十マイル四方、百平方マイルにわたって手に入れる。一応郡が管理している土地なのに、そこのところをどう誤魔化したのか、いくら払ったのか、ともかく一番良い土地を、百平方マイル手に入れる。

この土地はそれ以来、サトペンズ・ハンドレッド、サトペンの百マイル領地、というあだ名がつくことになります。

次に彼は、その土地に、連れてきた黒人奴隷たち――それもどうも英語がわからない、フランス語らしき言葉を話す――を使って、フランス人の建築家に大きな屋敷を建てさせます。

なぜ屋敷を建てるのかというと、彼の野心は、ともかく一家を成して、一人前の紳士と呼ばれたいということだからです。非常に貧しい、いわゆるプアホワイトの、食いっぱぐれのしようのない若者だったサトペンは、若い時にハイチに行って一財産を作って、紳士になろうと、奴隷たちを連れてアメリカに戻ってきたのです。

一家を成し、紳士と呼ばれるためには、土地と黒人と立派な家がなければいけない。そう思い込んで、ひたすらこの理想を実現するために、このまことに具体的な物質的な願いを実現するために、彼は「さまざまなこと」をしてきた。

なぜ土地と黒人奴隷と立派な家がなければいけないか。なぜなら子供の時に大きなお屋敷の正面玄関から入って、裏へ回れと三度叱られたということがあったから。それ以来、ともかく立派な家を造って、奴隷を使って領主になるんだということを目標に、若い日々を送ってきた男です。

このように物語は始まるのですが、ローザの話はそのままサトペンの生涯を辿るわけではありません。ローザには言いたいことが別にある。サトペンに対する恨みつらみ。彼と関わったために自分の一家がどうなったか。

図でわかるように、ローザの姉のエレンは、トマス・サトペンと結婚します。そしてヘンリーとジューディスという子供を二人産んでいる。しかし、そのずっと後で、ローザはローザで、サトペンと関わりを持ちます。エレンが死んだ後に、非常に奇妙な状況で、サトペンはローザに結婚を申し込んだのです。

事態はたいへん錯綜しています。ローザはエレンのかなり歳の離れた妹で、エレンとサトペンの間に生まれた二人の子供のうちの妹のジューディスより、さらに歳が四つ下なのです。叔母のほうが年下だということです。にもかかわらず、エレンは死ぬときに、ローザに向かって「私の子供たちをよろしくお願いするわね」と言う。結局、ローザは世話をしたわけではありませんでしたが。

ともかくその後ローザは、南北戦争の後で若い男が不足していたということもあり、結婚話もないままに、サトペンの家に出入りして暮らします。

この状況でローザは、サトペンのプロポーズを受けそうになります。歳は非常に離れているし、サトペンというのは、そもそもとんでもない奴である。それなのになぜか。ローザは実に不思議なことを言います。

「いいえ。わたしは自分を弁護するつもりはありません。若かったためだなどと弁解するつもりはありません。だって、一八六一年（南北戦争の起こった年）以後の南部ではどんな生き物でも、男でも女でも黒んぼでも騾馬《らば》でさえも、若さを経験する余裕も機会もなかったばかりか、それを経験した人から若いとはどういうものかということを聞く機会さえなかったからです。わたしはあの男のそばにいたためだといって、弁解するつもりもありません。わたしは結婚適齢期の若い女で、その時は、平時だったら知り合いになったかもしれない若い男のほとんどが負けた戦場で死んでいたのは事実ですし、あの男と同じ屋根の下で二年間暮らしたのも事実ですが。わたしは物質的必要に迫られたためだとも、弁解するつもりはありません。みなし児で女で乞食同然だったわたしが、保護ではなくて毎日の食物を、唯一の親戚に、死んだ姉の家に自然に求めようとしたのは事実でしたけど」（上巻・二六頁）

こういう具合に、延々と言いわけをします。しかし実際には、サトペンとローザは結婚しません。なぜならば非常に侮蔑的なことをサトペンが言って、それはさすがのローザさえ受けつけられないような発言だったからです。「試しに子供を作ってみて、それが男の子で無事に育つようだったら、そうしたら結婚しようか」と言ったのです。彼女は最後に怒って、自分の家に帰ってしまう。トマス・サトペンが欲しかったのは、愛情でも、もちろん妻でもなくて、要するに息子なのです。

話を元に戻せば――この話はしょっちゅう元に戻ったり先へ行ったりするから、こうやって説明しながら元に戻すのも、全然躊躇しないんだけれども――、トマス・サトペンがローザに不届きな結婚を申し込んだとき、サトペンとエレンの息子ヘンリーは、彼の前から姿を消していました。帰ってくる見込みは全くなかった。

さらにもう少し話を元に戻します。サトペンがジェファソンにやってきて、大きな土地を手に入れて屋敷を建ててなかなか栄える。そして町の中でも成り上がり者になる。成り上がり者だから、金持ちにもかかわらずあまり皆から相手にされない中で、ジェファソンの二流の名家コールドフィールド家と仲良くなる。それが十九世紀前半、一八三〇~四〇年代のことです。そしてその上の娘――まだローザは生まれていない――であるエレンと結婚する。そして、ヘンリーとジューディスという二人の子供が生まれる。そこまではとんとん拍子に見えます。

しかしトマス・サトペンには、エレンと結婚する前に黒人奴隷の女に産ませたクライテムネストラという長い名前の娘がいます。クライテムネストラというのは、ギリシャ神話に出てくるアガメムノンの妻の名前です。話の中、日常的には、クライティと省略して呼ばれています。この頃の南部で、かくもブッキッシュな、教養主義的な名前をつけるはずがないという気はしますが、つけてしまうのがフォークナーなんですね。そのクライティは、いないも同然の扱いを受けています。

ヘンリーは成人してからミシシッピーの州立大学に行きます。そこで非常に親しい友達ができる。そして休暇にその友達を自分の家に連れて帰ってきます。その友達の名はチャールズ・ボン。図を見ればわかるように、チャールズ・ボンは実はヘンリーの母親違いの兄です。

トマス・サトペンは、ジェファソンに来る前にハイチでユーレイリアという女性と結婚して子供を作っていた。しかしある理由からサトペンは彼女を捨ててジェファソンに来る。それはユーレイリアには黒人の血が混じっていることが結婚後にわかったからです。サトペンの、あるいは当時の南部の普通の白人たちの考えの中では、黒人の血が混じった人間はクラスが下なのです。エレンと結婚するまで、自分の周囲には白人の女なんかいなかった、だから黒人女に手を出した、当たり前じゃないかと、サトペンは言い訳をします。そしてクライティが生まれた。

彼の望みは、白人の女と本当に結婚して、息子を作って、自分の一家を継がせたい。せっかくこれから財産を築くのだから、それを息子に継がせたいということです。だから、ユーレイリアと自分との間にチャールズが生まれた時には嬉しかったのだけれど、黒人の血のことに気がついたので、母子を捨てる。そして、ジェファソンにやってきて、前のことを隠してエレンと結婚する。

成人したヘンリーが大学へ行って、休暇に連れて帰ってきた友達のチャールズ・ボン。顔を見ただけで確証を得たわけではありませんが、サトペンは何か「ひょっとして」と思う。そこで、ニュー・オリンズに行って調べます。その結果、自分の息子であることがわかる。ここは一種の因縁話ですね。

ところが、チャールズ・ボンとジューディスが仲良くなって婚約する。実は異母兄妹ですから結婚はできない。サトペンはヘンリーを呼んで、その結婚は許せないと言う。「なぜならば、あれはお前たちの兄だから」と。

昔したことが今に影響する。最初からたどれば、見た目ではわからないにしても、ユーレイリアの祖先のどこかで黒人の血が混じったことが、彼女とサトペンの結婚を壊してしまうわけです。その昔の行状から生まれた子供は、偶然にも最愛の息子と非常に親しくなる。チャールズ・ボンというのは相当変わった、少しスネた性格の持ち主で、ヘンリーにとってはそれが魅力だったのでしょうが、親しくなったというのは、兄弟で気性が合っていたためかもしれません。

このように、過去が追いかけてきて今に絡みつくということが、しばしばこの話の中では起こります。なぜかというと、これがジェファソンの閉鎖性であり、南部の閉鎖性であるからです。フォークナーの話には、全ては閉じているという感じが、いつもついてまわります。一つの町に舞台を限定しているからということではなくて、話全体が運命のある一つの区画から外へ出られないのだ、ということがわかります。誰もが逃れようとしているのだけれど、そこへどうしても戻ってきてしまうのです。そのような印象が、このジェファソンという町自体についてまわっています。

ある意味では彼らはみんな、過去をあまりにたっぷり背負い込んだために、自分の人格を確定できないような人々です。例えばクェンティン。まだ若い学生ですが、東部の大学にいてもまだ、ジェファソンという故郷の町と町の人々が、彼についてきている。彼の中はジェファソンのことで埋め尽くされてしまっている。故郷の町とそこの歴史が彼に取り憑いて離れないような、そういう苦しい生きかたをしている。

「クェンティンはそうした遺産とともに成長したのであり、名前はいろいろ取り替えられたし、ほとんど無数にあった。彼の幼少時代はそれらの名前で満たされており、彼の体は敗者たちのよく響く名前のこだまするうつろな大広間であり、彼は一個の存在では、一個の実体ではなく、一つの共和国みたいだった。彼は頑としてうしろを見つづけている亡霊たちのつまった兵舎であり、その亡霊たちは戦後四十三年たった今でもなお、あの病気をなおしてくれた熱から回復しきれず、自分たちが戦ったのは熱そのものであって病気ではなかったということに気づきさえしないで、熱からいまだに醒めきれず、熱のために体は弱っていても病気からは脱出しているのに、その脱出が不能からの脱出であることに気づきさえしないで、心の底から後悔しながら、頑固に執拗に、うしろを振り返って熱の彼方の病気を見つめているのだった」（上巻・一五頁）

前へ出ようとすると、後ろから過去が手を伸ばして捕まえにくる。いわゆる後ろ髪を引く。その過去を整理して、ご破算にして、清算して前に進むことができない。これこそが南部であると言わんばかりの部分です。

この話を通じて、クェンティンは、よそ者であるシュリーヴに、南部とはいかなる場所であるかを伝えようとする。しかし聞けば聞くほどシュリーヴにはわからなくなる。そこでクェンティンは、それに対してさらに説明を繰り出す。この繰り返しがひたすら、このしつこい凝った文章で延々と伝えられるわけです。

先ほど、フォークナーの描写は非常に視覚的、ヴィジュアルであるといいました。これには一つ考えられる理由があります。

フォークナーは生涯のほとんどを、このジェファソンのモデルになったミシシッピー州のオクスフォードという町で過ごしましたが、三十代半ばからずっと、断続的にハリウッドに滞在していたのです。四十九歳の時に、当時優れた批評家、編集者として名高かったマルカム・カウリーによる選集『ポータブル・フォークナー』が出るまで、彼の小説はまったく売れなかったので、現金収入を得るために、彼はハリウッドでシナリオの仕事をしていました。五十三歳でノーベル賞を獲るまで、アメリカの人々はほとんど彼のことを知らなかったほどでした。ハリウッドでのシナリオの仕事が、彼の小説の描写をヴィジュアルにしたのではないかとぼくは考えています。

『ポータブル・フォークナー』について少し説明しておきましょう。

カウリーは、フォークナーがかつて書いた小説のあちこちを抜粋し、それを年代順に並べて、ジェファソンの歴史、ヨクナパトーファの歴史を書くような形で、一冊の本にまとめました。

普通は長篇小説をあちこち抜き出して並べてもあまり意味がないのですが、フォークナーの場合はジェファソンという限定された舞台で、チカソー・インディアンたちがいた頃からフォークナーが生きているその時点までの、二、三百年の期間にわたって、さまざまな話、エピソード、物語を書いてきたわけです。ですから、それをうまく抜きだせば、ジェファソン、あるいはヨクナパトーファの歴史のような本になります。カウリーはそうやって、その面白いところだけを繋いで、『ポータブル・フォークナー』という六、七百頁ぐらいの綺麗な本を一冊作った。これは別にカウリーの思いつきというわけではなくて、版元の Viking という出版社が、「ポータブル」というシリーズを出していたのです。つまり一冊本の選集です。

ヘミングウェイにも、『ポータブル・ヘミングウェイ』がありました。やはり、長篇の中から、あの話のここ、この話のここ、といい部分を選び出して、それから短篇が幾つか、それに解説が少し入っているという体裁の本です。体裁においては、『ポータブル・フォークナー』も『ヘミングウェイ』も一緒なのですが、フォークナーの方がよほど緊密感があります。なぜならば舞台が一つだからです。

この『ポータブル・フォークナー』で、彼の作品もだいぶ人気が出て読まれるようになります。けれどもこの選集が刊行される前は、カウリーが作品の選択のために読み直そうと思ってフォークナーの本を探しても、ほとんどが絶版になっていたそうです。手に入らない、古本屋を探し回るしかない、というくらい読まれていなかった。

つまりある時期までフォークナーの作品は、大変難解で何を言っているかわからない、手のつけようのない代物だとしか人々には思われていなかったのです。

彼の小説の中で『響きと怒り Sound and Fury』、というのがあります。最初のところはベンジーという白痴の男の内的独白なのですが、確かにそこだけ読むと意味が取りきれない。手法的に凝り過ぎていて、素人の読者では歯が立たないと思われていました。

ヘミングウェイの作品の映画のシナリオをフォークナーが書いたというのがありました。タイトルは"TO HAVE AND HAVE NOT"邦題は『脱出』。主演はハンフリー・ボガートとローレン・バコール。彼女の言う「用があったら口笛を吹いて」という台詞が有名です。

彼が映画という新しい表現形式と親しくなれたというのは、大きなことです。なにしろ二十世紀は映画の時代ですから。

映画が文学に与えた影響は非常に大きいとぼくは思う。例えば、ある場面を詳しく、見ていたがごとく書く、という技法は、映画が文学に与えた影響が定着したものだという気がします。もちろんそれまでも風景描写はありました。部屋の中のどこに椅子があって、誰がどこに坐って、というような場面の描写もあった。しかし二十世紀に入ってから、小説の中の描写というのは格段に視覚的に、ヴィジュアルになった。映画の文法が小説に取り入れられるようになったということです。

ですがぼくは、自分自身で書く時、ヴィジュアルな描写に凝りすぎることを警戒します。会話の場面を書くにしても、例えば右と左にそれぞれの人がいて話をする、という構図を何となく思い浮かべながら、小説の中の会話を書くということはある。こういう癖は身についてしまうと抜けないです。でも、それればかりに囚われるのではいけない。

映画の文法というものがあります。例えば対決の場面では普通、右側がいい者で左側が悪い者です。逆にすると混乱する。こういう映画の文法を映画関係者はみんな知っていて使っているわけですが、そういうことも何となく小説に影響しているような気がします。

しかし、二十世紀の末辺りになってくると、これも崩れはじめました。というのは、特にハリウッドで映画そのものが崩れてきたから。普通の人々にとっての映画というものが、それまでの映画とは違う、単にものを壊すだけのスペクタクル本位の、パニック物になったために大分変わったのです。だけどまだわれわれの中には、映画の影響は深く強く残っています。

フォークナーのしつこい描写と映像の影響の具体例を、ちょっと挙げてみましょう。

例えば先ほどの四十何年喪服を着ているローザ・コールドフィールドというおばあさん。喪服を着る理由は様々あるわけですが、そのうちの誰を悼んで、惜しんで、悔やんでの喪服なのかわからないほど長い間ずっと喪服を着こんでいて、しかも大変小柄なので坐ると足が床に着かない。その辺りが一つ一つ描写されていきます。そしてさっき読んだ場面の数行前にこんな場面があります。

「その部屋の中では（太陽が家のそちら側をいよいよまともに照りつけるにつれて）埃《ほこり》の立ちこめた黄色い条《すじ》が格子模様をつくるようになるのだったが、クエンティンにはその埃は、ペンキの剝げかけたブラインドからまるで風にでも運ばれたように部屋の中に吹き込んできた、かさかさに干あがった古いペンキの粉末そのもののように思えるのだった」（上巻・七頁）

ブラインドが閉まっていて、そこから斜めに光が差して、部屋の中に立ちこめている埃がくっきりと見える。これはもうほとんど映画です。カメラはそこから始めて、ブラインドをまず映す。

それからゆっくりとパンして、そこにいるローザ・コールドフィールドに焦点が当たって、全身が見える。喪服を着ているおばあさんである。小柄である。足が宙に浮いている。そこで彼女が話し始める。映画の一場面としても完全にできている。これは映画的である、ということを頭においた上で、つまりなるべくヴィジュアルに自分の前に映像を思い浮かべながら読むと、このしつこい文体は大変に効果的であることがわかります。

ちなみにフォークナーはアル中でした。フォークナー夫妻は共にアル中でして、それで苦労したらしいのですが、十年ぐらい前の、『バートン・フィンク』というハリウッドを舞台にした映画に、白い背広を着たアル中のシナリオ・ライターが出てきます。フォークナーがモデルです。ビデオでなら今でも観られます。いい映画です。

それからついでにもう一つ、フォークナーについていささか雑談すると、彼は飛行機が好きでした。趣味が軽飛行機の操縦だった。彼の小説の中でも飛行機はしばしば出てきて、面白い役割を果たします。飛行機乗りを主人公にした『パイロン』という話があります。曲芸飛行のパイロット、旅のパイロットと飛行競技会の物語です。

競技会で、塔を二本立てておいて、その間をグルッと周回飛行する競技があるのですが、その標識塔をパイロンというのです。出てくるのはみな旅芸人みたいなパイロットで、飛行機で田舎町に行っては曲芸飛行をしたり、誰かを乗せて遊覧飛行をしたりして、お金を稼ぎながら旅をしている。そういう旅のパイロットがあの頃いたわけです。その連中が集まって、大きな競技会をやる。スピードを争ったり、ウィング・ウォーキングといって飛行機の翼の上を歩いて見せたり、それから小麦の袋を持って飛んで袋から小麦粉を撒き散らして空に字を書いたりして、見物客からお金を取った。そういう連中のことを書いたのが『パイロン』です。これは彼にしては短めの話ですが、結構よくてぼくは好きです。

タイトルのことをいっておかなければなりませんね。『アブサロム、アブサロム!』。最後に「!」がついています。旧約聖書の「サムエル記」の中に、アブサロムというユダヤのダビデの三男坊の話があります。母親の違う兄を殺して、それから父親に反抗して反乱を起こす。反乱を鎮圧に行った部隊が、父親のダビデはそこまで望んでいないのに、アブサロムを殺してしまう。ダビデは非常に嘆いて「我が息子アブサロムよ!」と泣くのだけれども、そのダビデの呼びかけがそのままこの本のタイトルなのです。だから「!」がついている。

話を元に戻せば、チャールズ・ボンと、ヘンリー、ジューディス兄妹は異母兄弟ですから、チャールズとジューディスは結婚はできない。そのことをサトペンから告げられた後、話は色々と錯綜した挙句、最終的にこのヨクナパトーファのサトペンの屋敷の前で、ヘンリーはチャールズ・ボンを射殺します。兄殺し。そうせざるを得ないところにヘンリーは追い込まれる。これはそういう悲劇です。『アブサロム、アブサロム!』というタイトルは、サトペンの嘆きの声なのです。しかもヘンリーはそのまま出奔してしまって帰ってこない。サトペンは一瞬にして自分の息子二人を失ったことになる。

短くまとめればいくらでも簡単になります。でも、最初に言ったように、フォークナーは「あらすじ」を話しても意味がない。でも、ある部分でこの件《くだ》りが少し要約して語られているところがあるので、ちょっと読んでみます。朗読を聴くのはそんなに苦痛じゃないですね。フォークナーはこの文体、スタイルがすごく大事だと思うので、つい読みたくなります。

クェンティンがサトペンのことを『ファウスト』だという件りです。悪魔と契約して地上の喜びを得た上で、最後に魂を持っていかれる、あの『ファウスト』。

「このファウストはある日曜日に二丁のピストルと二十人の手下の悪魔を連れて突然現われ、あわれな無知なインディアンをだまして百平方マイルの土地を奪い、そこにこれまで見たことのないような大きな家を建て、そのあと六台の荷馬車をつらねてどこかへ出掛け、その家の調度品として水晶や壁掛けやウェッジウッド焼きの椅子などを持って帰って来たが、彼が新たに蒸気船を襲って盗んで来たのか、それとも昔の分捕り品をさらにいくらか掘り出して持って来たのか、だれにもわからなかった。それから彼は人間の着物とビーバーの帽子をつけて角と尾っぽを隠しながら、――悪魔という隠喩ですね――三年間あれこれくらべてくわしく調べたあと、妻をえらんだ(というより、妻を買ったか、義父をだまして手に入れた、という方がいい、そうだな)、それも、町の第一級の名門からではなく、それより下の二流の家からだ。つまり、彼にそれを満たすだけのゆとりができないうちに、妻が華美な生活の夢を持参金代りに持って来る危険がないぐらいに凋落した、だが彼が買い入れた新しいナイフやフォークやスプーンの扱い方がわからずに二人してまごつくことのない程度に落ちぶれていない家からえらんだのだ」(上巻・二七九―二八〇頁)

こうやって結婚します。そして子供ができる。

「そして予定通り娘は恋におち、息子は、自ら結婚して彼を二重三重に安全にするまで、彼（悪魔）と『債権者』の執達吏とのあいだに立ちふさがるあの生きた防壁をこしらえてくれる手先になったが――ところがそのうち悪魔は一転して、娘の許婚者ばかりか息子までも家から追い出さなければならなくなっただけでなく、姦淫の危険が生じた時、彼（息子）が怒った父にかわってピストルを握ってくれるように、息子を堕落させ、誘惑し、催眠術にかけなければならなかった」（上巻・二八〇頁）

気がついてみれば息子は二人ともいない。今まで人生の目標として組み立ててきたもの、積み上げてきたものが、みんな崩れてしまう。どうするか。サトペンは懲りもせず、もう一度最初からやり直そうとするんです。

こんなことになったのに、結局トマス・サトペンには愛とは何か、家庭とは何か、女とは何かが、全然わかっていない。だから自分の家に半ば寄宿している、没落したコールドフィールド家の下の娘、四年前に亡くなった妻の妹で、自分の息子や娘より年下の二十一歳のローザに言い寄って、試しに子供を作ってみて、それが男の子でうまく育ったら結婚しようというふうなことを言って、逃げられる。つくづく大事なことがわかっていない男です。

最終的には、サトペンは、やはりその屋敷の近くに居候風に小屋を立てて暮らしている、ウォッシュ・ジョーンズという爺さんの孫娘、ミリーというまだ若い娘をたぶらかして子供を産ませます。そして、女の子を産んだばかりのミリーに向かって、ちょうど近くで牡の仔を産んだ馬がいたというので「お前も、牝馬だったら立派な部屋が一つもらえたのに」と、またローザの時と同じような侮蔑的なことを言います。そして最終的には、この娘の祖父であるウォッシュ・ジョーンズに殺されます。

人とは何か、人の心とは何かを知らない、我がまま極まるトマス・サトペンという男の行状から生まれる悲劇です。

では、彼は何を知らないか。簡単な話です。人を愛することを知らないのです。誰かの言葉で「地獄とは何か」というと、「地獄とは、愛しえないことだ」というのがありましたけれど、彼は最後まで愛を知らなかったのです。

この話の背景には、「南部」ということに関わる重大な問題があります。「南部」そのものが一つの原罪を負っていたんではないか、ということです。南部の繁栄そのものが、反倫理的な土台の上に載っていたんじゃないか。「奴隷制」です。

実際、サトペンは黒人奴隷たちを連れてジェファソンに乗り込んでくる。その後もこの問題はずっとついてまわります。だいたい奴隷を百人使うぐらいの家柄になって初めて名士と呼んでもらえる。自由なき労働者を酷使して栄える、つまり奴隷制というシステムが経済を支えていた、という意味で、南部の社会はトルストイの時に出てきたロシアの農奴制とよく似ています。

当時の黒人奴隷というのは、家畜と同等の労働力ですから、非人間的な扱いをする一方で、持ち主はいわば繁殖を心がけて、奴隷同士に家庭を作らせ、子供を産ませて増やそうとした。奴隷制度そのものが経済と社会全体に深く組み込まれていた。非常に不思議な社会だと、ぼくらは今想像して思うけれども、当時のアメリカ南部では当然のことだった。そして、その影響はいまだにアメリカに残っています。

あの国はすべて白人の土地ではなく、本来インディアンの土地だったのです。それを奪った。この間『モービ・ディック』の時に、西へ向かって征服しながら開拓していくのが、自分たちが神から与えられた使命であるという、マニフェスト・ディスティニーという言葉のことを話しましたけれど、このマニフェスト・ディスティニー自体が、収奪、奪うことではないのか。

アメリカ人自身が公けにこのことを自ら言いだして、罪を認めて、先住民たちの権利の復帰への動きが広まったのは、本当にこの二十年ほどのことです。今ある倫理の基準で過去を裁いてはいけないのかもしれないけれども、しかし、かつて奪ったということ、それから黒人をアフリカから連れてきて束縛した上で、強制労働をさせた、それによって富を作った、ということは、アメリカ人の心のどこかでずっと、一種の重い罪の意識のような形でずしんと残ってきたのではないだろうか。それが今アメリカ人全体に影を落としているのではないか、という気がします。

つまり、この話全体が、さまざまな罪と穢れの物語である、ということです。

トマス・サトペンがジェファソンに来る前、ハイチにいた時、何をしていたのか。実をいうと詳しいことはわかりません。しかし、あるところでこう言われます。「人間として耐えがたいような、あるいは耐えてはいけないようなことをして金を作った」と。それが最初のスタートのための資本になったわけです。すでに最初から何か罪の匂いがする。

それから、チャールズ・ボンは弟であるヘンリーに殺されますけれど、実は彼は重婚者なのです。ジューディスと婚約しようという段階のとき、実は彼はすでに八分の一混血の女性と結婚していて、子供がいたのです。子供の名前は、チャールズ・エティエンヌ・サン＝ヴァレリー・ボン、ずいぶん長い名前です。

アメリカ南部、特にミシシッピーの辺りというのは、もともとフランスの植民地ですから、フランス系の人名、地名が多い。例えばニュー・オーリンズ。本来の意味は「新しいオルレアン」です。あのジャンヌ・ダルクの出た、オルレアンです。

チャールズ・ボン自身が重婚者であった。それから、黒人の血が混じっているということを気にしていました。

すぐ隣りあって暮らしながら混じってはいけない、あるいは混じってしまったらそれを排除しなければいけない、という日常。一方では性欲に負けて黒人女を相手にセックスをする。当然子供が生まれる。しかしそれは白人の側ではなくて、黒人の側に置く。この区別の仕かた、差別の仕かた自体が一種の罪であるわけでしょう。

トマス・サトペンは、チャールズ・ボンが自分の息子ではないかと、一目見たときにピンときたといいました。

「この父親には、その男を一度見ただけで、ニュー・オーリンズまでの六百マイルの旅行をしてまでその男を調査して、彼がどうやら千里眼によって早くも感づいていたことを突きとめるか、とにかくそれにおとらないくらいに結婚禁止の理由になりそうなことを見つけなければならない

だけの理由があった」（上巻・一四六頁）

それでサトペンは調べに行きます。

それから、ヘンリーの妹に対する気持ちも、ある意味でおかしいといえると思います。妹の処女性に非常にこだわりながらさらに倒錯しています。

「ヘンリーは田舎者で、ほとんど田吾作みたいで、考えることよりも本能的で過激な行動を好みはしたが、妹の処女性に対していだいている自分の田舎者らしい強い誇りは間違っているということに気づいていたかも知れない。というのも、処女性というものが貴重な存在になるのは、それが永久に保つことのできないものだからで、それが失われ、無くなることによって、少なくとも一度は処女だったということを証明しなければならないのだから。確かに、これほど純粋で完全な近親相姦はないかも知れない。だってこの兄は、妹の処女性を一度は存在したことを証明するために破壊しなければならぬとさとり、その処女性を義理の兄の手を借りて奪おうとするのだが、——義理の兄というのはチャールズ・ボンですね——その男というのはもし自分が生まれ変わって妹の愛人に、夫になれるものなら、自分がかわりたいと思っている男であり、またもし自分が生まれ変わって妹に、情婦に、花嫁になれるものなら、その人に奪われたいと、その人を強奪者に選びたいと思っている男だったのだから」（上巻・一四一—一四二頁）

つまりヘンリーは、二重三重にチャールズ・ボンとジューディスの結びつきに執着している。彼はジューディスとしてチャールズ・ボンに犯されたいと思い、チャールズ・ボンとしてジューディスを犯したいと思っています。この錯綜ぶり、倒錯ぶり。普通ではない。だけどそのぐらい家とか、血とか、家柄とか、純潔、あるいは血の純粋さ、混じらないことが、人々のふるまいに絡みついてくる土地なんです。

これは全部、フォークナーの南部です。フォークナーは南部という土地を、どうにもしようがない土地、少し大げさにいうと「業」を背負った土地であると見て、そこに生きる人々の重荷を書いたのです。

結局のところ「南部」とは何だったのか。

それは、どうしてもつきまとって離れない強力な絆です。皆そこから逃げ出そうとするけれども、逃れることができない。

先ほども言いましたが、クェンティンは東部の大学に行くことによって、南部性から距離をおこうとする。自分が南部の人間であるということから、一度は逃れようと試すんだけれども、とても逃げきれない。長い足で走って、長い手を伸ばして、故郷がついてくる。彼自身が神経衰弱に近い状態です。彼は決して抽象的な偏見なき報告者ではなくて、むしろ捕われている。そうやって絡んでくる南部を一旦整理するために、もっとも南部的な物語であるところのこのサトペンの一家の話を、友達に向かって延々と話す。話すことによって、その憑依の状態から逃れようとするんだけれども、それは結局うまくいかない。

では最後はどうなるかといいますと、話をずっと聴いていたシュリーヴの方が彼に向かってこう言います。

「『ところで、ぼくはもう一つだけ、君に聞きたいことがあるんだ。なんだって君は南部を憎んでいるんだい？』」（下巻・二五六頁）

「『ぼくは憎んでなんかいない』とクェンティンはあわててすぐさま、即座にいった。『憎んでなんかいるもんか』と彼はいった。ぼくは南部を憎んではいない　と彼は冷たい空気の中で、ニューイングランドの鉄のような暗闇の中であえぎながら考えた。決して、決して！　憎んでなんかいない！　憎んでなんかいるものか！」。

これが最後の一行です。しかし実際には彼は、この「憎んでなんかいるものか！」と言った翌年かな、『響きと怒り』という別の話の中で自殺します。ちなみに白痴のベンジーはクェンティンの弟です。

フォークナーの作品は、もちろんこういう暗い話ばかりではありません。この話だって、暗いと言えば暗いけれども、ものすごく力に溢れていて、こちらが滅入る暇もないほど強い力で迫ってくる。読後この没落の物語をふりかえってみると、大変に錯綜した印象が残ると思いますけれど、そういう土地である「南部」という場所の雰囲気を、ここまで小説の形で伝えるというのは、大変な力量です。

これはたぶん、ヨーロッパ人には決して書けない小説、アメリカでしか生まれ得なかった小説だと思います。アメリカという、とても不思議な、それまでにはなかった経緯でいきなり生まれて、生まれた途端に大人扱いされた、あるいは大人のようにふるまわなければいけなかった国。露骨に真っすぐ繁栄を求めて走って、そのために奴隷制に頼った。三百年前はない、断ち切られた過去を持った国。しかし二百年前から後は、ともかく何もかもを自分たちで調達しなければいけなかったために、しばしば逸脱をしてきた、そういう国の小説です。

トニ・モリスン（一九三一―　）の『パラダイス』（一九九七）という、やはり非常に南部的な小説のことをちょっと話しておきます。

トニ・モリスンは、今のアメリカの黒人女性作家です。

ある時、黒人たちが白人の軛《くびき》から逃れて町を造ろうとする。そしてその町を自分たちだけで運営していくのですが、次第に内部から倫理的に崩れていく、という話です。

かつてのアメリカの場合、町を造るとすると、西部劇で見るように、その町は大平原の真ん中に造られて、独立あるいは孤立して存在します。周囲との関係が非常に薄い。全て自立、自治でやらなければいけない。ということは、町のボスたちが全部を決めるということです。そして、その町を運営するための倫理の基準も自分たちで用意することになる。もちろん連邦の法も州の法もあります。しかし裁判所は遠いし検察官はいない。それで保安官を自分たちから選んで、事が起こったらその場で全て解決する、というやり方になる。この閉じた状態がアメリカの田舎の町の基本的な姿でした。

ジェファソンの場合もそうなのですが、州判事は巡回で回ってくるし、法律の基準はある。しかしそれを超えて事が裁かれることは少なくない。「リンチ」ということです。しかし、町の成り立ちとありかたを考えたら、そういうことは当然起こりえます。

自分たちだけで事を決めて、それを実行する。なぜなら中央は遠いし、過去に先例がないから。法律というのは、積み重ねた先例を具体的に検討して作られていくものです。しかし、先例がない、過去を引照できない、つまり過去の事例を引用した上で今を決められない。これが歴史がないということです。だから、ある意味ではやりたい放題になる。西部劇でよくあるパターンです。例えば西部劇の名作、映画『シェーン』の場合、争いは白人とインディアンの間ではありません。牧場主と農民たちです。最初に入植した人々は大きな土地を囲い込んで牧場をやって町のボスになる。後からの入植者には、もう牧場をやるだけの広い土地は残っていない。狭い土地で暮らしの糧を得るには農業をするしかない。そこでそういう人たちが集まって農民の集落を作る。牧場側との衝突が起きる……。

『シェーン』の中では、牧場主の側が農民の指導者を殺し屋を雇って殺します。そこで、流れ者のガンマン、シェーンが農民の側に立って、殺し屋を殺す。

西部劇ではよく殺します。午後、改めて話しますけれど、なぜそういうことになるか。それから、アメリカという国にはなぜいまだにあれほど銃がたくさんあって、自分の判断、自分たちの判断で人を殺すことが抵抗なく行なわれるのか。それは、彼らには、法律と倫理、治安、セキュリティーを自前で賄わなければいけなかったという歴史があるからです。つまり世の中の決まり、世間様、お天道様というふうな考えかたがない。

トマス・サトペンの非常に奔放な生きかた、我がままで乱暴な生きかたの背後には、アメリカという国の、こういうありかたがあると思います。そしてそれはその後、現在にいたるまでずっと続いています。非常にドラスティックなことをいきなりしてしまうのです。

　アメリカにはかつて禁酒法というのがありました。お酒というものは、良いことと悪いことさまざまな効果があるけれども、人間の文化には昔からつきまとってきたものです。生活に深く浸透している。もちろんアル中になる者はいるし、お酒にするために貴重な穀物を使っていいのか、貧しい場合はそういうことだって言われるけれども、しかしたいていの文化に存在するものです。それを突然止めようとする。止められるわけがないのに、止めると決めてしまう。無理が生じる分、その隙間でギャングたちが儲ける。清い社会、清浄化された社会を作ろうとして酒を禁止することが、逆効果になって、社会そのものを濁らせることになる。

　ヨーロッパ人はそんなことは考えもしません。無理に決まっているのは、長い歴史から見てわかっているから。そこにいきなり走ってしまうあたりが、アメリカという国の、新しさであり、面白さであり、活力であり、問題点なのです。


　今日は午後、ちょっと歴史的に戻りますが、マーク・トウェインを話します。明日『百年の孤独』をやって、トマス・ピンチョンをやって、作品論は終わりになります。

『百年の孤独』は、南米、ラテンですけれど、トマス・ピンチョンでまたアメリカに戻る。今回選んだ十のうち、『モービ・ディック』を含めて四つがアメリカ、どうしてもそうならざるを得なかった。つまり二十世紀以降、世界中の人々の暮らしかた、生きかた、考えかたに、アメリカは非常に大きな影響を与えているということです。無視するわけにはいかない。批判しながらも学ばざるを得ない。

　皆さんの場合は、生まれたときからずっと、日本全体がアメリカ文化にどっぷりと浸かっているという環境で育っています。ですから、アメリカを相対的に見る視点というのが、第二次世界大戦の雰囲気を知っている世代よりも薄いのではないか。

　歴史が短いから過去の事例に縛られない。だからどこかで歯止めが利かないところがある。つまりトマス・サトペンのような人物を生み出しかねない。あるいはトマス・サトペンのような政府を生み出しかねない。その辺りを前提にした上で、アメリカという国を、世界の中で相対的に見ることが大事だと思います。それもあってヨーロッパの小説も読んできたのですけれど、結局アメリカの時代であることは、誰も否定できません。その上でこの先どこへ行くか。何をするか。二十一世紀というのは、それを考えなければいけない時代です。

　二十世紀の前半、アメリカから次々と優れた作家が出ました。例えばジョン・ドス・パソス（一八九六―一九七〇）、このウィリアム・フォークナー、ヘミングウェイ（一八九九―一九六一）、スタインベック（一九〇二―六八）もいた。ちょっと粒が小さいけど、ナサニエル・ウエスト（一九〇三―四〇）も。それ全体をまとめて、クロード＝エドモンド・マニー（一九一二―六六）というフランスの女性の批評家が、「アメリカ小説時代」と言いました。この時期、映画も、ハリウッドで非常に発達しました。

　つまり二十世紀前半から、アメリカという国が、文化の面においても、世界全体に対して一つの指導的なポジションに就くというのが顕著になってきたのです。二十世紀はアメリカがあらゆる面で世界を覆いだした時代なのです。

いずれにしろ、アメリカをわれわれは無視できません。だからアメリカという国の性格、彼らの性格を正確に知ったうえで、なぜそんなことをするのかと、考えられるようでなければならない。

例えば、先ほど出てきたリンチ――リンチというのは人の名前だそうです。最初にリンチを指導した人らしい――ということがあります。なぜ中央集権的な裁判制度を信頼せず、地方が勝手にそういうことをするのか。アメリカは「合州国」と書く方が正しいとも言われますが、一個一個の独立性が非常に高い「州」が集まった国ということが、あの国を一番特徴づけているのは間違いない。

日本の県というのは、ほとんど中央の下請け機関でしかありません。県には何の権限もない、すべて中央が握っていると、地方官僚はみんな嘆きます。日本の県のイメージでアメリカの州を考えると間違ってしまいます。アメリカの場合、連邦政府が相対的には弱くて、まず各州の政府があって、その上に連邦政府がチョンと載っかっている、というふうな構図なのです。地方ごとの自立性を極端に尊重すると、土地ごとに法が違い、ルールが違うことになる。実際、州法というのが州ごとにあります。死刑を廃止してしまった州も少なくない。

そういうあの国の形を頭に置いたうえで、なぜ、「南部」ということに、ミシシッピーということに、あんなにフォークナーが執着したか考えてみて下さい。

『アブサロム、アブサロム！』は、けっして読みやすい小説ではないけれど、そういう意味でも、やはりとても面白い小説だと思います。同じ時間をかけて、例えば三日、一週間かけて丁寧に読むんだったら、『風と共に去りぬ』よりはこちらを読んだ方が役に立つ。『風と共に去りぬ』はメロドラマだから面白いですけれど、「南部」には、それだけでは足りない暗い部分があるのです。

ちなみに第二次世界大戦の始まる前、真珠湾のしばらく前に、アメリカに詳しい松本重治という人物が日本の政府に呼ばれて、「戦争になったら勝てるか。アメリカ人はどこまで攻め込んだら降参するだろう」と訊かれました。松本さんはその時に「アメリカには勝てないでしょう。たとえ日本軍が次々勝ってサンフランシスコに上陸して、中西部を攻略し、ニュー・イングランドの寸前まで行ったって、彼らはたぶん降伏しないでしょう。そういうアメリカ人の気質を知りたかったら、『風と共に去りぬ』という小説を読んで下さい」と助言をしたそうです。

もちろん誰も読まなかったし、その言葉は無視されたうえで、真珠湾攻撃が始まりました。そういう意味では、スカーレット・オハラの話も大事なんだけれども、ただそれ以上に、アメリカの抱えている深い、暗い部分を知っておくには、フォークナーがいいと思います。

九月十九日 金曜日 午後

第十回 トウェイン『ハックルベリ・フィンの冒険』

『ハックルベリ・フィン』（一八八五）を、子供の時から今までの間に読んだことのある方、ちょっと手を挙げて下さい。では『トム・ソーヤーの冒険』（一八七六）。はい。

『ハックルベリ・フィン』は『トム・ソーヤー』を前提にして書かれた話ですが、続篇のように思っていると、全く違います。

『トム・ソーヤー』は基本的には子供の話であり、少年小説の範囲にピタッと収まっている。言ってみれば、最初から人畜無害にできている。少し意地の悪い言いかたをするとそうなります。例えば、トムという少年がある程度ハメを外す。「弟のシッドと違って、ぼくは模範少年じゃない」と言って、悪戯をして回る。でも子供的な一種の倫理観も持っている。女の子に言い寄って次から次へと婚約してまわったりするけれど、でも結局は相手はベッキー・サッチャーだけです。けっして良い子ではないけれども、しかし、トム・ソーヤーの悪さ、反社会性は一定の範囲内にピタッと収まっていて、ハメを外さない。

今は悪戯者ですが、大人になったらきっと「模範的な」市民になる、と思える。当時のアメリカ社会が持っていたある規範を決して越えない。その規範の方が彼の考えと少しズレているとしても、彼はきちんと規範に従うでしょう。社会そのものに対して反抗するようなことは決して考えない。

トムという少年は、「社会」の内側にいる。悪戯して引っ掻き回して活性化はするけれども、根底からひっくり返すようなことはしない。

一方ハックことハックルベリですが、彼はトムと非常に仲がいい。親友ではあるけれども、しかし基本的な性格は全然違います。家庭環境も全然違います。トムには家があるけれど、ハックには本来家がありません。彼は家がないことを喜んで受け入れている。家がない者としての自分を、最初から認識し、肯定している。つまり徹底的な自由人なのです。

作者のマーク・トウェイン（一八三五―一九一〇）は、本当はハックの話を書きたかった、でもハックの話はあまりにも奔放で、当時の社会的な常識に外れるところが多いので、まず『トム・ソーヤー』を書いたのではないか。

これは『トム・ソーヤー』を書いた時に、ハックを書くことが予定にあったという意味ではありません。あったかなかったかぼくにはわからない。ただ、『トム・ソーヤー』を書き終わったところで、これでは何かが足りない、何か箱に入った子供しか書けなかった、本当はそうじゃないんじゃないか、という気持ちが出てきたのではないかと思うのです。『トム・ソーヤー』を読むのはもちろんいいし、子供たちに読ませるのも構わないのだけれども、それで終わってしまったのではたぶん、マーク・トウェインはちょっと何か足りないという気持になるのではないかと思うのです。

マーク・トウェインという筆名の由来を念のためにいっておきます。マーク・トウェインMark Twainとは、「水深二尋《ひろ》」という意味です。

ミシシッピー川を行き来する船に彼は水先案内人《パイロット》として乗っていました。これは非常に尊敬される、少年たちの憧れの職業です。浅すぎるところに行くと船は座礁するので、水先案内人は常に舳先にいて、浅いところに近づいた時に水の深さを測って操舵室に知らせるのです。「尋」というのは水深を測る時の単位で、一尋は約一・八メートル、「ここの深さはいま二尋」というのが「マーク・トウェイン」というかけ声なのです。二尋あると船を安心して進めることができる。彼はそれをそのまま自分のペンネームにしました。本名はサミュエル・ラングホーン・クレメンズです。

つまり、トウェインにとって川の生活が一番の理想だったということです。これは、『ハックルベリ・フィン』を読めばよくわかります。川の上で暮らすこの自由な感じが人生の理想であって、それに対してきちんとした、日曜日ごとに教会に行く、そういう市民的な暮らしは相当窮屈である、と彼自身が思っていたのでしょう。

そういう自由な生活への憧れと、きちんとした市民生活への義務感の間で、トウェインは引き裂かれていたのかもしれません。彼は、実人生で、この二つをうまく統合することができなかった。どうもそんな気がします。そのせいか、晩年、非常にペシミスティックになり、人間嫌いになります。大変に暗い作品を書いた。あれだけ陽気でおかしくて笑わせる『トム・ソーヤー』を書いた、あるいは自由奔放に生きる『ハックルベリ・フィン』を書いた男が、晩年どうしてこうまで人間に対する不信感を募らせたかというぐらい、暗い。特に最後の『不思議な少年 The Mysterious Stranger』という話はそうです。

自由な暮らしと、きちんとしたキリスト教にのっとったお行儀のよい、そして少なからず偽善的な当時のアメリカの白人、中西部から南部の白人の暮らしとの間で、彼は混乱してしまったのではないか。

奥さんは非常にきちんとした、口うるさい人だったらしい。マーク・トウェインの話の中には、ほとんどセックスという話題が出てきません。検閲されていたというか、出しようがなかった。ハックやトムが子供の話だから出てこないというだけではないと思います。

これはうろ覚えなのですが、三、四十年前に彼の原稿が見つかったという記事を雑誌で読んだ記憶があります。それがトム・ソーヤーが西部に行く話で、その中である若い女性がインディアンに攫われるという場面があった。その場面がなければ話が成立しないのだけれど、それを書いたがために、今度は発表のしようがなくなってしまった。つまり、若い女性がインディアンに攫われるということは、その先で彼女の貞操がどうなるかという問題が当然生じる。そういう危ない話題をトウェインは完成させることができなかった。奥さんが検閲したのか、世間を慮ったのかわかりませんが、とにかく出せなかった。こういう自己規制とハックルベリの勝手極まる生きかたの間が、ぼくにはうまく滑らかに繋げない。何か根本的な矛盾を抱えこんでしまった人である、という印象をぬぐえません。

話を元に戻せば、『トム・ソーヤー』で脇役であったハックが、今度は主役に回る。そうすると筆の伸びが違うのです。『ハックルベリ・フィンの冒険』はいかにも楽しそうにハックの一人称で語られていきます。特に最初の方。前の話の終わりでハックもトムと一緒に六千ドルという財産を得て、トムと一緒に町へ戻った、というところから話は始まります。すると、きちんとした良き少年として育てなければいけないというので、ある未亡人の養子にされます。清潔できちんとした「四角い」シャツを着てズボンを穿いて、もちろんパイプでタバコなんか吸ってはいけない。ご飯もお行儀よく食べて、日曜日には教会に行って、勉強もしなければいけない。

勉強のことですが、実はハックルベリは字が読めます。彼が字が読めるということは、後々いろいろストーリーに利いてきますが、教育が一切要らないとまで背を向けることは、少なくとも作者はしなかったということです。

一方トム・ソーヤーは相当な読書家です。少年冒険小説をいろいろ読んでいて、それの「ごっこ」をしたがる。海賊ごっこや西部劇ごっこを友達に提案して、実際に遊ぶ時にはストーリーの指導をしたりします。相当見当違いのことになったりもするのだけれど、トム・ソーヤーは、書物を通じてなかなか知的に、外の世界を知っています。

トム・ソーヤーは読書少年。ハックルベリも字が読める。ハックでさえも完全な野生児ではなかった。その辺りにトウェインのバランス感があると思います。

さて、ハックは、養母になった未亡人の妹のミス・ワトソンという、非常に堅い独身女性に厳しく躾けられ、そして結局そこから逃げ出す。一方トム・ソーヤーは家から絶対に逃げられません。彼には持っているものがたくさんあって、それを捨てることはできない。

だけどハックはもともと何も持っていないのです。ボロの服を着て、その辺で野宿のような暮らしをしていても、全然痛痒を感じない。むしろ子供にとってキャンプみたいなそんな暮らしが、伸び伸びとしてずっと楽しいと思っている。

ハックもトム同様、六千ドルの資産を得た。これを一応大人に預けて、一日に一ドルの利子をもらうということになる。利率六パーセント以上だから良い時代ですね。でも、金があれば嬉しいとは、ハックは全然思わないのです。むしろ簡単にいつも手に入ることになってみて、ハックは金にも執着がない自分に気づく。それで逃げ出そうとするのだけれど、ここでおやじに捕まってしまう。

ハックのおやじは、酔っ払いのとんでもない父親です。子供が金を持っていることを知って、せびりにくる。そのお金を管理している町の名士が、そうはさせないと言って渡してくれない。でもハックとしては、渡さないと殴られるから、二ドル、三ドルもらってきてはおやじに渡す。するとおやじはそれで酒を飲んで酔っ払う。

ハックは未亡人のところから逃げた後、町から離れたところにある小屋でおやじと暮らしているのだけれども、何かというと殴られるし、それもまた息苦しい。彼はそこからも逃げようとします。

基本的にハックルベリ・フィンというのは逃亡者です。常に逃げようとしている。きちんとした市民社会から逃げ出して、なるべく自然の方に行こうとしている。こういう自然観というのは、たぶんアメリカにしかないと思います。少なくともこの当時は、ヨーロッパにはなかった。つまり、アメリカ的な物の考えかた、価値観の中には、自然の中に入っていきたいという、開拓者よりもう一歩前の、探検家、あるいは狩猟採集生活のようなものへの憧れがある。

実は、インディアンへの憧れも彼らの中にはあったのです。迫害を繰り返しながら、他方であいう暮らしもいいものだろうなという思いが、白人の側にはたぶんあったんだろうと思います。ハックルベリ・フィンはそういう意味で、野外生活、キャンプ生活に対する強い憧れを持っていて、それを実践しようとします。

そこで問題はおやじです。ただ逃げたのではまた追いかけられて捕まるだけだ、とハックは考える。ここで、ハックルベリ・フィンの実務的な才能が発揮されます。つまり、自分が殺されたことにしよう、と考え、それを信じさせる状況を工夫する。まずおやじがいない間に銃を持って外に出て、野ブタ一頭撃って殺して、それを引きずってきて辺りを血まみれにする。今度はそれをまた水辺まで引きずっていって、川へ突き落とされたような跡を作る。つまり、おやじの留守中に、ハックが何者かに襲われて、殺されたという偽の場面を用意する。

この辺は、今のアメリカのミステリでしばしば見るようなシチュエーションです。トム・ソーヤーは夢想家で、もっぱら空想に頼って冒険を頭の中でして、せいぜい友達と棒きれを振り回してそれをなぞるだけですけれど、ハックルベリ・フィンは非常に実務的で、具体的です。逃げようと思ったら本当に逃げる算段を繰り出します。この実務の力があるから、自由な生活が得られる。ハックは一人前なのです。

つまり、自由に暮らすについては、自分に対する責任のようなものが要る。能力も要る。まず、食べるものをきちんと確保できなければいけない。それから、方針を自分で決めていかなければいけない。教会に行くのが嫌だというだけではなくて、教会へ行かない分を何でどう補うか。これは先の方で、倫理の問題として大きく効いてくるのですが、ともかくそこまで考えなければいけない。そういう意味で、ハックルベリ・フィンは一人前なのです。子供、大人の区別を超えて一人前であり、ある意味では集団でしか暮らせない大人たちより、よほど強い生活力と生きる意志を持っています。

そのハックが自分を預ける相手として、「川」があります。「川の上にいるというのは、なんていいことだろう」という台詞が何べんも出てきますけれども、逃げ出して船に乗って水の上を漂う。基本的には川というのは下るものだから、下流へ行くのですけれど、それでも途中どこへでも上陸することができるし、ジャクソン島のような無人島であれば、そこでキャンプすることもできる。

ここで一箇所読んでみましょう。後で出てくるジムという逃亡奴隷の黒人と一緒に、ほっとしたところです。二人ともそれぞれあるシチュエーションから逃げてきて、再び一緒になったというところです。

「おれは、殺し合いの家から逃げ出したのが嬉しくてしょうがなかったし、ジムは沼地から逃げ出したのがとても嬉しかったんだ。二人して言ったよ——やっぱり筏ほど住み心地のいい家はないってな。ほかのところは狭苦しくって息がつまりそうだけど、筏はそうじゃないもんな。筏に乗ってりゃ、自由な気分で、なに気兼ねすることもないし、楽ちんだもんな」（二六六頁）

この口調、加島祥造さん（一九二三―二〇一五）の訳ですけれど、とてもいいですね。加島さんは翻訳家で詩人で、最近は老子の研究をしながら山の中で暮らしている不思議な人として、評判になっていますね。『ハックルベリ・フィン』の一番真ん中にある、一番大事なものは生動感だ、それが伝わらなければ翻訳として駄目なんだ、と言いながら、加島さんは何度も何度もこの翻訳に手を入れてここまできたそうです。いかにも少年らしい、しかししっかり者のハックルベリ・フィンの印象がよく出ていて、素晴らしい翻訳だと思います。

そういうわけで、ハックは川の生活を始めます。これはまさに生活です。

トム・ソーヤーの話の中に彼ら少年たちが川に行き、ジャクソン島に渡ってしばらくそこで暮らすというエピソードがありました。その間に親たちは心配して、彼らがおぼれて死んだんだと思って、蒸気船で捜して回る。しかし、トムにとってジャクソン島での暮らしは、遠足でしかなかった。いずれは家に帰るべきものだと彼は思っていました。しばらくの気晴らしと悪戯。帰る場面を一番ドラマチックに演出するために、彼は、自分の葬式の最中に教会に入っていく。とても得意だったけれど、しかし、彼はいずれにしても帰るつもりだった。

しかし、ハックには最初から帰るつもりはありません。自由人として、できることならずっと川の上で暮らしたいと思っている。この先はもっぱら、川の上で彼が出会うもの、起こった事件、危険の回避の仕かたなどを巡って話が進みます。

ついつい映画の話が多くなりますが、映画のジャンルで「ロード・ムービー」というのがありますね。主人公が旅をしていて、その旅の途中で起こること一つ一つで物語ができている。そういう構成の映画のことをいいます。ぱっと思いつくものをいえば、『イージー・ライダー』『パリ、テキサス』。最近の国際化した状況から拾えば、ヴァルデル・サレス監督の『セントラル・ステーション』やマイケル・ウィンターボトムの『イン・ディス・ワールド』がある。地味な旅、派手な旅、さまざまあるけれども、ともかく地理的な移動を伴う構成の映画の場合、ロード・ムービーという言葉が使われます。『ハックルベリ・フィン』は映画ではないですけれど、そのハシリのような話だとぼくは思います。

ヨーロッパの小説でこの時期までにこういうタイプのものはあったかと考えたのですが、「遍歴もの」はありますね。昨日も話に出たゲーテの『ヴィルヘルム・マイスターの遍歴時代』(一八二一〜二九)。でも、川という、いかにも移動の道具であるものをうまく使って、しかも旅の状態にあることをみんながハッピーに思いながら移動していくという物語は、これが最初ではないか。

さて、川の旅の道中、ハックはいろいろな危難に出遭います。危難といっても、それは自然現象ではなく、その旅を害する人間、大人との出遭いです。自然の脅威はハックにとってそれほど脅威ではないのです。嵐もあるし、船を離れて霧の中に入ってしまったりとか、いろいろありますけれど、それはたいしたことではない。つまりこれは自然を相手にした冒険の小説ではないのです。

例えばある時ハックは、グレンジャーフォードという大佐の家に寄宿することになる。ところが、そのグレンジャーフォード家は近くのシェパードソン家と、長年お互いにいがみ合い殺し合っていたのです。二つともいい家柄なのに、三十年来の「宿怨《しゅくえん》」でいがみ合っている。ちょっと信じられないことですが、実際アメリカではありえないことではなかったらしい。その片鱗は今でもアメリカの社会にはあります。

しかも彼は、たまたま非常に大きな衝突を目撃することになる。グレンジャーフォード家にハックと同じ年頃のバックという少年がいて、二人は仲良くなるんだけど、そのバックも殺されてしまう。こういう殺伐とした雰囲気に対して、ハックは非常に不信感を持ちます。相手の方が悪いとか卑怯だとか言いながら、殺し合いをしているのが紳士同士なのですから、ハックの反応は正しい。

イギリスであれば、こういうことはせいぜい十六、七世紀までのことで、十九世紀になってこういう設定をしたら、現実的ではないと言われてしまうことでしょう。イギリスではいかに仲の悪い家族があったとしても、もうこの時代になったらお互いに殺し合うようなことはしません。少なくとも銃は持ち出さない。モンタギュー家とキャピュレット家の諍いの話は、十七世紀のシェイクスピアの時代、しかも場所をイタリアのベローナという遠いところに設定をして、半分おとぎ話のようにしたから成り立った。あれだって睨み合ってはいるけれど、殺し合ってはいません。たまたま事のはずみでマキューシオとティボルトはロミオに殺されてしまいますけれども、しかし殺し合っているのではない。しかしこの話の中の二つの家は、それこそ藪の陰から相手を撃つようなことまでして殺そうとする。よくわからないことです。

その次にハックは、王様と公爵という二人組のペテン師と出遭います。話の後半は、この王様と公爵と行動を共にしながらハックが目にする、彼らのインチキなふるまい、それに騙される大人たちの愚かさ、あるいはその途中で目撃する純然たる一方的な殺人などの話になります。

ここで一旦、ハックルベリ・フィンと川と、川辺の人々という話の流れを措いて、この話の中の一番大きなテーマの一つ、ハックが抱えていた最も大きな困難の話をしましょう。

彼は逃亡奴隷のジムと一緒です。ジムは、ハックを引き取って養子にして育てようとした一家の、例の躾の厳しいミス・ワトソンが所有していた奴隷でした。彼女はお金が必要になったのか、ジムを八百ドルで売りに出そうとします。ジムは売られるのが嫌だった。新しい行き先でどのような働かされかたをするかわからない不安もあって、逃げ出します。

当時、奴隷の身分で逃げ出すということは、相当な金額の窃盗罪、あるいは横領罪に当たる、という常識がありました。不思議なことです。自分で自分を盗むわけですね。自由を束縛されている者が逃げるというのは、そういうことなのです。逃げ出したジムは、ジャクソン島まで行って、そこで食べるものがなくてフラフラしているところでハックに出会う。ハックは彼を助けます。もともと顔見知りだし、友達ではないけれどもよく知った仲で、比較的好意を持っていたから、一緒に逃げ出す。

この後、ジムの問題がついてまわるために、ハックは散々苦労をします。彼一人なら白人の男の子だからどこででも勝手に暮らすことができるのだけれど、ジムと一緒なので、ジムを白人たちの手に渡さないために危ない橋を渡ることになる。八百ドルで売られるはずのところを逃げ出してきたので、その四分の一の二百ドルが捕まえた賞金としてかかっている。白人たちにとってはお金がそのまま歩いているようなものですから、ジムが逃亡奴隷だということがわかったら、すぐに捕まってしまう。そのジムを連れて、ハックは旅をしなければいけない。いわばお荷物をハックルベリ・フィンは背負い込んだわけです。

ここのところを、トウェインは作者としてどう考えていたのか。話は実は行き詰まってしまうんです。ジムを連れているかぎりハックは自由ではない。川の上の暮らしはすごく楽しいし、さきほど朗読した場面でもジムと二人で「楽ちんだもんな」とは言っていたけれども、しかしこの「楽ちん」には限界がある。

逃亡奴隷は北に逃げなくてはいけないのに、川は南に流れている。この問題が二人にのしかかってきます。南北戦争でもわかるとおり、北部では奴隷所有は認められなかった。だから逃げた奴隷は北へ向かう。しかし、ハックとジムは川に浮かんでいる。川の暮らしが好きである。川ならば身も隠せるけど、陸上では身の隠しようがない。必ず人目に触れる。勝手に歩き回っている見知らぬ黒人というのは、まず疑われる。逃げた奴隷を北まで連れていく地下組織があったようですが、少なくともこの話の中にはそういうものは出てきません。

川に憧れて逃げ出したハックですから、そういう意味でも川からは離れられません。しかしミシシッピー川は南へ流れる。南へ行けば行くほど、黒人に対する白人の視線は厳しくなって、ジムが逃げつづけるのは難しくなる。このままで行くと、最後に逃げ場がなくなるはずなんです。これが『ハックルベリ・フィン』という話が最初から抱えている矛盾です。途中でしばしば彼ら二人は別れ別れになって、危ない思いをして、またうまく再会できて先へ進むということを繰り返しますけれども、だけど先の方に最終的な解決策はない。

王様と公爵の二人組のペテン師の話に戻りましょう。この二人の登場するところは、当時のアメリカの田舎の雰囲気が実によくわかる、いい話です。人々がとても騙されやすい。

例えばある村に行って、「自分はインド洋の海賊である。部下を増やすためにアメリカに人探しに来たんだけれども、昨日たまたまお金を全部人に盗られて文無しになってしまった。それで今この町にいる。しかしここの町の人たちがあまりいい人たちなので、自分は海賊として生きるということに根本的な疑問を持ってしまった。ここでもう心を改めて、海賊はやめることにした。これから自分はインド洋に戻って、海賊稼業から足を洗ってまともに暮らせと、仲間たちに説教して回ることに一生をかけます。みなさん有難うございました」とペラペラとほら話をすると、みんなが感動してお金をくれる、といった具合。

目の前にいる人々全部を、ある一定の心理的状況に誘い込む。それを舌先三寸でやるのがペテン師です。羽根布団なんぞを高い値段で売る商売があるでしょう。みんなを集めて閉じ込めておいて、ずっと喋りつづけて一種の洗脳をほどこして、相当高いものを買う契約をさせてしまう。霊感商法も原理は同じことですね。

それに近いことをやっているのが、この王様と公爵。もともとは二人組ではなかったのだけれど、バッタリ出会ったところで組んで商売をすることに決めた。

インド洋の海賊のところ、面白いので読みます。

「この三十年間、インド洋で海賊をしてきたとね。この春の戦いでかなりの手下をなくしたんで、新しい仲間を探しに故里《くに》へ帰ってきた。ところがありがたいことに、ゆうべ金を取られちまって、一文無しになって蒸気船から下ろされた。自分はこのことを喜んでいる。こんなにありがてえことは、今まで起こったためしがねえ。自分が生まれ変わったような気がして、生まれて初めて幸せを感じる。自分は貧乏だが、これから出発して、働きながらインド洋まで戻っていって、残りの生涯は海賊どもを真人間にする仕事に捧《ささ》げるつもりだ。自分はインド洋をうろつく海賊どもを一人残らず知ってるから、この仕事には自分ほど適役はいない。それあ一文無しだから、インド洋まで行くには、長い時間がかかるだろうけども、ぜひとも行く。そうして海賊が一人改心するたんびにこう言うつもりだ——『わしに礼を言うことはねえ。わしのおかげでもなんでもねえ。これあひとえにあのポークヴィルの野外集会で心優しい人々に出会ったおかげだ』」（二九四頁）

偽善の塊ですね。でもこれだけ喋ると八十七ドル七十五セント集まる。

つまり、人は良いことをしたいのです。良いことをした気持ちになれるのだったら、一ドル、二ドルは出す。だから、そういうシチュエーションを作ってやる。これが普遍の集金システムです。集金装置を用意してやればお金は入ってくる。これを仕掛けるのがペテン師。今も昔も変わらないことですね。

ハックは呆れながらも、このぐらいなら他愛ないことだし、と横目で見ています。

けれどそのうち、王様と公爵は本当の悪事を企てる。遺産の横取りです。たまたま道で知りあったお喋りな若者から「どこそこの主人が亡くなった。彼は弟さんたちを待っていて、一目会ってから死にたいと言っていたのに間に合わなかった。ひょっとしたらあなたが弟さんですか」と問われたので、「そうだ」と答えて、詳しい事情を全部聞き出す。それからその家へ乗り込んで、弟になりすまして遺産を横取りしようとするのです。

この辺りから、ハックルベリ・フィンの倫理観がはっきり出てきます。ハックはまだ少年であるし、生まれつき半分浮浪者でもあるから、教会が認めるような市民の倫理観は持っていません。しかし彼にはそれとは別の、非常にきちんとした倫理の基準がある。それに照らし合わせて、この王様と公爵がしようとしていることはいけないことだと思って、阻止しようとします。大変に危ない目にも遭いますが、そのドタバタの顚末は、非常によくできています。

法廷小説、裁判小説の類、それからスパイ物と、以後さまざまな形で使われていくようになる、アメリカのミステリの基本の形がここにあると思います。これはアメリカの小説がいまだに得意な分野です。

ミステリというのは、絶対に最後の最後までリアリズムでなければいけません。詳しく具体的に、ある犯罪の手法その他を論じておきながら、最後に、これは不可抗力だったとか、自然の災害だったとか、偶然の結果だとか、決して言ってはいけないものです。犯人はちゃんと人間でなければいけない。そういう意味では、けっしてファンタジーにしてはいけない分野がミステリです。

その意味で、この王様と公爵の遺産横取り計画と、それを阻止するハックの動きは、とても綿密なうまくできたミステリになっています。自分は逃げ出したい、それから王様と公爵には自分が告げ口したとは覚られたくない。その上でお金をきちんと元の持ち主に戻したい。こういういくつかのコンディションをクリアするための方策を、彼は頭をひねって考え出します。そういうところでは字が読める、字が書けるのが大変大事になる。だからハックは、完全な自然人、野生児ではないのです。人間社会の中にいながら、束縛を嫌い、川で暮らす楽しさを知っており、そして倫理の一つの基準として特に偽善を嫌うことを貫こうとしている、それがハックです。

倫理観の話というのは、実はマーク・トウェインには結構あって、『トム・ソーヤー』にも出てきます。トム・ソーヤーが友だちと一緒にジャクソン島へ行って「海賊として」しばらく暮らそう、キャンプをしようとする時に、ポリーおばさんのところからハムを一本盗んでくる。しかし、夜眠りにつく前、トムは考えるのです。ビスケットをチョイとつまみ食いするぐらいはいいかもしれないけれど、ハムのような貴重なものを盗ると、本当の泥棒になってしまうのではないだろうか。結局、「海賊の仕事」を続けるかぎり、二度と盗みはしないと心に誓うことで、自分を納得させるのですが。

ハックルベリ・フィンの場合は、盗むこと、騙すことに対する倫理的な自己規制がなかなか強い。この遺産横取り計画を、ハックはうまくぶち壊すことができます。遺産は正しい本来の受け取り手にきちんと渡ります。

この事件が落着した後、またジムの問題が起こってきます。ジムが捕まって、このままではミス・ワトソンの家へ戻されて、売られてしまうという状況になる。

そこでハックは、初めて悩みます。そこまでは半ば友達として、助けてきたし一緒にやってきた。だけど、ジムは八百ドルの資産であり、ジムを助けるということは、それを盗むということになる。このことに初めて気づいたハックは、ジムを追っ手から逃がす算段をしていいものかどうか、ジムを盗む、という行為を自分に許すか許さないか、本気で迷います。

ここのところの論法は、ハックの悩みとして非常にリアルです。ここでハックは、ミス・ワトソンに手紙を書きます。

「ミス・ワトソン、あんたのとこから逃げ出した奴隷のジムは、パイクスヴィルから二マイル川下のとこでフェルプスさんにとっ捕まりました。けれども賞金を送れば黒ん坊をひき渡すそうです。ハック・フィン」(四五七頁)

私有財産としてのジムの行く末への対処はこれが正しい。ハックルベリ・フィンとしては、泥棒に手を染めずに済むわけです。しかし、この手紙を書いたところで彼は考えます。

「ジムのことを密告したのは良かった、さもないとおれは地獄に堕《お》ちるとこだったとね。それからおれは次から次へといろんなことを考えた。そうしているうちに川を下《くだ》ってきた旅のことを考え始めた。そしたら、その間じゅうのジムの姿が目の前に浮かんでくるんだ。昼間のジム、夜のジム、月夜もあったし、嵐の夜もあった。おれたちは筏に乗って流れて行きながら、喋ったり歌ったり笑ったりした」(四五七—四五八頁)

ここで、ハックの心の中で、八百ドルの資産であるところのジムが人間に戻ってしまったのです。

「ああ、ジムを密告しようか、助けようか。ああ、どっちにするか。おれ、ほんとに思い迷った。

その手紙をとりあげて、手にじっと持ったまま、身を震わせたよ。だって、どっちにするか、ここで最後の腹をきめなきゃならないってことが、自分でも分かってたからだ。しばらく息を殺して考えてたけど――それから、こう言ったよ――

『ようし、こうなったら、おれ、地獄へ堕ちてやれ』――そして、手紙を破いちまった」（四五八―四五九頁）

ここでハックルベリ・フィンは、この当時の法律、社会的通念、常識に正面から立ち向かいます。結局この話は、ハックのこの判断に尽きるのです。彼はここまではジムと一緒にただ旅をしてきた。そして最後に本当の決断を迫られて、社会の倫理に抗する道を選ぶ。つまり彼は、社会の決まり、社会の法律とは別に、自分の中に倫理のコードを持っていたということです。

ただしここで言わせてもらえば、ぼくは、この話全体の一つの穴というか、ロジックの破れ目を見つけてしまったと、この間から考えていることがあります。何度も言っているように、ジムは八百ドルです。そしてハックルベリ・フィンは、実は六千ドルの資産の持ち主なのです。彼が自分のお金でジムを買うこともできた、という可能性のことに触れていない。これを疑問として提示しておきます。もっとも、その方策を思いつかず、本気で悩むところがハックだとも言えるわけですが。

奴隷を売るということは、財産の処理としては正しいし、認められているけれども、どちらかというと不人情なことだとは、当時でさえ思われていました。特にいけないのは、一つのファミリーをなしている奴隷をバラバラに売ることです。妻と夫を引き離し、子供と親を離す。そういう売りかたをするのは格別不人情だという批判はあった。しかしそれも制度の上では可能でした。ジムの場合は、ずっと育って暮らしてきた場所からいきなり遠くへ売られるから、逃亡までしたわけです。

それでは、この先どうするか。このジムを抱えて、ハックルベリは社会に背く決断をしてしまった。子供と逃亡奴隷の組み合わせでは、本来なら逃げ場はないはずです。

実はマーク・トウェインは答えを出せません。この先はごまかしです。ぼくは昔、何かここから先がおかしいなと思っていました。この点については、加島さんがこの文庫本の解説に紹介していることがあります。ヘミングウェイが、三十一章（黒人ジムが売られるところ）まではいいけれど、その後はインチキだから読まなくていい、と言ったというのです。解決のしようがないから、トム・ソーヤーを呼び出してきて、バッタリ出会ったような仕掛けを作って、無理やりにめでたしめでたしに持ち込む。それまでの積み上げに対して、あまり説得力のないエンディングです。

ただ、あの当時としてはこうしなければならなかったということがあると思います。全体の四分の三ではあっても、ハック・フィンという少年の、社会の倫理に抗しても人間としての奴隷をかばおうという決心を書いたということは、立派なものだとも言えると思うのです。当時としてはそれが精いっぱいで、社会への反論を提示しただけでも立派だということです。そのくらいこれは、反逆的な話なのです。

では当時、黒人は奴隷にしてもいいし売ってもいい、という考えかたを支えていたのはどんな人々だったか。白人が主となる社会、といえばそうですけれど、実はそれはその中でも特に、貧しい白人＝プアホワイトだったのです。この辺が社会における差別の心理が深いところに根っこがある部分で、一番始末が悪い。例えば、最初の方でハックのおやじはこういうことをいいます。

「まったくご立派な政府だぜ。ご立派なもんだ。おい、よく聞いとけ。オハイオ州から来た黒ん坊でな、自由な身分の奴がいたんだ。黒と白のあいの子でよ、白人みたいに色が白《しれ》え。そいつがな、誰も見たこともねえような白いシャツを着やがって、ぴかぴかの帽子を被《かぶ》ってやがるんだ。あんな贅沢《ぜいたく》な服を着てた奴、町にはほかにいなかったぜ。そのうえ金の時計に金の鎖をつけやがって、銀の握りのついたステッキをついて歩きやがんだ——オハイオ州きっての白人の大金持ちってふうだ。そればかりじゃねえ！　そいつは大学の教授でよ、いろんな国の言葉が喋《しゃべ》れて、なんでも知ってやがんだ。それだけじゃねえ、この野郎はオハイオじゃ投票権まで持ってやがる。これにはおれも頭にきたぜ」（七〇頁）

自分たちは白人であるけれども、貧しい白人であって、何かと不満の多い苦労の多い生活をしている。だから、白人でないくせに裕福に幸せになっている奴が許せない。

これは妬みの基本心理です。人間にとって始末の悪いもので、みんなのこういう妬みが横に連結して一つの制度になると、差別になるわけです。「差別はいけない」とか、「人間は平等だ」とか、「民主主義」「みんなに投票権を」というのは、表の論法、表に出てくる言葉であって、その背後には必ず、気に入らない、許せねえ、足を引っ張りたい、裏で言いたい放題を言いたい、という「2ちゃんねる」的なる思いを、人は持っているものなのです。そういう心理はずっと人にはついてまわるし、それは議論やお説教や制度ではなかなか始末がつけられない。だから黒人が投票権を得るまで、公民権運動を進めて今に至るまで、大変な苦労があった。

被差別部落の問題も、アイヌも、朝鮮・韓国系の人たちの問題も同じことです。あいつらは自分らよりも一階級下であるはずなのに、あんなに豊かで楽しそうなのは許せないという妬みの心理。

これにはしばしば経済的な問題が絡みます。あっちは持っている。自分は持っていない。でも自分には持つ資格があって、あっちにはないはずだ。だからそれをよこせ、ということです。

現代の一番具体的で深刻な例で言えば、イスラエルとパレスチナの問題です。イスラエル側は次から次へと、本来自分の土地でないところに植民をしています。囲い込んで塀を造ってパレスチナ人を追い出して、事実上ジリジリと侵略している。あるいはパレスチナ側の抵抗に対して軍を差し向けて徹底的な殺戮で向かおうとしている。それに対して、パレスチナ側は自爆テロで応じる。どうにもしようがない状況です。

イスラエル全体がそういうことを正しいと思っているわけではなくて、それを要求しているのは、後からイスラエルに来た移民たちだという説があります。特にソ連が崩壊してから後がよくない。ソ連にいたユダヤ人たちは後から入ったからもう土地がない。しかしユダヤ人である以上、土地をもらえるはずだと思っている。土地はそこにあるじゃないか、Pの字がつく奴らを追い立てればいいだけのことじゃないかと主張する。この東からの移民が増えたおかげで、イスラエルの政治はズルズルと右へ向かわざるを得なくなってしまった。外から見て、なんてひどいことをしているんだ、非常識極まる、いかに何でも目に余るということが、まかり通ってしまっている。アメリカにいるユダヤ人の間にもそういう意見はあります。ユダヤ人全部が一丸となっているあの方針を支えているわけじゃない。批判もあるし、イスラエル国内にだってその方針は撤廃した方がいいという考えを持つ人々もいるのです。しかし、持たざる者が自分が持つべきだという権利意識を持ち、向こう側に持つ者がいて、持たざる者があれは自分の物だと信じ、そしてそこに武器があれば、人間はああいうことをするのです。

ここまで応用して考えを広げられるのが『ハックルベリ・フィン』という話だということを覚えておいて下さい。『トム・ソーヤー』ではこうはいかない。そこまで厳しいことは出てきません。

ハックがジムのことを密告しようかするまいかと悩むところ。本当に彼は真剣に悩んでいるし、この悩みに大人も子供もありません。社会の通念と個人の倫理が衝突する場面として、典型であるがゆえにわかりやすい。いい場面です。

その先で今度は、アメリカにおける「イノセンス」のことを話さなければいけません。なぜハックルベリは少年であるのか。ずっと言ってきたように、彼はほとんど大人としての行動力を持っています。生活力、具体的な実務の力もある。倫理の判断もできる。では、なぜ彼は少年として設定されたのか。もちろん自由に暮らすためには、シガラミがないほうがいい。家族がいると川の上ではちょっと暮らせないですから、子供である方がいい。

しかしここで話しておきたいのは、少年には「イノセンス」があるはずだというアメリカ的な信頼のことです。若いものは無垢である、まだ罪に穢れていない、はずである。

実はこれは、アメリカが自分自身に対して言おうとしてきたことなのです。アメリカは若い国である。ヨーロッパのように罪を知らない、まだ穢れていない。なぜならば、罪のない悔い改めた清らかな人たちだけが、メイフラワー号で渡ってきて造った国だから。アメリカはイノセントである、という信念が、最初にあるわけです。

それが、若い子と幼い子とをまず善として受け止める、一種の風潮を作り出しました。このイノセントな少年が、実際の社会でどういう矛盾に突き当たって、どう苦労するか。ハックルベリ・フィンと同じことを二十世紀半ばに書いたのが、J・D・サリンジャー（一九一九―二〇一〇）の『ライ麦畑でつかまえて』（一九五一）です（最近出た村上春樹さんの訳は、『キャッチャー・イン・ザ・ライ』とタイトルはカタカナのままになっています）。ホールデン・コールフィールドという、ある意味で純真過ぎて世の中とうまくいかない、大人になるのが穢れることだとしたら、自分は大人にはなりたくないと言っている、そういう少年が大人たちと出会って、いかに傷つくかという話です。

あの中で、物わかりのいい先生が彼に向かって、「未熟な人間の特徴は、理想のために高貴な死を選ぼうとする点にある」と言うところがあります。そして「これに反して成熟した人間の特徴は、理想のために卑小な生を選ぼうとする点にある」というふうなことを言う場面があったと思います。

成熟を拒むこの姿勢は、アメリカ文学の中にしばしば出てきます。これは、最初からあの国の白人たちが、自分たちは成熟ゆえの穢れを逃れてきたんだ、という思い込みをどこかに持っているからです。

実はこれはマーク・トウェイン自身にもはっきりあって、彼の若い頃の本に、『イノセント・アブロード The Innocents Abroad』（一八六九年刊。邦題は『無邪気者の外遊記』）という本があるのです。純粋無垢な者が海外旅行へ行く、というような意味のタイトルですね。これは彼が新聞の特派員として訪れたヨーロッパ旅行記です。彼はジャーナリストとして優れているから、人が読んでくれる文章を書くのがうまい。面白おかしく物見遊山をして、いろいろな失敗談を織り交ぜて書きながら、実はその一方で、ヨーロッパの退廃ぶりを結構痛烈に伝えている。やはり旧世界はこんなに汚れてしまっている、アメリカはやはりイノセントだ、という視点です。そういう思いから始まっている話です。

では、アメリカ人は本当にイノセントなのか、少年のようにイノセントなのか、というと、実はそうではないことはみんな知っている。

ぼくはさっき偽善という言葉を使いました。日本語では駄洒落のようになってしまうけれど、慈善と偽善は非常に似ています。慈善は善を施すことで、それはうっかりするとギリギリのところで偽善になりかねない。

いい例があります。あの『若草物語』の中で、確かクリスマスに貧しい人たちの家に食べ物や衣類を持っていく場面があります。クリスマスだから、自分の物を人に分け与えるというよいことをしようとするのです。それが慈善です。

しかし、そうする時に彼らは決して、なぜ自分たちは食べる物に困らなくて、なぜ貧者は貧しいかということは考えない。最初からそうだったのだという前提で、自分の自由になる部分を分け与えようとする。施すことにのみ、熱心なのです。

今あの時代を振り返ってこういうことを言うのは、ある意味でフェアでない。当時はそういうことは常識ではなかったのだから。でも、だからこそ、当時の常識、当時の判断より一歩前へ出て、ジムを人間として見て、その売買に手を貸したくないというハックルベリの考えかたには意味があったということです。

この「イノセントとは何か」という議論は、アメリカの精神史を考える時にずっとついてまわります。いまだにアメリカ文学の大変大きな主題です。

このアメリカの、自分たちのありかたに対する信頼、自分の判断に対する信頼は、『アブサロム、アブサロム！』の時にも触れたように、新しい国家であることと、地方分権の強い国家であるということに由来します。何事も自分たちで判断し、裁きをつけるという精神的な習慣が背景にあるのです。何か事が起こったとき、彼らは必ず、自分たちの倫理的感度、常識、判断力を信じます。

悪い奴だから、みんなで始末した。この町の秩序を乱す者は許せない。ここは自分たちの町だから自分たちで決める……この考えかたがもう少し先へ進むと、世界全部を仕切りたくなる。信じやすい人々が多い社会では、嘘も通用しやすい。ヨーロッパとは疑いかたのレベルが違います。スルッといってしまって、ブレーキがかからないのが、アメリカなのです。

イラク戦争について言えば、イラクは大量破壊兵器を持っている、今にもそれを使うかもしれない、他の国にとって大変迷惑である、第一アメリカが攻められたらどうするか、9・11を見ろ――このぐらいの単純な論理の連鎖で、イラク攻撃が決まってしまった。

翻って考えれば、大量破壊兵器は本当にあるのか、それは使える状態なのか、イラクにはそれを使う意志があるのか、など、疑う余地は様々あったにもかかわらず、アメリカは戦争を始めました。そこで、自分たちの判断に疑いを挟まずに武器を手に取るという行動のパターン、様式は、実は昔からあったし、アメリカ人は結局現在に至るまでそれを飼い馴らすことができないでいる。一九九二年のハロウィーンにルイジアナ州で日本人留学生、服部剛丈君が殺された事件など、その典型だと思います。

『ハックルベリ・フィン』の中で、単に酔っ払って騒いだだけの男が、いきなり撃ち殺されてしまうという場面があります。とんでもない話だと、われわれは思うけれど、当時としてこれはそう珍しいことではなかったのかもしれない。

先ほどちょっと出た『イージー・ライダー』という六〇年代末の映画ですが、あれはヒッピーの、それこそ現代のハックルベリ・フィンであるような若者二人が、バイクに乗って旅する話です。ヒッピーですから、常識的な人々から見たら、二人は普通でない格好をしています。そのうえ前の車輪のフォークを伸ばした変な格好のバイクに乗っている。そして二人は南部へ辿り着くや、いきなり撃たれて死んでしまうのです。

南部のその町の人々は、「あんな変な格好の奴は許せねえ」という、自分の常識、判断力を疑いなく信じていたわけです。それは歴史が浅いせいだというと、彼らは必ず怒ります。だけど、倫理の基準が自分たちの中だけにしかない、先例が足りないということは否定できない。それでなおさら、共通の倫理観を作る前にまず行動をしてしまう。ローカル・ルールで人を裁いてしまうという姿勢は、いまだに変わっていません。ハック・フィンの頃から変わっていないのです。トウェインはそのことに気づき、ずいぶん気にして指摘したのだけれど、それから百年以上経ってもまだ変わらないというのが、現実かもしれない。トウェインにとっては、そういうアメリカがやりきれなかった。若い頃は元気だから『ハックルベリ・フィン』も書けたけれど、次第次第に、人間というものは――旧世界も新世界も――どうにも救いようがないものだと、無力感に苛まれていったのではないか、とぼくは思います。

旧世界はもう堕落しきっているけれど、アメリカは大丈夫なのではないか、というところから出発して考えてみたら、実際はアメリカもそうでもない、とんでもないことがいっぱい起きることがわかった。もう救いの場がなくなってしまった。彼は人間性そのものを否定せざるを得なくなっていったのでしょう。

最後は少し明るいおかしい話をして終わりましょう。

ふたたび王様と公爵の話です。彼らは人を騙すけれども、さっきのインド洋の海賊を改心させるというほらなんかは、嘘っぱちもいいところだけど滑稽ですよね。アメリカにはほら話、うそ話の伝統があります。うそ話のことを「トール・テール tall tale」というのですが、これは「背の高い話」ということで、要するに嘘っぱちを並べていかに相手を騙すかということです。

もともとマーク・トウェインは、このトール・テールから文学的なキャリアを始めました。『ジム・スマイリーとその跳ね蛙 Jim Smiley and His Jumping Frog』というトール・テールの傑作を書いて、これが非常に受けてアメリカ中の新聞に転載されて、この辺りからプロになった。彼はこういう滑稽な短い話の達人でした。だから、ユーモアは、『ハックルベリ・フィン』にはとても大事な要素で、これを無視することはできません。

例えばこういう逸話があります。

ある時文章を書いていて、わからない言葉があって、辞書を引こうと思ったのだけれど、あったはずのウェブスターの辞書が見つからない。そこで彼は、「隣りの奴は結構インテリで、本をたくさん持って威張っている奴だから、きっとあるだろう」と思って借りに行きます。ところが、「ちょっとウェブスター貸してくれない」と言ったら、「いいけど、ウチで使って」と言われた。しようがないから全部その場で引いてメモして「まったくケチな奴だ」と思いながら帰った。三日ぐらいして今度はその男が、「すまないけど、ちょっと芝刈り機を貸してくれないか」と来た。そこですかさずトウェインは「いいけど、ウチの庭で使って」と返した。

この種の話はマーク・トウェインにはたくさんあります。こちらの方が普通のアメリカ人が知ってるマーク・トウェインの姿です。『ハックルベリ・フィン』だって軽く読んでいたらこれですんでしまうし、『トム・ソーヤー』はまったくこれだけで出来ているといってもいい。だけど、こういう陽気で能天気なアメリカ人の中に、ひどく暗い、危ないものが実はある。この暗さはどうしても払拭できないのです。

アメリカの政治を見ていて、何であんなに裏側があるんだろう、と思いませんか。今のブッシュ政権なんてわかりやすい方です。ジョン・F・ケネディの暗殺は、ついに真相がわからずじまいです。オズワルドが犯人だという単純な説がそのまま通用しないのは誰でも知っているけれど、いつになっても真相が出てこないと、暴力と陰謀の系譜がずっとついてまわっていると思わざるを得ない。

このことについては、ジェイムズ・エルロイ(一九四八―　)の『アメリカン・デス・トリップ』(二〇〇一)という小説を読むとよくわかります。ケネディ暗殺とマーティン・ルーサー・キングの暗殺までの裏の動きを追いかけたフィクションです。フィクションだけど、実名がどんどん出てくる。こういう連中がこうしたら、こういう結果になったのだろうと、納得させるだけの説得力のある小説です。大変に暗い。暴力と殺しと陰謀と足の引っ張りあいだらけです。しかし、これもアメリカだなあ、という意味では、読むに価するものです。

九月二十日 土曜日 午前 第十一回

ガルシア＝マルケス『百年の孤独』

ガブリエル・ガルシア＝マルケス（一九二八―二〇一四）。よくマルケス、マルケスといいますけれど、正式な姓はガルシア＝マルケスです。父母両方から姓をもらいます。

ラテン・アメリカ文学は二十世紀の後半から非常に盛んになって注目されるようになりました。一九六七年にこの『百年の孤独』が発表された時、ほぼ世界中に非常に大きなショックを与えました。こんな話が書けたのか、小説にはまだこんなことができたのかというのが、その驚きの理由です。

つまり、ジョイスのところで詳しく触れたことですが、神話的な起源、それからもう一つゴシップ的な起源、あるいはそれらの混交と、様々な形で展開してきた西洋の小説というものは、ジョイスの『ユリシーズ』とプルースト（一八七一―一九二二）の『失われた時を求めて』（一九一三〜二七）で、ほぼ頂点に達した、書くべきことはほとんど書いてしまったと、考えられていました。この先は言ってみれば縮小再生産しかない、というのが二十世紀半ばくらいまでの雰囲気だった。もちろんそこにフォークナーはいたし、ナボコフ（一八九九―一九七七）も出てきた。さらなる新しい試みもありました。それぞれに面白いし、大いに意味もある。しかしこの『百年の孤独』ほど、過去の小説の遺産から無縁な場所から始まって、それまでの西欧的手法とまったく違う技法を使って、しかもこれだけ面白い、というものはなかった。みんな大変なショックを受けました。

ガルシア＝マルケス自身はまさかそんなことになるとは思っていなかったし、出版社も当初はごくつつましく出版したらしい。しかし『百年の孤独』は今の時点まで、世界中で三千万部売れたそうです。エンターテインメントでなく、決してそんなに読みやすいものではない話が、これだけの部数売れるというのは、やはり驚くべきことです。いかにこの新鮮な作品の衝撃が強かったかがわかると思います。

小説は神話とゴシップがその源であると言ってきましたが、この『百年の孤独』の場合、基本にあるのはむしろ「民話」です。

では、神話と民話はどう違うのか。

神話には神様や英雄が出てきます。人間たちは、神話の登場人物、神話に登場する人格を、神あるいは英雄として崇拝します。何らかの形で畏怖の念を持って仰ぎ見ています。

一方、民話の場合は、話し手と聞き手と登場人物は、同じ地平に立っています。浦島太郎をわれわれは親しく思うけれど、敬いはしません。

では、伝統的にずっと語り継がれてきた民話の魅力とは何か。それは話そのものの、面白さ、魅力ということです。信仰的な要素は最初から民話にはありません。民話は、冒険譚だったり、滑稽な失敗談だったり、あるいは異常な性格の持ち主に関する奇妙な話だったり、さまざまなパターンがあります。そして、フロイトやユングの言う「われわれの深い共有の意識」に繋がっている神話と同様、民話の場合も、集合的な意識、あるいは有史以来の無数の人々の精神的な遺産を込めることができる。

ただ、民話というのは、普通は一つ一つ孤立していて、そう長い物語はありません。どんなものでもせいぜい十頁、二十頁。それ以上の長さにするには、凝ったストーリーを導入して、それに合わせて話を延ばしたりつなげたりしなければならない。

神話からできた叙事詩には、大長篇が珍しくない。『ユリシーズ』の基になった『オデュッセイア』、あるいは『イーリアス』。日本の文学的伝統で探せば、アイヌの「カムイユカㇻ」。インドの『マハーバーラタ』。これらはみんな何らかの形で神が関わり、英雄が出てきて、その人格ないし神格の大きさによって、長いストーリーが支えられる仕掛けになっている。

つまり民話というジャンルでは、長いものは無理だというのがそれまでの常識だったのです。『百年の孤独』は、その通念をひっくり返して、民話の面白さを大量に用意して、それを巧妙に組み上げていった。四百頁を超える話を支えるだけのストーリーがあり、構造がある、しかし基本的な材料は民話的な語りである、こういうことが実現できるとは、誰も思っていなかった。しかし、ガルシア＝マルケスはそれをやすやすと実現してしまったのです。

ぼくはたまたま相当早い段階で、これを読みました。スペイン語はできないから、スペイン語版刊行の時の評判は知りませんでしたが、日本橋丸善の親しい店員から、「ジョナサン・ケイプがすごく力を入れて売り込んでいるらしい」と英語版のアドヴァンス・エディションをもらったのです。

どういうことかというと、『百年の孤独』の英語版の出版の権利を獲得したジョナサン・ケイプというイギリスの出版社が、ともかくすごい作品だからと相当な強気で売る気になって、アドヴァンス・エディションを世界中の主要な書店、批評家、メディアに送りつけた。アドヴァンス・エディションとは、実際に店頭に並ぶ時の商品としてのきれいな本の形ではなく、本文に簡単な表紙をつけた状態のもので、本格的な発売の前に、これからこのすごい作品が出るのであらかじめ読んで出たらすぐに話題にして下さい、と言って宣伝のために配るヴァージョンです。欧米の出版社はよくこれをやります。最近は日本でも話題作などではします。

こういうわけで、ぼくはこの作品の英語版を発売前に読み始めることができたのです。新潮社が鼓直訳で日本語版を刊行するのは、その約二年後の一九七二年、コロンビアでその初版が刊行されたのは最初にも言ったように一九六七年です。そういう意味で、ぼくにとっては縁の深い本だということを、内容に入る前にひと言お伝えしておこうと思いました。


では、どういう話か。

ひと言で言えば、マコンドという町を舞台にした、ブエンディアという一家の百年間の歴史の物語です。マコンドは、この物語のために作者が創った町で、リアリズム的な実在感はそんなに濃くありません。フォークナーの場合もジェファソンという町を創ったと言いましたけれど、あの場合はオクスフォードという実在の町がモデルでしたし、今のアメリカの一つの町、南部のあのサイズの町という意味では、際立った場所では決してなかった。

しかしマコンドはこの話の中にしかありません。マコンドに似た町はガルシア＝マルケスの出身地であるコロンビアにもないはずです。つまり、マコンドは、ブエンディアの人々が造ったようなものであり、この話の中だけにある、この話のためだけの、特異な場所なのです。登場人物、ブエンディアの一族が特異であると同じように、このマコンドという町は特異な場所なのです。そういう意味で、「舞台」への依存性が非常に高い物語であるということがまず言えると思います。

マコンドはブエンディア一族と共に生まれて、百年後にこの一族が消滅する時に無くなります。だから、作者にすれば、この町を創ったことは、この小説全体の構成の中で非常に重要な、最初のステップであったと言えるでしょう。

話の中で、登場人物の何人かは外へ行ってまた帰ってきます。しかし、全体として、全てのことはこの町で起こります。話の「場」は、この町の外にはほとんど出ません。出ていった者について後から報告がくることはあるけれども、視点そのものはマコンドから動かない。

それから、民話的な書きかたの特徴として、登場人物はみんなフラットです。どういうことかというと、決してその心理に踏みこむようなことはしない。人物像に奥行きがないともいえる。もちろん彼らの行動は詳しく語られますし、発言は会話として再現されます。けれども、その心の奥に入って、ある行為をなぜしたかということを解き明かすようなことは一切しません。これは、例えば『パルムの僧院』やプルーストの『失われた時を求めて』とは違うところです。

『パルムの僧院』では、ファブリスの心の動きをあれだけ精密に記述していました。プルーストになると、登場人物の心理描写そのものが話の主題として、一番真ん中に据えてありました。

プルーストで一番有名な場面というのは、第一篇Iの最初のところです。あの、マドレーヌというお菓子を紅茶に浸して食べている時に、その味と匂いと自分のふるまいから、遠い昔の子供の頃のある思い出を鮮明に思い出す場面です。心の動きというのは何かそういう味や匂いや、決まった小さな手の動きなどによって、突然遠くへワープする、ということがあるものです。「匂い」は言葉にしがたいから、記憶の中になかなか留まらないけれども、ワープのきっかけとして匂いが時々使われるということがある。匂いというものは本来説明のしようがない。相手がその匂いを知らなければ説明はできない。お互いが同じ匂いを思い出すことによって、はじめて共有されるもの。しかしそれが心のある鍵を開くことがある……こういうことを縷々と説明するのが、プルーストです。

しかし、そういう心理的な説明は『百年の孤独』にはありません。フランスでは心理小説といわれる作品が、『クレーヴの奥方』(一六七八)から始まって現代に至るまで延々と続いています。プルーストの後はそれをもっと精密にしようと思って、いわゆる「ヌーヴォー・ロマン」「アンチ・ロマン」が書かれて、心の中だけで一つの話を完結させてしまうアラン・ロブ゠グリエ(一九二二―二〇〇八)のような作家も出ました。そして、それとまるで無縁な場所に『百年の孤独』はあるのです。

もう一つ『百年の孤独』がひらいた新しい概念があります。

『百年の孤独』以降、ラテン・アメリカの文学が世界的にずいぶん流行して、次から次へと新しいものが書かれたり、あるいはそれまで書かれていたものが改めて読まれたりしました。『百年の孤独』が火付け役となって二十世紀後半はラテン・アメリカ文学の一大ブームになったわけですが、それらの作品に対して、イギリスの批評家が「マジック・リアリズム」という批評用語を考え出しました。一種のリアリズムではある、しかし通常のリアリズムとはまるで違って、魔法的なものがたくさん入っている、というのです。

これについて、ラテン・アメリカの作家たちは、確かにそう呼んでもいい、マジック・リアリズムと呼んでもいいけれども、と承諾をしながら、異をとなえます——あなたたちが「マジック・リアリズム」という時には「マジック」の方に力が入っているでしょう。不思議なこと、とんでもないことがたくさん起こるということを強調して、この言葉を使いたがる。しかしわれわれの側からすれば、これは「マジック」より「リアリズム」の方を強調して考えてほしいと思う。なぜなら、これがラテン・アメリカの現実であるから——こういう反論をしたのです。

ラテン・アメリカという土地の本質への理解が求められたわけです。

例えば、こんなエピソードを耳にしたことがあります。日本人のさる研究者がメキシコ大学で講座を持った。通年の講座で、週に一回の講義だったのが、ある日行ってみると教室に誰もいない。変だと思って教務に行く。「そういう講座はありません」「そんな、先週までやっていたんですよ」「いや、ありません」。そこで講義に出ていた学生を見つけ出して、「君は確か私の講義に出てたよね」と訊くと「知りません」という返事。つまり、ある日を境に一つの講座が消えてしまったのです。こういうことはメキシコでは珍しくないようなのです。現にこの手の話は他にいくつも聞きます。これが、メキシコ的、ラテン的現実ということらしい。

この間ぼくもメキシコへ行っていたのですが、面白い体験をしました。そこまでルールは緩いのか、というようなおかしなものを知りました。

車が走る制限速度のことです。制限速度の設定とその守りかたにはお国柄が出ます。ご想像のとおり、ラテン系の人はあまり守らない。日本の場合、みんなが制限速度を守らないのは、日本の警察が制限速度を異常に低く設定しているからです。非現実的で守れるはずがないから十キロ、二十キロ上乗せする。スタンダールの時にも言いましたが、北ヨーロッパ、スカンジナビアでは、みんながピタリと守ります。その代わり制限速度は現実的です。町と町の間は百キロから百二十キロ。町の中に入ると六十キロ。

メキシコは、やはりというか守らないことが多いようです。したがって、道路にトペス topezという起伏がわざと作ってあります。トペスの傍にはその起伏を図案化した警告の標識が立っている。標識は派手に塗ってあって、遠くから見えるようになっています。そのポイントに来たら必ずブレーキを踏んで一旦スピードをゆるめて、ヨッコラショと乗り越えないとものすごい衝撃を受けます。問題はこれが異常にたくさんあるということです。

こういう起伏は、日本ではほとんど見たことがありませんが、アメリカにはあります。でも公道にはない。例えばホテルの入口とか、住宅地の入口で「この先徐行」というところにはある。しかしメキシコでは公道にこれが頻繁にあるのです。だからしょっちゅうブレーキを踏んで、ゆっくり越えて、また加速して、しばらくするとまたあるからブレーキを踏んで、ということをしないと走れないようになっている。非常に効き目があります。

さて、そこまでは交通安全の対策として理解できます。ぼくらは車を走らせながら、「考えてみれば、われわれの人生にもトペスが必要だよな」とか、トペス主義、トペシスムとかいう言葉を作って遊んでいたりしたわけです。ところが、そのトペスの「使い道」が田舎に入るにつれて変わるのです。南部の田舎、特に先住民たち、インディオが多い地域に行くと、観光客相手のおみやげ屋さんが道端にたくさんあります。でも、普通に車を走らせているとさっと通り過ぎてしまう。これでは売れない、と思ったインディオのおみやげ屋さんがしたこと、それは、トペスの脇でおばさんたちが待っているという作戦です。トペスがあれば車は必ず減速する。そうしたらおばさんたちが駆けよって、だいたい車の前に立ってしまう。当然走れなくなります。それでみやげ物を売り込む。それでも「ごめん、もう買っちゃったから」などと言うと、比較的素直にスーッと引っ込む。

ここまではわかるでしょう。トペスを作るのは道路の管理者で、おばさんたちはこれを利用して商売をするということですから。ところが、いきなり道にヒモが張ってあるのに出くわしたのです。言ってみれば、みやげ物を売るための私設のトペスということです。これが、メキシコでは黙認されているんですね。非常識なことではない。ぼくはメキシコ人の運転する車に乗っていたのですが、運転手はとても丁寧にソーッと車を止めてから、「今このお客さんたちは物を買う気がないようだから、そのヒモを外してくれないか」とおばさんに言った。するとヒモは緩む。

その上を車が通る。そうするとまたヒモを張る。トペスは、メキシコだけではなく、そこから先の南アメリカには全部あるという話を聞きました。ラテン的気質と自動車の安全運転の妥協点ですね。

この辺りから「マジック・リアリズム」がラテン・アメリカの現実であるということが少しずつ理解できるような気はしませんか。言ってみれば、「別世界」ということです。

もう一つ例を挙げましょう。

中南米、ラテンは、基本的にカトリックの世界です。カトリックの教会がたくさんあります。「カトリック」とは普遍的という意味です。基本的な教義があって、それは世界中同じであるということになっています。だいたい世界宗教というのは、同じであるということを強調して、あまりローカリティーを認めない。イスラムの場合はその最たるもので、コーランをアラビア語で読むということまで世界中に強制しています。コーランの翻訳というのはありません。もちろん各国語に訳したものは存在しますが、それは翻訳ではなく一種の研究書である、と、正しいムスリムは言います。コーランはアラビア語のものである。だからインドネシアからモロッコまで、正式の宗教的な場面では、コーランはアラビア語でしか読みません。そこまで全部を統一しているのです。

そこでカトリックもそれに倣うわけです。基本的にはもとはラテン語なのだから、ミサはラテン語で挙げる、というように。

ところがメキシコに行くと、神父さんが入れない教会があります。洗礼の時だけ、入れてもらえる。あとは全部自主管理。そこはチャムラといって、その教会で有名になっています。スペインから来たものをほとんど入れずにやってきた地域にあります。教会の建物はとても立派です。ところが入ると床一面に松の葉が敷いてある。中は暗くて、蠟燭をたくさん並べて火を灯していてとてもきれいです。人々がそれぞれにマリア像、キリスト像にお祈りをしています。

そこでは、例えば病人が出るとニワトリを一羽買ってきます。そのニワトリに、病人から病気を伝染させてから、ニワトリの首を教会の中で刎《は》ねる。当然血が流れます。そうすると病気が治ると信じられているのです。死んだニワトリは持って帰ってみんなで食べる。ただし治った病人は、病気が戻ってしまうから食べちゃいけない。周辺の人々はそれを食べていい。病気がさほど重くない時はニワトリではなく卵で済ませるそうです。

これはカトリックではなくてむしろブードゥーに似ている。ブードゥーというのは、アフリカが起源だと言われている、カリブ海周辺で行われている一種の民間信仰です。それに似た儀式をカトリックの教会の中でしてしまうというのは、なかなかすごいことです。これぐらい何でもあり、こういうことが受け入れられている社会というのは、ものすごく面白い世界だと思います。

こういったことがリアリズム、現実である世界では、「マジック」という言葉を冠してもたいしたことはない。つまり、この『百年の孤独』に書かれているような話、この種のエピソードは、ひょっとしたら、ラテン世界では、ごく日常的なことなのかもしれない。

われわれは、自分の常識と知識を信じて、生まれて育ってここに至った過程で見聞きしたことを素材に、安定した世界像を作って、それで生きています。しかしこの安定した世界像は、実はそれほど安定しているわけではないかもしれない。

例えば天動説と地動説を考えてみましょう。われわれは科学を盾にとって、天動説は間違いだと言います。これこれこういう根拠で地動説が正しい、という言いかたをする。しかし、天動説は天動説で一つの物語です。

というのはつまり、世界は客観的であるという前提で科学を組み立てるのはいいのだけれども、しかし世界は主観的であるという主張を、この客観説は否定しきれないということです。主観説は客観説の外にある。科学は物の考えかたの体系の一つであって、全部ではない。われわれは自分たちの好みによって、選択によって、科学を選び取っただけである。そしてそれを百パーセント信じているわけではないから、お祈りをしたり、縁起を担いだり、自分の心理をなだめるために、どこかで科学以外の方法を使います。

自分の心理が自分にとって一番中心にあるものです。ぼくがぼくであるという意識がぼくをぼくたらしめているとしたら、その意識に作用するもの全てが、それなりに価値があり、意味があるのです。客観主義によって外の世界と精いっぱい整合をはかっても、やはり主観は強い。

だから、病気が薬で治ったというのを信じてもいいし、病気がニワトリに移ったから自分は治ったと信じるならそれでもいいのです。それはあなたの身体だから。外の人間がそれに対して、非科学的だ、あいつは近代科学を信用しないと言っても、その批判はあなたには何の値打ちもない。お互いに話し合って共有の理屈で生きていこうとするなら別ですけれど。

非科学的であることによって損をする場合が多いから、科学は役に立つとしてそれを使うのもいいです。しかしそれは絶対ではない。絶対とするには科学ではわからないことが多すぎる。というより、それぐらい、考えの土台としてのある一つのシステムというものは、不分明なもの、不確定なものなのです。

こういう考えかたを人間主義といいます。主観と客観のことは、総論の時にも少し説明しましたね。自分から出発して世界をとらえれば、そういう考えかたになる。逆に世界から規定して自分を決めようとすると、一個のホモサピエンスの個体としての自分しか見えてこなくなる。もちろんそれでもいいです。われわれは実際この二つを両方使い分けています。

そうやって生きているわれわれに、マジック・リアリズムの世界像はある種のノスタルジックな共感を与えた。それがこの小説の魅力だったのだと思います。

今ここで話していることは、今朝早起きをして書いたメモによっているのですが、実はぼくは十五年くらい前に、この『百年の孤独』を比較的精密に読んで分析して、「『百年の孤独』の諸相」という論を書いています。この間配った系図と仮チャプターのリストはそれに添付した資料であると申し上げたけれど、論の部分を今読み返してみても、ぼくの考えはさほど変わっていませんでした。さっきのメキシコ体験まで加わったということはあるけれども、基本的には変わっていない。だからあるところまで今日は、この論に従って説明を進めます。

それでは、この小説全体の流れを説明しておきましょう。

あることがきっかけで、ブエンディア家の一員の一人が他の場所からやってきて、マコンドという町を造るところから、話は始まります。

そもそもは、三百年ほど前、非常に仲のいい二組の家族がいたことに端を発します。あまり仲がいいのでお互いの子供たちを結婚させるようになる。次々に夫婦を作って子供が生まれて、その子供たちがまた結婚して、ということの繰り返しが何百年も続いて、その結果近親結婚で次第に血が濃くなっていった。これはあまりよいことではありません。そしてそんなことを続ければ最後に豚のしっぽを持つ赤ん坊が生まれることになる。

その豚のしっぽの赤ん坊の母親の姪である娘が、幼なじみのいとこと結婚することになる。この二人がマコンドの最初の二人です。娘は、豚のしっぽを持つ子供が生まれたら困るから、子供は作るまいとして、キャンバス地のしっかりしたパンツを穿いて夫を拒みます。結婚しても彼らは初夜を迎えられない。新郎はそれを友人にからかわれて、カッとなってその友人を殺してしまう。友人は幽霊になって出てくる。つきまとう。

そこで彼は妻に対して、自分たちはやはり子供を作らなきゃいけない、お前が頑固なためにオレは友人を殺してしまった、と言って、結局子供は作ることにするのですが、二人は、その土地から移動して別の場所へ行こう、新しい場所を見つけよう、と考えます。そしてマコンドを造るのです。新しい生活を始めた二人は、やがて子供を作ります。

しかし、その豚のしっぽの不安は彼女にずっとついてまわる。

「一族は次へと代を重ねて繁栄するけれども、最後には豚のしっぽを持つ赤ん坊が生まれて、滅びるだろう」という予言を彼女の夫は、友人であるジプシーから、実は受けている。ところが、この予言は直接語られたのではなくて、羊皮紙に暗号で書かれた秘密文書という形で手渡される。それでなかなか読めない。そこで、代々一族の誰か一人が、この羊皮紙の文書を読む仕事に没頭します。そして世代が進むにつれ、少しずつ暗号はほどけていきます。

結論を言ってしまえば、最後に、最初の二人から五代後に豚のしっぽの赤ん坊が生まれて、そのすぐ後にその赤ん坊の父親によって予言が解明される。そして一族は消滅する、そういう話です。話自身が自分に戻る、そういう回帰的なカラクリになっている。

この本にはそのブエンディア一族の歴史が書いてあります。その間の五代から六代にわたる人々のさまざまな行状が、延々と細かく詳しく書いてあるのです。

「よげん」と言いましたけれど、日本語で使う時には気をつけてください。旧約聖書などでいうのは「預言」です。最近は「予言」とも書きますけれど、この二つは全然違います。「預言」の「預」は預かるという字でしょう。何を預かるか。神様がおっしゃったお言葉を預かってきて人間に伝えるのが預言者です。だからこの字でなければいけない。それに対して単純に、例えば「来年何々が起こるだろう」という時は、予告・予知の「予」だからこちらです。ただし、来年何々が起こるだろうということを言うのは、しばしば神です。そういう意味では、意味は通底していますけれども、場合場合によって、神が前へ出てきている場合には、「預」を使わなければならないし、神の姿が見えなくて、予知・予報として言われる場合は、「予」の方が正しい。

『百年の孤独』の秘密文書の場合は、書かれているのは未来のことであるけれども、言ったのは神様ではない。物語そのものが言う、あるいはこの一族の歴史そのものが自分の先を見通しているという意味で、これは「予言」であると思います。

昨日講義の後に、フォークナーについて、「フラクタル」ではないかという質問をした人がいましたね。ぼくは、フォークナーの場合はちょっと違うと思うと答えましたが、フラクタルという言葉が使えるのがこの『百年の孤独』の場合です。

ぼくは「『百年の孤独』の諸相」を書くときに、そこのところをどう説明しようかと思いました。つまり、その時はまだフラクタルという言葉は一般化していなかった。そこでぼくはこう書きました。

「この小説が繁茂する木々といった自然物の印象を与える理由もこのプロットの多岐にある。作者の創作の意図はからみあう無数の枝と葉と蔓の間に隠れている。それはある種の自然のパターンに見られるように、細部はまたさらに細かな部分をなぞっている。ここでは、全体は細部を模倣し、細部はまたさらに細かな部分をなぞっている。つまり、幹が枝ぶりをなぞり、枝は葉の付きかたをなぞり、葉の付きかたは葉脈の模様をなぞるような、あるいはどこまで拡大しても折れ曲がっているためについに微分不能なある種の曲線のような、からくりがここにはある」（『ブッキッシュな世界像』一八七頁）

これが「フラクタル」です。

逆にこうも言える。

「『百年の孤独』という邦訳にして千枚ほどの小説は実は発表されざる一万枚の大作の要約であると同時に、百枚からなる高密度の短編のパラフレージングであり、それはまた十枚のあらすじの拡大ではないのか」(同・一八八頁)

細部があって、その細部と同じ印象の各章があって、それはまた小説全体の印象にも重なる。構造的であると同時に素材的である。

物は形と材料から成っています。普通の小説の場合は、材料がわかったら形はこうだと言えるのです。どういうことかというと、例えばぼくが皆さんにこの十の作品を読みますと言った時に、全部が読みきれなければ、それぞれ百頁ぐらい読んで文体を摑んだうえで、あらすじは文学事典などで掌握しておくだけでもいいです、と申し上げた。つまり百頁でわかる文体と手法は、そのまま構造的に展開すれば全体になるわけです。それが普通の小説。

ところが『百年の孤独』の場合は、構造的に展開する必要はない。材料がそのまま全体の形なのです。だから五頁読んだだけでもいい。それでも読んだことになる。しかし全部を読めば、やっぱりそれは全部読んだことになる。そこの細部と全体のバランス、文体とストーリーのバランスが、欧米のそれまでの小説と全然違う。

では、登場人物はどういう人々なのか。先ほどぼくは平板《フラット》なペルソナだと言いました。奥行きがない。しかしそれぞれに民話的に何かが過剰です。平凡な人間は一人も出てこない。ある意味では誰もがすごく派手な性格です。そして自分の生きかたに執着してけっして揺るがない。とても頑固です。

話があまりに錯綜していて、一人の誰かを抜き出して、その生涯を辿るのがとても難しいのですが、例えば第二世代の女性たちは、常にペアになっているというか、対照的な二つの性格が同時に現れる。資料を「『百年の孤独』の諸相」に付したのは、登場人物の名前がみんな似ていて、誰が誰だかわからなくなって混乱するからです。それを少し整理するために、似たような名前の人々に、ぼくはあだ名を付けました（編集部注・巻末付録をご覧下さい）。

例えば、家系図の左からいくと、まずウルスラ・イグアラン〈あだ名＝家刀自〉とホセ・アルカディオ・ブエンディア〈あだ名＝最初の者〉。これが先ほどの話のマコンドを造った最初の二人ですね。そしてこの二人の三人の子供が、ホセ・アルカディオ〈あだ名＝性の英雄〉と、アウレリャノ〈あだ名＝大佐〉と、アマランタ〈あだ名＝黒い繃帯〉といった具合です。

〈最初の者〉と〈家刀自〉が第一世代。次の世代は〈性の英雄〉と〈大佐〉と〈黒い繃帯〉に、外から来たレベーカ、あだ名は〈もらわれっ子〉です。〈性の英雄〉と〈大佐〉、〈黒い繃帯〉と〈もらわれっ子〉は対照的な性格を持っています。

この話の人々は、それぞれに何かが過剰で、派手な性格だと言いましたけれど、この派手な性格は個性ではありません。資質です。その資質が世代から世代へ受け渡されていく。パターンが繰り返される。繰り返しながら世代を経てそれが少しずつ変わっていく。この辺が民話なのです。

男たちの、その受け継がれていく資質、パターンは、二つあります。第二世代のホセ・アルカディオ〈性の英雄〉の側とアウレリャノ〈大佐〉の側に分けられる。だいたい、アウレリャノを名乗る者は内向的で頭がいい。一方ホセ・アルカディオを名乗る者は衝動的で、度胸はいいが悲劇の影がつきまとう。ところが、第四世代の、〈スト指導者〉のホセ・アルカディオ・セグンドと、〈くじ売り〉のアウレリャノ・セグンドだけは、このホセ・アルカディオ側の性格とアウレリャノ側の性格が入れ替わっている。二人のひいおばあさんの〈家刀自〉のウルスラが「お前たちは何か間違えて生まれてきたね」という場面があるぐらい変わっている。

女たちはどうか。女たちにも常にどの世代にも対《つい》があります。〈家刀自〉のウルスラというのは、大変に有能な主婦です。主婦であり、一族の大いなる母であり、経済の担い手であり、女ながら一家の大黒柱です。浮わついたところが少しもない。それに対して、この一家の人間でないのでこの一覧には名前が出てこないけれど、ピラル・テルネラという、何かとブエンディア家の男たちと絡みあって影響を与える、娼婦的な女がいます。性の世界の導き手にして、男女の機微の理解者。それから占いができます。ウルスラとピラルは対をなす。

第二世代では、〈黒い繃帯〉のアマランタと、〈もらわれっ子〉のレベーカとの間に対称性が成立しています。レベーカは非常にブエンディア的に奔放に振舞う。そして、一時的ながら彼女は、〈性の英雄〉ホセ・アルカディオの妻となって、想像を絶する性的快楽に身を任せて、一晩に八回、そして昼寝時にも三回も、町中の人間の夢を破るヨガリ声を上げる。

それに対してアマランタの方は、生涯にわたって男というものを知らず、生まれた時のままの身体で死んでいく。彼女の男の拒み方は常に悲劇的です。相手を愛している、大好きだ、一生一緒にいたいと思いながら、自分のねじくれた心から、天邪鬼《あまのじやく》から断わってしまう、という頑なな性格の持ち主なのです。何か過剰なペルソナばかりが出てくるというのは、こういう意味です。

このような人々によって、曼荼羅のような対称性が貫かれながら、話が次々と展開していく。民話的手法の一つだと思います。こういうことは、近代の欧米の小説はまずしないことです。最終的に豚のしっぽの赤ん坊が生まれてきて、この一族は消滅する。一時は一家だけで町を造ってしまうほどの非常な繁栄を誇っていた一族、それほどの力を持った一族であったにもかかわらず、最後に滅びる。世代が進むにつれ、その強いブエンディア的なる資質が少しずつ変わっていく、と先ほど言いましたが、変わっていくというより世代ごとに薄められていく、という印象があります。つまり下り坂である。

第一世代の〈最初の者〉のホセ・アルカディオとウルスラの二人は、非常な英雄性を具えた、一種神話的人物として登場します。そうでないと話は始まりません。第二世代も、〈性の英雄〉ホセ・アルカディオと〈大佐〉のアウレリャノ、〈黒い繃帯〉のアマランタと〈もらわれっ子〉のレベーカも、先ほど言ったとおり大変強烈な性格を持っています。みな自分を信ずる心が強く、揺るがない。だから町が一つ造れたわけです。

第三世代になると少し存在感が薄くなります。〈若き暴君〉のアルカディオ、あるいは〈暗殺〉のアウレリャノ・ホセ。それからゾロゾロと現れて、みんな殺されてしまう十七人のアウレリャノたち。あまりくっきりとした印象を残しません。

その次、第四世代。〈スト指導者〉〈くじ売り〉〈小町娘〉〈女王〉の四人は少し盛り返して、中興の祖のような立場になりますけれども、しかし最初の一世代目、二世代目に比べるとずいぶんおとなしい。この中で特に印象深いのは、〈小町娘〉のレメディオスです。

　彼女は非常な美女です。あまりに美しいので男たちがみんな集まってきて大騒ぎを演じて、彼女自身はそのことに困惑している。自分の魅力に気がつかないでいるのです。行く先々で男たちが寄ってきて、風呂場を覗こうとして屋根から中へ転げ落ちたりというような大騒ぎになる。

　彼女はあまりにきれいで、あまりに純粋で、つまり地上に属さないものであるかの如き女性でした。そしてある時、庭先でシーツをたたんでいる時、〈黒い繃帯〉のアマランタが、レメディオスの顔が透き通って見えるほど異様に青白いことに気がつく。「どこか具合でも悪いの？」と尋ねると、「いいえ、その反対よ。こんなに気分がいいのは初めて」と答えながら、レメディオスの体がふわりと宙に浮いた。

「ほとんど視力を失っていたが、ウルスラひとりが落ち着いていて、この防ぎようのない風の本性を見きわめ、シーツを光の手にゆだねた。目まぐるしくはばたくシーツにつつまれながら、別れの手を振っている小町娘のレメディオスの姿が見えた。彼女はシーツに抱かれて舞いあがり、黄金虫やダリヤの花のただよう風を見捨て、午後の四時も終わろうとする風のなかを抜けて、もっとも高く飛ぶことのできる記憶の鳥でさえ追っていけないはるかな高みへ、永遠に姿を消した」（二八〇頁）

　つまり、若いきれいな娘が消滅してしまうのです。空へ上がっていってしまう。こういうことが起こるのが、マジック・リアリズムです。何のトリックもありません。読んだ者がただ信じなければいけないことなのです。

このぐらいのことはしょっちゅう起こります。いかに不思議なところであるかを強調するために、しばしば作者は数字を使います。

「アウレリャノ・ブエンディア大佐は三十二回も反乱を起こし、そのつど敗北した。十七人の女にそれぞれひとりずつ、計十七人の子供を産ませた（中略）大佐はまた十四回の暗殺と七十三回の伏兵攻撃、一回の銃殺刑の難をまぬかれた」（一二八頁）

ある時マコンドに雨が降ります。止まない。四年十一か月と二日の間雨が降りつづける。あるいは〈ガストン夫人〉のアマランタ・ウルスラがマコンドの空に二十五つがいのカナリアを放した。あるいは〈神学生〉のホセ・アルカディオは七千二百十四枚の金貨を見つけた。〈メメ〉のレナータ・レメディオスの学校の、六十八人のクラスメート、四人の尼さんの先生がゾロゾロとこのマコンドまで遊びにやってくる。そして彼女たちが帰って行った後には、迎えるブエンディアの家の人々が彼女たちのために用意した七十二個のおまるが残った。おまるは一昨日ジョイスで出てきた chamber pot ですね。

これらの数字は民話的な数字です。民話的な数字というのは科学の数字ではないから、揺るぎようがありません。「七十二個のおまるが残った」と言ったら、絶対に七十二個なんです。それはこのお話の神様がそれを決めてしまったことだから、もうどうしようもない。読む者はそれを信じるしかない。

普通ではないかもしれないけれど、マジック・リアリズムであるということで、娘が一人いなくなったり、四年十一か月と二日の間、雨が降ったりするのです。

では、ここで文学的な別の言葉を持ち出してみましょう。これはファンタジーなのか。なぜマジック・リアリズムなどという言葉を持ち出して、これをファンタジーと呼ばないのか。

これはファンタジーではないのです。ファンタジーというのは、ここにこういう現実があることを前提にしたうえで、今ここでない場所の話をしますよ、という約束の下に展開されます。ファンタジーの場合はその外側に現実がある。だからしばしばファンタジーには移動が伴うのです。例えば『ピーター・パン』。最初の場面はウェンディたちの子供部屋です。そこにピーター・パンが来て、彼らを連れ出す。ウェンディに「あなたはどこに住んでいるの」と言われて、ピーター・パンは確かこう答える。「二つ目の角を右に曲がって、朝までまっすぐ行った所」。これは、彼が住んでいるネバーランドが、現実の場所でないことを示唆している。

あるいは『オズの魔法使い The Wonderful Wizard of Oz』（一九〇〇）。主人公のドロシーは竜巻《トルネード》に乗って家ごと飛ばされてオズの国へ行きます。キャンザスに住んでいた子供がそういう特別な方法であちらに行くことで話が始まる。

別の土地に移動してから話が始まって、終わったら帰ってくる。行きて帰る物語。これがファンタジーです。

しかし最初から、この現実の世界はこうである、こういう世界があるんですよと、子供向けでない大人向けの話を信じたうえで展開する話は、ファンタジーではないのです。話を組み立てていく最初の約束事が全然違う。

ちなみに、『百年の孤独』の創作の動機についてこういうエピソードがあります。ガルシア＝

マルケスは、作家になりたくて苦労して、非常に貧乏だった。何を書こうかと思い悩んで、自分が子供の頃祖母に散々聞かされたおとぎ話、祖母が現実のことであるかのように話したたくさんの話を思い出した。あのトーンで書けばいいんだと思い立って、書き始めたという。

『百年の孤独』の中に入っている話で、短篇になったものがあります。その中で一番面白いのをちょっとご紹介しましょう。いかに変なことが起こる世界であるかというのがわかります。

『エレンディラ』という映画がありましたが、その『エレンディラ』の原作はガルシア＝マルケスの短篇です。その『エレンディラ』の話の元は、『百年の孤独』の中に出てくるごく小さなエピソードなのです。「旅する娼婦」の話です。

祖母に連れられて町へやってきた一人の娼婦、エレンディラ。なぜ彼女は娼婦をしているか。しかも夜ごと大変な数の男を相手にしている。アウレリャノ〈大佐〉がこの娼婦のところへ行ってみるという場面があります。

外で呼びこんでいる女の声につられて、彼は部屋に入ります。

「女が膝《ひざ》にのせている金箱にお金を放りこんで、アウレリャノは何となく部屋へはいって行った。牝犬《めすいぬ》のように小さな乳房をした混血の娘が裸でベッドに横たわっていた。その晩、アウレリャノより先に、すでに六十三人の男がこの部屋に足をふみ入れていた」（六九頁）

という哀れな娼婦がいるのだけれども、なぜそんなことを彼女はしているかと言いますと、

「二年ほど前のことだが、ここから遠く離れた土地で、彼女は蠟燭《ろうそく》を消し忘れたまま眠ってしまった。目がさめたときには、すでにあたり一面火の海で、母がわりの祖母といっしょに住んでい

た家は灰になった。その日から、祖母は焼けた家のお金を取り戻すために、町から町へと彼女を連れ歩いて、二十センタボの線香代で春を売らせていた。娘の計算によると、ふたりの旅費や食費がかかるし、揺り椅子をかつぐインディオの日当も払わなければならないので、ひと晩に七十人の客を取ってもあとまだ十年はかかるという話だった」（七〇頁）

このぐらいのサイズの、ドラマティックな、誇張の多いエピソードがずらーっと並んでいる、びっしり詰まっている。その一方で、その最後の豚のしっぽの赤ん坊が生まれてくるまで五、六世代、先ほども言ったように、次第に衰退していくという時間感覚はあるものの、もう一つこの小説が与える印象は「無限」ということです。限りがない。

先ほどの「フラクタル」ということにもつながります。フラクタルというのは、一見ある図形が見える。ところが部分の方を拡大してみると、また同じ図形が見える。その部分を拡大するとまた見える。ひたすら微小の世界へ入っていって、それが無限に続く。あるいはある部分が見えている。一歩下がる。ずっと広い部分が見えるようになるんだけど、それもまた同じ形をしている。もう一歩下がる。また同じ形。それがフラクタルです。

また少し科学の方へ話を振ります。『POWERS OF TEN（パワーズ・オブ・テン）』というビデオと写真集があります。宇宙の構造を十分で理解するために作られたものですが、知っていますか？

写真集の最初の頁はミシガン湖のすぐ側にシートを広げて、ピクニックをしている二人の人間を真上から撮った図。次の写真では、その一部分が十倍に拡大されて写っています。次ではまた十倍に拡大されます。そうやってステップを踏むごとに十倍に拡大しながら、ひたすら細部に入っていく。拡大されるのはその寝ている男の腕の一部です。したがってやがて皮膚が見える。皮膚を作っている細胞が見える。細胞を構成しているたんぱく質の分子が見え始める。それから何段階か降りると原子が見える。原子の中へ入っていって、最後、素粒子が見えるか見えないかまで行く。

逆の方に、今度は戻って逆方向に進みます。カメラを引き上げて十倍の広さが見えるようになる。つまり全体の縮尺が十分の一になる。もう十分の一にする。だから最初はそのピクニックのシートが見えたのが、周囲として湖と陸地が見えるようになり、それを含めたミシガン湖周辺が見えるようになり、アメリカの東部全体が見えるようになります。下がるにつれて地球が見えて、他の惑星が見え始めて、太陽系が見えて、さらに下がってわれわれが住んでいる銀河系が見えて、それから宇宙全体が見えて、となっていく。

それぞれ二十何段階ものフラクタルを重ねていったものです。『POWERS OF TEN』のパワーは、力ではなくて、数学でいう冪《べき》、累乗ということです。10の累乗だから一桁ずつ倍率が変わっていく。十倍十倍を繰り返しても、あるいは十分の一、十分の一を重ねても、いつになっても変わらないパターンがフラクタルです。

そして、このフラクタルの概念は、『百年の孤独』の話全体の構造を説明するのに使える考えかたです。

『モービ・ディック』の時に、あれはほとんど百科事典である、つまり、鯨と捕鯨に関するありとあらゆる項目を並べて、それについて解説をする形で、人間の性格から形而上学や神学に至るまで、人間のありとあらゆる精神的あるいは物質的営みを説明しようとした、鯨百科事典形式の総合小説だということを言いました。

百科事典の一番の特徴は、項目の羅列です。普通、世界を説明する時は、原理から入って各論に入っていく。つまり、コンピュータのディレクトリのような樹枝状の構造を取ります。数学の教科書の目次を思い出して下さい。あれは構造的に枝状に広がっています。それに対して百科事典は、単にあいうえお順で並べて羅列します。

ぼくは現代にあっては、樹枝状の、ディレクトリ状の世界観が次第に崩れて、羅列的になってきていると思っています。そして、小説がそれを証明している、小説という形でそれが表現されている、裏付けられている、このことをこの一週間の論の軸として、話そうとしてきました。

この『百年の孤独』の世界も非常に羅列的で、その意味で大変に現代的であると思います。あるいは現代を超えて、もう一つ先へ出ようとしている話であると思います。その羅列感の際立っているところをちょっと読んでみましょう。

「彼らはまた、妻子を連れずに町へやって来る外国人たちのことを考えて、情の深いフランスの娼婦らが住んでいる通りを、前よりもっと広い町に変えて、よく晴れたある水曜日、大勢の風変わりな娼婦を運んできた。このあでやかな女たちは古今の恋の手くだに通じており、起《た》たない者に刺激を与え、尻込みする者に活を入れ、欲望の強い連中を堪能《たんのう》させ、回数の少ない連中を励まし、度のすぎる者をこらしめ、独りですませる者を改めさせる、あらゆる種類の塗り薬や器具を用意していた。トルコ人街も、色どりのけばけばしい昔の市場にとってかわった、電気の明るい輸入品専門の店でにぎわいをまし、土曜の晩には、大勢の山師たちであふれ返った。連中は賭博《とばく》のテーブルや、射的や、占いが、とくに夢占いが行われている路地や、揚げ物と飲み物のテーブルなどに押しかけて、時には幸せな酔っぱらいの場合もあるが、たいていは鉄砲玉やげんこが飛びかい刃物や酒瓶が振りまわされるけんかのそば杖をくった弥次馬の死体と並んで、床のあちこちにぶっ倒れて日曜の朝を迎えた。めったやたらに人が集まったために、初めのころは、じゃまっけな家具やトランク、誰の許可も得ないでそこらの空地に家を建てようとする連中の右往左往、アーモンドの木立ちにハンモックを吊《つ》って、昼間から人目もはばからず蚊帳《かや》のなかで愛し合ったりする恋人たちの騒ぎなどで、通りも歩けないほどだった」(二六九─二七〇頁)

並べていく。隙間なく埋める。この印象です。これは言ってみれば、ジャングルの自然観です。ジャングルというのは、太陽と水を植物たちが精いっぱい利用しようとして、隙間なく広がっている。隙間ができればそこに必ず何かが出てくる。この隙間が生態学でいうニッチですね。そういう形でびっしりと埋め尽くされる。ある意味ですべての自然がそうなんだけれども、熱帯雨林の場合には、もともと注がれるエネルギーの量、水の量が多いので、その隙間のなさが歴然と人の目にも見える形になる。その印象に非常に似ています。

最後に時間論をしましょう。

今ぼくたちが思っている、今の科学が教える時間のイメージというのは、一方向に流れて元に戻らない、ですね。しかしそれが全てではない。時は循環する、グルッと回って元に戻る、という考え方も実は人間の中でずっと根強くありました。特に中南米の先住民たちは、この考えを社会の真ん中に据えていた。

ぼくが知っているのはマヤ文明だけど、マヤ人は、二百五十六年という周期を考えていました。二百五十六年経つと全てが元に戻る。もっと短い周期もある。この周期は恐ろしいのです。十年か二十年周期で世界はリセットされて最初に戻る。そして、そこのところを、そのリセットされて次に戻る瞬間をうまく超えないと、世界は消滅してしまう。これはおとぎ話ではなくて、その社会のメンバー全員がそう信じていた。だからその切り替えの瞬間には、神官たちは生贄を捧げて神に祈って、次の社会の存続を必死で願う。そうしてうまく乗り越えられると安心する。

アステカ、マヤというのは、非常に評判の悪い、人身御供で血まみれの残酷な社会であると言われてますけれども、この残酷さは社会の中での階級差などに由来するのではなくて、世界観そのものから来ています。つまり、マヤの王様や貴族は楽しみのために人を殺すのではない。あるいは富を独占するために人を殺すのでもない。そうではなくて、「人間社会というもの、世界というもの、宇宙というものは、非常に危うくて、それは全て神々の気まぐれに任されているから、その神々の気まぐれを自分たちに都合よく引っ張るためには、生贄を殺して血を流さなければいけない」と、本当に信じていた。

場合によっては、その犠牲となって死ぬことは、むしろ名誉ある行為であったという解釈すらあります。

彼らはペロタという、ゴムの球を扱う一種のボール・ゲームをしました。現在でもそのための競技場跡がいくつも残っています。チーム対抗で競技をして勝ち負けが決まる。そして勝った方が全員殺される、ということだったのではないかという解釈が、このゲームについてはあるようです。死ぬこと、血まみれになること、人を殺すこと、それも五人や十人ではなくて、大きなイベントの場合には、数千人が殺されるようなことをした。そうしなければ社会は持続しないと信じられていれば、それは世界観として成立しますね。その背後に、二百五十六年周期で世界はリセットして元へ戻るという考えかたがある。

この時間感覚、時間に対する考えかたは、その社会を運営する基準として採用された時点では、そこでは正しかったのです。外にいるわれわれから、感想を述べることはできます。「まあなんと見当違いな」「なんとわれわれと違う」と。でもそれはあくまで感想であって、批判にはならない。これは批判の外にある類のものです。

これは最近、ここ一、二か月気がついて考えているんだけれども、『百年の孤独』の中の時間論というのは、ある程度マヤの人たちのものに近いのではないか。つまり堂々巡りをしているのではないか。

あるところで、一番最初の偉大なお母さんであるウルスラが息子に言います。

「『何をぼんやりしてるの』。ウルスラはほっと溜め息をついた。『時間がどんどんたってしまうわ』

『そうだね』とうなずいて、アウレリャノは答えた。『でも、まだそれほどじゃないよ』（一五三頁）

それから今度は、ホセ・アルカディオ・セグンドがウルスラに向かってこう言うところがあります。

「『仕方がないさ。時がたったんだもの』

つぶやくようなその声を聞いて、ウルスラは言った。『それもそうだけど。でも、そんなにたっちゃいないよ』」（三八五頁）

最後のひと言、日本語の翻訳はちょっと違えていますが、英語はまったく同じ言葉です。たぶんスペイン語の元も同じではないかと想像します。言った人間は違いますが、同じ台詞なのです。時がたっているかいないか。時間はそんなにたっていない、変わっていないという言葉が、グルッと回って同じ形で出てくる。

「答えながら彼女は、死刑囚の独房にいたアウレリャノ・ブエンディア大佐と同じ返事をしていることに気づいた。たったいま口にしたとおり、時は少しも流れず、ただ堂々めぐりをしているだけであることをあらためて知り、身震いした」（三八五頁）

これほど西洋を中心とする世界と違う土台、物の考えかた、思想の上に立って、ラテン・アメリカ的な現実感、世界観を、はたしてそれ以外の人々に伝えられるものだろうか。本当のところはわれわれには伝わっているのだろうか。

ラテン的な考え方を知るうえで、まず最初に読むべきは、メキシコのオクタビオ・パス（一九一四―九八）という詩人・批評家が書いた『孤独の迷宮』（一九五〇）という本です。これは、そのメキシコ的現実が、いかにこちら側から見ると非現実的であるかを知るのに、一番いい。例えば「メキシコ人は、自分というものを人に対して開くことを非常に恐れる。開くことは相手に対して弱い立場に立つことである。だからその仮面の中に本当の自分を隠そうとする。そういうわけで、秘密を打ち明けるということは滅多にしないのだけれど、万が一打ち明けられた方は、その秘密を共有することによって、相手の弱点を摑まざるを得なくなるので、それに対して恐れを抱く。知りたくないことを知らされてしまうという感じで受け止める。あるいは女たちというのは、相手に対して身体を開く存在であるから、男より一段劣っていると考えられる」というふうなことが書いてあります。

そんな理屈もあるものかとも思いますが、ともかくこの『孤独の迷宮』は長らくラテン・アメリカ的思考の入門書でした。

しかし、それよりもはるかに深く具体的、説得的に面白く「ラテン・アメリカとは何か」を説明したのが、この『百年の孤独』だと思います。この作品を入口にして、さまざまなラテン・アメリカ文学が世界中で読まれるようになりました。日本でもいくつか全集や叢書が出ています。つまり世界が、特に、日本も含め欧米の文明に属する人々は、ここで初めて「そうだ、ラテン・アメリカがあったんだ」と気がついたのです。『百年の孤独』の衝撃はそれほどすごかったのです。

ちなみにこの『百年の孤独』の「孤独」は英語の solitude です。『孤独の迷宮』の「孤独」

も同じです。どういう意味か。普通、日本語で「孤独」といった場合「独りぼっちで寂しい」という ぐらいの意味ですが、英語ではそれは loneliness です。solitude というのは、他から離れて一個だけであること、というのが基本的な意味であって、つまりソロの状態であること、デュエットでもトリオでもなくてソロであることです。

ですので、この二つの作品のタイトルの「孤独」は、「寂しい」という意味はさほど強くない。ガルシア＝マルケスの場合、あるいはパスの場合の、「孤独」とは何かと言うと、愛しえないことです。愛する能力を持たない。それがそのラテン・アメリカの人々の宿命なのだといわんばかりなのが、この二冊の「孤独」という言葉がついた本なのです。

九月二十日 土曜日 午後 第十二回

池澤夏樹『静かな大地』

午後はトマス・ピンチョンの準備がちょっと間に合わなかった。あれもまたたくさん喋らなければいけないので、明日の午前中の元気な時に回します。

ぼくが京大の教壇に立てるのは、実作者であるという、何やら心許ない資格によるわけで、たまたまちょうど今週、『静かな大地』というぼくの新しい本が出たところでもあり、午後は少し実作的な話をしようと思います。今朝思い立ったことですが。

分厚い本です。この話ができあがるまでをこれから解説してみます。ストーリーには踏み込まず、メイキング・オブの方を話そうと思います。

まずタイトルの説明。『静かな大地』というのは、アイヌ語からの翻訳です。

「アイヌモシリ」という言葉があって、アイヌ語で、「世界」の意味であり、「人が住む場所」であり、あるいは、自然物としてではなく人間的な意味を与えられたものとしての「土地」ということです。つまり、ラテン語でいうテラ terra ではなくて、トポス topos の方です。

この「アイヌモシリ」をさらに語源的に分解してみると、「人の住む静かな穏やかな土地」という意味になるらしい。それを「静かな大地」という日本語に訳したのは、実はぼくではなくて、花崎皋平《はなざきこうへい》さん（一九三一—　）です。

実は花崎さんの著書に『静かな大地』というタイトルの本がある。これは小説ではなくて、松《まつ》浦武四郎《うらたけしろう》という、江戸時代の末に北海道を探検した人物の評伝です。彼は明治期まで生きましたけれど、実際に活躍したのは江戸時代末期で、北海道から樺太まで何度も歩きまわり、自然地理と人文地理について、アイヌの人たちの暮らしぶりについて、報告書を何冊も書きました。

松浦武四郎という人物がいま特に重要視される、あるいは重要視される理由は、当時のアイヌの状態をつぶさに見て、アイヌ側に身を置いて書いているからです。当時の北海道はご存じのとおり、松前藩の支配下にあって、それも時によって間接統治だったり直接統治だったり、非常に奇妙な統治のされかたをしていた。先住民であるアイヌは、差別されて、搾取されて、いじめられて、数を減らしつつありました。その実態の非常に正確な報告書を書いて幕府に提出したのが、松浦武四郎なのです。

このタイトルをなぜぼくが借りたかについては、また後で述べます。

最初にぼくがこの話を書こうと思い立ったきっかけは、我が家の家庭内伝説でした。ぼくの母方はもともとは淡路島で、徳島藩淡路支藩、稲田家配下の下級武士の家です。

武士というのはみんな侍である、刀を差している、基本的には武人、軍人であるという思い込みが、今もまだあるけれども、実際には武士というのは官僚、役人です。まして江戸も中期から後になると、本当に戦《いくさ》がおこるとは彼らはたぶん思っていなかった。イラク派遣が決まるまでの自衛隊員のように……なんて言ってはいけないのかな。

刀を差していても、それは儀礼的な飾りであって、用いることはまずないというのが、あの頃の普通の武士の人生でした。そんな時代に下級官僚の地位で淡路に暮らしていたのがうちの祖先だそうです。

ところが明治維新で廃藩置県になって、武士たちはみな失業することになります。それと前後して、淡路は徳島の侍たちと大喧嘩をしました。「稲田騒動」と呼ばれています。

そもそも両者は、徳島本藩と淡路の支藩、本家と分家、あるいは本社と支社の関係にありました。支社の連中はなかなか元気で、特に幕末に走り回って、それなりの働き、政治的な行動を起こしたりしました。それに対して本社である徳島方は、様子見に終始して大したことはしなかった。もともと仲が悪かったらしいのですが、本藩から、淡路は生意気だ、本藩の言うことを聞かないで、勝手なことをしてけしからん、という動きが出たわけです。

ある時、淡路側に徳島の兵隊が攻めてきます。淡路方は一切抵抗しませんでした。抵抗すると本当に戦になってしまうからと我慢をして、火を放たれたり何人か殺されたり、物を奪われたりしても我慢しました。最終的に事は収まって、成敗が行われて、徳島の側から何人かが切腹、何人かが八丈島へ流罪、淡路については咎めはないということになりました。

ちなみに、この徳島藩の侍が切腹したというのは、日本史の上では、公けの刑罰としての切腹の最後の例だそうです。この後に、勝手に腹を切ったのもいましたけれども、それは刑罰ではなくて自殺ですね。

廃藩置県になって、本藩の場合はそれまでの十分の一ながら給料が出るけれども、支藩の場合、つまり直臣ではなくて陪臣の場合は給料がゼロになります。すぐに食べるに困る。そんな時に上の方から、仲の悪い淡路と徳島を離すという考慮もあってか、淡路側に「北海道の開拓をしてはどうだ」という話が来ます。

これは稲田騒動の前からチラホラあった話らしい。北海道はまだ未開の天地で、開拓をすれば豊かな緑野に変わる。その仕事を淡路の侍たちが率先してやってはいかがかという話が騒動の後に正式に来て、いろいろあった挙句、結局相当な人数がこれに応じます。淡路の武士たちは北海道の日高に渡り、当時はまだ「静内」という地名はなかったのですが、後に「静内」と呼ばれる場所に移住して、開拓に専念することになったのです。

その後、徳島と淡路は行政的にも引き離されて、だから淡路島は今は兵庫県です。もともとは徳島県だったのを本州側に移したのもこの稲田騒動の後始末の一つだ、と聞いたことがあります。

こうして北海道へ渡って開拓をすることになった人々の中に、ぼくの母の母の父、つまりぼくの曾祖父とその兄がいました。二人は北海道へ渡った時は、まだ八歳と六歳の子供でした。父親に連れられて、淡路の侍集団と共に長旅をして北海道入りしました。一方殿様は「金策のためにもわしは東京に残る」と途中で抜けてなかなか北海道まで来なくて、これはまた問題になった。

そうやって北海道へ渡った淡路の人々は、とても寒くて、どういう土地であるか全くわかりもしない場所で、大変に苦労をして開拓をしました。

やがてこの兄弟は力量を発揮して、明治二十年代になるとなかなかの規模の牧場を経営し、いいところまでいったらしい。しかしながらよいことばかりではなくて、兄の方がまず死んでしまった。その後、弟は札幌に出ます。日高は鉄道が敷かれるのが遅くて、鉄道がないと将来性が薄い、札幌へ出てもういっぺん新しい土地をもらって開拓しようと考えたのです。ところがその新しい土地がもらえないうちに、病気に罹って死んでしまう。後に残された妻と娘の二人は非常に苦労をします。でも娘は何とか育った。その娘が私の祖母である、というふうな話を聞いてぼくは育ったわけです。

では、曾祖父の兄はなぜ死んだか。彼はさる網元からお嫁さんをもらった。どちらもある程度栄えた家だったからこれは結構な話だった——ちょっとフォークナーっぽいですね。ところがそのお嫁さんの実家の網元が経営不振になった。ニシン漁に手を出して失敗をしたのです。ニシン漁をするには大掛かりな投資が必要なわけですが、来る年は来るけど、来ない年は来ない。そこで娘の嫁ぎ先に借金をするのだけれど、最終的に共倒れに近いことになった。お嫁さんは狐憑きになって死んでしまって、それをはかなんで夫である私の曾祖父の兄も死んだ。自殺したという話が伝わっていました。

ぼくは面白い話だからいずれは書きたいと思っていて、聞けるかぎり聞いてはおいたのですが、それにしても一番詳しかったぼくの祖母はぼくが小さい時に死んでしまっているし、その長女である伯母も話をきちんと聞く前に死んでしまった。ぼくの母はそれほど詳しくは知らない。そういうわけで、今話したことぐらいが、最初にあった土台です。

そこで少し調べ始めてみると、いろいろおかしい。例えばニシン漁の話ですが、ぼくが知っているかぎり、北海道のニシン漁の本場は北側、日本海側です。太平洋側でのニシン漁の話は聞いたことがなかった。それから狐憑きの話もよくわからない。ぼくの手元に過去帳の実物があるのですが、命日を見てみると、このぼくの曾祖父の兄、新次郎とその妻のイネという人は、同じ日に死んでいます。夫婦が同じ日に死ぬというのは、事故か心中しか考えられない。偶然ではない。つまり普通の死にかたではなかったのは確かなのです。

この辺りからスタートして、これをどうしたら小説になるかと考えました。

まず、彼らが実際に行った町、場所を探すところから始めました。当時の地名で下方《けぼう》です。それから少し東の土地が遠別《とおべつ》。その辺りは今の名前でいうと静内です。北海道は「内」が付く地名が多い。「内《ナイ》」はアイヌ語で「川」のことです。河口の地名に「内」がつく。ちなみに門別や江別などの「別《ベツ》」も川のことです。大きな川が「ペッ」であり、これに「別」の字が当てられた。もっと小さな川や沢は「ナイ」で、こちらは「内」と書かれた。

とにかくこの静内という場所に彼らは入植した。「穏やかでいい地名ですね」と言ったら、「そうじゃないんです」と地元の人は言います。「静」という字を偏と旁《つくり》に分けてみると、青くなって争う、になります。冗談ですが。

まず探したのが静内の町史、町の歴史の本です。日本の地方自治体はだいたいどこでも、それぞれの歴史の本を出しています。いわゆる地方史。地方史を研究する人たちの一番大事な仕事は、きちんとした町史、村史——沖縄には字《あざ》史まであります——をまとめることですが、静内の町史をまず見ました。

すると、そのぼくの曾祖父の兄であった原條新次郎という人物は、町史に何度か出てくることがわかった。当時は人口が少なくて、表立って動いた人間の数はそう多くないから、その中の一人として入っていたというわけです。第四代目の戸長でした。戸長というのは、村長のようなものです。その時彼は二十四、五歳、非常に若い。その頃はみんな若かったのです。開拓に入って苦労して、前の世代はすぐに疲れてしまって、世代交代が早かったのでしょう。

こうして少しずつ史料が集まっていく。さあ、これをどう料理するかと考えます。

一つのお手本となったのは、ぼくが大変好きなル・クレジオという今のフランスの作家です。ル・クレジオは自分の祖父の話を一、二回書いていますが、『黄金探索者』（一九九三）というのが、一番直接に祖父の話だったと思います。どこかの島に行って金を探す探検家だったという話で、ファンタスティックで面白い作品です。こういうやりかたもあるな、と思いました。

ぼくの方の素材は、曾祖父が子供の時に北海道へ渡って、開拓をして、牧場を始めてしばらく繁栄して、やがて滅びる、ということです。これはある意味ではよくある話です。北海道では三代続いて栄えたという例はほとんどないくらいですから。最初の入植者が何とか一家を立てたところで、次と交代するのだけれども、なんらかの障害が生じて没落していく。こういう流れの中で、自分の祖先の話を、あえて書くほど面白く書けるだろうか。

それから、なんとなく「今回は長いサイズで書きたい」という気持ちがありました。

短篇、中篇、長篇、という小説のサイズの得手不得手は、これは作家ごとに違うものです。短いものが得意な人もいるし、長いのばかり書く人もいる。短いのが得意なのに、なぜか無理して長いものを書いて失敗する人もいる。さまざまですけれども、ぼくの場合はこれまで、どちらかといえば長い方に力が入っています。

日本の小説は長いものが比較的少なくて、短篇主流だった時期が長い。この一週間お話ししてきたような海外の長篇を読みながら、ぼくにはこの日本の状況がどうも物足りない気がしていました。日本の上手で芸達者な、well-written、見事に書かれた短篇というのは、それはそれで面白いけれども、小説の面白さというのは、一旦読み始めたら、延々と読んで、読んで、それでもまだ続いて、最後に「ああ、終わった」と思うような、そういう作にあると、ぼくは思っていた。

一番最初の総論の時に、小説を読むというのは旅に似ていて、一時的に別の所へ行って、そちらで暮らしてやがてまた元の現実へ戻ってくる、と言いました。あの感じで言えば、旅は長いほうが面白い。遠くまで行ける。

こういう気持ちがあって、ぼくの場合、最初に書いたのが四百枚。それから少し短かいのを書いたら芥川賞というのが当たったので書きやすくなった。それから三百枚のものが一つあって、その次が千枚。それで次が七百枚で、またこの『静かな大地』が千枚以上だから、やっぱりぼくの場合、長いほうが多いですね。短篇は全部でまだ十幾つしか書いていません。短篇連作というのはありますが、これは短篇のふりをした長篇だから、ちょっとずるい。

この作品は、ずっと温めてきたテーマでしたし、しっかりとした長さで書こうと思いました。しかしそうやって膨らませるには、ぼくが聞いていた家庭内伝説と、町史その他の史料では何か足りない。そこで、どうせだったらもう一つ重いテーマを入れてみよう、と考えたのが、北海道開拓の話にアイヌの話を絡ませることにした理由です。

明治初期からの北海道の歴史の話を考える時に、アイヌのことを避けて通るのはフェアではない。これは文学よりもむしろ政治的なぼくの考えかたです。

では、そのアイヌという重いテーマをどう扱うか。どういうふうに小説の中に入れていくか。

当時和人がアイヌに対してしたことは、全体として悪逆非道の限りです。侵略であり、搾取であり、さらにジェノサイドです。アメリカで、新大陸に渡った白人たちがインディアン、今の呼びかたではネイティブ・アメリカンに対してしたこととほぼ同じ。あるいはそれ以上かもしれない。

インディアンの場合、白人はもっぱら追い立てて殺しました。その他に、インディアンの数があそこまで減ってしまったには、白人が持ちこんだ病気に対して彼らには免疫がなかったため、病気によって多数の死者が出たということがあります。梅毒と結核です。しかし殺戮を目的に、故意に病気をうつした、ということもあったようです。例えば、天然痘の患者が使った毛布を、インディアンに贈り物として渡すとか。牧場を拓くのに、先住民であるインディアンの存在は邪魔だったから、なるべく減らそうとした。ひと言で言えばそういうことです。それから、人種問題、という意味では、アメリカ史にはもう一つ、昨日いろいろ話した黒人奴隷への迫害がありました。

そして、日本のアイヌの問題の場合は、侵略と迫害の二つが重なっていました。

松前藩は「場所請負制度」という、地域ごとに経営権を貸与するという制度を設けて、北海道の開拓を進めようとしていた。どういう仕組みかというと、ある場所を「経営」してそこから利益をあげる権利を、期限を決めて商人に貸すというものです。その商人たちがアイヌを労働力として使って、きちんと対価を払わなかった。あるいは殺したり、生きていけないようにしたり、家族を引き離して他の土地へ連れていったり、さまざまなことをしました。

『アイヌモシリ年表』という本には、「場所請負制度」の説明として「知行地の交易を商人に一任し、税金として運上金を徴収する制度。実体としては、この時代の他の地域の藩もそうであったように、参勤交代やその他の財政上の理由から運営が困難になった松前藩やその家臣が、たまっていく負債をなんとかするために、債権者である商人に交易権を一任したもの。より苛酷な利潤追求の結果、商場《あきないば》知行制の時よりも収奪・酷使は激化し、アイヌとの交易だけでは足りず、アイヌを労働力として徴用・酷使し、直接産物を生産する行為がはじまる」とあります。

アイヌは三回、大きな反乱を起こしています。一四五七年のコシャマインの乱。一六六九年のシャクシャインの乱。それから一七八九年のクナシリ・メナシの乱。いずれも失敗しました。ただこの失敗には、和人の騙し討ちに負けたという面がいつもあった。アイヌもなかなか強かったから、和人の砦まで攻めあがる。追いつめられた和人は和議を申し込んで、手打ちをしようと言って宴会を開く。宴会の飲めや食えの騒ぎの最中に、いきなりみんな殺してしまう。歴史の本にはそう書いてあります。

アイヌに対して和人がしたことは、弁明の余地はない。その状態が明治期まで続いて、当時ようやくできた法律が、「旧土人保護法」という名前です。この法律は平成九年までそのままありました。アイヌという言葉は使わない。さすがに土人ともいわない。もう土人ではない、この前まで土人だった人、という意味で「旧土人」というのです。

しかし実際は、その保護法の後も、アイヌたちは和人によって大きく差別されていて、社会的地位、経済的地位、どれも惨めなものでした。そもそも北海道というのは和人のものではなく、アイヌがみんなで共有して使っていた大地だったのです。そこに和人が入り込んで武力を使って、全部を自分たちのものだと宣言し、後から来る開拓者たちにほとんど無料で分けて与える。自分のものではないものを配ってしまったわけです。

この仕打ちに対して、アイヌには異議申し立ての権利がないと言われました。北海道の土地は「無主地」、主のない土地であるから、したがって発見者のもので、その発見者は和人であるというのです。この理屈は、世界中の植民地で使われた理屈です。

最近、そういう土地所有に関する過去の過ちについて、例えばオーストラリア、カナダなどでは見直しが行われています。オーストラリアのアボリジニの土地の占有権は相当認められるようになりました。しかし、日本にはそんな動きは全くありません。

いずれにしても、もっぱら狩猟採集で生きていたアイヌに対して、農業をするのだからその土地をこちらに渡しなさい、と言ったあたりから話がズレたわけです。明治の初期にはそれが制度化された。そこへ開拓者として行ったのですから、ぼくの祖先もある意味でそれに加担しているわけです。

これをどう扱ったらいいのか。結局のところぼくは、この政治的な問題をそのまま取り込んで、それを中心に据えて話を作ることにしました。ぼくの祖先は単なる登場人物でしかない。主人公ではあるけれども、しかし彼らの行状を話の真ん中にはしない。アイヌ問題、アイヌの側からいえば和人問題を真ん中に置いてしまおう、と考えました。

ところが、実はこれは相当野暮ったいことであるわけです。スタンダールの時にも少しお話ししましたね。

文学は文学で完結している。文学の中で話は終わっていていい。もちろん何を持ち込んで、何を書いてもいいのだけれど、政治的なことを文学の題材、目的にするというのは、いけないとは言わないけれど、野暮ったいことなのではないか。高尚なことではないのではないか。

アメリカには例えば、黒人奴隷解放に大変力があったストウ夫人（一八一一—九六）の『アンクル・トムの部屋 Uncle Tom's Cabin』（一八五二）という有名な小説があります。が、小説としては決して一級ではありません。

あるいはロシアの、いわゆる社会主義リアリズムの革命を支えた小説。もう誰も読まないでしょうね。オストロフスキー（一九〇四—三六）なんていう作家の名前は、今は誰も知らないかもしれない。オストロフスキーの代表作は『鋼鉄はいかに鍛えられたか』（一九三二〜三四）という小説です。パーヴェル・コルチャーギンという革命の英雄がいかに頑張って、いかに献身的にソビエト連邦全体のために働くかという、延々とそれだけの話です。でもそれなりに面白いんですよ。基本的な手法からいえば、この種の話はエンターテインメントですから。社会主義リアリズムにも、敵があって敵と戦う英雄がいて、最後に苦労して勝つという、パターンがあるわけです。そしてそのパターンからどうしても逃れられない。

それから、いかに現状が悲惨で、いかに不正義が行われているか告発するというタイプの小説があります。いわゆるプロレタリア文学。日本だと小林多喜二（一九〇三―三三）、徳永直（一八九九―一九五八）。だけどそれは告発という目的のために書かれた小説であって、政治的な目的に文学が道具として使われているのに過ぎない。文学以前に思想がある。

ではは自分の場合はどうするのか。そうまでしてアイヌ問題を今もう一度俎上に載せて論ずるのか。

アイヌ問題はアイヌの問題だけではない。一つの国を造るのに、異人種、異民族、異なる人々をどう扱うかという、言ってみれば日本全体の、日本人全体の姿勢の問題でもある。

日本という国は、似たような人種のまとまりで、言葉もほぼ一つであって、それを得意に思っている。そういう形で無自覚なナショナリズムが成立している。アイヌとか沖縄人とか、在日朝鮮・韓国人などのその他の人々を仮にいないことにした上で、「日本人は単一民族である」というふうな言説が行われる。その上に成り立っている日本人の意識というものがあります。その辺を少し揺さぶりたいという、これもまた政治的な意図がぼくにはありました。

そこで、ぼくの中で分裂が起きてしまうわけです。面白い話を書きたい、文学的に優れたものを書きたい、という思い。同時に、社会的問題を盛り込みたい、社会を告発する要素を入れたいという野心。

その時に一つ、思い出した小説があります。両方を狙って及第点まで行っている、むしろテーマゆえに話が面白くなっている話。弾圧される人々のその弾圧と抵抗を書いて読ませる話、後にズシンと残る話。この京都大学の中国文学の助教授だった、高橋和巳さん（一九三一―七一）の

『邪宗門』（一九六六）です。高橋和巳という作家は、早くに亡くなりましたけれど、ぼくより十五歳ぐらい上だったと思います。文庫本で上下二巻という長い話で、はっきりとは書いていないけれど、戦前の大本教《おおもときょう》の弾圧をモデルにした話です。

『邪宗門』は自分にとって大事な読書体験であった、ということを脇において、さて自分の物語が組み立てられるか、というあたりからぼくは考えはじめました。アイヌ問題が前に立っている、一種告発の姿勢を盛り込んだ話にするということを考えると、松浦武四郎の存在は無視できません。松浦武四郎は和人のやりかたをきちんと告発した、ほぼ唯一の和人だからです。

そしてタイトルを考えた時、どうしてもこの『静かな大地』以外にないなという気持ちになったわけです。花崎さんにお願いして、タイトルを借りることにしました。それからこれは決めてから気がついたのですが、タイトルの中に「しず・な・い＝静内」という音《おん》が入っていた。これは、ここだけの話ですが、自分でもあきれました。

さて、次に形式のことを考えました。小説の形式はさまざまあります。特に物語と作者の関係。作者はどういうポジションにいるか。どこに立つべきか。

スタンダールの場合は、作者は神様のように全部を知って、全部の会話を聞いて、人々の心の中にまで入って知り尽くしていました。時々作者自身が、読者に向かって語りかけたりもしました。スタンダールは小説全部を掌握していました。いわば神の視点で、客観的な描写を連ねていくのです。会話は引用で、地の文は報告と解釈でした。トルストイもこれに近かったと話しましたね。

それに対してドストエフスキーの場合は、もう少し地面に近い所にいます。事件が起った町の住民の一人が自在な能力を得て、登場人物たちの間を走り回っていたような印象がある、とお話ししたと思います。

フォークナーの場合を思い出して下さい。中心となるトマス・サトペンの生涯について、直接の記述はありません。全部証言です。サトペンについての報告者の話を聞いたクェンティンという若者が、シュリーヴという全くの第三者である友人に話す。それら全体をぼくらが読むという、二重、三重の構造になっています。なぜ二重、三重にしたかというと、作者は全知全能で透明人間であるという、古代からの小説の約束事を、フォークナーは一旦否定したかったということだと思います。人の姿というのは他人の目に映る姿であって、それを通じてしか、あるいはそれをたくさん集めて束にする形でしか、表せない。少なくともその方がずっと奥行きのある、人らしい人が描ける。そこでフォークナーは、トマス・サトペンという、とんでもない男の行状を語るのに、周囲からの証言を集めて束にするという方法を取りました。

ガルシア゠マルケスは、これは民話ですから、完全に全てを知っている全知全能の語り手がいてもおかしくはない。彼は形式に関してなんら悩むことはなかったでしょう。

そこで、ぼくはどうしたか。ぼくはフォークナーに近い形を取ることにしました。主人公の三郎――彼のモデルが、曾祖父の兄ということになります――自身の心の中には入らない。人の心にはなるべく入らない。言葉を通じて姿を探り出す。それを集約して語る。さまざまな話、証言を聞いたうえでまとめるポジションとして、三郎の姪の由良《ゆら》という女性を設定しました。由良さんというのは、事実と重ねて言えば、ぼくの祖母に当たる人です。ただし性格は全然違います。性格については、ぼくはこの話に都合がいいように、一種の先駆的なインテリ女性として作ったけれど、ぼくの祖母は全然そうではありませんでした。

彼女は会ったこともないこの伯父のことを、幼い頃からいろいろ聞いて育って、とても興味を持っています。そこで大人になってから改めて調べて回って、彼女なりに、若くして死んだ伯父の生涯を再構成しようとするのです。人の話を聞いて回り、あるいは書物を集める。そして、その途中の経過、そこでわかったこと、それを最終的な文章にまとめたもの等々の何種類かのテキストを束ねて一冊にする。

回りくどいことをせず、最初から最後まで語り下ろすという方法もあるとも思いましたが、リアリティを出すために証言を束ねるというのは、ぼくの好きな技法なのです。

その一方で、小説の構成要素が、時として非現実的になるのは仕方がない。例えば一晩で書いたはずの手紙が何十枚にもわたるということがあります。時間的にいってそんなに書けるはずがない。しかし小説のコンベンションとして、その時間に書いたことにするというふうな約束事はある。それは許される。

この『静かな大地』の場合も、由良さんが七、八歳で聞いたことを、大人になるまでこれほど正確に覚えていられるはずはないと言われれば、そのとおりです。でも小説のコンベンションのためには、リアリティからちょっと外れてもいいことになっているんですね。こうして組み立てていってテキストが作られるのです。

小説というのは、いろいろな約束事があって、時には真実と矛盾することもあります。例えば、ある一族がいて、山の中で暮らしている。悪い事ばかりが起こって、だんだん数が減っていく。その減っていく過程を誰かが全部文章に書いていたとする。そしてその人が最後に「とうとう私もこれで死ぬことになる。ついに誰一人いなくなった。思えばこれだけ書いてきたけれども、書くこと自体、それを残すこと自体が私にはひどく無意味な、虚しいことに思えるので、私はこれをここで燃やしてから死ぬ」と書く。これは矛盾ですね。その人がそれを燃やさずに死んだ上で、できれば後に、こういう状況で山の中の洞窟からこういうテキストが見つかった、というような、フレームの話が欲しいところです。特に滅びる話については、そういう組み立てのことをどうしても考えなければいけない。

神様のような全知全能の作者がいて物語を語っている場合には、ある意味ではどういう結末でもいいのです。今突然思い出しましたが、三島由紀夫（一九二五—七〇）の『美徳のよろめき』（一九五七）は、最後が長い手紙でした。そしてその手紙が終わったところでこう書いてあります。「結局彼女はこの手紙を出さずに、破って捨てた」。この場合、作者は登場人物の肩越しにその手紙を読んでいたことになる。少なくとも手紙としてこれは機能していない。このように、全知全能の作者は、しばしば肩越しに彼らの手紙を読みますし、透明人間として、彼らの会話を聞きます。

だけどそれだけで作るのは、これは好みの問題になりますが、ぼくはあまり好きではない。神の視点で書くことに対する一種の反発があって、何とか報告者を具体的に提示したいと思う。報告者を物語の中に設定したいと思う。物語の中の視点で書くべきだという思いがあります。そこで、一人称でやるのです。一度二人称でやったことがあります。『花を運ぶ妹』という作です。「そこでお前は、こうして、ああして」と言ったとき、誰が「お前」と呼んで語っているのか、神ではない。たぶん後日の「おまえ」だろうと思います。当人がずっと後になってから、若くて愚かだった自分をふりかえって話しかける。

二人称で書かれた小説で興味深いのは、今年の谷崎潤一郎賞、伊藤整賞を受賞した、多和田葉子さん（一九六〇―　）の、『容疑者の夜行列車』（二〇〇二）という短篇連作ですね。これは全部夜汽車の中の話。「夜汽車」というのは「容疑者」の駄洒落なんです。必ずどこかで容疑者の話になっている。「あなたはこの汽車に乗ってどこそこへ向かう」という始まり方をします。

この場合の「あなた」は面白い。現在形で言われるのですが、言われるたびに、その「あなた」が読者にひょいと憑依するんです。「あなた」と言われるたびに、自分が汽車に乗って何かをしてるような気持になる。こういうちょっと不思議なカラクリを使った二人称の小説は時々あります。ビュトール（一九二六―二〇一六）の『心変わり』がそうだったと思います。

さて話を戻すと、ぼくのこの小説の場合は、基本的には、主人公の姪の由良さんが、調べた結果を誰かに向かって話したり、あるいは文章に書いたり、書いたものを読んだりする場面からできています。

この物語でぼくが一番したかったのは、北海道へ渡って開拓をして、やがて自殺することになる主人公の宗形《むなかた》三郎という人物の中に入らないままに、彼の肖像画を描くということでした。中に入らないというルールを守った上で、ギリギリまで近づきたかった。

ちなみに、調べていくと、家庭内伝説はいろいろ嘘ばっかりで、誰がどこで作った話だろうということが多かったのだけれども、ただ最後になって「ああ、そうか」というふうなこともヒョイと見つかってきました。網元から嫁をもらって、その網元がニシン漁で大失敗をして傾いたという話で、ニシンは日本海側だけだろうと思っていたら、明治のある早い段階までは太平洋側でもニシンが獲れたということが、宮本常一《つねいち》の本の中に書いてあったのです。噴火湾とか内浦湾と呼ばれている湾で、ある噴火の時に軽石がたくさん海面に浮いて、それがきっかけで太平洋側のニシンが絶滅して獲れなくなったのだそうです。

それなら日高でニシン漁をしていたというのは、本当だったのかもしれない。でもそれを知った時には、もうほとんど小説ができていたので、そのままにしました。

ただ、一般的に家庭内伝説は嘘が多いものです。誰かが膨らませて面白くする。聞いているぼく自身が無意識に膨らませたところもあるかもしれない。だからまず、一応歴史小説であることを考えて、史実に戻りました。何年何月にどこで何があった。それを年表にプロットしていきます。ここはこれだった。この時はこれだ。ここはこう。これは動かない。日付はごまかせないから、そのポイントだけはおさえて、後はその事実が繋がるように好きなように流れを書く。なるべく滑らかに繋げて、その流れに意味があるようにする。

例えば、三郎にクラーク博士の話を聴かせてやりたいとぼくは思いました。札幌農学校でのクラーク博士の授業です。彼は実際は、八か月ちょっとしか日本にいなかった。それであれだけの影響を残したのですから、確かに偉大な、あの時期の北海道にとっては大変重要な人物だったわけです。

クラークのいた時期は限られていますから、その時に三郎が札幌にいて、しかも農学校の近くにいなければ話は聴けない。日時は当然限定されてきます。実際に、三郎のモデルになった原條新次郎という、曾祖父の兄である人物の年譜を作って、どこなら出会えるかと考える。そういうすりあわせは、日付をごまかしません。

もう一つ例を挙げれば、イザベラ・バード(一八三一―一九〇四)というイギリス人の女性旅行者に、主人公を会わせたいと思いました。彼女は世界中を歩き回った人ですが、特に東アジア、日本、朝鮮などの、よくまああんな時期にそんな所まで一人で行きましたねと、みんなが感心するようなところを歩いて正確なレポートを書いています。『日本奥地紀行 Unbeaten Tracks in Japan』(一八八〇)という著作が平凡社から出ています。そこには、何年の何月何日に日高のどこを通ったという日付までが出ている。そこで、三郎と彼女を出会わせるために、ぼくは設定を考えました。一応歴史としてポイントをおさえる。その上で勝手放題をする。物語を面白く書く。だいたいそんなふうにしてやっていくと、何とか小説らしいものができあがります。

ただ、アイヌ問題を持ち込んで、つまり思想を大事にしたために、執筆者として、自由をある程度制限されるということに、最終的には突き当たります。例えばエンディングが動かせない。この話を書こうとした最初に、曾祖父の兄が自殺をしたという事実があるわけですから、これを曲げない限り、エンディングは動かせない。しかもその理由を、アイヌとの問題の方へ持っていくのは、ぼくが恣意的にしたことで、従ってそこも誤魔化せなくなってしまう。

この小説は新聞連載でした。去年の八月いっぱいで終わったのですが、六月ぐらいに勘のいい読者の人が、「どうか三郎さんたちの身によくないことが起こりませんように、お願いいたします」という手紙を下さったので、ぼくは困った。

つまり、明治期の北海道の話を書いていて、アイヌが絡む話でハッピーエンドというのはあり得ないわけです。それは偽善であり、ごまかしです。探せば幸せなアイヌもいたと思いますよ。でもこの時期の一般として、アイヌをアイヌとして出した以上は、彼ら全体の不幸をきちんと表明しなければいけない。めでたし、めでたしになるはずがない。その意味でこの話は、史実という神様の呪《のろ》いを受けて進行する、ギリシャ悲劇のようなものです。最終的な結末は「滅び」になるしかない。

書き上げてみて、「やはり暗くて重い話だったなぁ」と思います。今もって何となく荷を背負っている感じで、ちょっと辛いものがあります。

それからもう一つ、書き終わってみて思うことがあります。書くのが少し早すぎたのかなという感じがあるのです。つまりアイヌの問題は、今も全然解決したとは言えない。和人の側がなんと言おうと、アイヌの人たちは解決したとは思っていない。それは第二次世界大戦で日本がしたことによってひどい目に遭った、朝鮮・韓国、中国、一部南アジアの国々の中に、いまだに日本を恨む意見があるのと同じことです。

本来だったら小説家というのは最後に来るものです。どういうことかというと、何か歴史的な事件が起こる。そうするとまずジャーナリストが駆けつける。それからしばらくして、この問題をどう扱うかと論じる、評論家が出てくる。社会学者が分析する。それからさらにしばらくして、社会全体に一定の了解ができたときに、はじめて作家は出ていって、その話全体をフィクションに仕立てる。その出来事が持っている本当の意味、当事者の側と周囲の側、被害者と加害者、両方を含めた大きな輪を描いて、意味を中に閉じ込める。これが作家の本来の仕事なんです。作家は出来事にまつわること全てに均等に目を配ったうえで、好きに物語を構成して書いていくものなのです。だから早すぎる時に出ていくと、一方の側に加担せざるを得なくて、のびのびと筆が運ばない。

しかしそれでも、それを承知でしなければいけない時もあります。

お話ししたとおり、残念ながら主人公の宗形三郎は最後に自殺します。ミステリだったら結末を言ってごめんなさいだけど、この場合はいいでしょう。この時期にぼくの授業を取ってしまった不幸と思って下さい。

ごく大雑把に言って、『静かな大地』という作品は、こんな手続きで完成しました。でも、小説の方法や形式は作品ごとに一回一回違うし、もう少し変なことがしてみたい、ハメをはずしてみたい、という気持ちはあります。今回は、ぼくの作品の中では新しい試みではありましたが、まだ普通の小説の体裁に近すぎるとも思います。読みやすいですしね。新聞小説でしたから、あまり読みにくくするわけにはいかなかったわけですけれど、もっと形を崩すということもいずれしてみたいなと思っています。

では、今日はここまでにしましょう。

明日は午前中トマス・ピンチョン、『競売ナンバー49の叫び』をやって、午後から全部の総括というか、結論。今まで読んできた流れに沿って、小説が世界にどう関わってきたか、それは社会全体のいかなる変化を担っているか、という話をします。じゃあまた明日。

九月二十一日 日曜日 午前 第十三回

ピンチョン『競売ナンバー49の叫び』

今日の午前中は、タイトルの付いた話としては最後になりますね。アメリカの現代の作家トマス・ピンチョン（一九三七— ）の『競売ナンバー49の叫び』（一九六六）です。変なタイトルだけれど、原題も『The crying of lot 49』です。

競売の時というのは、売るものが一個の場合もあるし、切手のコレクション一括というふうな場合もありますが、アイテムごとに番号をふって、その一つ一つを競りにかけていきます。

そのうちのナンバー49という物が上がってきて、みんなが値段をビッド（bid＝つける）して、だんだん値が競りあがる。この時値段をつけるために掛ける声が「クライング（crying）」です。「49番に対して誰が値をつけるか」というのがこの話の最後の瞬間で、叫びという日本語は何か悲鳴のようだけれど、そうではなくて、競売の時の、それをいくらで買いたいという意思表示の声のことです。なぜそれがタイトルになったかは追々わかるということにしましょう。

これが今回の十作の中で一番新しい作品で、これまでの九作とはまったく、本当にまったく小説として違うものです。

何が違うかというと、まず主人公の人生、体験、成長等を追う話ではないということ。確かに主人公は、物語の最初の状態と最後の状態では違っています。しかし彼女は、より大きな何かを伝えるための導き手であって、彼女について語ることは作者の目的ではない。

では、そのより大きな物というのは何かというと、それは「謎」です。あるいは「謎があるかないか、謎は本当に存在するかしないかという謎」です。あるいは「陰謀」と言ってもいい。

何か見えないシステムがアメリカ社会に隠されているらしい。「らしい」という兆候がいくつか見えて、それに気づいた主人公は謎を追っていきます。しかし、最終的にそれが「ある」という確証は得られない。しかし、「幻想だった」「ない」という結論も出ない。宙ぶらりんの状態のままです。この宙ぶらりんの状態が、今の世界のありかたであるというのが主題。

主人公のエディパ・マースは、話の始まりではごく平凡な主婦で、その平凡性はむしろ強調されています。そのエディパがある申し出を受けて、それに応じて動き始めるうちに、次から次へとわからない事象が目の前に提示される。あるいはその「謎」の端っこを捜して解こうとすると前に出るしかない。それを繰り返していくうちに……という話です。

アメリカの社会の陰にはもう一つの別の隠されたシステムがあるのではないか、という「疑念」が主題であるとも言えます。この話の中では、そのシステムというのは郵便制度なんですが、公式のUSメールという郵便制度の陰に別の郵便があるのではないか、それは表社会の健全な小市民たちとは違う市民たちによって支えられているのではないか、という疑惑がエディパの中に生じるのです。陰の郵便制度というものが、本当に存在するのかしないのかはわからない。あるかないかわからないのに、あるかもしれないと思って、それに非常に囚われて、その問題が頭から離れなくなる。それが世界の鍵であるような気がしてくる。もしかしたら全部がないのかもしれない。ないとしたら、そのありさまを外から見ている者にとって、その考えはパラノイアです。「パラノイア」というのは、今のアメリカを解読するための鍵の一つとして、大変大事な役割を持った言葉です。今のアメリカにはさまざまな形でパラノイアがある。一番わかりやすい例を最初に言ってしまうと「イラクには大量破壊兵器があって、イラクはそれを以てアメリカ本土を攻撃しようとしている」。少しアメリカ社会を知っている人間にとって、これは典型的なパラノイアです。事実は「そんなことがあるはずがない。イラクにはもうそんな力はない。彼らにはそんな意図はない」ということを示していたのに、このパラノイアに乗って実際に戦争が始まってしまう。不思議な社会だと思います。

　このようなアメリカ社会のありかたは次第次第に他の国へも伝染しているかもしれない。ありもしないことをわれわれは追いかけているのかもしれない。あるいはそれに囚われて怯えているのかもしれない。それが「パラノイア」であり、この問題について、たぶん今一番面白いことを書いているのが、トマス・ピンチョンだと思います。

　彼について少し話をしておくと、一九三七年生まれで、大学の物理工学科に十六歳で入学しますが、しばらくして海軍に入隊して世界をまわります。その後英文科に復学して創作を始めます。大変若い時から天才的な作家として、一種のカルトの教祖のような扱いを受けてきました。

　最初の長篇は『V.《ヴィー》』（一九六三）というタイトルで、必ずピリオドがついています。論文の中でこのタイトルを引用する時は、面倒くさくても必ずピリオドをつけてください。邦訳のタイトルもこのままで、国書刊行会の「ゴシック叢書」の一冊として出ています。訳者は三宅卓雄さんと京都大学系の方たちだったと思います。この作品で、ピンチョンはフォークナー賞を受賞して一躍有名になったのですが、本人が表に出てこない。このあたりから彼の伝説が始まりました。

トマス・ピンチョンについて誰もが知っているのは、本人が姿を現さないということです。インタビューを受けない。顔写真を出さない。会った人がいない。『V.』は一九六三年の刊行ですから、もう四十年ほど経ってるはずだけれども、その間出た顔写真というのは、彼の大学時代のアルバムから誰かが見つけてきたものとかが二枚ぐらいしかない。三枚目が見つかったという話がこの間話題になったけれど、それくらい伝説的な作家です。ピンチョンがメキシコシティにいる時に、『TIME』の記者がなんとかインタビューしようと思って追いかけていったのだけど、噂を聞いた彼は速やかにメキシコの山の奥の奥まで行ってしまって、出てこなかったという話もあります。こんなふうに、彼の生涯自身が結構謎めいていて、細かなエピソードがいくつもあるのです。

もう一人アメリカでインタビューを受けない作家として、『ライ麦畑でつかまえて』のサリンジャーがいます。今は隠遁して出てきませんが、ある時までは出ていたし、顔写真もありますから、ピンチョンほどではない。ある時アメリカのいたずら好きな文芸評論家が、「実を言うと、サリンジャーっていうのはぼくなんだ」というエッセイを書きました。それには「『ライ麦』は自分が書いたんだけど、本名を出したくないから、サリンジャーという名前にしたら、ずいぶん流行っちゃって、困ってねぇ」と、縷々、嘘っぽいことが本当らしく書いてあって、でも最後は

「もう一つ白状しておくと、ピンチョンもぼくなんだ」で終わっている。まあ、そういうジョークが通用するぐらい、二人とも表に出てこない人です。

ではその『V.』というのはどういう作品か。

まず、現代科学の思想、例えばサイバネティックスとか熱力学などと社会のありかたを絡めて、それ全体をパラノイア追究というテーマで貫いて、雑学を盛り込みながら実に雑然とエピソードを連ねて書いている。なんとも取りとめがない。つまり、一人の主人公の生涯を辿るなどというナイーブな話からは、はるか遠いところへ来てしまったという印象を与える作品です。

同時に、この『V.』の世界は、基本的には「温室」と「街路」の対立という、一つの軸で貫かれているともいえます。さまざまな軸があって、対立がいくつもいくつも出てくるのでまとめきれないとも見えるのですが、この「温室」と「街路」で括ると見えてくるものがある。「温室」の中は温かくて安定していて、閉じている。「街路」は雑然としてワイルドで、何が起こるかわからない。「温室」は過去に向かい、「街路」は未来に向かう。「温室」は右翼的であり、「街路」はむしろ左翼的、暴動を誘う。というようなことがちらほらと見える。

もう一つ重要なのは、エントロピーという概念です。彼には初期の短篇でまさに「エントロピー」というタイトルの有名な作品があります。エントロピーという熱力学の概念が、小説の中でさまざまに具体的に使われている。要するに放っておくと事態は無秩序に向かうということです。

エントロピーの説明として一番わかりやすいのは、お湯と水を混ぜるとぬるま湯ができるけれども、ぬるま湯をお湯と水に分けることはできない、ということ。熱力学の第二法則ですね。ではなぜか。それは、世界というものは秩序から無秩序へ向かうものであって、逆は基本的にありえないからです。お湯の中では水の分子が激しく動いていて、水の中ではそれに比べゆっくり動いています。ぬるま湯の中から激しい分子とおとなしい分子を選り分ければ、ぬるま湯は理論的にはお湯と水に分かれます。しかし分子の一つ一つを測定して、こいつは速いから左、お前は遅いから右、などというように分ける作業は現実にはできない。速い分子と遅い分子が分かれているというのは一つの秩序です。それは放っておけば失われる。自然は自らを秩序化はしない、というのがこの原理です。

最近のエアコンは、ヒート・ポンプ式です。ヒート・ポンプ式というのは、力ずくで冷やしたり暖めたりするのではなくて、室内の熱を外に持ち出すという形で働きます。したがって、あたかもエントロピーに逆らっているように見えるけれども、この機械を動かすためには外から電力を投入しなければいけない。そこの点で実は、排除されるエントロピー以上のエントロピーが投入されている。

今の物理学にとって非常に基本的なこの考えが、人間社会に応用されるとどうなるか。全体は混乱に向かい、秩序は失われるのか。秩序が失われるということは、倫理とは無関係な単なる機械的な動きなのか、それともそれは一つの悪なのか。というふうなことが、テーマとして底の方に脈々とあります。

『V.』は、具体的には、二人の登場人物が話を率いていきます。一人はベニー・プロフェインという駄目男。あちらこちらウロウロして半分放浪生活をしながら、何かをしようとするのだけれど、全部うまくいかない。女に惚れればふられる。比較的太っていて、ジーンズを穿いて、スエードの上着を着て、カウボーイ・ハットを被って、スニーカーでウロウロしてるような男です。これは今のアメリカの普通の若者の中の、比較的駄目な部類の典型です。

もう一人は、ハーバート・ステンシルというもう少し年上の人物で、この人物は本当にパラノイアです。彼は自分の父の死の謎を解き、母の本性を明らかにするという動機から、ともかく「V」の頭文字がつく謎をずうっと追いかけつづけています。その謎が次々に彼の前に見えてきて——この字がついてるものは、みんなその謎に見えるんだから当然なんですが——、それを十九世紀末から二十世紀なかばにかけての歴史を走り回って追いかけていくうちに、何がなんだかわからなくなってしまう。しかしそれでもまだ捜しつづけるわけです。

この場合も大事なのは、陰謀があるかないか、陰謀があるように見えるのは幻想なのか、という疑念です。それが『V．』の中では、「虫歯」か「陰謀」か、カリエス caries かカバル cabal かという形で提示される。あちこちの歯に虫歯ができる原因は、個々に勝手にその歯が悪くなったのか、虫歯全体の背後に虫歯の悪魔がいて、全てを統御しているのか。

アメリカ中でさまざまな事件やテロ事件が起こった場合、それが自称テロリストの個人的で勝手なふるまいなのか、それとも全ての糸を引いて暗躍する「アルカイダ」が存在するのかという疑問が、まず浮かぶ。そしてそれは、往々にして「アルカイダ」の方に結びつけられる、すなわち「陰謀」という結論に落ち着くことが多い。

パラノイアの問題がいかにアメリカにとって大きいかわかりますね。他の国では、ここまでみんなが疑心暗鬼にはなっていない。あるいは、ここまで力ある何かが陰で糸を引いてはいない。

現代社会をこういう形で解釈しようとする。あるいは表明しようとする。これがトマス・ピンチョンという男の仕事全部を貫くスタイルであり、彼のテーマなのです。

『V.』の後、彼は『重力の虹 Gravity's Rainbow』（一九七三）という、また恐ろしく長い作品を書き、さらに『メイソン&ディクソン Mason & Dixon』というすごく長いものを書きました。大長篇の三部作です。この『競売ナンバー49の叫び』、これは短い方です。そしてこれよりもちょっと長い『ヴァインランド Vineland』（一九九〇）というのがあって、この五つプラス短篇が五、六篇でほぼ全部という作家です。

当然、作品発表の間隔は、十年、十五年と空くことがあって、その間何をしてるんだろうと、みんながこの謎の作家の消息を気にしている。やがてポッとすごいものが出てくる。すると批評家や研究者が飛びついて、みんなが読み解こうと躍起になって、その結果を一所懸命に議論する。その繰り返しで今まで来た。

ですから、そういう意味では、ピンチョンもまたジョイスに似て、素人の読者が楽しんで読むタイプの小説家ではないのかもしれない。最初からプロの研究者たち、アメリカ中の大学の、現代文学、近代文学の研究者たちが、寄ってたかって何とか読み解こうとして苦労して、さまざまな説を出す。そういう一種の「ピンチョン産業」みたいなものすら成り立たせている、鉱脈のごとき作家です。

一見なんでそんなバカバカしいことをするのか、虚しいではないかという気もします。しかし実際には大変意味があることです。彼の小説によって、今ぼくが簡単にアメリカのパラノイアという資質を指摘できたように、多くのことがわかる。そういう意味で大変面白い。意味深い。だけど、一筋縄ではいかない。

例えば今回テキストに使った筑摩版。サンリオ文庫版が絶版になった後出た版ですが、本文が大きな活字で二百三十頁ほどで、それに対して注が小さな字で六十頁ほどついています。非常に精密な、綿密な注で、普通の小説ではこういうことはあまりありません。

翻訳小説で一般的な注というのは、訳注といって、文章の途中にちょっと出てくるような訳者が最低限につける類のものです。括弧の中に本文の文字の半分の大きさの字で入るという形式が一般的ですが、これを割注といいます。それはもっぱら、例えばロシアの習慣のことを知らない日本人に、一言二言でわかるような説明をする、というようなものです。

ところがこの作品の理解に役立つ注というのは、割注などでは到底足りない。

今回の授業で読んできたものの中に、もう一つ注が特別なものがありました。そう、『ユリシーズ』です。単行本版は脚注が全篇にわたってついていました。脚注のことを英語でフットノートといいますが、『不思議の国のアリス』の中でアリスが、「フットノートというのは、足で書くの？」と聞く場面がありますが、普通、小説にフットノートはついていません。

そして、ピンチョンまで来ると、脚注でも収めきれないから後ろの方にまとめることになります。収めきれないというのは、ある項目に対して、非常に長い注がつくとすると、次の項目に対する注が、本文の中のその話題がある場所よりはるか遠くにしか入らなくなってしまう、ということです。そこで後ろにまとめてつけるわけですが、この注もかなり厳選されたものです。この小説が発表されて以来、アメリカ中の研究者がしてきた相当量の議論、解釈の最小限のエッセンスが、この巻末の注であるというわけです。

ピンチョンには、普通の読者を誘う以上に、研究者を誘い込むカラクリがあるのです。わかりにくいけれども、わかるとすごく面白いということですね。

普通は、作者が作品を書いて世に提示し、読者はそれを読むということで終わるんだけれども、ピンチョンには作品と読者の間に研究者というのが割り込んでくる。ある研究者が、読んだ上で何かを見つけてそれを発表すると、それが他の研究者に影響を与える。あるいは熱心な読者によって読まれる。

その場合、作者はどこにいるかといえば、実はもういないんですね。研究者がいかなる説を出そうと、ピンチョンは「正しい」とか、「間違っている」とか、「見当違いだ」とか、「よくぞ見つけた」とか言いはしません。沈黙しています。それはピンチョンの性格のせいもあるけれども、それよりも、ぼくは作品というものは発表されたとたん作者から独立するものだ、ということだと思います。一旦発表したものについて、作者は読者や研究者を差しおいて解釈を表明する権利を持っていない。出てしまったテキストは、それ自体の力で世を渡っていかなければいけないし、親である作者はそれを助けられない。あるいはそのふるまいをコントロールできない。嫁にやった娘、というたとえが、古臭いけれど一番わかりやすいかもしれません。一度外へ出した娘に親は干渉してはいけないのです。

作品対読者の関係に研究者が割り込む。作品の読解、解釈のありかたで、特殊なケースの一人がトマス・ピンチョンなのです。他にはジョン・バースという人がいますが、この人もまたわかりにくくて研究者を誘う作家です。

さて前置きはこれくらいにして、内容に行きましょう。

一番最初に登場する、全体を貫くヒロインが、先ほども言いましたように、ごく平凡な主婦のエディパ・マースです。エディパはオイディプスの女性形で、これはいかにも意味ありげに見えます。実はこの女性にはそんなに意味はなくて、彼女とオイディプスは特に結びつくわけではないのですが、結びつけた解釈を提示する研究者はいるでしょう。

彼女の夫はラジオのディスク・ジョッキー。だけど、以前に中古車の販売をしていたことがあって、その時の心の傷がまだ残っています。例えば「おがくず」という言葉を聞くと彼はドキッとなる。なぜかというと、あまり良くない中古車、つまりガアガア音がうるさくて安い値しかつかないような車のトランスミッションにおがくずを少し入れると、クッションになって音が静かになるという中古車屋がしばしば使うペテンの方法があって、そこで「おがくず」という言葉が耳に入ったとたんに辛かった時代のことを思い出して、過剰に反応してしまうのです。これもまた一種のパラノイアですね。エディパの夫はそういう怯えを抱えた存在として出てきます。でも、ある意味では登場人物全員がそういう何かを持っているのですが。

さて、ある日の午後、パラノイアの夫の妻であるエディパのところに手紙が来ます。どういう手紙かというと、何年か前に彼女の恋人であったピアス・インヴェラリティという大金持ちが死んだので、遺言の内容に沿って具体的に事を決めて形見の品など配ったりしなければならないが、ついてはその遺言の執行人に彼女が任命されたというのです。彼女と一緒に遺言の共同執行人になった弁護士からでした。遺言執行人をボランティアでやってほしいという、依頼の手紙だったのです。

「まったく面倒臭い。なんでピアスは私なんかに、そんなことをさせるのかしら」と言いながら、彼女は出かけていきます。

彼女は、キナレット・アマング・ザ・パインズというところに住んでいます。キナレットは人名からきた普通の地名で、アマング・ザ・パインズというのは、松林の中という意味。「松林の中のキナレット」っていう、いかにもきれいな名前です。要するに彼女は、宅地開発業者がダーッと平地に家を並べて、少し木を植えて、意味ありげな名前をつけて売り出した新しい住宅地に住んでいる、ごく普通の、その他大勢の中の一人という感じの市民ということです。もっとも平凡なものに、ケバケバしい飾りをつけるのが、今の商業主義の現実であり、アメリカであるということです。

「キナレット・アマング・ザ・パインズ」という言いかたは、シェイクスピアの生地の「ストラットフォード・アポン・エイボン」、エイボン川の岸にあるストラッドフォード、と同じ言いかたです。こういう言いかたは、ヨーロッパでは昔からどこにでもあります。それを真似て、キナレット・アマング・ザ・パインズというふうな名前をつけると、つまらない住宅地が格好よく見えるというわけです。

日本でも、希望ケ丘とかあるでしょう。今はそういう時代なんですね。昔ながらの地名は今非常にいじめられていて、コピーライターの作る無意味で空疎な偽の地名とすり替えられてしまうケースがとても増えています。その点京都はえらい。特に京都市内は本当にえらいです。東京は都内でもずいぶん地名を整理して、よい地名をかなり失ってしまいました。例えば霞町は西麻布に変わりました。麻布という大きな地名に東西南北をつければ、細かく分けられる。便利ではあるけれど何の情緒もない。さらにひどいのは、埼玉県の浦和（現・さいたま市）で、ＪＲの駅の名が、浦和、北浦和、南浦和、西浦和、東浦和、武蔵浦和、中浦和です。一体なにを考えているのかと思います。ちなみに、東京都でも新宿区という所だけは、今もって小さな古い地名を残していて、その辺はある時期の行政の見識を示しています。だから新潮社は「新宿区矢来町」にあります。しかしそういう見識を持つところは少ない。

さて、話が逸れましたが、その「キナレット・アマング・ザ・パインズ」に住むごく普通の主婦であるエディパは、タッパーウェア・パーティから帰ってきたところで、この手紙を受け取るわけです。

タッパーウェア・パーティというのは、密閉容器のタッパーウェアを売る目的で、主婦が開くパーティのことです。売り手の主婦はお友だちを大勢招いて、料理をしてみんなにふるまってお喋りをしたりした後、その席で販売をする。今日本では普通にスーパーで売っていますが、タッパーウェアというのは、もともとは一つの会社しか作れない密閉容器の商品名で、普通の流通ルートに乗せないで、ホーム・パーティ形式で売るということをしていたのです。この方法だと流通経費が節約できるし、主婦が自分で努力して売れば売るほど彼女も儲かる。この売りかたの循環でタッパーウェアは非常に伸びたわけです。現在同じ方法で伸びている会社に、洗剤のアムウェイというのがありますけれど、消費者が販売者になるというやりかたが、ネズミ講であるかないかは散々議論されていますね。

それはともかく、エディパはそのタッパーウェア・パーティから帰ってくる。このこともまた、彼女が普通の主婦であることを強調しています。そしてそれだけではなくて、タッパーが何かを密閉する容器であるということで、先ほど『V.』の説明で言った、「温室」と「街路」の対立を示唆しているともとれる。……というふうなことを、研究者は見つけては喜ぶ。いくらでもこんな理屈はつけられるわけですが、しかし、やっぱりそういう意味は含んでいるということでしょう。

なかなか話が先に進みませんね。手紙の内容を受けて、文句を言いながらもエディパは、遺言の執行人を引き受け、死んだ大金持ちの元恋人ピアスの本拠地であるサン・ナルシソという町へ行きます。彼の工場や会社が全部その町にあるわけです。

ちなみに、この話全体はカリフォルニア州が舞台です。前の『V.』の時は、舞台は東海岸が中心でした。たぶんピンチョンが引っ越したんだろうと、みんな言っています。一九九〇年発表の『ヴァインランド』もカリフォルニアで、その前作の『重力の虹』はもっぱらヨーロッパ。それから『メイソンとディクソン』は南部。よく動く人です。

さて、サン・ナルシソといういかにもカリフォルニアらしいスペイン語っぽい名の町で、エデイパは弁護士に会います。町の名は聖ナルシソスをイタリア語風にした。この弁護士というのは、実際に遺言執行を請け負った弁護士事務所のメンバーでメッガーといい、伊達男です。エディパはその弁護士に、「遺言執行って一体何なの」ということから始まっていろいろと話を聞きます。そしてあちこち動き回って具体的に事を進めていくうちに、彼女は、アメリカには連邦郵便制度のUSメールとは別の郵便があるのではないかという兆候を、いくつか見つけるのです。何か怪しいものが目の前をちらほらするので、これは何だろうと疑念を持つ。

例えば、屑籠のような物があります。そこに「W・A・S・T・E」と書いてある。単に「WASTE」なら「ごみ」ということだから、それは屑籠であることに間違いない。でもピリオドが入っている。何かの略であるらしく見える。「一体これは何だろう」と気になっているうちに、あちらこちらにこの謎の小さな鍵が見つかって、それを組み合わせていくと、全体としてぼんやりと裏の郵便制度が見えてくるように思われる。

たまたまある晩彼女は芝居を観に行きます。イギリスのジェイムズ朝時代に書かれた『急使の悲劇』という芝居です。エリザベス朝からジェイムズ朝の悲劇というのは、ご存じのとおりもっぱら残酷野蛮な復讐劇です。『急使の悲劇』も、二派に分かれてお互いに殺し合って、血がたくさん流れて、さらにそれが度を超すようになって、という典型的な復讐劇です。ちなみにこれは文学史にはない架空の作品です。

その中に「Trun und Taxis＝トゥルン・ウント・タクシス」という、ヨーロッパの古い郵便制度のことが出てくる。ヨーロッパで最も早い段階で郵便業務を始めた組織のことです。どうもその「トゥルン・ウント・タクシス」の歴史が、この芝居に絡んでいるらしいことが、だんだん観ていてわかってくる。あるいは、何十人かの兵士がある場所でみんな殺されてしまって、その死体が湖に捨てられて、やがて湖の中で骨になる。その骨を取ってきて焼いて灰にして、それからインクを作る。そのインクで書いた手紙がある陰謀の中で大きな役割を果たして、というふうな筋書きがある。

それからまた、〈ザ・トリステロ tristero〉という組織がちらほらする。これもはっきりとはよくわからない。

エディパは、その芝居が面白かったので、原作を読みたくなって探し始めます。ところが彼女が手に入れたヴァージョンには、肝心な部分がない。どうもそこは削除されたらしい。じゃあ、元のヴァージョンはどうだったのか。あの芝居はどういう台本を元にやったのか。気になるからさらに探しに行きます。エモリー・ボーツ教授という人物に相談に行く。すると、これは「『急使の悲劇』のポルノ版」であることがわかり、なおかつそれはヴァチカンにしかなかったはずのものだから、「こいつらはどうやってヴァチカン宮殿に入ったのか」という別の謎が生まれる。こういうことが次から次へと起こります。

そしてその次の段階として、あちらこちらで何かちらっと見たなと、記憶にひっかかっていたマークを一度ならず見ます。そのマークというのは、こういうラッパのマークです。ヨーロッパでは、郵便のマークっていうのはしばしばラッパなのです。少なくともドイツではそうです。なぜなら、昔は郵便屋さんが村に着くと、村の真ん中の広場でパンパカパ〜ンとラッパを鳴らして

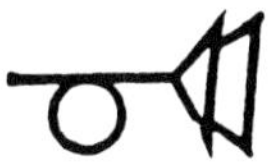

人を集めて、みんなに郵便を配ったからです。したがって、ラッパは郵便屋さんのシンボルだったわけです。

また余談になりますが、日本だとラッパのマークっていえば「正露丸」です。でもあれは軍隊のラッパです。「正露丸」はそもそも日露戦争開戦前にできた薬で、露西亜を征服する、という意味で、もとは「せい」の字は「征」だった。でもそれではまずいから後に「正しい露西亜」になってしまって、よくわからないことになってしまったんですね。

さて、ラッパは郵便のマークであるということはいいとして、では、その前に付いている台形のものは何か。エディパが見たラッパのマークは、ミュートがついたトランペットだった。ミュートというのは、消音器です。つまり、郵便屋の象徴であるラッパを押さえ込む、音が出ないようにする仕掛けがついている。このミュートがついたラッパをマークとする、陰の郵便制度があるんじゃないか、とエディパは考え始める。そんなものが本当にあるのかないのかはわからない。しかしどうもそれらしきものがちらほら見えるし、あちらこちらにその兆候がある。

エディパはこの謎にずるずると引きずられて、奥へ奥へと入っていきます。そのうちに次の段階では、ひとつの謎が解けたように見える。「W・A・S・T・E」というのは、「We Await Silent Tristero's Empire」（我らは沈黙のトリステロの帝国を待つ）の頭文字ではないか。じゃあ「沈黙のトリステロ帝国」とは何か。沈黙はこのミュートです。つまり今のアメリカでないアメリカ、トリステロ・エンパイアと呼ばれる別のアメリカを造ろうとする陰謀の一端に、自分は気づいてしまったのではないか。あるいは別のアメリカを造るのではなく、今のアメリカに重ねるのかもしれないが、いずれにしても現状を否定しようという陰謀があって、自分にはその破片がちらほらと見えているのではないか。こうエディパは考え始めます。

話は前後しますが、遺言状を綿密に読み返したエディパは、ピアスの遺言執行という仕事の一部として、彼が経営していた大きな技術系の製造会社の株主総会に出ます。ミサイルの部品を作っている会社だったと思いますが、この会社の名前が「ヨーヨーダイン」。『V.』でも登場した会社で、ピアスはその会社の創始者です。ピアスは最初に、ロケットを作るというような仕事の場合は、物理学、なかんずく力学がとても大事であると考えたわけです。ピアスにとっての力学のイメージは、あの玩具のヨーヨーだった。それに力の絶対単位である「ダイン」という言葉を繋いで、「ヨーヨーダイン」という社名にした。それで巨万の富を得たのです。

そのヨーヨーダインの株主総会に行ったエディパは、そこで会った人から、また次の鍵をもらいます。「ネファスティス・マシン」という機械があって、どうもこれはエントロピーに関わる何かをするものらしい。

そこでエディパは、その機械を見ようと発明者のネファスティスのところへ行ってみます。ネファスティスは怪しい感じですが、機械自体は簡単なものでした。つまり、シリンダーがあって中にピストンが入っている。ピストンの動きは外から見えるようになっている。機械の外側にマックスウェルという物理学者の写真が貼ってある。

マックスウェル（一八三一―七九）は、熱力学の研究者で重要な発見をいくつもした人です。彼が言いだしたことに、先ほど言ったぬるま湯からお湯と水を作ることの不可能性を証明する思考実験があります。二つの箱があって、それぞれに扉がついている。その扉のところに一人悪魔がいて、分子が飛んでくるたびに、その分子の速度を見きわめて、遅い分子と速い分子とにふりわけ、それぞれの箱の扉を開ける。こういう装置を作って、分子の速度に応じてふりわけていったら、一方には速い分子がたまり、もう一方には遅い分子がたまって、ぬるま湯は水とお湯に分かれる、という思考実験をしました。現実にはもちろん作れません。ふりわけをする悪魔。この装置は考案者の名を取って、マックスウェルズ・ディーモン、「マックスウェルの悪魔」といわれています。

この言いかたと似たものに、それ以前「ラプラスの悪魔」というのがありました。これは宇宙にある全ての物質の質量と運動量を知っているものは、宇宙を未来まで全部予言できるというものです。ニュートン力学の範囲だとそうなるんですが、そういう仮説を人格化すると、「ラプラスの悪魔」になる。

マックスウェルというその物理学者の写真は、そういう意味で、熱力学にとって一種のお呪《まじな》い的な効果を持っている。エディパ・マースがのこのこ出掛けていって見ようとしたそのネファスティスが発明した機械の中にピストンがあって、そしてその外側にマックスウェルの写真が掲げてあるわけです。その機械はどうやって使うのか。写真をジーッと見て、念力で分子を選りわけて、温度差を作る。温度差ができるとピストンが少し動く……はずがないんですけれども、でもそういう物を作って、世界全体を熱力学的に解釈した上で、それを人の意志が変えられるかどうか、ということをやっているらしい。

彼女はこれを動かすことができません。その後、ネファスティスにベッドへ引っ張りこまれそうになるのを振りきって、彼女は夕暮れどきのサンフランシスコへ逃げ出します。そしてさまよっているうちに、アル中の年をとった水夫に会います。手が震えてどうしようもないぐらいのアル中で、しかし壊れてしまった人間というよりは、可哀想なアメリカ社会の裏の住人として彼は出てきます。

エディパはなぜかこの老人に同情して、慰めなだめて、そして老人から手紙を一通預かります。彼はエディパに、「これを投函してくれ。しかし、普通の郵便局のポストではない。あっちの方なんだ。わかるな」と言う。そこでエディパは「わかった。必ず入れるわ」と答えて、その手紙を持って別れます。

そしてもちろん、ピリオドつきの「W・A・S・T・E」にそれを投函します。それから彼女は何をするか。物陰で隠れて待つわけです。いずれ誰かが郵便を集めに来るはずで、その誰かについていけば、本当に第二の郵便システムがあるかどうかがわかる。そこで待っていると、一人の男が来て郵便物を回収していく。その後をつけていくと、男は何と怪しい発明家ネファスティスの家へ行くのです。すべては繋がっているという印象を彼女は持ちます。

彼女はその場で踏み込むことはしないで、久しぶりに一旦自分の家へ帰ろうとします。するといろいろなものが壊れていることがわかる。身近な人間たちがみんなどこかおかしくなっているのです。

信頼していた精神分析医は発狂していますし、夫はＬＳＤで変になって、銃を持って家に立てこもって警官隊に取り囲まれている。それから、一緒に遺言を執行するはずだった美貌の弁護士メッガーは、若い女の子と駆け落ちをしてしまった。芝居の演出をしていたドリブレッドという演出家は、太平洋に飛び込んで死んでしまったらしい。彼女が『急使の悲劇』の原作本を買いにいった古本屋は、火事で焼けてしまったという。

何かがヒシヒシと圧力として迫ってくるような、一種の危険な感じを彼女は覚えます。しかし、それでもめげずに、郵便制度の歴史、アメリカ史、その他様々な資料を集めて、それらを必死に読み解いて、陰の郵便制度の真実を探りあてようとします。本当にヨーロッパのトゥルン・ウント・タクシスの古い郵便制度に対抗するものがあるのか、と。どうもこの対抗郵便制度というのは、アメリカだけではなくて、もともとはヨーロッパから始まっているらしい。

謎が謎を呼び、次々にわかってくることが、どれも確証がないままに積み重なっていく。どうにかこれをまとめようとする。するとその途中で、これは全部いたずらなのかもしれないという気がしてくる。ピアス・インヴェラリティという死んだ大金持ちがいたずら好きだった。だから自分の死後まで、エディパをからかうため、あるいはもう少し深い目的のために、これだけのことを全部仕掛けておいたのかもしれないとも思えてくる。あるいは自分をあざむくためにみんなして仕掛けたのかもしれない、そういう形の陰謀かもしれないという、また別のパラノイアが芽生えて、彼女に迫ってくるのです。これは出口がありません。

だから、ここに至って彼女が欲しているのは、疑惑の解明というよりは、これは本当、ここまでは確実という、何か具体的なカチッとした証拠なのです。ソリッドな証拠が欲しい。

そんな時に、ピアスの遺した財産の中にあった切手のコレクションを、遺言執行のために競売にかけるということになります。この切手のコレクションが実は、彼女が最初にミュートつきのラッパのマークを見たものなんですね。

そこで切手専門家に、そのコレクションがいくらぐらいの値がつくものかと、調べてもらっていると、ある一枚の切手が明らかに偽物であることがわかる。つまりUSメールの切手とは違う透かしが入っている。その透かしがミュートのついたラッパのマーク。鑑定していた切手専門家は、これはほんとに変なもので、見たこともないと言います。

切手というものは失敗作には大変な値がつきます。そういうものを絶対に出さないというのが、どこの国の郵政省でも基本方針だから、たまたまミスプリントや刷りズレ、それから目打ちの穴がないというふうなものは、レア物ということになる。

そうしてみると、ピアスのインヴェラリティ Inverarity という名字も怪しい。ピンチョンはなぜインヴェラリティなどという名前をつけたか。インヴァース inverse＝裏返した、レア rare な物、という意味があるんじゃないかと、これまた研究者が言いだします。さらにピアス pierce

は貫くという意味があります。

そういう、それらしき手がかりが次から次へと積み重なって、幻の郵便制度が見えてくる。

この切手のコレクションが競売に掛けられる。これはこのトリステロの郵便制度、「沈黙のトリステロ帝国」に直接繋がる鍵ですから、これを誰が買うか。トリステロ側がこれを回収するために買うのではないか、という期待が高まる。そして彼女は競売場へ行って、次から次へ物が競売に掛けられていくのを見る。そして、いよいよその切手、ナンバー49が提出され、それに対して集まった人々の誰かが値をつけようとする、その瞬間でこの話は終わります。


この小説は、全体として何が言いたいのか。

これは二〇〇三年になってのぼくの解釈という感じではあるのですが、聞いてください。

アメリカ社会の内側で、「温室」の中で閉じ込められた暖かい暮らしをしている人たちに対して、その外にいる、「街路」で暮らす人々がいる。「温室」の中の人々は密閉されているから、普段は「街路」は見えない。タッパーウェアの中にいるから外は見えない。実際、エディパ・マースにはそれが見えていなかった。

ところが、この郵便制度についての謎を追いかけているうちに、それはだんだん彼女に見えてくる。つまりここで「温室」は、ピアス・インヴェラリティという一人の金持ちの企みによって、ピアス＝刺し貫かれて、中と外の間に回路が出来る、とも読めるのではないか。

もしこれらのこと全部がピアスのいたずらで、彼が生前仕掛けておいたものであり、エディパがそれにまんまと引っかかったのだとしたら、これは、平凡な主婦のポジションに押し込められていたエディパを救い出すための仕掛けだったのかもしれない。つまり、彼女はこれによって目覚めるわけです。

この小説は、主人公エディパ・マースの話ではないと、ぼくは最初に言いました。彼女は「謎」の導き手、読者たちを連れてこの謎の中に入っていく探究者であるけれども、彼女の人生、彼女の性格が主題ではないと言いました。しかし、平凡な主婦の典型としてのエディパ・マースは、「温室」の中に住む一般市民の代表として、こういう経路を辿ることによって、外を知るのです。

アル中の老いた水夫のような、アメリカ社会の中でいわば疎外された人々、「温室」の外に置かれた人々が、たくさんいるということに、彼女はようやく気がつく。

そして、この「温室」的なるものを裏から変えていこう、変革していこうという反逆の陰謀として偽の郵便制度があるのです。しかし実際には「温室」は強固に造られていて、中の温度が一定になるように、外から機械仕掛けで維持されています。

その「機械仕掛け」とは、例えば今の時代でいえば、エクソンのような大きな石油資本、産業資本であり、共和党的な、もっぱらその大きな資本をバックにした政治であり、軍事力である。それから商業主義である。あの消費主義です。マイクロソフトもＩＢＭも全部その列に連なって、アメリカ的な生活、アメリカン・ウェイ・オブ・ライフという、市民の幻想を支えている。ぬるま湯を水と熱湯に分けるように貧民と大富豪に富を分けるという意味では、アメリカには経済的な「マックスウェルの悪魔」がいるとも言える。

久しぶりにこれを読んでみて、ぼくは、この「温室」と「街路」の比喩が、昔読んだ時以上に今の時代に意味を持つようになったので、ちょっと驚きました。

陰謀の話、それからパラノイアの話は、ずっとあったし、それはぼくなどもずっと以前から意識していたことです。アメリカって変な国だとは、確か一昨日もイノセンスの話をしながら言ったと思います。今見えていることのその先で何かよくわからないことが起こっている、という、アメリカの歴史、特に政治にはひどく暗いところがあって、そこがどうも見えない。民主主義で全部表で決めているように見せて、実は裏に別のシステムが、闇の権力システムがあるのではないか。

その「あるのではないか」という考えかた自体が、もうすでにパラノイアであると言っていい。だけど、そのパラノイアの芽を支えるぐらいの証拠は、つねにちらほらと出ているのですね。

最近の例で言えば、イラクを措いても、アフガニスタンをなぜあんなにムキになって攻めたか。9・11の後、そういうことをずっと考えながらぼくはメール・マガジンを発行していました。確かにタリバンはいたし、オサマ・ビンラディンはそこに逃げこんだのだろうけれども、なぜアフガニスタンなのか。ひとつには、アメリカ人の復讐心、とにかく一発誰かを殴らなければ気がすまない、誰でもいいから殴るというところに、たまたま立っていたのがアフガニスタンだったということもあります。

ただ、それだけではどうしても説明しきれない過剰さがある。そうすると、アフガニスタンの北のトルクメニスタンに、相当な埋蔵量が見込まれている石油と天然ガスの開かれざる鉱脈があるということが言われる。これをアメリカ資本は何とか開発したいと思っているが、トルクメニスタンは内陸国だからパイプラインを敷かなくてはならない。パイプラインでどこかの海岸まで引っ張っていって、そこでタンカーに載せて、世界中に配るというのが普通の方法だけれど、そのパイプラインをどこに敷くかが難しい。ロシアの方には持っていきたくない。といって西の方へ行こうとするとイラクとイランがある。南はアフガニスタンがあって、これはタリバンが邪魔をしている。だけど全体として見れば、タリバンのところが一番潰しやすい。したがってアフガニスタンに親米的な政権が成立すると、アメリカの巨大資本は大いに儲かる。これが裏の動機である。……それらしい証拠は確かにあるのですが、それをどこまで信じるか。

もともとタリバンとアメリカはそんなに仲が悪くなかった。むしろ反ソ連政策のためにアメリカがタリバンを育てた面があって、ある時期まで協力していました。そしてその時期にはこのパイプラインの話は実際に進んでいた。ところがあるところでタリバンが姿勢を変えて、アメリカを敵とみなすようになって、話が止まってしまった。したがってタリバンがいなくなれば、話はまた再開できる、という状況までは本当らしい。けれどその先で、本当にこのことが、アフガニスタン攻撃の大きな動機だったのかというと、真実はわからない。

歴史にはさまざまな解釈が後から提示されます。例えばフランス革命はなぜ起こったか、ということについては、本は無数に書かれています。明治維新にしてもフランス革命にしても、一定の期間、例えば百年、二百年経てば、どこかではっきりとその原因というものがわかってきます。

原因論はともかく、具体的に何が起こったか、誰が何をどう動かしたか、いかなる行動がそういう結果に至ったかということについては、研究者たちみんながほぼ認めるぐらいの「共通認識」が固まります。

しかし、アメリカ史はどうもそうではない。謎が謎のまま終わることが多い。J・F・ケネディの暗殺が一番いい例だと言いましたけれど、ケネディにしてもマーティン・ルーサー・キングにしても、あの種の暴力的な大きな変化がなぜ起こるかよくわからない。ですから、9・11も同じだと思うのです。やっぱりアルカイダだけでは説明しきれない。

そういうことがあるたびに、言われつづけているのは、アメリカ中枢部はある程度は知っていたのではないかということです。これもまことしやかに、後から必ず聞こえてくることです。結局、結論は出ないでしょう。決定的な証拠が出ないままに、状況証拠が次々と提示されて、真ん中の部分が空白のままである。それがアメリカという国の、何かもう一つの特質であるように見える。少くともピンチョンが、例えばこの『競売ナンバー49の叫び』を書いた六〇年代頃から、アメリカはたぶんそうだったのだと思います。

アメリカ史について今ぼくが言ったのは、表の民主主義に対する権力の側の裏の陰謀ということです。それに対してピンチョンがここで提示しているのは、公式の郵便に対して、裏の郵便。「温室」の中で暮らしている市民たちを解放するための、「街路」に導き出すためのシステム。「街路」に住んでいる人々の存在を「温室」の人々に知らしめるためのシステム。こういうふうに読めると言っておきましょう。

もう一つ大事なことを説明しなければいけない。筑摩版を持っていらしたら周りの人に見せてあげてください。表紙を開くと、折りこんだ絵が一枚入っています。レメディオス・バロ（一九〇八―六三）という女流画家の作品です。絵柄としては塔があって、塔の中に乙女たちが数名いて、みんな布を織っている。この布が、織られるにつれ少しずつ塔から外へ出ていって、それが広がって世界になっている。つまりこの乙女たちは世界を織っている。シュールレアリスムの典型とも言うべき絵です。

レメディオス・バロはスペインで生まれて、やがて亡命してメキシコに行きます。その後はずっとメキシコで暮らして絵を描いて、四十年ほど前に亡くなりました。ちなみにレメディオスという名前は、昨日『百年の孤独』にも出てきました。ちなみに『百年の孤独』新装版（一九九九）のカバーも、レメディオス・バロです。Remedios Varo と綴ります。日本語では「バロ」と書きますが、スペイン語のVの発音はほとんどこれに近いらしい。同じようなのに、画家の「ベラスケス」がいます。やはり「V」ですが、スペイン語なのでウに「゛」をつけると間違いだそうです。

この絵がなぜここにあるかというと、この絵の話が、この小説の中に非常に具体的に出てくるからです。これは大変に深い意味を持っています。むしろこの絵がきっかけで、彼はこの小説を書いたのかもしれない。この絵は一九六一年に描かれていますが、たぶんそれからまもなくして、メキシコの画廊で彼はこの絵を見たのではないか。そうとしか考えられないぐらい、具体的で詳しくこの絵が使われています。ちょっと読みましょうか。

「メキシコ・シティに行ったとき、二人は——エディパとピアスですね——どうしたはずみか、スペインから亡命してきた美しいレメディオス・バロの絵画展にさまよいこんだ。ある三部作の中央の、『大地のマントを織りつむぐ』と題された画のなかにはハート型の顔、大きな目、キラキラした金糸の髪の、きゃしゃな乙女たちがたくさんいて、円塔の最上階の部屋に囚われ、一種のつづれ織りを織っている。そのつづれ織りは横に細長く切り開かれた窓から虚空にこぼれ出て、その虚空を満たそうと叶わぬ努力をしているのだ。それというのも、ほかのあらゆる建物、生きもの、あらゆる波、船、森など、地上のあらゆるものがこのつづれ織りのなかに織り出されていて、そのつづれ織りが世界なのである」（二二頁）

それを見てエディパは、なぜか泣きます。自分がその乙女ではないかと思う。

「足もとを見おろすと、そのとき、一つの画のせいでわかったのだ、いま立っているところは単に織り合わされたもの、自分の住んでいる塔から発して、二千マイルつづいているものに過ぎない、まったく偶然にそれがメキシコというところで、つまりピアスは自分をどこからも連れ出してきているのではない、どこにも逃げ出せるところなどないのだ、と」（二三頁）。彼女は気がついたのです。

つまり、「幽閉感」ということです。幽閉感はまたタッパーウェアになり、そして「温室」になるわけです。自分たちはそこでその世界を造らされている、それが自分たちの生きかたである、と彼女は知った。

ところが、実はこの絵は三部作だった。真ん中がこの『大地のマントを織りつむぐ』、その前、話の始まりは、二人の男に手を引かれてこの塔に向かっている乙女の絵です。そして三番目の絵で恋人に引かれて逃げ出した乙女がいる。どうやって逃げ出したかというと、織りつづけているつづれ織りの中に出口を織りこんで、その出口から外へ出たのです。

要するに「温室」に扉を造るわけです。「温室」を造っているのが自分たちであるということになれば、当然自分たちで出口を造ることができる。アメリカ的な暮らしの外へ出ることは不可能ではない。こういう読みかたもできます。

この話は読み終えたという感じがしませんね。最後までいってもどうも何か足りない。そこで元へ戻ってもういっぺんメモを取りながら読み返す。解釈ごっこを始めると、再びそこへ誘い込まれる。そういう面がどうしてもあります。

さてこれを面白いと言えるか。好きになって、そのゲームを始めてしまうと止まらないかもしれない。メタファーが次から次へと重なっていって、どれがどれのメタファーであるかよくわからない。わからないけれども、そのわからないところで放棄するのではなくて、わからない分だけ、もっと先へおいでと誘われる。

これはまだこの長さだからいいのですけれども、『V.』や『重力の虹』など、長くなればなるほど、それがより複雑化して重なり合って、始末の悪いことになります。うかつに始めると生涯を棒に振るかもしれない。そういう研究者はたくさんいます。

このような世界観がアメリカに特有と言えればまだいいのですが、今や世界中に広まってきているという印象があります。「陰謀」か「パラノイア」か、裏に糸を引く者がいるのかいないのか。いるのだったらある意味では簡単で、それをやっつければいい。つまり、ダースヴェイダーと皇帝をやっつければそれで全ては解決するわけですけれど、いないとなるとその事態の方が始末が悪いのかもしれない。

これが、実を言いますと二〇〇三年の現実です。

もちろん単純な陰謀説は馬鹿にされます。一般に良識ある人間は、陰謀史観の類いは相手にしないできました。これまでもいろいろなものがありました。例えば、「フリーメイソンが世界制覇を狙っている」とか、「ユダヤの長老たちが、世界制覇のための会議をしたときの議定書」という偽文書とか。これは反ユダヤ思想を大いに煽りました。この議定書が偽物であることは、今は明らかになっています。けれども、かつてそれで世界史が本当に動いたのです。

「陰謀はある」という告発、あるいは「陰謀はない」という弁明。どちらも世界史を動かす力を持っている。アフガニスタンがそうでしたし、イラクもそうです。

では、政治とは何なのか。

独裁者、皇帝、王様が勝手なことをするから、世の中がうまくいかない。みんなで知恵を出せば全体はよくなるはず、と民主主義は信じているのですが、それがどこまで通用するか。民主主義の投票をする人々の大多数が、「温室」の中の現状維持を望み、ぬるま湯で潤った人々であるとしたら、外の連中はどうすればいいのか。「街路」の側は暴動を起こすしかないのか。それら全部が、よくわからない形で——というのは、これがたぶん現実に近いということなのだと思いますが——折りたたんで入っている。この『競売ナンバー49の叫び』というのは、そういう印象の、実に変な面白い小説です。

これが、一九六〇年代半ばに書かれながら、いまだに新しい印象を与えるのは、この話が書くような側に、アメリカが変ってきたからかもしれません。今になって読んでみて、改めてぼくは感心しました。

というところで午前中は終わりにして、午後はまた一時半から、総括をやります。

九月二十一日 日曜日 午後 第十四回

総括

さて、最後に何を話すか。

この一週間、スタンダールからピンチョンまで、十九世紀前半から二十世紀後半までの、ぼくが選んだ十作品を読んできました。

その中でぼくは、一つの方向づけというか流れとして、小説は、その時代、その国、その言葉の人々の世界観の一つの表明である、という仮説を立てた上で、それがどう変わってきたか、ということを話してきたと思います。

一番最初のスタンダールの場合は、パルムという一つの公国の政治状況を女性の魅力が動かしたという、非常にナイーブな、言ってみれば素朴な世界観でまだ間に合っていた時代の物語でした。ある程度おとぎ話化されていますから割引きは必要なんですが、『パルムの僧院』が書かれたのが一八三八年ですから、約百七十年くらい前、そういう世界観で済んでいた時代が確かにあった。そこから始めて、後の九作では世界像は拡大すると同時に拡散していきました。では、一番大きな変質が始まったのはどの頃なのか。

一番それが顕著に表れていて、今ぼくが最終的に伝えたいと思っている世界観に一番近いところを一番早く書いたのは、メルヴィルだと思います。『モービ・ディック』の鯨に関する百科事典が、そのまま鯨をキーワードにした普遍的な百科に変わる、というカラクリの話をしました。

基本的に世界観の図式には二つある。一つは樹木状の分類項目に従う、つまりディレクトリのある、例えば動物・植物の分類表のような形。大きなカテゴリーがあって、その下にまたいくつものカテゴリーがあって、その下にさらに小さなカテゴリーがあって、という、統制のとれたロジカルな構造の世界。それからもう一つは、単に物がひたすら並んでいるだけの羅列的な世界。その中で、その項目に順序をつけるとすれば、アルファベット順とかあいうえお順とか、そういう機械的な順序しかつかないような、そういう秩序なき世界です。

そして、世界は、どうもそのディレクトリ型から羅列型に変わっていっているのではないか、というのが今のぼくの印象であると、お話ししました。

そもそも人間には、さまざまな事象を関連づけ、分類をし、脈絡をつけ、繋ぎたいという欲求、全体をまとめて整理して、ディレクトリに収めたいという自然な欲求があります。自然を整理して、知的に認識したいという欲望がある、と言ってもいいかもしれません。

『モービ・ディック』の時に、たまたま頭に浮かんだこととして、エイハブという船乗りは片脚であるけれども、ついでにもう一人文学史上有名な片脚の船乗りがいる、それは『宝島』のジョン・シルバーである、と言いました。これは実際には何の意味もないことで、単なる連想でしかありませんが、しかし、そういうところでも何とか脈絡をつけて、こっちにあるものと、あっちにあるものを繋いでみたいという欲望や、繋いでいくうちに世界の基本構造が見えてくるのではないかという期待を、人間はみんな持っています。その欲望と期待によって、確かにあるところまでは世界はまとめられてきた。

人と人にしても、それぞれは孤立しているのではなくて、結ばれている。人のネットワークがあって、愛と憎しみと、協力と反発と敵意などで繋がっていて、網の目状になっているのが社会であるという、古典的な世界把握がありました。人間は長らくこのやりかたでやってきたわけです。だからその、人を結ぶものさえ見つかれば何とかなる、世界はまとまると思い込んできました。

E・M・フォースター（一八七九―一九七〇）というイギリスの作家が書いた『ハワーズ・エンド Howards End』（一九一〇）という小説がありますけれど、この本の最初の扉のところにはこのひと言だけが書かれています。'Only connect...'。普通この種のクォーテーションというのは、「誰それの何々という本から」というふうに書いてあるものですが、彼の場合はこれだけしかない。これだけというのは、他に見た覚えがありません。要するに、「結ぶものさえ見つかれば……」あるいは「結ぶことさえできれば……」、それが人間関係を解いていく鍵であると、フォースターは言ったわけです。

そうやってぼくたち人間は、世界にある事物だけではなくて、人同士をも繋げ、思想を繋げ、一つの大きな図柄に織り上げようとするものです。それは神話しかなかった時代以来の、人間の知的な営みの重要な鍵です。見えざる秩序を顕在化する。

でも、一方にはそうでない考え方もある。そんなにうまく物語は作れるのか。そんなにうまく一枚の図柄が織れるのかということです。

日野啓三（一九二九―二〇〇二）という、ぼくが非常に尊敬していた作家がいます。長い闘病生活の末去年亡くなりましたけれども、今の日本の、少なくともぼくと同時代に生きた人たちの中で、ぼくが最も尊敬し、かつ作家仲間として珍しく私的な付き合いのあった人です。彼はこういうことを言いました。

「よく思い出してくれよ。映画でも文学でも、本当に君の心に焼きついているのは、それが世界と自分について本当に新しい発見と驚きと喜びをもたらしてくれたものは、ストーリーだったか？　いくつかの部分だったか。ストーリーと無関係な部分の描写はありえないなどという一般論は抜きにして、君自身の過去でもいい、本当にきらめいて残っているのは、互いに無縁の切れ切れの偶然の場面ではないだろうか。その場面と場面との間は忘却の暗黒。少なくとも私の場合はそうだよ。誕生から現在までを繋げるひと繋がりの何かなどは、無理にこじつける以外に存在しない」

つまり彼は、脈絡はない、と言いたいんです。

でも、その一方、人間には騙されたいという気持ちがあるものだとぼくは思います。そしてその気持ちの背後には、われわれ人間の抜き去りがたい強固な一つの性癖が隠されている。すなわち、混沌とした事象の中に何かストーリー性を見出したい、無意味なパターンの中に何か脈絡を見つけたいという、強烈な本能的な欲求です。

人間とは、小説とは、この両方の間をうろうろ行きつ戻りつしているものなのではないか。

日野さんは、新しいものに対して非常に敏感な人で、八〇年代から、「世界はバラバラになりつつあるのではないか」という予想を立てて、いろいろな考えを表明してきました。そのことを思い出しながら今振り返ってみると、この約二十年間、世界が細分化されて、細分化されたそのパーツの一つ一つの間に、なかなか脈絡がつけられない、そういう現象が目につくようになってきた気がします。

例えば二〇〇一年の「9・11」。大事件でした。大事件であったからまずテレビが報道する。大新聞が書く。連日それが繰り返される。やがてはその場が雑誌に移っていろいろな論が書かれる。そこまでは、例えば二十世紀前半と同じです。しかし、あの時われわれには、大きな新聞が論じるユニットの他に、別の情報網がありました。インターネットです。

インターネットには、大組織が運営するサイトと共に、個人個人がそれぞれに見つけたもの、聞いたこと、考えついた仮説を発信する小さなサイトやメール・マガジンが無数にあります。あるいはそれらをまとめて読んで、再発信するメーリング・リストができる。そういう小さな発信源からの、数からいえば大きなメディアよりはるかに多い情報、ニュースが、9・11の場合はずいぶん大きな役割を果たしました。

ただし、このインターネット系、特にメーリング・リスト系のサイトから出てくる情報というものには、権威がありません。信頼性が低い。受け取った側は「本当だろうか、嘘だろうか」と思いながら、その先は自分の常識で判断していかなければならない。「朝日新聞が言うことだから信用できる」というのとは違う姿勢を保たなければいけない。

しかしそれでも、このインターネットによる発信は、非常に大きな力を持ちました。なぜならば朝日新聞はもう信用できないから。新聞の権威は事実の確かさを裏づけてはいないものだ、ということを、みんなある程度まで知ってしまっていたわけです。活字ではなく放送でいえば、あの時NHKのニュースはほとんどワシントンからのニュースしか流しませんでした。「それは違うだろう」とこっちがぶつぶつ言っても、ともかくそれしか流れてこない。

それに対して、裏で囁かれている話があります。今日の午前中ピンチョンで話した陰謀的な話、裏で囁かれているその種の噂、ゴシップのような国際的なニュース。そちらの側にもある程度の信憑性があるんじゃないかと、今、皆思い始めています。しかしそれは表へは出てこない。みんなインターネットで流れるわけです。もちろんこの種のニュースは一つにまとまることはありません。それらを繋いでいっても一個の大きな図柄は描けない。一種の傾向のようなものがうっすら見えるだけです。

一方大きなメディアは、例えばNHKは一種の図柄を描いて見せます。でもどうもそれには信頼性が欠ける、綺麗に図柄を描くために大事なものをたくさん捨ててしまったんじゃないか、と皆思い始めているのです。NHKの言うことには、ワシントンからの見かたしか入ってないじゃないか。その単純な見かたで描かれた図柄では、ビンラディンが悪い、アルカイダが悪い、テロリストたちの陰謀がある、それに対してアメリカは正義の味方になって戦わなければいけない、という単純明快な勧善懲悪の図式しか見えない。綺麗には描かれているけれども、はたして「ホントかしら」とみんな内心思っている。

それに対抗するものとして入ってくるのは、みんな小さいメディアからのものなのです。したがって、小さいメディア、インターネットにも、われわれは目を開いて、関心を維持していました。ただこれは、いくら繫いでも一つの大きな世界の図にならない。そこで、われわれは、一つの事実に気づくわけです。今この時代においては、一枚の図を描かない方が誠実なのではないか。そういうまとまった図は、欺瞞なくして描けないのではないか。世界はそういう形になってしまったのではないか。

ぼくは9・11の時、しばらく様子を見ていて、何となく言いたいことが出てきて、言ってみれば発信欲にかられて、九月二十四日から自分のメール・マガジンを始めました。原稿用紙にして二、三枚から十枚ぐらいまでの短いコラムを、最初の五十日ぐらいは毎日書いて発信していました。

なぜそういうことをしたか。ぼくは一応作家ですから、その気になればだいたい書いたものは活字にしてもらえます。月刊誌に毎月決まったコラムの欄を持っていましたし、新聞に投書したって採用される確率は高い。大きなメディアで、意見を表明することはできる。しかしその時は、これは大きなメディアではしたいことができないと思った。

一つは時間の問題です。今日起こっていることについて、今何か言いたい。それを活字にするとすれば、新聞でも数日後、雑誌なら一週間先、二週間先になるわけです。その間に事態は変わってしまっている。間に合わない。このスピードの問題がまずあります。

もう一つは、大きいメディアの中に入って書くと、自分の意見が全体の中に埋没してしまうという懸念が、あの場合はありました。自分の意見だけをパッケージにして、そのまま人に届けたい。そうなると、メール・マガジンという発信手段は最適なわけです。書き終わったらすぐ発信できる。読み手に向かってそれだけが届く。

そういうことをやむにやまれずしながら、自分と同じことをしている人間が、世界中に何万人もいるということを感じていました。ある意味ではお互いに意見の交換をしているということです。ぼく以外には、日本でいえば、例えば辺見庸。あるいは宮内勝典。それから坂本龍一もやっていました。他の国を見たらもっともっとたくさんいます。

しかしそれらは、個人の発信であって、情報としての信頼度は低い。そこでぼくは、もっぱら大きなメディアが流すニュースの中から拾い出しては、一つのぼくなりの図柄を小さく織ろうとしてみました。朝日新聞は何か抜けている。NHKは全然信用できない。では、どの新聞がまだそれらしいことを書いているか。ニューヨーク・タイムズはあの時期はやっぱり信用できない部分がある。イギリスのガーディアンは、前からぼくが好きな新聞ですが、これは結構いい。だけどタイムズはどうか？　というような具合です。

それから個人のサイトへと目を移します。こちらも世界中を飛び交っています。無数の小さな発信元からの情報があって、それらは全員で何か一つのことを、ということには決してならないけれど、面白いところがたくさんあります。それらをお互いに参照し合いながら、またそれぞれが情報発信をする。

また、ある意見を読んだ受け手は、それに対して返信をしてきます。双方向性があるのです。

ぼくがイスラエルについて何か書いたとすると、テルアビブに住んでいる日本人から、「あなたの言うことは間違っている。ここで暮らしていればそんなことはとても言えない。なぜならば……」と言ってくる。ぼくはそれに対してもう一遍考える。

そうしながらも、この方法によって、世界全部を読み解くことができるとは、皆決して思っていません。これはほんの片隅の、小さな営みでしかないとわかっている。インターネットで発信する、メール・マガジンをやる、あるいは何人かで共同して整理された情報をメーリング・リストに送るというふうな作業は、どこまでやっても全部を覆いはしません。それはみんなわかっているのです。そしてむしろ、そこのところに意義があるわけです。個人単位の信頼度の低い勝手な配信ではあるけれど、それぞれが「私の発信することを見ていたら全部わかります」などとは決して言わないし、思っていない。逆にそう言ってるところは怪しいよと、皆わかりはじめているし、言い始めてもいる。

朝日新聞を毎日購読している。あるいは毎日を読む。読売を読む。人は普通新聞は一紙しか取りません。これだけ見ていたら世界はわかります、という約束、前提の下に、数百万部発行の新聞が出ている。あとはスポーツ紙を読んでいればいいわけです。

あるところまではぼくも、新聞を信用して育ってきたと思います。今だってある意味では信用している。だけど「場合によっては」それだけでは駄目である。あるいは今の時代になってくると、「もう」それだけでは駄目である。いくつかの複数の視点を持ったうえで、ニュースの信頼性を、個々に、勝手に、勘で判断しなければいけない。一人一人がその人なりの編集を、情報にほどこさなくてはならない。

　もちろん、メール・マガジンを出している側も、大きなメディアを必要としてはいます。言ってみれば、大きなメディア全体を眺めたうえで、こちらの取捨選択をする。そういう編集的な姿勢で書いて、そこに自分の思想を込めて、それを世に広める。広めるって言ったって知れたものですけれどね。

　例えば発行部数が一千万の新聞が、毎日三十頁、四十頁分の記事を出しています。ぼくのメール・マガジンの読者は一番多い時でも、せいぜい三万から五万で、文章の量は原稿用紙五枚からせいぜい十五枚。量から言ったら知れたものです。しかし、そういうやりかたで大きいメディアを補う、ひっくり返す、隙間を埋める。何かその両方でようやく、形、世界が、ある程度見えるようになるという、今はそんな時代ではないか、ということです。これはぼくだけではなくて、相当な数の人間が世界中で考えて、実行していることです。

　最近はその手のツールが非常に発達して、例えば「ブログ blog」というのがあります。「ウェブログ weblog」の略かな。文章だけではなくて、写真などのヴィジュアルも入る、レイアウトも綺麗な頁の形式を最初に用意しておいて、テキストの部分だけ毎日更新するというものです。文章を書いて写真を用意してそれを流し込むと、一瞬にしてインターネットのサイトのあの形になる。情報のパッケージが用意してあると、サイトの運営と更新がすごく容易なわけです。それを使って毎日毎日日記のような形式で自分の見聞を発信する。そういうことをする人たちが増えてきています。

最近有名なのは、サラーム・パックス Salaam Pax というハンドルネームでやっているバグダッドの男のものです。「サラーム」はアラビア語で「平和」ということです。ヘブライ語でシャローム。パックスはラテン語で「平和」です。それを二つ繋げて自分のハンドルネームにした男が、バグダッドから毎日発信しつづけた。これは人気が出て、何十万、何百万というアクセスだったそうです。それでも、彼が言ってることが全部正しいとか、バグダッドについての真実であるとは、誰も思わない。このポジションから出てこういう発信がされているという意味で、ニュース性は高いけれども、しかしともかくたった一人でやっているわけだから、これだけで世界を見ることはできない。だが素材として優れている、というふうに皆判断したので、多くのアクセスがあったのです。

だから、これと全然違う物の見かたのイラク通信だってありうるわけで、実際他にもいくつもありました。それら多くの素材をもとに、何とか一つの自分なりの図を描くということを、結局われわれ一人一人がしていかなければならない。しかし、それはそう簡単にできることではありません。ですから、まとめきれないままに、仮にまとめたものでやっていく。そういう方法が今の形かなという気がしています。

誰かと会って「あなたはどういう人ですか」と訊いたら、相手はどういう返事をするか。「自分はこれこれこういう者で、ここで生まれて、ここの学校へ行って、こう育って、好きなものは何です」。

でも、こういうことをいくら並べても、一人の人間のことを語り尽くせるものではないことを、われわれは知っています。一方、今はまだ、一人一人の背後に一つの物語、一つのストーリーがあることを信じている。

だけどほんとにそうなのか。一個人というものをそうやって語れるものなのか、限りなく語っても語っても、語り尽くせないだけではなく、語るほどにバラバラになって印象がぼやけて散っていく、今はそういう時代ではないのか。ごく普通の一人の人間を一個の人格としてまとめられない、そういう傾向が出てきているのではないか。

「他人から見た自分像」を相手に提供できないだけではなく、自分自身の中でも一個の人格としてのまとまり感が薄くなってきている。これをやってる自分、あれをしている自分、ここにいる自分、この時間の自分が、みんな違う。統括性が薄れて、まとめる力が少しずつ減っていっている。それは、世界観を統合する強い大きな物語が失われてしまったということである、という説明をする人がいます。

例えば、かつて「革命」という幻想がありました。革命というのは、ある思想的な原理を実行に移して、社会全体を根本的に変えることです。それによって今の社会が持っている問題点は全て解消され、新しい社会が始まる。革命を起こすということを目標として掲げて、そのために営々と努める日々を送っている人の場合、その人の人生は革命に所属しているわけです。革命という大きな物語によって目標が確実に決まり、それに合わせて人生が決まる。そのために奉仕すればよい。

そういう、「革命」が信じられた時代がかつてあった。大きな物語がかつてはあった。革命でなくても、宗教でも、立身出世でもなんでもいいのです。自分の人生を嵌め込める物語がある、ということです。そういうものがみんな失われて、言ってみればわれわれは、壊れてしまった大きな物語の破片の間をうろうろしている、それが今なのではないか。とりあえずその日その日で何を消費するかを考え、暫定的に日を送っている。それだけではないのか。

でも、いまさら「革命」とはもう言えない。ソ連の革命はあのように失敗に終わりましたし、中国も変わってしまった。もちろん今もって革命を必要としている国は多いと思います。完全な独裁の下に、どうにもしようがないことになっている国の人々は、権力者をすっかり取りかえたいと思っていると思います。そこまでは誰でも思う。では、総入れ替えして別の政府ができたら、事はすっかり解決するのか。さまざまな問題を根本からすべて解決するような、そんな新しい政治原理はあるのか。ないんです。

「革命」にあたって、かつてマルクス主義が機能しましたが——社会をよくすることに機能したという意味ではなくて、社会をよくしようと意図する人々を動かす点において、機能したということです——、でももうそういうものはない。根本的な改革を目指して一つの原理を打ち立てようとすれば、それはどうやったってみんな一種のパロディになってしまう。あるいはひどく邪悪なものが持ち込まれて、オウム真理教のようになってしまう。ですからわれわれは、全部を新しくする、全部の問題を解決して理想の社会を作るということは考えずに、端の方から一つ一つやっていくしかない。バラバラな問題の一個ずつを、個々に何とかしていくしかないということになる。総入れ替えして新しく出直すというのは幻想でしかなく、オールマイティはないのです。

その一方、そんなに悠長なことを言っていて、間に合うのか、事が悪くなる方がよっぽど早くて、対策はいつも後手に回るのではないか、もはや全部が崩れていっているのではないのか、という悲観的な見かたも強い。環境問題が論じられるようになって数十年になります。全体として決してよくなっていっているとは思えない。経済について言えば、南北の格差。それから国の中の格差。どちらも広がるばかりです。

先日のカンクンの経済閣僚会議では、交渉は決裂してバラバラになってしまいました。結論が出せなかった。みんなが勝手なことを言って、まとめようがなかった。あるいはイラク戦争を境に、国連が権威を失ってしまった。各国がそれぞれの国益を盾に、バラバラな主張をしたからです。そういう個々の問題を全部まとめて対処することはできません。だからといって個々に対応して一つずつ潰していって、統一しようとする、というのもうまくいきません。先ほど、大きな物語が失われて破片が散らばる中に、われわれはさまよっているだけではないかと言ったのは、そういうことです。

それでも、散らばった破片のうちのいくつかを集めて、自分なりの仮の世界像を作らないわけにはいかない。つまり生きていくということは、単に消費するだけではなくて、何らかの積極性を持って社会ないし世界に向かうことですから、そのためには何か見取り図が要る。しかし、かつてその見取り図を提供してくれた権威はもうない。大きな物語はもうない。自分それぞれに小さく集めて、繕って、まとめて、それでやっていくしかない。そういう判断が今のこの破片ばかりの、羅列的な世界観の背景にあるのです。

昨日の午後ちょっとお話しした『静かな大地』には、さまざまなテキストを盛り込みました。全体としては一つのストーリーになっているように心掛けたけれども、見かたによっては、バラバラなままじゃないか、結局最後のところはわからないじゃないか、ということになるかもしれない。けれども、もっとバラバラな話は世の中にたくさんあるわけです。そしてそれは、世界という物語の統一性を誠意を以て疑う、という姿勢から出てきたものだと思うのです。

最近はないけれども、二十年ぐらい前に何度か試みられた、実に奇妙な出版の形式があります。ミステリなのですが、事件を再構成するための素材が、箱の中に入っているのです。容疑者から誰それへの手紙やら、被害者が死ぬ前に書いた走り書きのメモやら、殺人の場所辺りの地図などが、パッケージされていて、それに本が一冊付いている。読者はその本を読んで、それからパッケージの中にあるそれらしく作られた証拠品を丹念に見て、読み解いて、それでその殺人事件を再構成しようとするわけです。二、三度日本でも発売されたと思います。一つだけタイトルを憶えているのが『マイアミ沖殺人事件』。

現実が、何かだんだんその本と証拠品がパッケージされたミステリに似てきた気が、ぼくはしているのです。つまりぼくらはバラバラのものが入ったパッケージをもらって、何とか事件を組み立て直そうとそれぞれに努力をしているのだけれども、みんなが同じ物語を作るはずはなく、そもそもそれだけで充分なのか、証拠の数は足りているのか、証拠同士の間に矛盾はないのか、最初から再現が不可能な殺人事件じゃないのか、という疑問につねに苛まれている、ということです。

　ぼくは博物館が好きでよく行きます。旅先で見つけても、まず入るようにしています。なぜ好きなのかと考えてみると、本来、博物館には脈絡がなく、羅列的に集まった物が並んでいるかららしい。

　物を並べるについて、もちろん一種の脈絡を博物館の側は作ります。例えば、この京都の近くで一番楽しいのは民博、国立民族学博物館で、大変に好きでよく行くのですけれども、あそこは一応地域別に並べている。

　でも、世界を地域別に見るというのはどういうことか。一人の旅人がずっと歩いて、例えば南米の南の端から歩き始めて、北上して世界を回るのだとしたら、その足取りの順に物を並べることには意味があります。彼の体験がその時間的順序で来るから。しかし、南米の弓矢と北米のサンダルが隣り合ったケースに入っていて何の意味があるか。ではサンダルはサンダルだけで、世界中のものを集めてみたらどうだろうか。弓矢だけだったらどうだろうか。あるいはまた別な基準、よく磨いたものとそうじゃないものとか、青銅だけ、皮革だけ、丸いもの、料理の道具、さまざまな基準が提案できるけれども、全てを満足する並べかたはありません。脈絡は無数にあって、無数にあるがゆえに、ある意味ではないとも言える。その辺りを疑ったり、信じたり、迷ったりしながらさまようのが、博物館を歩くということです。

　ぼくがここ四、五年やってきた仕事の一つに、「大英博物館」というのがあります。まずロンドンまで行って、大英博物館に行って、ある地域、例えばエジプト文明の部屋をずっと見て歩いて、「これはほんとに好きだな」と思うものを一点見つける。そうしたら今度はエジプトへ行って、それが作られた場所を見る。この一見アホらしい試みをこれまで十三回やりました。全部をまとめると一つの文明論になるだろうと思ってやっているわけですが、最終的にまとめうるかどうか、実はぼくにはまだわからない。文明というのは、まとめてみていいのかどうか。

こんなことをしている背景には、「文明」というものは果たしてそんなによいものなのか、という疑いがあります。9・11の後で、「文明に対する挑戦である」あるいは「文明の衝突である」というふうなことが言われました。「文化」が人間にとって非常に大事であり、むしろほとんど人間の定義であるとしたら、「文明」はそうではない。「文明」に依存する生きかただけを前へ押し立てて、それでもって人を、あるいは社会を計るという姿勢そのものが、疑われるべきではないか。「文明」など、なければないで済んだのではないか。この数千年間、変な道へ迷い込んだだけなのではないか。

博物館に収まるような物を生み出したところには文明があったとよく言われるのですが、まとまった論旨や文脈が作れるかどうか。ぼくの探索の結果、最終的に博物館のその散漫な印象が再現されるとしたら、それはそれで正しいかもしれないと思う。

それから、博物館というのは寂しいところだと思うのです。人の手で作られて、毎日使われて、生活の中にしっかりと溶け込んでいたはずのものが、その使い手から引き離されて、死んだものとしてガラス・ケースに入れられる。楽器があったとして、その楽器をもう誰も演奏しない。民博でいえば、ぼくが大変好きなものに、アフリカの分銅があります。天秤で物の重さを計る時に、片方に計られるべきものを載せて、もう片方に分銅を載せて計る、あの分銅です。民博にある分銅は、アフリカの金や銀で細工をする人たちが、元になる金などの量を計るために使った分銅で、銀の鋳物で一つ一つとても凝った形をしています。

その小さな分銅が百個くらい、一つのケースの中に綺麗に並べて置いてある。よく見ていくと、それぞれ動物の形だったり、幾何学的だったり、非常に凝った形をしていて、綺麗なものです。しかしその分銅が、例えば、誰かが金の腕輪を作りたくなって、自分の所持金と相談しながら材料にする金を買う時に、その量を計るために使われることは、実際にはもう決してなくて、ガラス・ケースの中でじーっとしている。こういう光景は寂しいとぼくは思うのです。アフリカの肌の黒い人たちには、金が大変似合います。黒い肌と金色の似合いかたを見ると、金細工なんてアフリカ系以外の人が身につけてはだめだなと思うぐらいです。

さて、話を元に戻せば、世界は今や細分化していて、もはや全体像は描けない。では、どうなってきているのか。われわれは、今の世界を持ってはいるけれども、その全体はもう見えない。確かに一つの集合を成してはいるけれど、しかし脈絡がない。全体は誰にも見えない。みんなその一部を持ってきては、それぞれ勝手な物語を組み立てるだけです。

このことを、批評家たちは、「データベースの消費」と呼びます。全てを投入した全体はある。その集合はある。しかし、仮にこれをデータベースと呼ぶとすれば、全体を見ることは誰にもできない。このデータベースを作っているカテゴリのツリー、ディレクトリもよくわからない。

もっとわかりやすく言いますと、百科事典というのは、昔はその具体的な量がいかにも知識の総量だった。知識そのものは紙ではないし重さがない。しかし紙に印刷して製本して並べるとそれだけの量になる。とても重い。それが世界の全部ではないけれども、世界の縮図のように見える。信頼感がある。これだけのデータを自分のところに持っていたら、まず日常は困らないだろうという、そういう印象をあの量感が与えました。全何十巻とか、『世界大百科事典』とか『ユニバーサル』とか、量感が信頼感だった。そういう意味で、日常生活に必要な知識の総量というのは、見ることができたし、手で持って重さを感じることもできた。

ところで今はどうか。ぼくは百科事典はCD-ROM一枚です。あるいは最新のやりかただと、全てはどこかにある大きなホスト・コンピュータに入っていて、インターネットで繋いで、その度ごとに項目を引く。向こうが常に更新して、新しい間違いのない情報を常にそこにアップするようにしている。一か月いくらのお金を払うと、それがいつも使えるようになる。これが今普通の百科事典になりつつあります。

百科事典ではなくて広辞苑でもいいです。広辞苑一冊は、結構重たい。ヨッコラショと持って開いて見て、また閉じて置いておく。この重量感がやはり広辞苑だったわけですが、今はこれもCD-ROM一枚で、ぱっと見ることができる。ぼくの場合は今、CD-ROMでさえなくて、ハードディスクに入れてしまって、そこから目的の言葉だけ引っ張りだして見て、またすぐしまってしまう。

このやりかたには、全体がありません。手で持った時の量感がない。実体感がない。引けば調べたい言葉は出てくる。でも全貌は摑めない。これがデータベースということです。それを使っていくということは、蓄積されるのではなく、その場その場で使われて、また消えていくという感じです。

自分なりの小さな見取り図は作れるけれども、それと全体の関係は誰にもわからない。言ってみれば、大きな壁画を描くとして、「あなたはここのところを描いてね」って、割当ての部分の一枚の下絵を渡される。そこで自分の分をそこに描きます。みんながそうやっている。それぞれができあがって、壁画全体のあちこちが埋まっていく。だけど壁画全体という観点からそれを眺める人は誰もいない。自分の受け持ったその周辺しか見えない。

あるいはもう一つ別の比喩をしてみましょう。

懐石でもいいしフランス料理でもいいけれど、きちんとしたレストランに行って、コース料理を注文したとします。向こうが用意したものが、時系列に沿って次から次と出てきます。われわれはそれを食べる。最後に終わる。ここには一つのまとまり、ストーリーがあったわけです。そのコースを食べたということが、一つの確定した事実になる。そのレストランがそういう味の場所であると、食べたわれわれは認識できます。アラカルトの方へ走ってみても、全容はわかる。

それに対してバイキングとかスモーガスボードとかビュッフェという形式があります。要するにお皿を持っていって自分で好きなものを取ってきて食べる。何でも好きな物は食べられるのに、出ている料理全部を食べることは量的にいって到底できない。常にいつでも全体の一部を食べたことにしかならない。どこまでいっても全部には至らない。

今の世界の姿というのは、ここ二、三十年、次第にこういう印象が強くなってきた気がするのです。これは何となく収まりが悪い。お任せのコースできちんと出てくると納得するのに、このビュッフェの食べかただとどうもどこか釈然としない。

個人的な趣味で言うと、ぼくはビュッフェは嫌いなんです。わざわざ立って行くのが面倒くさいというのもあるけれど、一番大きい理由は、自分のお皿の上が美しくないということです。いろいろなものをゴチャゴチャ載せるから、自分の欲望、浅ましさが露骨に表れる。そのうえ残しちゃいけないと思って無理して食べる。それは個人の趣味の問題ですが。

何かこの世界で生きていくということが、そういう底の浅いことになってしまったような気がするのです。これは今、どうにもしようがない事実です。

一週間をかけて十作品を読むことによって、何が得られただろうか。

具体的な流れがきちんと跡づけられたわけではないと思います。ぼくはある意味で非常に曖昧なことを言いながら、それを無理に系統づけようとしているのかもしれません。という一方で、この全部で十四回喋ったこの喋りかた自体があまりにも散らばっていて、いつか途中でも話したけれど、この講座の構成そのものが、ひどく散漫な、混乱した、つまりビュッフェ形式の食事のようなものになってしまったかな、とも思っています。

つまり、系統づける、ディレクトリを作る、あるいは時系列の上にのせるという意図と、実際には語るべきことがあまりにも多くて散漫であるので、とりあえず全部喋ってしまうというやりかたの、両方の間で混乱したまま終わった。

例えばギリシャ文学史。これは綺麗に作れます。羨ましいと思います。それに対して、現役の実作者、何の権威もない、今生きて今考えている、場当たり的にその場その場で何かせざるを得ない形でやっている人間は、なかなか美しい図柄は描けません。

言い訳としては、本来、「現在」というもので美しい図柄は描けないものなのだということです。ギリシャ文学史のように、二千年ぐらい経たなければ、美しい図柄は不可能なのだ、ということです。

ただこれは、ここ二十年ほど文学をやってきて、その前にも三十数年生きてきたぼくの一種の印象であり、ぼくの働きかたの土台となる考えです。

世界にはさほど秩序はないらしい。その中でなんとか意味がある物を見つけだして、それを意味のある形で繋いでいかなければならない。

仮にもしばらくの間使えるような一種の仮説を提示して、それを仕事としなければいけない。その一方で世界はだんだんに崩れていくようである。破片化していくように見受けられる。

大きな物語が作れないだけではなくて、大きな物語を作ることは欺瞞であるということが、もう明らかになってしまった。その辺がたぶん、カート・ヴォネガットがかつて言った、「人生について知るべきことは、すべてフョードル・ドストエフスキーの『カラマーゾフの兄弟』の中にある、と彼はいうのだった。そしてこうつけ加えた、『だけどもう、それだけじゃ足りない、ないんだ』」というあの表明に繋がるわけです。足りない分を一気に補うことはできません。誰にももう『カラマーゾフ』は書けない。あとはこうやって、個々に頑張っていくしかない。言ってみれば、正規の戦争で負けてしまって、この後は散発的なゲリラ戦を続けるしかないという、イラクの状態ですね。

人間全体がこの先この地球の上で生きていくということに対して、ゲリラ的なふるまいを取らざるを得なくなってきた。その辺が一種の結論のようなものであります。

ですから、全体を認識しようという意図ももうないと言ってもいい。それを持つことは先天的に禁じられている、今はそういう時代なのだと思います。今のこの世界に生きて、世界全体を意識しようということは、短すぎる梯子で屋上へ登ろうとしているようなもので、梯子を立てかけて登っていくと、上に手が届かない。といって梯子を上からぶら下げると、今度は地面から梯子に手が届かない。そういう梯子しか持ち得ない。

そして、この「長い梯子がない」ということですが、今だからないのではなくて、「本質的にない」ということなのではないか。そういうことがようやくわかったのが今ではないか。文学とか詩というのは結局比喩ですから、ついついこういう言いかたを重ねて言うことになるのですが、この辺が一応結論ということになるでしょうか。

最後にプレゼントです。入沢康夫さん（一九三一―　）の『わが出雲・わが鎮魂』という出てからもう三十年ぐらいになる長い詩の最初のところです。

戦後詩の中でも特筆すべきいい詩で、ぼくは大変好きです。『わが出雲』というのが詩の部分で、『わが鎮魂』というのは、その後ろについた長い注です。図書館に行けばあると思うから、もし興味があったら見てください。

やつめさす
出雲
よせあつめ　縫い合された国
出雲
つくられた神がたり
出雲
借りものの　まがいものの
出雲よ
さみなしにあわれ

これをこの講義の最後にみなさんにお見せしたのは、「よせあつめ　縫い合された／つくられた／借りものの　まがいものの」、これが「世界」の姿じゃないかと思うからです。

これは一つの強引な解釈で、入沢さんは仰天するかもしれないけれども、この時彼が思っていた、大いなる物語、出雲神話の欺瞞というものが、今の世界を表わしているように思えるのです。伊勢神話に比べると、出雲神話は雑然としている。多くのものを集めて繋いで、何とか脈絡をつけて一つにまとめようとしたのだけれども、それでもすぐバラバラになってしまいそうな、そういうものとしての出雲。そういうものとしての世界。このイメージは、今ごろになってひどくリアルになってきたと思うのです。

最後の「さみなしにあわれ」。「さみなしに」は「すかすかで」という感じでしょうか、「あわれ」については、かっていろいろな解釈がありました。「ざまあみろ」もあるし、かわいそうな、気の毒な、というのもある。「ざまあみろ」の場合、敵をやっつけて、見事に出雲を征服した側が、もともとの出雲の弱き者に対して「ざまあみろ」と言っているんだ、という解釈です。

解釈がわかれるのは、どの立場から歌った詩かによるのですが、同情する立場からだと「かわいそうだ」になる。ただしもう一つ、「あっぱれ」というのがあって、出雲の戦士たちがよく戦ったという共感として寄せるものもあるそうです。

いずれにしても、こうやっていろいろなものを寄せ集めて、何とか縫い合わせて、偽物でもまとめあげて、それでやっていくしかない。その努力は大いに買う。それはあわれ、あっぱれである。しかし出来あがったものは、やはり最後まで借り物の、まがい物の出雲。この辺りに何か深い意味があるような気が、ぼくはするのです。

これでぼくの集中講義は終わります。一週間ありがとう(拍手)。

補講「国際ハーマン・メルヴィル会議」基調講演

メルヴィルとクウェスト、それにピンチョン

なぜぼくがここで講演をすることになったか、気弱な弁明から始めます。

ウラジミール・ナボコフがアメリカに渡った後、まだ『ロリータ』を書いて有名になる前、彼をハーヴァード大学の教授にしようという動きがありました。ナボコフの友人にあたるハリー・レヴィンあたりが一生懸命運動したのですが、言語学者のローマン・ヤコブソンがこれに反対した。

「動物学者が集まって会議をするという時、その場に象を呼びますか」

ナボコフは作家すなわち研究対象であって研究仲間ではない、と彼は言いたかった。

これと同じような立場にいる自分に今日気づきました。一体ここで何を話せばよいのか。象は自分が象であるとは思っていない。ましてサイやトラと自分とを比べたりはしない。それは学者のすることであって、象は自分が自分だと思っているだけですね。

しかも今回のテーマはメルヴィル、もっぱら『モービ・ディック』です。鯨ならばともかく、ぼくはせいぜい鯖か鰯ですからね。「いいですね、面白い小説ですね、なんども読みました」と言ったらそれで終わってしまう。

そこで考えたのが、ぼくも作家である以上、『モービ・ディック』の中に何か宝を探すということでした。作家としてメルヴィルを活用することはできないか。言ってみれば鉱脈として使えないか。そういう視点で考えてみることにします。

今日の話はもっぱら、小説の形式の話です。『モービ・ディック』という鯨の神学的な、メタフィジカルな意味などについては触れない。それからメルヴィル一人ではなく後半でピンチョンとの比較を少しだけ試みる。そんな方針で行ってみます。

まず「クウェスト」という言葉を仮に立ててみることにしましょう。

これは厳密に規定された文芸用語ではなく、どちらかと言えば通俗的な言葉ですね。出発点は通俗的であっても、そこから離陸して、通俗の素材をより大きなものに組み立て直す。メルヴィルとピンチョンはそういうことをしたように思われるが、それは如何にして行われたか。

日本の若い人たちはクウェストという言葉をデジタルなゲーム機やコンピュータ、スマホなどを使うゲームを通じて知ったはずです。日本で一番売れたゲームソフト、「ドラクエ」すなわち「ドラゴンクエスト」。

普通の人たちがこの概念に具体的に接したのはたぶん映画『スター・ウォーズ』がきっかけでした。監督のジョージ・ルーカスは制作に先立って、ジョーゼフ・キャンベルというアメリカの神話学者が書いた、『千の顔をもつ英雄 The Hero with a Thousand Faces』という本が役に立つと気づいた。彼はキャンベルのところに行っていろいろ聞いて徹底的に応用して、映画は大ヒットになった。

基本的にはクウェストとは、「構造化されたイニシエーション」を主軸とするパターン化された神話です。ジョーゼフ・キャンベルは世界中のたくさんの神話を集めて分析し、骨格となる部分を抽出し、それを整理整頓して本にまとめた。それが、先ほどの書物ですね。ざっと内容を要約するとクウェストの過程は――

Calling（天命）
Commitment（旅の始まり）
Threshold（境界線）
Guardians（メンター　賢者）
Demon（悪魔）
Transformation（変容）
Complete the task（課題完了）
Return home（故郷へ帰る）

ということになります。

まずはイノセントな、未熟な主人公がいる。だいたいが少年（もちろん少女でも構わないし、様々な変形が考えられますが）。彼に何か使命が降ってきて旅に出る。現実の世界からもう一つ上のレベルの世界への境界線をどこかで越え、冒険が始まる。時にはガーディアンないしメンター（賢者）が知恵を授けてくれる。時には悪魔が出てきて邪魔をする。その中で主人公が少しずつ自分を変えていって、与えられた使命を果たして、最終的にもと居たところに帰る。出発した場所とは別の世界で冒険をして、何かを得た上で戻る。これが基本のパターン。神話として世界中に遍在するし、それはそのまま文学にも応用できますから、ずいぶんたくさんの話がこれに沿って書かれてきた。

『スター・ウォーズ』では、ルーク・スカイウォーカーという若者に銀河帝国の圧政から銀河系を救うという使命が下ります。まずはレイア姫の救出が当面の目的、ヨーダというメンターから「フォース」のことを教えられ、オビ＝ワン・ケノービに過去を教えられ、彼が対決しなければならない相手ダース・ベイダーが実は……

このパターンを作家たちは昔から無意識に使ってきました。

例として『ハックルベリ・フィンの冒険』を見てみましょう。

ハックはきちんとした市民的な暮らしは好きでなく、かと言ってならず者の父と暮らすのもいやで逃げ出すことにします。父に追いかけられると困るので、豚を殺して血を用意し自分が殺されたような形跡を用意した上で逃げる。「豚を殺して」というところを深読みするならば、父殺しという主題が隠れているかもしれません。自分の意思で旅に出てふらふらと楽しく放浪しているうちに、旧知のジムという奴隷と再会して、ここで逃亡中のジムを救済するという使命が降ってくる。その先は二人で旅を重ねながら、知恵を身につけていく。二人組の詐欺師や殺し合う二つのファミリーなどは裏返された賢者と言えるかもしれません。最後には郷里に戻ってハッピーエンド。

ただこの作品は地理的な矛盾を抱えています。自由になったハックはミシシッピ河に沿って南に向かって行く。途中でジムと逢ってもそのまま旅を続けるけれど、当時のアメリカ南部では奴隷は私有財産であり、逃亡奴隷とは自分で自分を盗んだ窃盗犯です。そうと知って通知しないのは罪になる。しかし河は南部に向かって流れる。作者マーク・トウェインは困ったあげく、ハックがトム・ソーヤーとばったり会うという偶然を使って話を終えました。

最近でいうと、ジョナサン・サフラン・フォアの『ものすごくうるさくて、ありえないほど近い』という話がクウェストの型を使っていますね。9・11で父を失った少年が、父が残した謎を解くために、ニューヨーク中を走り回って色々な人に会って手がかりを探す。その一人である口をきかず筆談で喋るばかりの老人がいかにも賢者で、しかも実は彼の祖父らしい。謎の焦点は貸し金庫の鍵で、これを手がかりに彼は祖父と祖母の世代に遡る家族の歴史にたどり着き、父の死を受け入れられるようになる。

映画も評判になったのですが、こういうジョークがありました――ある人がシネコンの切符売り場で「Extremely Loud & Incredibly Close」と見たい映画の名を口にしたら、「じゃあ、一番前の席ですね」と言われた、と。

日本の現代文学でいえば、村上春樹さんはクウェストのパターンをよく使います。『羊をめぐる冒険』がその典型でしょうか。

日本の神話の中では『古事記』のヤマトタケルという英雄の話がまさにクウェストです。はじめの段階では彼は粗暴な美少年です。女の子と見紛うような美貌でありながら、力が強くて乱暴。父親はこの息子を怖れ、近くに置いておいたら何をされるかわからない、遠くに追いやろうと、九州の果てにいる反抗的なクマソタケル退治の旅に送り出す。クマソタケル兄弟が家を新築したお祝いの宴に美少女に化けて潜入し、兄弟の片方をいきなり殺す。もう一人を半分まで斬ったところで、「あなたはどなたですか？　この辺りにこんなに強い男がいるはずはない」と問われる。「ヤマトのほうから来た。ヤマトヲグナノミコ」と答えると、「あなたがそうか。噂は聞いておりました。これからはヤマトヲグナノミコなどと名乗らず、もっと堂々と、ヤマトタケルと名乗りなさい」と言われ、「わかった、そうしよう」と言って相手を殺す。改名を導くところなど、クマソタケルは賢者と呼ぶに値すると言えます。

その後、ヤマトタケルは何人かの女性に助けてもらいながら、各地のまつろわぬ民を平定する旅を続ける。

女性の支援の初めは伊勢神宮にいる叔母のヤマトヒメでした。この人は『シンデレラ』で言えば「妖精の代母　Fairy Godmother」に当たります。后として登場するオトタチバナヒメは身を犠牲にして渡海を助ける。ミヤズヒメの場合は支援者ではなく誘惑者かもしれなくて、彼女との出会いは結果的に彼の力を奪うことになります。それが元で、ヤマトタケルは白いイノシシの神を軽視したために病を得て故郷に帰ることなく死んで、魂は白い鳥となって空の彼方に消えます。いくつかのところでクウェストを逸脱し、地方を平定するという使命を果たして、最終的には郷里に帰ることなく客死する。ほぼパターンに沿っています。

いくつか例を挙げましたが、実際の話、この形のままでは今の我々は陳腐と受け取るようになっています。もうそのパターンならよくわかっている。ハリウッドが次から次へと作っている。シナリオ・ライターたちが書くのはちょっと目先を変えたものばかりで、ストーリーの流れはほぼ分かる。派手なCGで客が入るように作っても我々は慣れすぎて、飽きてしまった。

これだけお話しした上で、百何十年前に戻って、『白鯨』を読んでみましょう。メルヴィル研究の専門家たちを相手にこんな話をすることを日本では「釈迦に説法」というのですが。

メルヴィルはクウェストのパターンを用いるように見えて、実は次々にそれを外していく。最初の「影見ゆ」の章でイシュメールは、ふらりと捕鯨船に乗ろうと考える。その段階では使命はありません。彼はピークオッド号という船に乗りますが、航海に出てからこれがただの捕鯨船ではなく、モービ・ディックという特定の鯨を追いかけ追い詰めて殺すという、エイハブ船長の復讐心に駆動される船であることを知ります。それはエイハブの使命であり、ピークオッドの乗組員全員の使命ではあるけれども、イシュメール個人の使命ではない。

この点でまずクウェストのパターンを一つ外しています。

旅はニューベドフォードからナンタケット島へ、そこから外海へ向かうわけですが、これは現実世界からメタフィジカルな世界に入っていく過程とも言える。境界線を越えるわけですね。

そもそもピークオッドという船をイシュメールに選ばせたのは銛《もり》打ちのクイークェグの偶像神

ヨジョで、イシュメール個人にすればこの船に乗るという使命は降ってきたものとも考えられる。

ではメンター＝賢者は誰か。イシュメールは捕鯨について何も知らないまま捕鯨船に乗ったのだから、船員全員が捕鯨という道に導いて教える師匠になる。

ディーモン＝悪魔は誰か。当然、殺されることに逆らって逆襲に出るモービ・ディックでしょうが、しかし、モービ・ディックは本当に悪の権化なのか。エイハブにはこの鯨に復讐する資格と権利があるのか。疑問が幾重にも重なり、話が複雑化して、単純なクウェストの話にはなりそうにもない。

そのうちに主人公の変身、というか消滅が起こります。話はイシュメールの一人称で始まったのに、どこかで彼はいなくなってしまう。船全体の客観的な描写が展開され、物語がどんどん大きくまた雑多になって、主人公は見えなくなる。

その先でイシュメールは時おり戻ってきて一人称で何かを語る（例えば三十五章「檣頭」など）のですが、すぐにまた客観描写の中に紛れ込む。最後のピークオッド号とモービ・ディックの死闘の後、彼一人が生き延びてレイチエル号という別の捕鯨船に救われてこの話は終わります。モービ・ディックを倒すという使命は達成されたように見えても、その時はもうエイハブも他の乗組員もいない。

この小説の場合、クウェストという基軸は次々に現れる雑多な手法によって覆されます。そもそも、イシュメールが登場する一章の前に語源と文献というおよそ小説的でないものが立ちはだかって、いわば鯨に関する百科全書ともいうべきこの作品の雰囲気を先触れします。世界はもう神の意志のもとに統一された一個の客体ではなく、断片の寄せ集めでしかない。つまりバベルの塔が崩壊した後の言語学的な混乱のまま放置されている。

多くの要素の寄せ集めという印象は異質の文章の乱入によって強調されます。たとえば七章「教会堂」から九章「説教」までの場面ではイシュメールは純粋の観察者・報告者になっている。それがやがては彼の存在をも圧倒して、彼を消してしまうわけですね。

物語の流れに対して障害物が設置してあって、まっすぐ進みたいと思っても進めない。ハードルを次々に飛び越えないと前に進めないわけで、一気に四百メートルを疾走したいタイプの読者には向きません。百六十年前に発表された時、この本の面白さを誰も読み取れなかった理由はそのあたりにあったのでしょう。

普通に考えると筋が通らない奇妙なことがあります。十六章で捕鯨船への就職をイシュメールが願い出た時、雇う側は、「鯨捕りのこたあなんにも知らんのであろ」と言います。商船はともかく捕鯨船は初めてだとイシュメールは答えます。にもかかわらず二十四章までゆくと捕鯨について滔々と語り始める。この件についてはまた後で述べます。

三十章「パイプ」はいきなりエイハブの独白です。映画ならば海を背景に彼の姿がアップで捉えられ、サウンドトラックから彼の内面の声が聞こえる。十九世紀半ばのコンヴェンショナルな小説にこういう技法はありません。ディケンズは絶対にこんなことはしなかった。実際、この章のロックウェル・ケントの挿絵はエイハブの横顔と海を描いています。余談ながらぼくはこの画家がとても好きです。彼の絵は『不思議の国のアリス』とジョン・テニエルの挿絵と同じくらい、作品と結びついている。彼なしの『モービ・ディック』は考えられない。アメリカには珍しい左翼の画家で、労働の場を描くことと絵の才能が重なった見事な人ですね。後の時代ならばベン・シャーンを思い出す。

次々違う手法といえば、四十章「夜半の前甲板」という章は群集劇です。出身地も人種も異なる船員たちが勝手気ままに話す言葉の束。インターナショナルでコスモポリタンな捕鯨船の雰囲気がわかる。これは例えばジェイムズ・ジョイスの『ユリシーズ』の第十挿話、「さまよう岩々」を六、七十年先取りしているかと思われます。

四十一章になってようやくモービ・ディックが話題として登場する。話がだんだん一般化して、話者の視点は遠のき、ピークオッド号上の活動の全体を視野に入れたかと思うと、四十七章「索《なわ》畳《だたみ》づくり」ではいきなりイシュメールの言葉に戻り、日常的な作業の話になる。

あるいは五十四章「タウン・ホー号の物語」という別の捕鯨船の話は典型的なyarn、つまり船乗りの長話で、叛乱の話です。ある船の上で航海士の横暴に怒った水夫たちが反抗して、上級船員と対決する。しかし結局は鎮圧されて首謀者は痛めつけられるという、いかにも船乗りたちの間で広まりそうな一種のゴシップですね。

ここで、イギリス海軍史に有名なバウンティ号の叛乱を思い出さないのはむずかしい。一七八九年、カリブ海の砂糖農園の労働者の食料としてタヒチからパンノキの苗を導入するという計画が立てられます。大英帝国の植物戦略の一つですね。その使命を与えられたのがウィリアム・ブライ艦長が率いるバウンティ号で、この人は海軍軍人としては優秀だけど厳格すぎた。タヒチを出たところで一等航海士フレッチャー・クリスチャンが乗組員と一緒になって、ブライと彼に忠実な部下を救命艇で海に追放する。

このバウンティ号の叛乱によく似たタウン・ホー号の叛乱が詳しく長く延々と語られる。これもまた別の要素がはめ込まれた感じが強い。

あるいは六十四章「スタッブの晩飯」は、料理人の爺さんが屠られて船の脇に繋がれた鯨の横から鮫に説教する場面。海中で鯨をかじる鮫たちに向かってぶつぶつ喋るのですが、あそこには『マクベス』二幕三場で酔っぱらった門番がグズグズと話すあの口調が聴こえる気がします。

これはどういうことか。

『モービ・ディック』では、仮の主人公であるイシュメールが船に乗るところから始まって船が沈むところまでのストーリーの流れに対して、一つ一つの場面ないしエピソードが直角に立っていて流されまいとしている。話を次々まぜっかえして、邪魔をして、速くは流れないようにして、延々と語る。十九世紀に初めてこれを読んだ普通の読書人は、これはいったい何だと思ったでしょう。細部が異常に増殖してしまって全体の姿が見えない、葉がたくさん繁茂して幹の形がわからない。

そういう小説がかつて文学史にないではなかったのです。たとえば、フランス文学のラブレーの『ガルガンチュワとパンタグリュエル』は、余談に次ぐ余談でなかなか話が先へ進まない。『ドン・キホーテ』もそうですね。あるいはローレンス・スターンの『トリストラム・シャンディ』。これには真っ黒なページやマーブル模様のページまである。『モービ・ディック』の後になるとジョイスなどのモダニズムがやりたい放題に話の流れを攪乱するようになった。ポストモダンに至ってこちらが主流という感じがある。クウェストのような古典的なストーリー展開をひっくり返しつつ、新しい表現を探して荒野に踏み込みます。

イシュメールだけが生き残るのはなぜか、という問題を考えます。

イギリス版で最後のチャプターが脱落してイシュメールが生き延びるところがない本が出て議論になったらしい。これで思い出したのが十五年ほど前に公開された、『パーフェクト ストーム』という映画です。アメリカの大西洋岸のグロースターという漁港（ナンタケットからも遠くない）から出港した漁船がとんでもない嵐に巻き込まれて遭難する運命を追うのだけれど、最後まで救いがないのです。その船は最終的に沈んでしまって誰も生きて帰らない。観客は、誰がこの悲劇を伝えたのか、という疑問を抑えきれないまま家路につくことになります。どうも釈然としないわけですね。

『モービ・ディック』で作者は神の視点を採用しませんでした。だからイシュメールは目撃者・体験者・証人として絶対に生きて帰らないといけない。それで思うのですが、先ほど書いた鯨に無知なイシュメールと、鯨学を詳細に展開する語り手の関係で、鯨についての蘊蓄を披瀝するのは実は生きて戻った後の、遅ればせに図書館に通って、あるいはナンタケットの古老たちの話を聞いて、自らを鯨百科の大家としたイシュメールではないのか。歳月を経ての彼の回顧譚とすればつじつまは合います。

この講演でメルヴィルの手法をなぞるつもりはありませんが、一つまた余談を挟みます。『モービ・ディック』の中には、ケルンという町が二度出てきます。一つめは、十六章「船」、三本マストをケルンに眠るという東方の三博士の骨に喩える。二つめは、三十二章「鯨学」の末尾に「ちょうどコローニュの大伽藍が、未完の塔上に起重機を立てたままで残っているように、私の鯨学の組織を未完成のうちに終る」。そこで愛郷心の強いケルンの人たちは、『モービ・ディック』はケルン文学だと言うのです。刊行百五十周年の二〇〇一年、彼らはライン川に艀《はしけ》を一隻つなぎ、それをピークオッド号と名付け、その上で三十何時間かけて全篇の朗読をしました。俳優たちが次々に交替で読み続け、聞き手は寝たり起きたりしながら最後まで付き合った。そもそもドイツ語圏の人々は朗読が異常に好きです。プルーストの『失われた時を求めて』の全巻朗読（CD二十二枚組）が売れる国なのです。ぼくの作品がドイツ語に訳されると、ドイツかオーストリアかスイスのどこかで朗読会が開かれ、ぼくはそこに招待されます。ハイライトの部分を俳優がドイツ語で読んで、同じところをぼくが日本語で読むのを聞きたいという。

ではピンチョンに行きましょう。彼は通俗的な小説の型だけ借りてこれをポストモダンに変形する達人です。

ピンチョンの作品の中で、最もクウェストのパターンを利用しているのは何か。『重力の虹』の中心にはタイローン・スロースロップの勃起とミサイルの落下の関係という謎があるし、『V.』ではステンシルがVの字の謎を追ってゆく。また『メイソン&ディクソン』はアメリカ合衆国の地理に関する調査旅行の話です。

しかし最もクウェストのパターンに沿っているのは『競売ナンバー49の叫び』でしょう。まず、主人公であるエディパ・マースという普通の主婦のところに、一つの使命が降ってくる。昔の恋人でカリフォルニアきってのお金持ちであるピアス・インヴェラリティが死んだので、遺言の執行をお願いしたいという依頼が法律事務所からくる。昔のピアスのことを思い出しながら彼女は動き始めます。退屈な主婦の日常生活から、探査と行動のダイナミックな生活に変わるところで、彼女は境界線を越える。なんと言ってもピンチョンですから、話は錯綜し、読者はどこまでが本当かわからず混乱を解きほぐしながら、あるいは混乱に身を委ねる快楽を味わいながら読み進める。

冒頭にレメディオス・バロという女性画家の絵が詳しく説明されます。ピンチョンは実際にバロのメキシコシティの展覧会へ行って観たようですね。彼女の絵はシュールレアリスティックでファンタスティックな絵柄で、塔の上に乙女たちが何人かいて布を織っている。その布の刺繍が下に流れて、それが世界になっている。つまり世界はこの娘たちの織っている布である。それと「ラプンツェル」の話が重なって、エディパ・マースは自分が塔の上に幽閉されていて誰か助けに来てくれないかと思っているけれど、誰も来てくれないから自分で自分を助けようとする、という読み方もできる。

死んだピアスの遺産の中に切手のコレクションがあります。これを遺産相続のためにいったんお金に換えなければならない。どういう切手かを調べていくうちに、普通の郵便制度とは別にアメリカには裏の、あるいは影の郵便制度があるのではないかという疑問がちらほらと見え出す。明快にはわからないが、裏の郵便制度を使っている人たち、言ってみれば、アメリカ社会を裏側から動かしている、裏側に隠れている人たちがいるのではないか。

たとえば道端にゴミ箱が置いてある。ゴミ箱だからWASTEと書いてある。よく見るとW.A.S.T.E.と文字の間にピリオドが入っている。何かの略号であるらしい。それはゴミ箱ではなく、実は影の郵便制度の郵便ポストなのではないか。「我らは沈黙のトリステロの帝国を待つ」の略。

これはエディパの妄想かもしれません。ともかくピンチョンはパラノイア好きな男ですから。一例を挙げれば、『ヴァインランド』というその後に書かれた作品の中で、二人の女性が出逢う。一人がデモに行って仲間からたまたまはぐれたところに機動隊に周りを囲まれ、ひどい目にあいそうになるところへ、オートバイで現れたもう一人の女性がひょいと彼女を攫ってバッと逃げる。西部劇みたいなカッコイイ場面なんですが、そこで救ったほうが相手に向かって、「あんたのパラノイア、元気だね」と言います。本当に元気なのはピンチョン自身のパラノイアです。

切手のコレクションを追いかけていくうちに、影の郵便制度だけではなく、第二のアメリカがあるのではないかという疑問も湧いてくる。それを辿っていくと、話はヨーロッパに飛んで、ヨーロッパの中世末期に成立した「トゥルン・ウント・タクシス」という郵便会社に行き当たります。この会社の存在は史的事実ですが、それとアメリカがどう繋がっているのか。

ジェイムズ一世時代の『急使の悲劇』という古い芝居があって、どうもその本の中にピアスの切手をめぐる謎の鍵があるらしい。しかし謎を秘めた台本は世にたった一冊しかない。

　彼女は自分の妄想かもしれない謎を解明するために前へ前へと進むわけです。その途中で出逢う人は賢者かもしれずまた誘惑者であってもおかしくない。最終的にそのすべてが死んだピアスの仕掛けたいたずらなのか、それとも本当に影の郵便制度があるのか否か、切手が競売にかけられる瞬間にその答えが明らかになるらしい。誰がその切手を落札するか。それですべてがわかるはずだというので、エディパ・マースは競売場に行きます。いろんなものが競売される。切手は競売ナンバー49号。順番が回ってきて誰かが値を付ける、その直前で話が終わる。

　これくらいまで話を崩して、多様な要素を入れて膨らませて、基本の構造であるクウェストを覆い隠していく。もしメルヴィルがモダニズムだとしたら、ピンチョンのポストモダンはそこまで過激です。ぼくはメルヴィルもポストモダンと言っていいと思いますがね。

　基本的に物語には一つの軸が要る。しかし軸だけではハリウッド映画風の陳腐でしかないわけでおもしろくない。いったん提示した軸を仮に使いながら、それを次々に覆い隠し見えにくくして前人未踏の境地を目指す。

　最後に目的の達成というところで、モービ・ディックはピークオッド号とともに消える。エイハブを含めてみんなが死に、イシュメールだけが帰ってくる。もし、エイハブがモービ・ディックを退治してナンタケットに帰ってきたら、話はジュール・ヴェルヌのレベルで終ってしまう。途中の長い長いあれはなんだったのかということになる。

　フレームを用意した上で、それを逸脱する。ある目的を課し、ハードルを用意した上で、それを如何に越えるかという努力をする。作家を駆動するのは困難を用意してそれを越える努力ですね。その点でメルヴィルは、クウェスト崩しにおいてとんでもなく早かった。発表当時に人々がその価値に気づかなかったのは当然といえば当然で、ようやく世界の方がメルヴィルに追いついたというのがぼくの印象です。

誰だったかアメリカの作家が、「僕らは小説を書こうとする時に、言ってみれば石を一つ、野原で遠くに投げるんだよ。で、それからその石を探しに歩きはじめる」と言った。石は見つかることもあるし、見つからないこともある。書き始める時に、だいたいあっちのほうへいくんだぞという目安として石を投げる。これは実際小説を書くときに、参考になります。

最後に、せっかく日本で開かれたこの会ですから、日本の作家のクウェストの応用例を挙げましょう。例えば丸谷才一の『笹まくら』。第二次世界大戦中の日本における徴兵忌避の話です。召集令状が来た時に主人公は逃げると決めて身を隠します。つまりここで彼は戦争が終わるまで逃げ切るという使命を自分に与える。逃避行の途中で危険な目にあったり女性に助けられたりしながら、最終的には目的を達します。しかしこの戦時中の話と並行して戦後の彼を描く話があり、そこでは達成された目的の真の意味が再検討される。二つの時間は交互に読まれるように配置されています。これもパターン崩しの好例ですね。

ぼくの『花を運ぶ妹』はあまりうまくいかなかった方の例です。

なぜうまくいかなかったかというと、クウェストのパターンを崩したかったが、あまり崩しきれなかった。

時間軸を追って話せば簡単です。一人のヒッピーが七〇年代、バリ島で、麻薬所持で逮捕される。持ってはいたのだが、警察のフレームアップもあって、量が十倍になっている。死刑になりかねない。それを聞いた彼の妹がパリからバリまで駆けつけて、彼を救おうと裁判の弁護士を任命したり証人を探したりして、救出の努力をする。この妹の救出の努力が現在であって、兄についてはそこに至るまでの過去を語る。兄は画家。兄のチャプターと妹のチャプターを交互に語っていく。ぼくは実は書き上げてからクウェストであることに気づきました。妹の部分だけを拾い出して読むと、ある使命を与えられ、フランスで暮らしていたのに、境界線を越えてバリへやってきて、これまでに会ったこともない人に会い、違う文化の中で時に助けられ時に足をすくわれ、ともかく兄を助けようとする。走り回っているうちに、彼女自身の努力ではない、別のものの介入、バリ島の神様たちの介入のような形で、使命は達成される。

呼び出される前に彼女は、パリのセーヌ川で不思議な洗礼《バプティズム》を受けています。キリスト教系らしい新しい宗教の信者に誘われて、川の中にいきなり頭を沈められて浄められる。先のこととは関係がないように見えますが、これが彼女が別の世界に入っていくきっかけになっている。こういう話を書こうと、考え考え書いた。妹の視点だけでは単純すぎる。兄のほうも面白い。兄の部分は芸術家小説で、如何にして人はいい絵を描けるようになるか。彼は誘惑者である女性に負け、ヘロインに手を出す。ヘロインの力でいい絵が描けそうな気がする。そこからはまっていくのですが、いろんな形でクウェストの要素を使いながら、妹についてはあまりにもクウェストになってしまったし、少なくとも文体の工夫が足りなかった。

こんな風に作家というのは、他の人の作品を先例として参考にしながら、それから逃げようとする。どこまで逃げられるかは力量です。

メルヴィルの場合は百六十年早かった。そういう意味では、読んでも読んでも、研究しても終わることのない作家である。そういう点においては皆さんと意見が一致すると思います。

（二〇一五年六月二十五日　慶應義塾大学三田キャンパスにて）

付録　『百年の孤独』読み解き支援キット

付録「『百年の孤独』読み解き支援キット」について

昔、『百年の孤独』を論じようと思った時、まず要約を作ることを思い立った。どうもこの作品、同じパーツを使い回ししている形跡があるのだが、あまりに錯綜していてなかなか尻尾がつかめない。そこでまず似たようなものが多い登場人物の名をあだ名を付けて整理し、次に系図を作り、人物出入り表を作り、小さなエピソードを一つ一つ羅列して詳細目次のようなものを作った。これを土台にして書いた「『百年の孤独』の諸相」という論は、今は『ブッキッシュな世界像』(白水uブックス)に収められている。

今回、学生たちと『百年の孤独』を読むに際して、あのあだ名による系図や要約は役に立つかもしれないと思って、講義の前にコピーして配った。それをここにも再録しておく。老婆心と思っていただきたい。

ただ、『百年の孤独』はその後で新訳が出て、ぼくの授業でもこちらの方をテクストとして使った。そのため旧訳による以前の要約のページ付けはすべてずれて使い物にならなくなった。新潮社編集部の労により、本書に収める版は新訳に準拠したものになっている。

多少、凡例めいたことを述べると――

表記について。あだ名は、本文中に出てくるものは（　）で、ぼくオリジナルのものは〔　〕。

表2ならびに表3にある[1]などの四角で囲んだ数字は、便宜のためぼくが仮に振ったチャプター番号である。

表1　ブエンディア家〈家系図〉

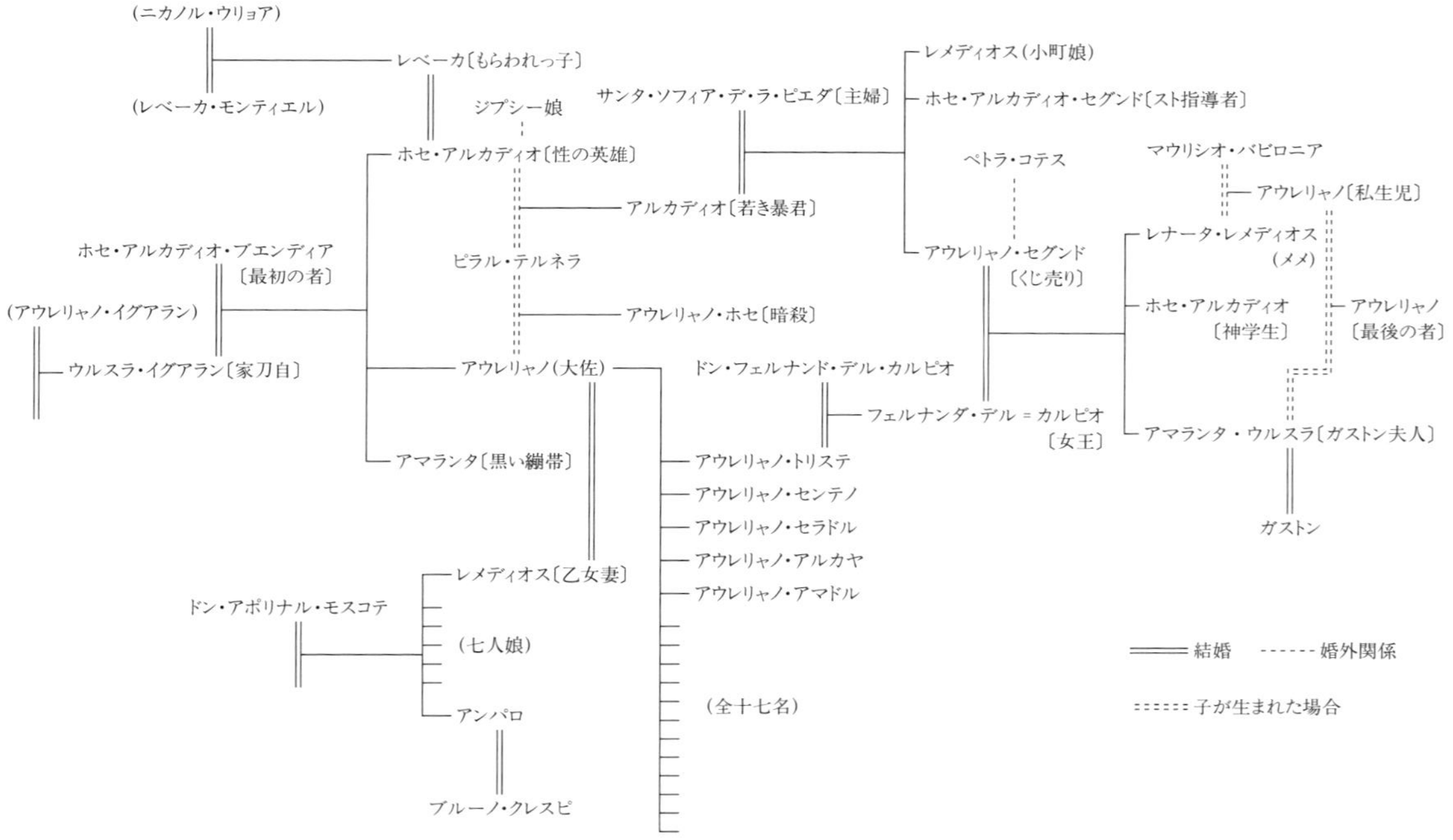

表2　ブエンディア家の人々

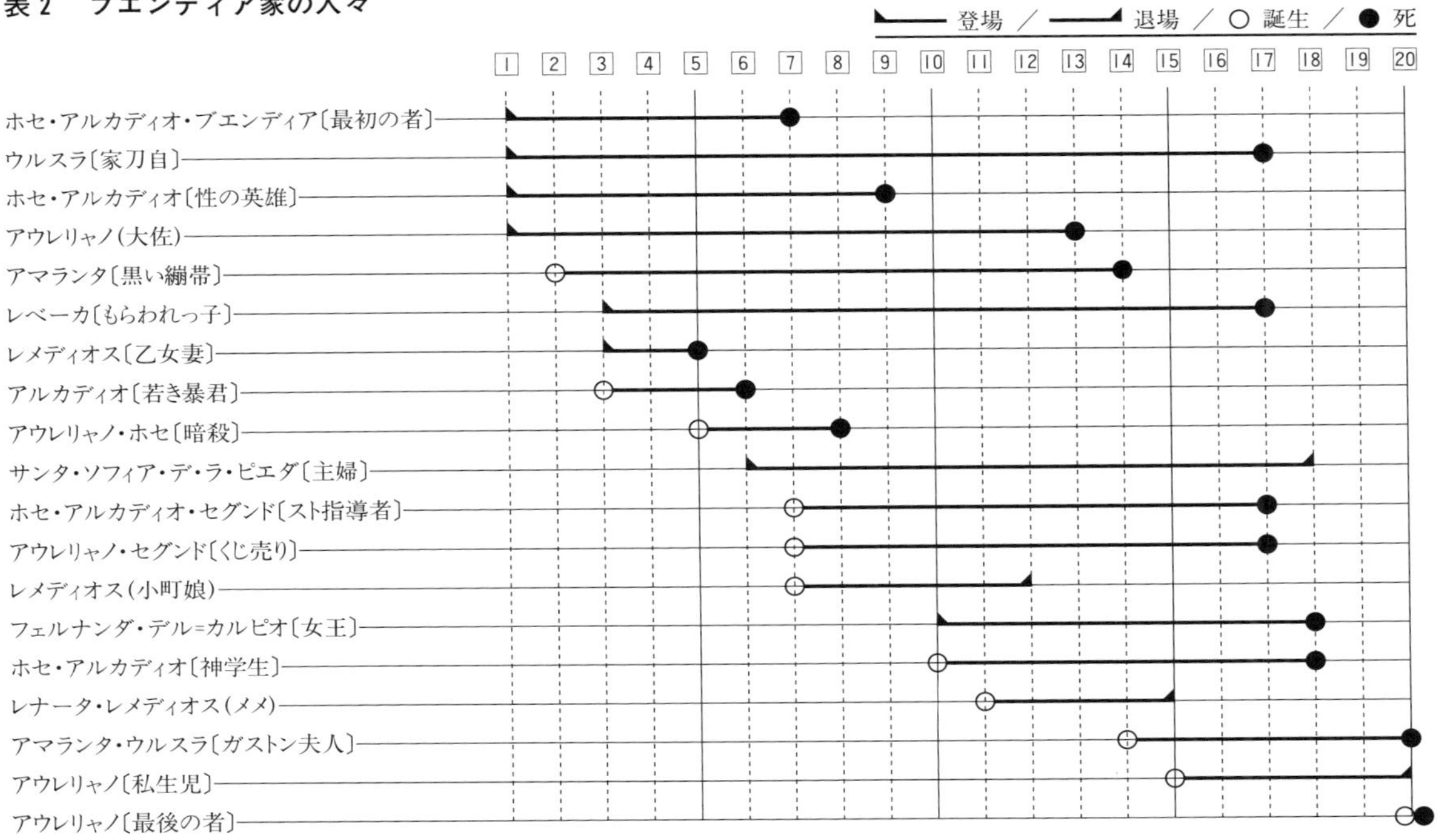

表3　マコンド〈百年の歴史実話・抄〉
——豚のしっぽがやってくるまで

1

12　アウレリャノ・ブエンディア（大佐）、銃殺隊を前に、氷を見た日を思う。

12　「マコンドも当時は……小さな村だった」〔つまりホセ・アルカディオ・ブエンディアの若かった当時〕まだものに名前がなく、いちいち指さしていた。メルキアデスたちが毎年三月に来る。——文明の利器1「磁石」。

13　甲冑の出土。

13　ジプシー再び来る。文明の利器2「望遠鏡とレンズ」。

14　発明家としてのホセ・アルカディオ・ブエンディア〔最初の者〕……「何時間も部屋にこもって」。「当時はまだ首府への旅行はほとんど不可能な状態」。

15　文明の利器3「天文学」。

16　文明の利器4「錬金術」。メルキアデス、速やかに老いこむ。

18　錬金術の詳細。金貨の喪失とウルスラ〔家刀自〕の嘆き。

19　メルキアデス、若返る。義歯。外の世界には不思議があるというホセ・アルカディオ〔最初の者〕のいらだち。マコンドの孤立。

20　マコンド前史。若き族長としてのホセ・アルカディオ〔最初の者〕。軍鶏の禁止。ウルスラの勤勉。小鳥の過剰。世界の不思議を見たいというホセ・アルカディオ〔最初の者〕の願望。

22　若いころの彼と仲間の旅〔第一の旅〕。二年四カ月にわたる旅。その結果の、帰途の労をはぶくためのマコンド建設〔この時まで彼等は「温和なインディオの集落」《32》にいた〕。東の山脈のむこうにリオアチャがある。

22　文明世界との接触を求めて北へ向かう〔第二の旅〕。数週間。

25　『わしらは……科学の恩恵にもあずからずに、ここで、このまま朽ち果てることになりそうだ』。マコンドを他の地へ移すというホセ・アルカディオ〔最初の者〕の計画。

25　それに反対するウルスラの決意。ふたりの子供、ホセ・アルカディオ〔性の英雄〕とアウレリャノ〔大佐〕。父の彼等に対する教育。

28　新手のジプシー来る。『メルキアデスは死んだよ』。氷を見る。『こいつは、近来にない大発明だ！』。

32　[2]　マコンド前史。十六世紀、ウルスラ〔家刀自〕の曾

〈位置関係〉

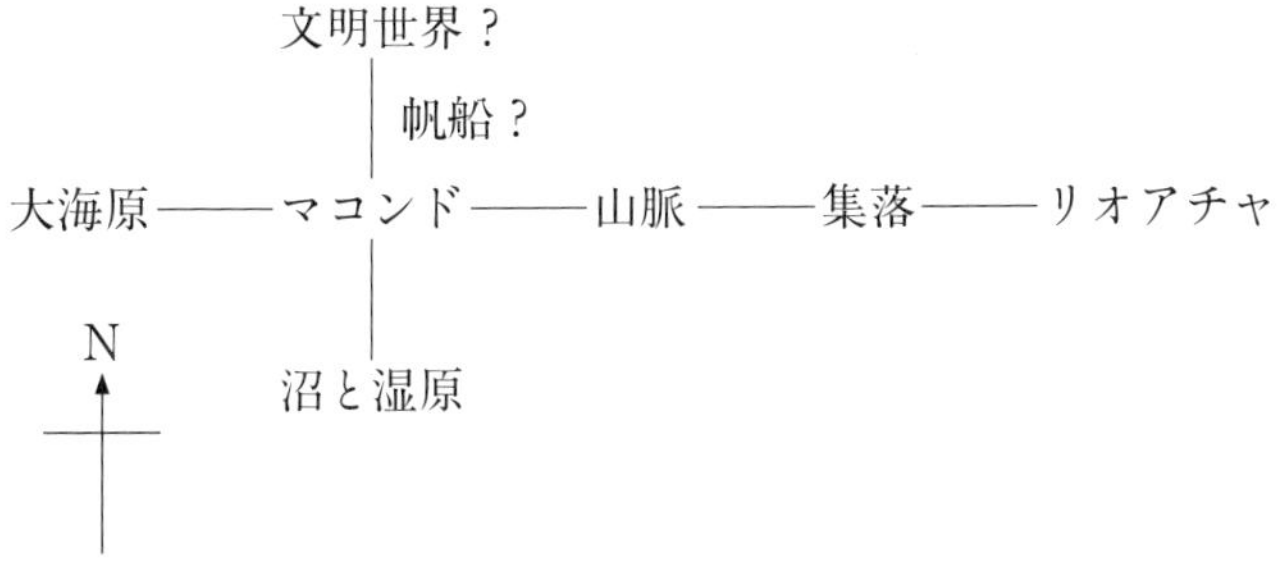

祖母のやけど（リオアチャ）。彼女の悪夢。それから逃れるために夫（スペイン・アラゴン出身の商人）は「山あいに位置する温和なインディオの集落」に移り住む。ここに「ドン・ホセ・アルカディオ・ブエンディアという新大陸生まれのタバコ栽培業者」がいた。その子孫であるいとこ同士の結婚。何百年も前から血をまじえてきた両家の間の結婚に対する不安。その先例。豚のしっぽの子供。

33 ホセ・アルカディオ〔最初の者〕とウルスラの結婚。帆布のズボンの処女妻。闘鶏とプルデンシオ・アギラルの殺害。ウルスラとホセ・アルカディオの交合。プルデンシオの幽霊。

37 村を出る。二年近い旅（第一の旅）の果てにマコンドを創立する。

38 鏡の壁の家の夢――これが氷を初めて見た時に思いだされる。

39 ホセ・アルカディオ〔性の英雄〕の巨根。「口は悪いが男好きのする商売女」ピラル・テルネラとホセ・アルカディオ〔性の英雄〕の情交。アウレリャノ（大佐）から見た兄の情事。

45 アマランタ〔黒い繃帯《ほうたい》〕が一月のある木曜日の午前二時に誕生する。

46 ジプシーたちと空飛ぶ絨毯。ピラルの妊娠。

48 ホセ・アルカディオ〔性の英雄〕、ジプシーの娘と寝る。二日後ジプシーと共に村から消える。

49 ウルスラ、息子を探しにゆく。さまざまの異常事。五カ月後にウルスラが帰る。文明への道を彼女はみつけた。

3

53　ピラル・テルネラ、ホセ・アルカディオ〔性の英雄〕の男子を生む。ブエンディア家に引き取られ、アルカディオ〔若き暴君〕と呼ばれる。ビシタシオンと弟、アルカディオを育てる。マコンドが繁栄する。ホセ・アルカディオ〔最初の者〕は錬金術を休み、指導者、都市計画者として活躍する。ウルスラ〔家刀自〕の飴細工。

57　レベーカ〔もらわれっ子〕が来る。荷物は衣類、揺り椅子、両親の遺骨の入った信玄袋。鳴る骨。土と石灰を喰う。やがてこれも治療され、「ブエンディアの名にふさわしい人間」になっていった。

60　レベーカの不眠症にビシタシオンが気付く。弟、カタウレの逃亡。幻覚に満ちた覚醒状態。病気は町中に拡がる。「きんぬき鶏」の話。記憶の喪失。すべての物に名札をつける〔辞書的な世界〕。メルキアデスが帰ってくる。文明の利器5「写真術」。

67　アウレリャノ〔大佐〕、腕のよい金細工師になる。まだ女を知らず。火事を出したために祖母の命令で春をひさぐ娘がくる。アウレリャノの恋〔この娘の名がエレンディラであることをわれわれは別の物語から知っている〕。翌日、娘は去る。

72　レベーカとアマランタ〔黒い繃帯〕、美しく成長する。家の繁栄。「低地のどこにもない、住みごこちがよく涼しげな家が、ほとんど誰も気づかないうちに出来あがっていった」。

73　町長、ドン・アポリナル・モスコテが来る。ホセ・アルカディオ〔最初の者〕は一度彼を追い返す。モスコテは妻と七人の娘を連れて戻る。『あんたとわしは……かたき同士なんだ』。アウレリャノ〔大佐〕、レメディオス〔乙女妻〕を見初める。

4

78 新居披露のパーティ。自動ピアノを買う。ピエトロ・クレスピがピアノとともに来る。パーティに呼ばれたのはマコンド建設の旅をともにした者とその子孫のみ。ホセ・アルカディオ〔最初の者〕はピアノを分解してしまう。ピエトロ・クレスピが再び来る。レベーカ〔もらわれっ子〕の恋。アンパロが恋文を運ぶ。

83 アウレリャノ（大佐）のレメディオス〔乙女妻〕への恋。彼は金の魚を造っている（この時メルキアデスは羊皮紙に何か書いている）。レベーカとアウレリャノは共に錯乱する。アウレリャノ、ピラル・テルネラと寝て、恋のことを話す。

88 アマランタ〔黒い繃帯〕もピエトロ・クレスピに恋をしていることが明らかになる。アウレリャノ（大佐）、レメディオスに求婚。

91 メルキアデス、川で死す。

94 アマランタ、ピエトロ・クレスピに恋を告白。相手にされないのでレベーカとの結婚を邪魔しようと決意する。

97 ピラル・テルネラ、アウレリャノ（大佐）の子を孕む。

98 ホセ・アルカディオ〔最初の者〕、プルデンシオの幽霊に会う。ホセ・アルカディオの発狂。栗の木に縛られる。

5

102 アウレリャノ（大佐）とレメディオス〔乙女妻〕の結婚。ニカノル・レイナ神父。それに先立つレメディオスの初潮。レメディオス「強い責任感、つくりものでない愛嬌《あいきょう》、落ち着いた自制心」。ピエトロ・クレスピに届いた母危篤の手紙。彼とレベーカ〔もらわれっ子〕の結婚の延期。

104　ニカノル・レイナ神父、マコンドに信仰を植えつける。チョコレートによる浮揚術と教会建設基金の徴募。神父とホセ・アルカディオ〔最初の者〕がラテン語で語りあう。神の銀板写真と神父の信仰の危機。

107　レベーカたちの結婚の延期。アマランタ〔黒い繃帯〕のあせり、毒殺の夢。アウレリャノ・ホセ〔暗殺〕をレメディオスが育てる。レメディオスの死。一年間の喪と結婚の延期。――永遠の婚約状態。

113　ホセ・アルカディオ〔性の英雄〕の帰還。全身の刺青。性的英雄の証明。冒険譚。レベーカの彼への恋。「耐えがたい苦痛のなかの想像を絶する愉悦」。レベーカとホセ・アルカディオの結婚。墓地の真正面の小さな家。「町じゅうの人間の夢をやぶるよがり声」。

119　選挙。その欺瞞を見たアウレリャノ〔大佐〕の政治への目覚め。自由主義者アリリオ・ノゲーラ医師。彼のアウレリャノ評――『あれは行動家としては落第だ、消極的で孤独癖が強すぎる』。戦争の開始。戒厳令。ノゲーラ医師の銃殺。沈黙の恐怖。アウレリャノの蜂起。アウレリャノ・ブエンディア大佐の誕生。

128　6　革命の要約。アウレリャノ大佐の三十二回の反乱と敗北。十七人の子供。十四回の暗殺と七十三回の伏兵攻撃と一回の銃殺刑を生き延びる。最後には「全土を支配する革命軍総司令官」

――これだけでほぼ二十年。

128 その途中、ビクトリオ・メディーナ将軍と合流するために出発する際、マコンドをアルカディオ〔若き暴君〕にまかせる。アルカディオの若き暴君ぶり。ドン・モスコテを処刑せんとしてウルスラ〔家刀自〕に叱られる。ウルスラ、町を支配する。

132 アマランタ〔黒い繃帯〕とピエトロ・クレスピの穏やかな恋と幸福。「華やかな過去をしのばせるのは廃墟《はいきょ》の猫だけという古い都があり、子供じみた言葉をしゃべる美しい男女が住んでいる、第二の母国」。ピエトロ・クレスピの商売の繁昌。楽器、オルゴールの類。弟ブルーノ・クレスピ。

134 「死んでもあなたと結婚なんかしないわよ」。ピエトロ・クレスピの自殺。アマランタ自らの手を焼く。黒い繃帯。

137 アルカディオ〔若き暴君〕の寂しき幼年。ピラル・テルネラへの接近。ピラルは彼にサンタ・ソフィア・デ・ラ・ピエダ〔主婦〕を与える。「いるのかいないのか、わからないような女」。ホセ・アルカディオ〔性の英雄〕とアルカディオ〔若き暴君〕の結託。経済的横暴。家を建てる。

143 グレゴリオ・スティーヴンソン大佐の到着、自由党の敗北。政府軍の攻撃。

146 アルカディオ〔若き暴君〕の処刑。

149 7 戦闘の終了。アウレリャノ〔大佐〕の逮捕。その刑の執行のためマコンドに来る。ウルスラ

〔家刀自〕との再会。リンパ腺。彼の詩。マグニフィコ・ビズバル大佐の死。氷のイメージ。ホセ・アルカディオ〔性の英雄〕による救出。脱出。ビクトリオ・メディーナ将軍を救うためにリオアチャへ行く〔アルカディオが暴君になるのはこの間〕。

160　アウレリャノ大佐、マコンドへ凱旋。アルカディオ（すでに処刑）の三人の子、レメディオス（小町娘）とふたごのホセ・アルカディオ・セグンド〔スト指導者〕、アウレリャノ・セグンド〔くじ売り〕をアマランタ〔黒い繃帯〕が養育している。

161　ホセ・アルカディオ〔性の英雄〕とレベーカ〔もらわれっ子〕、アルカディオ〔若き暴君〕の新築の家に住む。ホセ・アルカディオ〔性の英雄〕の自殺（マコンドで真実がついに明らかにされなかった不思議な出来事）。ウルスラのところまで届く血の流れ。強烈な火薬の臭《にお》い。レベーカの蟄居。

164　事実上の自由党の敗北とアウレリャノ（大佐）の憂鬱。彼に対する毒殺計画。

167　ヘリネルド・マルケス大佐のアマランタへの恋。『追っかけ回さなきゃならないほど男に飢えてはいないわ』。「顔を見たくてたまらないくせに、必死にこらえて男の前には姿をあらわさなかった」。

170　ホセ・アルカディオ〔最初の者〕の老衰。プルデンシオ・アギラルとのみ語る。カタウレが『王様の埋葬に立ち会うため』戻る。彼の死。小さな黄色い花が降る。

173　8　アウレリャノ・ホセ〔暗殺〕とアマランタ〔黒い繃帯〕の性的火遊び。彼女は「うらわびしい、危険な、先のない情熱に溺《おぼ》れようとしていることに気づい」た。

175 和平への動きと最後の戦闘。ビシタシオンの死。アウレリャノ（大佐）の死の報知とその否定。ホセ・ラケル・モンカダ将軍の平和的町政。マコンド、市になる。繁栄。ブルーノ・クレスピの芝居小屋。小町娘のレメディオス。

180 アウレリャノ・ホセ〔暗殺〕が戻る。アマランタへの恋慕。決定的拒否。

183 アウレリャノ（大佐）の十七人の息子たちがマコンドへ来る。

185 アウレリャノ・ホセ〔暗殺〕の放蕩。ピラル・テルネラの家。彼の暗殺と速やかな報復。

189 アウレリャノ（大佐）マコンドを攻撃、占領。彼の非情と三メートルのチョークで描いた輪。レベーカ〔もらわれっ子〕に会う。モンカダ将軍の処刑。『あんたは、わが国の歴史はじまって以来の横暴かつ残忍な独裁者になる』。

196 9 ヘリネルド・マルケス大佐とアマランタ〔黒い繃帯〕。恋のゆきちがい。最終的な拒否。「そのあと、彼女はひとり寝室にこもり、死が訪れるまで続くにちがいないわびしい日々を思って泣いた」。

199 アウレリャノ（大佐）がまたマコンドに戻る。「絶大な権力にともなう孤独のなかで、彼は進むべき道を見失いはじめていた」。和平の条件（大地主・教会との妥協、庶子の権利の放棄）。マルケス大佐の反逆。死刑宣告。『いまいましいこの戦争の片をつける手伝いをしてくれ』。

207 アウレリャノ（大佐）の真の帰宅。すべてに対する彼の無関心。身辺の整理。

213 （ネールランディア）停戦協定の調印。アウレリャノ（大佐）の自殺未遂。その失敗のいきさつ。声望の回復。

218 家の中に光がさしこむ。レメディオス（小町娘）の美貌、最初の犠牲者。

10

219 アウレリャノ・セグンド〔くじ売り〕の最初の子。その命名、ホセ・アルカディオ〔神学生〕。前の年に迎えたアウレリャノ・セグンドの妻フェルナンダ・デル＝カルピオ〔女王〕。ウルスラ〔家刀自〕の感慨、二つの名にまつわる性格〔ふたごだけがその枠を越えている〕。ふたごの混同。

221 ホセ・アルカディオ・セグンド〔スト指導者〕、銃殺を見たがる。アウレリャノ・セグンド、メルキアデスの実験室に入る。草稿の解読をはじめる。メルキアデスの幽霊。

224 ホセ・アルカディオ・セグンド、神父にならんとする。『どうやらぼくは、根っから保守的な人間らしいんですよ』。

226 ふたご、くじ売り女ペトラ・コテスに会う。やがてアウレリャノ・セグンドが彼女を独占。ウルスラによる一家没落の原因論――戦争と闘鶏、性悪な女と途方もない事業。ペトラ・コテスの豊饒の能力。家畜の繁殖。兎のくじ、牝牛のくじ。

232 聖ヨセフの像の中の二百キロの金貨。ホセ・アルカディオ・セグンド〔スト指導者〕による水路の開発。

235 フランスの娼婦たちの到来。彼女たちの主催によるカーニバル。その女王にレメディオス

（小町娘）がえらばれる。彼女の尋常ならざる美貌と純真な性格。「いかなる悪にも染まる心配のない人間」。

239 アウレリャノ（大佐）、金細工のあきないに打ち込む。

242 第二の女王フェルナンダ・デル＝カルピオの登場。アウレリャノ・セグンドと彼女の結婚。

11

243 フェルナンダ・デル＝カルピオ〔女王〕とペトラ・コテスの角逐。マダガスカルの女王に扮した写真。

245 フェルナンダ〔女王〕のゴシック風の生い立ち。没落の家。『いずれ女王になられる方』。宗教的リゴリズム。葬儀用の棕櫚編み。ブエンディア家におけるフェルナンダ〔女王〕。自分の家の習慣を強引に持ち込む。次第に家の中を牛耳るようになる。

253 アウレリャノ・セグンド〔くじ売り〕とフェルナンダ〔女王〕に長女が生まれる。レナータ・レメディオス（メメ）と命名。フェルナンダ〔女王〕の父に対する崇拝。彼からの奇妙な贈物。鉛の櫃《ひつ》の中の死体。

255 アウレリャノ・ブエンディア大佐の表彰式。彼の反撥。十七人の息子たちの到着。にぎやかなばか騒ぎ。アウレリャノ・トリステを残して、みんな帰ってゆく。灰の十字のしるしを描く。アウレリャノ・トリステの製氷工場。

260 レベーカ〔もらわれっ子〕が生きている。十六人の息子たちの二度目のマコンド訪問。レベーカの家の修復。アウレリャノ・トリステは鉄道を計画（途方もない事業欲の例）。アウレリャノ・センテノ、シャーベットを作る。

264 汽車が来る。

[12] 265 マコンドに近代技術が来る。鉄道、電燈、映画、蓄音機、電話。それらに対する町の人々のひややかさ。

267 ミスター・ハーバート来る。バナナ。「アメリカ人にバナナをすすめたばっかりに」「えらいことになった」。ブエンディア家の食堂、にぎわう。

272 レメディオス（小町娘）。自然児としての無意識の挑発。官能的な体臭。でたらめな日課。風呂場をのぞいた男の死。「琥《こ》珀色《はくいろ》の油のようなもの」。異常な音の場所と瀆聖者。彼の死。レメディオスの死を呼ぶ力。レメディオスの昇天（あるいは被昇天）。

281 一巡査部長によるマグニフィコ・ビズバル大佐の弟とその孫の殺害。アウレリャノ大佐の憤怒。十七人の息子たちが次々に殺されてゆく。アウレリャノ・アマドルだけが残って逃亡を続ける。再蜂起の計画とそのための資金集め。計画の放棄。

[13] 288 ウルスラ（家刀自）。その時間論、『近ごろの一年一年は、昔とはまるでちがうね』。視力を喪失し、洞察力を身につける。家族一人一人の日々の生活をすっかり把握している。ウルスラのさまざまの思い――「アウレリャノ（大佐）はいまだかつて人を愛したことがないのだ」。胎内

の子供が発する泣き声、愛の能力の欠如。この世でもっとも心根のやさしい女としてのアマランタ〔黒い繃帯〕。胸の中の蠍。

295 ホセ・アルカディオ〔神学生〕、神学校に出発。レナータ・レメディオス〔メメ〕、クラビコードの学校に出発。アマランタは自分の経かたびらを織りはじめる。フェルナンダ・デル＝カルピオ〔女王〕が一家の采配を振る。

297 アウレリャノ・セグンド〔くじ売り〕はペトラ・コテスと同棲。いよいよ繁栄し、派手に金を使う。『牛よ、もうやめろ！ 人生は短い』。〈象おんな《ラ・エレファンタ》〉との大食い競争であやうく死にかける。

302 影のような存在としてのアウレリャノ（大佐）。『お前の心は、まるで石だね』。アマランタは経かたびらを織りつづける。

303 メメと六十八人の級友と四人の尼僧の到来。大混乱。七十二個のおまる。

305 ホセ・アルカディオ・セグンド〔スト指導者〕、しばしば戻って大佐と話す。ふたごの性格の交換。銃殺を見た後「家族の一員でなくなった」。

307 アウレリャノ大佐、いよいよ閉じこもる。金の魚を作っては溶かすことを繰り返す。追憶的な過去。氷を見た午後。大佐の死。

14

313 アウレリャノ（大佐）の葬儀。翌年アマランタ・ウルスラ〔ガストン夫人〕の誕生。メメ、クラビコード奏者になる。公開演奏。母を避ける。彼女に対する父アウレリャノ・セグンド〔くじ売り〕の溺愛。三人のアメリカ娘との交遊。

320 アマランタ〔黒い繃帯〕。死の専門家としての彼女。レベーカ〔もらわれっ子〕の死を待ちのぞむ。死神の登場。自分のために経かたびらを織る。その完成と死の予告。冥界への郵便物を託される。『アマランタ・ブエンディアは、生まれたときのままの体で死んでいくのよ』。彼女の死。

327 ウルスラ〔家刀自〕、寝たきりになる。

328 メメ、映画館でのキス。マウリシオ・バビロニアと黄色い蛾。彼等の恋のなりゆき。ピラル・テルネラの手引き。メメの妊娠。夜の蛾、発覚、警官。マウリシオ・バビロニア、浴室へ忍びこもうとして銃撃される。一生ベッドを離れられない身体となって一生を終える。

15

339 メメの子が屋敷に運びこまれる。アウレリャノ（大佐）の仕事場でひそかに育つ。

340 それに先立つフェルナンダ・デル＝カルピオ〔女王〕のもみ消し工作。メメはマウリシオ・バビロニアが銃撃されて以来二度と死ぬまで口をきかなかった。母との旅、その旅程。母の故郷の町の修道院。「遠い先のことだが、さまざまな変名を使ったあげく、クラコウの暗い病院の片隅で、ひとことも口をきかずに老衰で息を引き取ることになるあの秋の朝まで……」。

344 フェルナンダ〔女王〕の通信療法。

346 バナナ栽培地域のデモとホセ・アルカディオ・セグンド〔スト指導者〕の煽動。ジャック・ブラウン氏の雲隠れ。弁護士ら。大規模なスト。軍隊の出動。金曜日の虐殺。死体を運ぶ列車。

事件そのものが人々の記憶から消滅する。『雨が降ってるあいだは、業務はいっさい停止』。

357 雨が降りはじめる。一将校がブエンディア家へ、ホセ・アルカディオ・セグンド〔スト指導者〕を捜しにくるが、彼の姿は見えない。ホセ・アルカディオ・セグンド、メルキアデスの羊皮紙を読まんとする。

16

362 雨は四年十一カ月と二日のあいだ降りつづく。マコンド全体の衰退。雨の効果。痩せたアウレリャノ・セグンド〔くじ売り〕は家から出られない。アマランタ・ウルスラ〔ガストン夫人〕はアウレリャノ少年と遊ぶ。フェルナンダ・デル＝カルピオ〔女王〕の通信療法。ヘリネルド・マルケス大佐の死とわびしい葬列。アウレリャノ・セグンド〔くじ売り〕、ペトラ・コテスのもとで三月を過す。家畜たちの死。フェルナンダ〔女王〕の延々たる愚痴。アウレリャノ・セグンドは癇癪をおこして物をこわし、家を出る。食料を調達し戻る。

376 ウルスラ〔家刀自〕の老衰。

377 アウレリャノ・セグンド〔くじ売り〕、ウルスラの隠した金貨を捜す。

379 雨がやみ、十年間の旱魃が始まる。「マコンドは廃墟《はいきょ》も同然の姿になっていた」。ペトラ・コテス、財産の再建を決意。

17

383 ウルスラ〔家刀自〕、起きあがって家の中を整理する。ホセ・アルカディオ・セグンド〔スト指導者〕は羊皮紙の解読に専念。「時は少しも流れず、ただ堂々めぐりをしているだけ」。

387　アウレリャノ・セグンド〔くじ売り〕、再びくじを売る。ペトラ・コテスのブエンディア家の人々に対する愛情。アウレリャノ少年〔私生児〕が育ってゆく。ウルスラはすっかりちぢんでしまう。

393　ウルスラの死。小鳥たちの死。奇妙な動物の死体の発見。

395　レベーカ〔もらわれっ子〕の死。

397　屋敷内、いよいよ荒れる。「客にたいする歓待の精神……の流れは、フェルナンダ・デル＝カルピオ〔女王〕の世捨て人的な感情によってせき止められてしまった」。フェルナンダとペッサリー。

398　アウレリャノ〔私生児〕がホセ・アルカディオ・セグンド〔スト指導者〕と仲良くなる。羊皮紙の研究を教え、バナナ会社の虐殺を語る。

400　アウレリャノ・セグンド〔くじ売り〕、喉に異常を感じる。フェルナンダの呪《のろ》い。土地のくじを売る。

403　アマランタ・ウルスラ〔ガストン夫人〕、ブリュッセルにむけて旅立つ〔彼女は一番ウルスラ〔家刀自〕に似ている〕。その旅の過程。

405　アウレリャノ・セグンド〔くじ売り〕とホセ・アルカディオ・セグンド〔スト指導者〕のふたごが同時に死ぬ。埋葬の混乱。

18

407 アウレリャノ〔私生児〕、羊皮紙解読に熱意を燃やす。メルキアデスの幽霊の援助。『サンスクリットだよ』。カタルニャ生まれの学者の本屋。
409 ペトラ・コテス、フェルナンダ・デル゠カルピオ〔女王〕をひそかに養う。女の意地。
409 サンタ・ソフィア・デ・ラ・ピエダ〔主婦〕の性格。「人間わざとは思えない勤勉さや驚くべき仕事の能力」。崩壊してゆく家と彼女の勝ち目のない戦い。『降参よ』。彼女は家を出てゆく。
412 フェルナンダ〔女王〕、生まれて初めて家事をする。ものがなくなる不思議な現象。
415 アウレリャノ〔私生児〕、羊皮紙を一枚分訳す。韻文の暗号。彼とフェルナンダ〔女王〕の暮し。「この世の人とは思われぬほど美しい老女」。
417 フェルナンダ〔女王〕の死。ホセ・アルカディオ〔神学生〕の帰宅。
419 アウレリャノ〔私生児〕とカタルニャ生まれの学者の親交。五冊の本。
420 ホセ・アルカディオ〔神学生〕のローマでの生活。遺産相続の見込みとその消滅。四人の子供と遊ぶばかりの毎日。七千二百十四枚の四十ペセータ金貨の発見。ばか騒ぎとわびしさ。四人の子供を追い出す。
425 アウレリャノ〔私生児〕とホセ・アルカディオ〔神学生〕。アウレリャノの世間知。アウレリャノ・アマドルの帰還と殺害。ホセ・アルカディオ、四人の子供に殺される。

19

429 アマランタ・ウルスラ〔ガストン夫人〕が夫と共に帰る。彼女は家の中を整理する。彼女のすぐれた実務能力。「実に現代的で自由な精神の持ち主」。マコンドの空に放つ二十五つがいのカナリアのエピソード。彼女は「この不運の町を旧に復することができると信じて疑わなかった」。

433 アマランタ・ウルスラと夫ガストンのなれそめ。幸福な夫婦。

435 退屈したガストンの航空便開設計画。飛行機を待つ。

437 アウレリャノ〈私生児〉、外へ出るようになる。バナナ会社の廃墟。（おそらくパトリシア・ブラウンからの）電話。アウレリャノ（大佐）を覚えている唯一の男である黒人とその曾孫《ひまご》ニグロマンタ。アウレリャノ〈私生児〉、アマランタ・ウルスラに対する恋を自覚する。ニグロマンタと寝て、彼女を情婦にする。性的能力の証明。

440 カタルニャ生まれの学者の本屋と四人の若者。ごきぶり論議。みんなで女郎屋へ行く。循環的な経済。ガブリエルとの友情。「三十七番めの悲劇的な場面」。

444 アウレリャノ〈私生児〉、アマランタ・ウルスラに恋情を告白する。彼女の反撥。淫売宿〈黄金童子《ニニョ・デ・オロ》〉の発見。飛び交う石千鳥。ピラル・テルネラに自分の恋を話す。『相手はちゃんと待ってるから』。アウレリャノ〈私生児〉、アマランタ・ウルスラを襲う。

20

453 ピラル・テルネラの死と葬儀。カタルニャ生まれの学者の本屋、自分の故郷へ出発。彼の奇妙な手紙。四人の若者たちも発つ。ガストンももういない。「アウレリャノとアマランタ・ウルスラだけが、幸せだった」。二人の熱烈な性愛。屋敷を壊しながら愛しあう。外の世界、ガストンや本屋やガブリエルからの手紙。
462 アマランタ・ウルスラ〔ガストン夫人〕の妊娠。「ふたりはいっしょにいさえすれば幸福」。アウレリャノ〔私生児〕の素性しらべ。その失敗。二人の関係に関する謎。蟻と紙魚《しみ》と雑草。「激しい執念は死よりも強い」。
467 男の赤ん坊〔最後の者〕が生れる。豚のしっぽがある子。「いや、アウレリャノがいい」。アマランタ・ウルスラの死。アウレリャノ〔私生児〕の孤独。
470 蟻に運ばれてゆく赤ん坊〔最後の者〕の死体。それを見てメルキアデスの最後の鍵が明らかになる。解読。〈この一族の最初の者は樹《き》につながれ、最後の者は蟻のむさぼるところとなる〉。
471 再び羊皮紙に取り組む。「百年前にメルキアデスによって編まれた一族の歴史」。「マコンドはすでに、聖書にもあるが怒りくるう暴風のために土埃《つちぼこり》や瓦礫《がれき》がつむじを巻く、廃墟と化していた」。「羊皮紙に記されている事柄のいっさいは、過去と未来を問わず、反復の可能性のないことが予想された」。

あとがき

まずは、この講義の機会を与えてくださった京都大学文学部、とりわけ、若島正、中務哲郎、高橋宏幸の三先生にお礼を申し上げたい。これはぼくにとって非常におもしろい、意義のある体験であった。

また、夏休みの最後の一週間という半端な時期に熱心に教室に足を運んでくれた学生諸君にも心から感謝する。諸君の熱意は無言の圧力となってひたひたと押し寄せ、ぼくをして夜ごと必死で翌日の講義の準備に勤《いそ》しませる結果を生んだ。自分が学生だった時にはあんなに勉強したことはなかったので、教師というもの、なかなか容易な職業ではないと思い知ったことだった。

世間には今の学生の教養水準についていろいろと恐ろしい逸話があふれている。ともかくものを知らないから、昔の高校生を相手にしていると思えばいいと言ってくれる人もいた。しかし少なくともぼくの講義においてその種の懸念はまったくなかった。さすがは京都大学というか、反応は鋭敏だったし、講義終了後の質問はどれも的を射たものばかり。正直な話、こちらが教えられることも少なくなかった。

諸君にはお詫びもしなければならない。

二〇〇三年の九月二十一日に講義を終えた時には、この内容は速やかに本にしますと言ったのだが、計画というのは常に遅れるもので、結局刊行までには講義終了から一年以上かかってしまった。

今、振り返ればなかなか楽しい日々であった。昼間は講義で終わり、夜はひたすら翌日の準備で終わり、西陣の小さな宿ならびに大学の周辺で食事をして、七日間というものそれ以外のどこにもいかなかった。一つまた一つと作品を片づけてゆくのが愉快で、執筆とはまた違う喜びがあった。

本書のタイトルに使った「世界文学」という言葉、なにげないようだが、各国の文学を束ねるという以上の重い意味がある。文学は国境や言語・民族を超えて普遍的な価値を持ちうるという思想はそう古いものではない。紫式部は自分の書いたものが別の言葉に訳されるとは想像もしなかっただろうが、今の作家は世界文学的な姿勢をむしろ初めから要請されている。高行健もジュンパ・ラヒリもサルマン・ラシュディも、それを意識しているだろう。

この傾向の始まりはゲーテではなかったか。つまり、この講義で取り上げた作家たちはもう異文化に属する読者たちの存在をどこかで想定していたということだ。この世界文学の概念はヨーロッパから始まって、大西洋を越え、アジアに伸び、南米やアフリカに至った。ある時点からは、むしろヨーロッパから遠いところに住む作家の方が世界文学に思いを馳せる傾向が強くなったと思う。

ここに取り上げた作品についてその後の話題を取り上げれば、『白鯨』は岩波文庫から八木敏雄さんの訳が刊行された。訳は流麗で、ぼくには好ましく思われる。またこちらにはロックウェル・ケントの木版による挿絵が入っているのも魅力。この画家と『白鯨』の関係は、『不思議の国のアリス』とジョン・テニエルの挿絵の仲に似ている。それほどの親密さがテクストと絵の間にあるということだ。

『ユリシーズ』を教室で読んだ時はハードカバーの大きな三冊本をテクストにしたが、その後で集英社文庫で四分冊という版が出た。携帯に便利であり、池内紀、三浦雅士、鹿島茂、ならびに不肖池澤のエッセイがそれぞれの巻の最後に付いている。この大作を読むのに結城英雄さんの『「ユリシーズ」の謎を歩く』（集英社）がとても役に立つことも付記しておこう。

またドストエフスキーについては亀山郁夫氏の『ドストエフスキー　父殺しの文学　上・下』（NHKブックス）という非常におもしろい研究書が刊行された。『カラマーゾフの兄弟』をはじめ、この作家の主著を丁寧に読み、伝記を辿り、主要な土地には自ら赴き、これまでの主要な研究にも広く目を通して、要するにできるかぎりのことをした上で、いくつもの大胆な仮説を提示している。

ずっと病気だったガルシア＝マルケスがひさしぶりに小説を刊行して話題になっている。『わが哀しき娼婦たちの思い出』というこの作品の主人公は、眠る幼い娼婦の傍らで過去を振り返る九十歳の老人で、これだけ書けばわかるとおり、これは川端康成の『眠れる美女』を下敷きにしたもの。ただしこちらはとても枯れるどころではない元気な老人で、さすがガルシア＝マルケスの面目という評判。英訳が出るのは来年になるらしい。

最後に、この本のタイトルを今見るように決めてしばらくしてから、ぼくは困ったことに気づいた。本書の四七ページにある問題、つまりぼくが著書の題に「世界」という言葉を使いすぎる件で、今回また同じ過ちを繰り返してしまった。今度こそ、これで一生分は使ったと自らに言い聞かせよう。

その一方、最後の校正をしているうちにはからずも思い出したのだが、ぼくに「世界」と「書物」という二つの概念を結びつけることを教えたのは他ならぬ新潮社である。ぼくはこれを一九四九年十一月に刊行が始まった「世界の繪本」という子供向けのシリーズに教えられた。その中の『スタンレー探検記』と、『地球が生まれた』、そして『ライオンのめがね』の三冊など、今も詳細に内容や挿絵を覚えている。

この種の現象を世間では三つ子の魂と呼ぶのではなかったか。

二〇〇四年十二月　フォンテーヌブロー

池澤夏樹

増補新版へのあとがき

この本を出してから十二年、京都大学で講義をしてからは十三年と四か月の歳月が流れた。思えばぼくにとってこの仕事は大事で、これがあったからこそ『池澤夏樹=個人編集　世界文学全集』を作ることができ、更にその延長上で『池澤夏樹=個人編集　日本文学全集』まで編むに至れた。

この増補新版に加えたのはハーマン・メルヴィルの『白鯨』に関する講義である。実際には「国際ハーマン・メルヴィル会議」に機会を与えてもらって実現した講演。もともとこの本に入れた『白鯨』論は自分でも不充分だと思っていた。百科的な方に話題が偏って小説としての本質に迫れなかった。それを補うことができたのは嬉しい。

二〇一七年一月　札幌

池澤夏樹

新潮選書

世《せ》界《かい》文《ぶん》学《がく》を読《よ》みほどく
スタンダールからピンチョンまで【増補新版】

著　者……………池澤《いけざわ》夏《なつ》樹《き》

発　行……………2017年 3 月25日
3　刷……………2024年 6 月20日

発行者……………佐藤隆信
発行所……………株式会社新潮社
〒162-8711 東京都新宿区矢来町71
電話　編集部03-3266-5611
　　　読者係03-3266-5111
https://www.shinchosha.co.jp
印刷所……………株式会社光邦
製本所……………株式会社大進堂

ISBN978-4-10-603799-3 C0390